BASTEI
LÜBBE

Taschenbücher von KIM STANLEY ROBINSON
im BASTEI LÜBBE-Programm:

24 083 Das wilde Ufer
24 092 Die eisigen Säulen des Pluto
24 098 Sphärenklänge
24 104 Geschöpfe der Sonne
24 116 Goldküste

KIM STANLEY ROBINSON

Flucht aus Katmandu

Eine verrückte SF-Tour durch den Himalaja

Ins Deutsche übertragen von Uwe Anton

BASTEI LÜBBE

BASTEI-LÜBBE-TASCHENBUCH

Science Fiction Special
Band 24137

Erste Auflage: November 1990

Deutsche Lizenzausgabe 1990
Bastei-Verlag Gustav H. Lübbe GmbH & Co., Bergisch Gladbach
Originaltitel: Escape from Kathmandu
Lektorat: Reinhard Rohn
Titelillustration: Sebastian Boada/Norma Agency, Barcelona
Umschlaggestaltung: Quadro Grafik, Bensberg
Satz: Fotosatz Schell, Bad Iburg
Druck und Verarbeitung:
Brodard & Taupin, La Flèche, Frankreich
Printed in France
ISBN 3-404-24137-1

Der Preis dieses Bandes versteht sich einschließlich
der gesetzlichen Mehrwertsteuer.

Erster Teil
Flucht aus Katmandu

1

Für gewöhnlich interessiert mich die Post anderer Leute kaum. Ich meine, wenn man es genau nimmt, ist selbst meine eigene Post nicht gerade das Gelbe vom Ei. Zum größten Teil besteht sie aus Wurfsendungen oder Rechnungen oder bestenfalls aus Briefen wie zum Beispiel Mitteilungen von meiner Schwägerin, für den ganzen Clan fotokopiert. Eine gelegentliche Nachricht von einem Kletterfreund liest sich wie ein Beitrag für das *Bergsteigerjournal für Analphabeten*. Und da soll man sich die Mühe machen, das Zeug zu lesen, das ein Fremder so bekommt? Sie machen wohl Witze!

Aber irgend etwas an der liegengebliebenen Post im Hotel Star in Katmandu faszinierte mich. Mehrmals täglich pflegte ich dem Staub und Lärm von Alices Zweiter Stadt zu entkommen, indem ich über den sonnigen, gepflasterten Hof des Star ging, die Halle betrat, mir von dem Hindu-Portier, der gerade Dienst hatte – alles nette Burschen –, meinen Schlüssel geben ließ und die schiefe Treppe zu meinem Zimmer hinaufstieg. Und dort, am Fuß der Treppe, war ein großes hölzernes Fächerregal für Briefe an die Wand genagelt und mit Post absolut *vollgestopft*. Dort mußten zweihundert Briefe und Postkarten liegen – dicke Stapel, blaue Luftpostumschläge, verknitterte Postkarten aus Thailand oder Peru, gewöhnliche Umschläge, beschriftet mit komplizierten Adressen und mit den unterschiedlichsten Stempeln versehen. Alle hingen halb aus den hölzernen Fächern des Regals heraus, alle waren grau vor Staub. Über dem Gestell starrte ein Hochglanzabzug von Ganesch mit seinem traurigen Elefantenblick hinab, als repräsentiere er all die Leute, die diese Briefe abgeschickt hatten, deren Inhalt niemals ihre Empfänger erreichen würden. Wenn ich je unzustellbare Briefe gesehen hatte, dann diese!

Und nach einer Weile hatten sie mich gepackt. Ich wurde neugierig. Zehnmal am Tag ging ich an diesem traurigen Anblick vorbei, der sich niemals änderte – es wurden keine

Briefe aus dem Regal genommen und keine hinzugelegt. Welch verschwendete Mühe! Irgendwann einmal waren diese Namen nach Nepal aufgebrochen, eine weite Reise, ganz egal, woher sie kamen. Und zu Hause hatte sich ein Freund oder eine Geliebte die Zeit genommen, sich hinzusetzen und einen Brief zu schreiben, was für mich als Freizeitbeschäftigung genauso erstrebenswert ist, wie mir einen Ziegelstein auf den Fuß fallen zu lassen. Wirklich heldenhaft! »Lieber George Fredericks!« riefen sie. »Wo bist du, wie geht es dir? Deine Schwägerin hat ihr Baby bekommen, und ich gehe wieder auf die Schule. Wann wirst du zurückkommen?« Gezeichnet, treuer Freund, ich denke an dich. Aber George war zum Himalaja aufgebrochen oder hatte sich in einem anderen Hotel eingemietet und nie im Star gewohnt oder war schon nach Thailand, Peru oder wohin auch immer weitergezogen, und die aufrichtige Bemühung, ihn zu erreichen, erfüllt mich mit Niedergeschlagenheit.

Eines Tages kehrte ich selbst ein wenig niedergeschlagen ins Hotel zurück und bemerkte diesen Brief an George Fredericks. Ich sah sie mir einfach mal alle an, Sie wissen schon, aus reiner Neugier. Ich heiße auch George – George Fergusson. Und dieser Brief an George war, abgesehen von Päckchen natürlich, der dickste im ganzen Regal, ganz verstaubt und in der Mitte geknickt. ›George Fredericks – Hotel Star – Bezirk Thamel – Katmandu – NEPAL.‹ Er war mit drei nepalesischen Briefmarken beklebt – der König, Cho Oyo, noch mal der König –, und der Poststempel war wie immer unlesbar.

Langsam, zögernd, schob ich den Brief ins Regal zurück. Ich versuchte, meine Neugier zu befriedigen, indem ich eine Postkarte aus Koh Samui las: ›Hallo! Erinnern Sie sich an mich? Ich mußte im Dezember ausziehen, als ich kein Geld mehr hatte. Ich komme nächstes Jahr zurück. Grüße an Franz und Badim Badur – Michel.‹

Nein, nein. Ich legte die Karte zurück und schleppte mich nach oben. Postkarten sind alle gleich. *Erinnern Sie sich an mich?* Genau. Aber dieser Brief an George ... Er war vielleicht hundertachtzig oder zweihundert Gramm schwer. Bestimmt irgendein episches Schriftwerk. Und anscheinend in Nepal verfaßt, was ihn für mich natürlich noch interessanter machte. Sie müssen wissen, ich hatte den größten Teil der letzten Jahre in Nepal verbracht, hatte Berge bestiegen, als Bergführer gearbeitet und einfach nur herumgehangen; und der Rest der Welt kam mir allmählich ziemlich unwirklich vor. Damals verspürte ich die gleiche Art von Bewunderung für den Einfallsreichtum der Journalisten der *International Herald Tribune* wie früher für den der Schreiber des *National Enquirer.* ›Mein Gott‹, dachte ich, als ich die Schlagzeilen einer *Tribbie* vor einer Buchhandlung in Thamel überflog und von seltsamen Kriegen, unwahrscheinlichen Gipfeltreffen und bizarren Entführungen las. ›Woher haben sie nur die Phantasie, um sich das alles auszudenken?‹

Aber jetzt eine lange Geschichte aus Nepal. Das war Wirklichkeit. Und adressiert an einen ›George F.‹. Vielleicht war der Nachname falsch geschrieben? Wäre doch möglich, oder? Und auf jeden Fall wurde daraus, wie der Brief sich bog und der Umschlag zerfiel, eindeutig ersichtlich, daß er schon seit Jahren dort lag. Ein tödlicher Verlust für die Welt, wenn sich nicht jemand seiner erbarmte und ihn las. All diese Qualen der Gefühle, der Gehirnzellen und Fingermuskulatur, alles *vergebens.* Es war eine verdammte Schande.

Also nahm ich ihn an mich.

2

Mein Zimmer, eins der schönsten in ganz Thamel, lag in der dritten Etage des Star. Aus dem östlichen Fenster konnte man die großen, voller Fledermäuse hängenden Bäume des Königspalastes und das Wirrwarr der Geschäfte von Thamel überblicken. An zahlreichen Stellen sprenkelte großes Immergrün das Durcheinander der Gebäude; von meiner Höhe aus wirkte Thamel tatsächlich wie eine Stadt aus Bäumen. In der Ferne konnte ich die grünen Hügel sehen, die das Tal von Katmandu umschlossen, und bevor sich am Morgen die Bewölkung bildete, konnte man im Norden sogar einige weiße Gipfel des Himalaja sehen.

Das Zimmer selbst war einfach: ein Bett und ein Stuhl unter dem Licht einer einzelnen nackten Glühbirne, die an der Decke hing. Aber was braucht man sonst noch? Sicher, das Bett war uneben; aber wenn ich die Schaumstoffunterlage meiner Kletterausrüstung darüber legte, um die Unebenheiten auszugleichen, ging es. Und ich hatte mein eigenes Badezimmer. Es stimmt zwar, daß die sitzlose Toilette ziemlich undicht war, doch da der Duschstrahl direkt auf den Boden fiel und die Dusche ebenfalls leckte, spielte das keine große Rolle. Es entspricht auch den Tatsachen, daß die Dusche aus zwei Teilen bestand, einem Wasserhahn in Hüfthöhe und einem Duschkopf unter der Decke, und daß der Duschkopf nicht funktionierte, so daß ich mich unter den Hahn auf den Boden setzen mußte, wenn ich duschen wollte. Doch das war in Ordnung – es war alles in Ordnung –, weil das Wasser *warm* war. Der Durchlauferhitzer hing direkt über der Toilette an der Wand, und das Wasser, das aus dem Hahn kam, war so warm, daß ich beim Duschen noch kaltes Wasser zugeben mußte. Schon dadurch war dieses Badezimmer eines der schönsten in Thamel.

Auf jeden Fall waren dieses Zimmer und Bad seit etwa einem Monat meine Burg gewesen, während ich darauf wartete, daß meine nächste Reisegruppe von der *Want To Take You Higher Ltd.* eintraf. Als ich es mit dem gestohlenen Brief in der Hand betrat, mußte ich über Kleider, Kletterausrüstung, den Schlafsack, Lebensmittel, Bücher, Landkarten – alles, was ich eben vom Stuhl gefegt hatte – hinwegsteigen und neben der Fensterbank Platz für den Stuhl schaffen. Dann setzte ich mich und versuchte, den in der Mitte gebogenen alten Umschlag zu öffnen, ohne ihn aufzureißen.

Nichts da. Es war kein nepalesischer Umschlag, und auf der Lasche klebte echter Leim. Ich tat, was ich konnte, doch die CIA wäre nicht stolz auf mich gewesen.

Acht Blatt linierten Papiers kamen heraus, wie die meisten Briefe zweimal gefaltet und dann noch einmal von dem Regal gebogen. Auf beiden Seiten beschrieben. Die Handschrift war winzig, neurotisch regelmäßig und so leicht zu lesen wie ein Taschenbuch. Die erste Seite trug das Datum 2. Juni 1985. Soviel zu meiner Vermutung über sein Alter, aber ich hätte geschworen, daß der Umschlag vier oder fünf Jahre älter aussah. Das macht eben der Staub von Katmandu. Ein Satz im ersten Abschnitt war dick unterstrichen: ›*Du darfst niemandem davon erzählen!!!*‹ Mann, heavy! Ich warf jedoch einen Blick aus dem Fenster. Ein Brief voller Geheimnisse! Einfach klasse! Ich kippte den Stuhl zurück, strich die Seiten glatt und fing an zu lesen.

2. Juni 1985

Lieber Freds,
ich weiß, es ist ein Wunder, auch nur eine Postkarte von mir zu bekommen, geschweige denn einen so langen Brief, wie dieser es werden wird. Aber mir ist etwas Erstaunliches zugestoßen, und Du bist mein einziger Freund, von dem ich weiß, daß er es für sich behalten wird. *Du darfst niemandem davon erzählen!!!* Okay? Ich weiß, daß Du nichts verraten wirst – seit wir Zimmergenossen im Uniwohnheim waren, bist Du der einzige, mit dem ich im Vertrauen über alles sprechen kann. Und ich bin froh, einen Freund wie Dich zu haben, denn ich habe herausgefunden, daß ich es wirklich jemandem erzählen muß, wenn ich nicht wahnsinnig werden will.

Wie Du Dich vielleicht erinnerst, habe ich kurz nach Deinem Weggang an der Davis-Universität meinen Magister in Zoologie gemacht und mehr Jahre, als ich mich erinnern möchte, dort an meinem Doktor gearbeitet, bevor ich die Nase voll hatte und ausstieg. Ich wollte nichts mehr mit dem Universitätsbetrieb zu tun haben, doch im letzten Herbst bekam ich einen Brief von einer Freundin, mit der ich mir ein Büro geteilt hatte, von einer gewissen Sarah Hornsby. Sie würde an einer zoologisch-botanischen Expedition ins Himalaja-Gebirge teilnehmen, einem Lager nach dem Vorbild der Cronin-Expedition, bei der sich zahlreiche Wissenschaftler unterschiedlichster Fachrichtungen in einer so unbefleckten Wildnis häuslich niederließen, wie man sie hier noch findet. Sie wollten, daß ich sie wegen meiner ›umfassenden Erfahrung in Nepal‹ begleitete, womit gemeint war, daß sie mich als Sirdar wollten und mein akademischer Abschluß nichts damit zu tun hatte. Das war mir ganz recht. Ich nahm den Job an und hackte auf das bürokratische Unterholz in Katmandu los. Einwanderungsbehörde, Tourismusministerium, Land- und Forstwirtschaft, Naturschutz, die ganze schreckliche Prozedur, die eindeutig von jemandem entworfen worden war, der zuviel Kafka gelesen hatte. Doch schließlich hatte ich es überstanden, und im Frühlingsanfang flog ich mit vier Tierverhaltensforschern, drei Botanikern und einer Tonne Vorräte nach Norden. Auf dem Flughafen erwarteten uns 22 einheimische Träger und ein echter Sirdar, und es ging los.

Ich werde nicht sagen, wohin genau wir marschierten. Es hat nichts mit Dir zu tun; es wäre nur zu gefährlich, es schriftlich festzuhalten. Jedenfalls befanden wir uns ziemlich hoch oben in der Nähe einer dieser Wasserscheiden, in der Nähe des Himalajagrats und der Grenze zu Tibet. Du weißt, wie diese Täler enden: die Nebentäler steigen immer höher, und schließlich folgt eine letzte verschachtelte Schlucht – die Talausläufer erstrecken sich zu den höchsten Gipfel. An einer Stelle, an der sich drei dieser blinden Täler treffen, schlugen wir unser Basislager auf, und die Mitglieder der Gruppe konnten sich bachaufwärts oder abwärts wenden, je nach ihrem Projekt. Es gab einen Trampelpfad zum Lager und eine Brücke über den Bach, doch die drei oberen Täler waren Wildnis, und es war nicht einfach, durch den Wald in sie hineinzukommen. Doch genau das suchten diese Leute – fast unberührte Wildnis.

Nachdem sie das Lager aufgeschlagen hatten, kehrten die Träger zurück; nur wir acht blieben. Meine alte Freundin Sarah Hornsby war die Ornithologin – sie ist ziemlich gut in ihrem Beruf, und ich habe eine Weile mit ihr zusammengearbeitet. Doch sie hatte einen Freund dabei, den Säugetierkundigen (nein, nicht, was Du denkst, Freds) Phil Adrakian. Ich konnte ihn von Anfang an nicht besonders gut leiden. Er war der Expeditionsleiter und ein absoluter Mr. Tierverhalten – aber er hatte so seine Schwierigkeiten, da oben überhaupt Säugetiere zu finden. Valerie Budge war die Entomologin – kein Problem für sie, Forschungsobjekte zu finden, was? (Ja, sie war ein toller Käfer. Noch eine Expertin.) Und Armaat Ray war der Herpetologe, obwohl er schließlich hauptsächlich Phil bei der Errichtung des Tarnverschlags half, aus dem wir die Nachttiere beobachten wollten. Die Botaniker hießen Kitty, Dominique und John; sie verbrachten sehr viel Zeit miteinander in einem großen Zelt voller Pflanzenmuster.

Also – Lagerleben mit einer zoologischen Expedition. Ich nehme nicht an, daß Du so etwas je erlebt hast. Verglichen mit einer Bergtour ist es alles andere als aufregend, das kann ich Dir sagen. Bei dieser Expedition verbrachte ich die erste oder die beiden ersten Wochen damit, über die Brücke zu gehen und die besten Wege durch den Wald in die drei Hochtäler zu suchen; danach half ich hauptsächlich Sarah bei ihrem Projekt. Doch die ganze Zeit über machte ich mir einen Spaß daraus, diese Gruppe zu beobachten – als Verhaltenskundler der Tierverhaltenskundler, sozusagen.

Nachdem ich es einmal versucht hatte und zum Schluß gekommen war, daß es der Mühe nicht wert sei, interessierte mich in erster Linie, warum andere damit weitermachen. Tieren hinterherjagen, dann die kleinste Kleinigkeit erklären, die man festgestellt hat, und schließlich mit allen heftig über mögliche Erklärungen dafür streiten – als *Berufung*? Warum, zum Teufel, tut jemand sowas?

Ich sprach mit Sarah darüber, eines Tages, als wir oben im mittleren Tal waren und Bienenstöcke suchten. Ich sagte ihr, ich hätte mit ein Einstufungssystem zurechtgebastelt.

Sie lachte. »Klassifikationslehre! Man kann seiner Ausbildung nicht entkommen.« Und forderte mich auf, ihr darüber zu erzählen.

Zuerst, sagte ich, kämen die, die ein echtes und starkes Interesse an Tieren hätten. Sie gehörte auch dazu, sagte ich; wenn sie einen Vogel vorbeifliegen sah, legte sich ein Ausdruck auf ihr Gesicht ... als ob sie ein Wunder sähe.

Sie war sich nicht so sicher, ob ihr das gefiel; man muß schon wissenschaftlich unvoreingenommen sein, Du verstehst. Aber sie gestand mir ein, daß es diesen Typ mit Sicherheit gab.

Dann, sagte ich, wären da die Pirschjäger. Diese Leute krochen gern wie spielende Kinder im Gebüsch herum, um andere Geschöpfe zu jagen. Ich fuhr damit fort, ihr zu erklären, warum ich dies für einen starken Trieb hielt; ich hatte den Eindruck, daß das Leben, zu dem es führte, sehr dem ähnelte, das unsere primitiven Vorfahren eine Million lange Jahre geführt hatten. In Lagern leben, Tiere im Wald verfolgen: die Rückkehr zu dieser Lebensweise gibt einem ein besonders befriedigendes Gefühl.

Sarah pflichtete mir bei und wies darauf hin, daß man, wenn man heutzutage des Lagerlebens überdrüssig war, auch einfach verschwinden, ein warmes Bad nehmen, einen Kognak trinken und sich Beethoven anhören konnte, wie sie es ausdrückte.

»Genau!« sagte ich. »Und selbst hier im Lager gibt's ein ganz interessantes Nachtleben; ihr habt eueren Dostojewski und eure Diskussionen über E. O. Wilson ... das Beste beider Welten. Ja, ich glaube, die meisten von euch sind irgendwo Pirschjäger.«

»Aber du sagst immer ›ihr‹«, wandte Sarah ein. »Warum stehst du außerhalb davon, Nathan? Warum bist du ausgestiegen?«

Und hier wurde es ernst; ein paar Jahre lang hatten wir denselben Weg beschritten, was nun nicht mehr der Fall war, da ich ihn verlassen hatte. Ich dachte sorgfältig nach, wie ich es ihr erklären sollte. »Vielleicht wegen des dritten Typs, den Theoretikern. Denn wir müssen uns daran erinnern, daß die Tierverhaltensforschung ein sehr respektables akademisches Fachgebiet ist! Es muß seine intellektuelle Rechtfertigung haben; man kann nicht einfach vor den akademischen Rat treten und sagen: ›Ehrwürdige Kollegen, wir tun das, weil es uns gefällt, wie Vögel zu fliegen und es Spaß macht, in Büschen herumzukriechen!‹«

Sarah lachte darüber. »Das stimmt.«

Und ich erwähnte die Ökologie und das Gleichgewicht der Natur, Populationsbiologie und die Erhaltung der Arten, Evolutionstheorie und wie das Leben zu dem wurde, was es ist, Soziobiologie und die ihr zugrundeliegenden tierischen Sozialverhaltensformen ... Aber sie hielt dagegen und wandte ein, dies seien wichtige Themen.

»Soziobiologie?« fragte ich. Sie zuckte zusammen. Ich gestand dann ein, daß es tatsächlich einige ausgezeichnete Argumente für das Studium der Tierwelt gäbe, behauptete jedoch, für einige Menschen sei diese Richtung die wichtigste des Fachs. »Für die meisten Angehörigen unserer Abteilung sind die Theorien wichtiger als die Tiere geworden«, sagte ich. »Sie suchen im Feld lediglich weitere Daten für ihre Theorien! Sie interessieren sich nur für ihre Veröffentlichungen oder Konferenzen, und viele leisten nur Feldarbeit, weil man beweisen muß, daß man dazu imstande ist.«

»Oh, Nathan«, sagte sie. »Du klingst zynisch, aber Zyniker sind nur enttäuschte Idealisten. Ich habe dich auch so in Erinnerung – du warst ein großer Idealist!«

Ich weiß, Freds, Du wirst ihr zustimmen: Nathan Howe, der Idealist. Und vielleicht bin ich das auch. Das habe ich ihr auch gesagt: »Aber, zum Teufel, die Atmosphäre in der Fakultät hat mich krank gemacht. Theoretiker, die einander wegen ihrer Lieblingsideen in den Rücken fallen und sich so wissenschaftlich wie möglich geben, wenn sie eigentlich gar nichts Wissenschaftliches zu sagen haben! Man kann diese Theorien nicht überprüfen, indem man ein Experiment entwirft und feststellt, ob es sich wiederholen läßt, und man kann die Faktoren nicht isolieren oder variieren oder kontrollieren – es geht immer nur um Beobachtungen und nicht überprüfbare Hypothesen! Und doch benehmen sie sich wie harte Wissenschaftler, erstellen mathematische

Modelle und alles, wie Chemiker oder so. Das ist nur Wissenschaftlichkeit.«

Sarah schüttelte einfach den Kopf über mich. »Du bist zu idealistisch, Nathan. Du willst alles perfekt haben. Aber so einfach ist das nicht. Wenn man Tiere studieren will, muß man Kompromisse eingehen. Was dein Klassifikationssystem betrifft, solltest du einen Beitrag für die *Soziobiologische Rundschau* darüber schreiben! Aber bedenke, es ist nur eine Theorie. Wenn du das vergißt, fällst du in deine eigene Grube.«

Das hatte was für sich, und außerdem hatten wir ein paar Bienen entdeckt und mußten uns beeilen, ihnen den Bach hinauf zu folgen. So fand das Gespräch ein Ende. Doch als an den folgenden Abenden Valerie Budge im Zelt erklärte, wieso das Verhalten der menschlichen Gesellschaft ziemliche Ähnlichkeit mit dem der Ameisen habe – oder als Sarahs Freund Adrakian, frustriert von seinem Mangel an Funden, zu langen analytischen Ausführungen ansetzte, als sei er der bedeutendste Theoretiker seit Robert Trivers – warf sie mir manchmal einen Blick und ein Lächeln zu, und ich wußte, daß ich einen gewissen Eindruck erzielt hatte. Obwohl Adrakian gern große Worte in den Mund nahm, beeindruckte er mich kaum; seine Worte hätten einem Träger keine Rückenschmerzen bereitet, wenn Du weißt, was ich meine. Ich verstand gar nicht, was Sarah an ihm fand.

Eines Tages kurz nach diesem Gespräch kehrten Sarah und ich ins mittlere Hochtal zurück, um wieder nach Bienenstöcken zu suchen. Es war ein wolkenloser Morgen, ein klassischer Waldspaziergang im Himalaja: über die Brücke, an den Felsen im Bachbett entlangwandern, von Teich zu Teich hinaufsteigen; dann weiter hinauf zwischen feuchten Bäumen und durchs Unterholz. Dann über die Wand des unteren Tals und auf den Grund des oberen Tals, in dessem großen Rhododendronwald es viel klarer und sonniger war. Die Rhododendronblüten schimmerten noch auf jedem Zweig, und bei der pinkfarbenen Leuchtkraft der Blumen und den langen Kegeln des Sonnenlichts, die durch die Blätter fielen und grobe schwarze Rinde erhellten, orange Pilze und hellgrüne Farne, kam man sich vor, als würde man durch einen Traum wandeln. Und tausend Meter über uns bäumte sich majestätisch ein schneebedecktes Hufeisen aus Gipfeln auf. Der Himalaja – Du weißt schon.

Also waren wir guten Mutes, als wir, dem Bachbett folgend, dieses Hochtal hinaufmarschierten. Und wir hatten auch Glück. Hinter einer Biegung mit leichtem Gefälle verbreitete sich der Bach zu einem langen schmalen Teich, über dessen südlichem Ufer sich eine Klippe aus gelbgestreiftem Granit erhob, durchzogen von großen horizontalen Rissen. Und aus diesen Rissen ergossen sich Bienenschwärme. Teile der Klippe schienen schwarz zu pulsieren, Wolken von Bienen trieben vor ihnen, und über dem leisen Geräusch des Flusses konnte man das sanfte Summen der Bienen hören, die ihrer Arbeit nachgingen. Aufgeregt setzten Sarah und ich uns auf einen Felsen in der Sonne, holten unsere Ferngläser hervor und begannen nach Vogelleben Ausschau zu halten. Goraks talaufwärts auf dem Schnee, ein Lämmergeier, der über die Gipfel segelte, Finken, die wie immer herumhüpften – und dann sah ich es. Ein gelber Fleck, etwas größer als der größte Kolibri. Ein Singvogel auf einem Ast, der vor den Bienenstöcken baumelte. Und schon flog er hinab, zu einem heruntergefallenen Stück Bienenwachs; pick, pick, pick, und das Wachs war verschwunden. Ein Honigsauger. Ich stieß Sarah an und zeigte ihn ihr, doch sie hatte ihn schon gesehen. Wir standen lange Zeit über still da und beobachteten ihn.

Edward Cronin, der Leiter einer früheren Expedition ins Himalajagebiet, hatte eine der ersten umfassenden Studien über Honigsauger erstellt, und ich wußte, daß Sarah seine Beobachtungen überprüfen und die Arbeit fortsetzen wollte. Honigsauger sind ungewöhnliche Vögel; sie haben sich darauf spezialisiert, mit Hilfe einiger Bakterien in ihrem Magen- und Darmsystem vom überflüssigen Wachs der Honigwaben zu leben. Dieses Ernährungskunststück hat kaum ein anderes Geschöpf auf Erden fertiggebracht, und die Vögel haben offensichtlich einen guten Zug getan, da ihnen damit eine sehr große Nahrungsquelle offensteht, für die sich niemand sonst interessiert. Das macht sie zu einem sehr wertvollen Studienobjekt, wenngleich man ihnen bislang noch keine große Beachtung geschenkt hatte – was Sarah nun zu ändern hoffte.

Als der Honigsauger, schnell und gelb, außer Sicht geflogen war, rührte sich Sarah endlich – atmete tief ein, beugte sich zu mir und umarmte mich. Küßte mich auf die Wange. »Danke, daß du mich hierher geführt hast, Nathan.«

Es war mir unangenehm. Der Freund, Du weißt schon – und Sarah war ein viel feinerer Mensch als er ... Und außerdem fiel mir ein, daß sie damals, als wir uns dieses Büro geteilt hatten, eines Abends ganz aufgelöst hereingestürzt gekommen war, weil der damalige Freund ihr gestanden hatte, eine andere zu haben, und eins führte zum anderen, und ... na ja, ich will nicht darüber sprechen. Aber wir waren *gute Freunde* gewesen. Und ich erinnerte mich noch gut daran. Also war es für mich nicht nur ein Küßchen auf die Wange, wenn Du weißt, was ich meine. Außerdem bin ich bestimmt ganz unbeholfen und umständlich geworden, wie es so meine Art ist.

Auf jeden Fall freuten wir uns ziemlich über unsere Entdeckung, und danach kehrten wir eine Woche lang täglich zur Honigklippe zurück. Es war wirklich nett. Dann wollte Sarah einige Studien fortsetzen, die sie über die Goraks begonnen hatte, und so marschierte ich ein paar Mal allein zur Honigklippe hinauf.

An einem dieser Tage, als ich allein unterwegs war, passierte es. Der Honigsauger zeigte sich nicht, und ich wanderte den Bach hinauf, um zu sehen, ob ich dessen Quelle finden konnte. Wolken rollten vom unteren Tal heran, und es sah ganz danach aus, als würde es später regnen, doch dort oben, wo ich war, schien noch die Sonne. Ich fand den Ursprung des Baches – ein von einer Quelle gespeister Teich am Fuß eines Geröllhanges – und beobachtete, wie er sich in die Welt ergoß. Einer dieser stillen Augenblicke im Himalaja, in denen die Welt eine gewaltige Kapelle zu sein scheint.

Dann erhaschte eine Bewegung auf der anderen Seite des Teiches meine Aufmerksamkeit, dort im Schatten zweier knorriger Eichen. Ich erstarrte, obwohl ich auf freier Fläche stand und jeder mich sehen konnte. Dort unter einer der Eichen, in dunklen Schatten im Sonnenlicht, beobachtete mich ein Augenpaar. Es befand sich etwa auf gleicher Höhe wie das meine. Ich befürchtete, es könne ein Bär sein, und unterzog im Geiste die Bäume hinter mir einer Überprüfung, ob man sie erklettern konnte, als sich die Augen erneut bewegten – sie blinzelten. Und dann sah ich, daß um die Iris das Weiße sichtbar war. Ein Dörfler auf Jagd? Wohl kaum. Mein Herz begann in meiner Brust zu hämmern, und ich mußte unwillkürlich schlucken. Da in den Schatten war doch ein *Gesicht*? Ein bärtiges Gesicht?

Natürlich hatte ich eine Vorstellung, womit ich gerade einen Blick wechseln mußte. Der Yeti, der Bergmensch, das schwer faßbare Geschöpf des Schnees. *Der scheußliche Schneemensch*, um Gottes willen! Mein Herz hatte nie schneller geschlagen. Was sollte ich tun? Das Weiß seiner Augen ... Paviane haben weiße Augenlider, die sie schließen, um zu drohen, und wenn man sie direkt ansieht, sehen sie das Weiße der Augen und glauben, man würde sie bedrohen; die entfernte Möglichkeit berücksichtigend, daß dieses Wesen ein ähnliches Verhaltensmuster hatte, senkte ich den Kopf und betrachtete es indirekt. Ich schwöre, es schien mein Nicken zu erwidern.

Dann blinzelte ich erneut, nur, daß die Augen diesmal nicht darauf reagierten. Das bärtige Gesicht war verschwunden. Ich atmete wieder, lauschte so angestrengt ich konnte, hörte jedoch nichts bis auf das Murmeln des Baches.

Nach zwei oder drei Minuten überquerte ich den Bach und sah mir den Boden unter der Eiche an. Er war moosbewachsen, und auf einigen Teilen des Mooses hatte etwas gestanden, das mindestens so schwer sein mußte wie ich; aber eindeutige Spuren fand ich natürlich nicht. Und auch nicht in einigem Umkreis um die Eiche.

Ich marschierte benommen zum Lager zurück; ich nahm

kaum etwas wahr und fuhr bei jedem Geräusch zusammen. Du kannst Dir vorstellen, wie ich mich fühlte ... nach so einem Erlebnis!

Und an demselben Abend, als ich versuchte, still meinen Eintopf zu essen und nichts von dem verlauten zu lassen, was geschehen war, richtete sich die Unterhaltung der Gruppe auf das Thema Yeti. Ich ließ fast die Gabel fallen. Es war wieder Adrakian – ihn ärgerte die Tatsache, daß er trotz der zahlreichen Spuren in dieser Gegend bislang nur ein paar Eichhörnchen und in einiger Ferne einen oder zwei Affen gesehen hatte. Natürlich hätte es geholfen, wenn er die eine oder andere Nacht mal in dem Tarnverschlag zugebracht hätte. Auf jeden Fall wollte er ein Thema zur Sprache bringen, bei dem er im Mittelpunkt der Aufmerksamkeit stand und als der Experte die Bühne für sich beanspruchen konnte. »Ihr wißt ja, daß diese Hochtäler der eigentliche Lebensraum des Yetis sind«, erklärte er prosaisch.

Dabei wäre mir fast die Gabel aus der Hand gefallen. »Es muß natürlich als beinahe sicher gelten, daß es sie gibt«, fuhr Adrakian mit einem komischen Lächeln fort.

»Ach, Philip«, sagte Sarah. Sie sagte das dieser Tage ziemlich oft zu ihm, was mich nicht im geringsten störte.

»Es stimmt.« Dann führte er die Indizien an, die wir natürlich alle kannten: die Spuren im Schnee, die Eric Shipton fotografiert hatte, die Argumente, mit denen George Schaller die Idee unterstützt hatte, die Fußabdrücke, die Cronins Expedition gefunden hatte, die zahlreichen anderen Hinweise... »Wie wir nun aus erster Hand wissen, gibt es hier Tausende Quadratkilometer undurchdringlicher Gebirgswildnis.«

Natürlich mußte er *mich* nicht mehr überzeugen. Und die anderen waren vollauf bereit, die Vorstellung in Betracht zu ziehen. »Wäre es nicht toll, wenn wir einen fänden!« sagte Valerie. »Wir machen ein paar Fotos ...«

»Oder wenn wir eine Leiche fänden«, sagte John. Botaniker denken in Begriffen immobiler Objekte.

Phil nickte langsam. »Oder wenn wir einen lebendig gefangennehmen könnten …«

»Wir würden berühmt«, sagte Valerie.

Theoretiker. Vielleicht werden sogar ihre Namen lateinisiert und Bestandteil der Bezeichnung der neuen Spezies. *Gorilla montani adrakianias-budgeon.*

Ich konnte einfach nicht anders; ich mußte das Wort ergreifen. »Wenn wir eindeutige Beweise für die Existenz des Yetis fänden, wäre es unsere Pflicht, sie beiseite zu schaffen und zu vergessen«, sagte ich, vielleicht eine Spur zu laut.

Alle starrten mich an. »Warum denn das?« fragte Valerie.

»Um des Yetis willen, natürlich«, sagte ich. »Als Tierverhaltensforscher liegt euch doch wahrscheinlich etwas am Wohlergehen der Tiere, die ihr studiert, oder? Und der Ökosphären, in denen sie leben? Doch wenn die Existenz des Yetis bestätigt würde, wäre es für beide katastrophal. Es würde eine Invasion von Expeditionen geben, Touristen, Wilderer … Yetis in Zoos, in Käfigen der Primatenzentren, in Laboratorien unter dem Messer, ausgestopft in Museen …« Ich erregte mich zusehends. »Ich meine, was für einen wirklichen Wert haben Yetis überhaupt für uns?« Sie starrten mich nur an: Wert? »Ihr *Wert* liegt in der Tatsache, daß sie unbekannt sind, außerhalb der Wissenschaft stehen. Sie sind Teil der Wildnis, die wir nicht berühren können.«

»Ich verstehe, was Nathan meint«, sagte Sarah in das darauffolgende Schweigen, mit einem Blick, der dazu führte, daß ich den Faden verlor. Ihre Zustimmung war mir viel, viel wichtiger, als ich erwartet hätte …

Die anderen schüttelten die Köpfe. »Eine nette Einstellung«, sagte Valerie. »Aber unsere Studien würden weder die Ökosphäre noch die Spezies besonders gefährden. Und denke nur einmal darüber nach, wie sie unser Wissen über die Entwicklung der Primaten vergrößern würden!«

»Der Fund eines Yetis wäre ein wichtiger Beitrag für die Wissenschaft«, sagte Phil mit einem Blick auf Sarah. Und er war wirklich dieser Meinung; das muß ich ihm lassen.

»Und er würde unsere Chancen auf eine Professur auch nicht schaden«, sagte Armaat verschlagen.

»Das auch«, gestand Phil ein. »Aber in Wirklichkeit kommt es darauf an, daß man der Wahrheit verpflichtet ist. Wenn wir einen Yeti fänden, wären wir gezwungen, es publik zu machen, weil dem nun einmal so war – ganz gleich, was wir darüber denken. Ansonsten würden wir Fakten unterdrücken und manipulieren und so weiter.«

Ich schüttelte den Kopf. »Es gibt Werte, die wichtiger sind als wissenschaftliche Integrität.«

Und das Gespräch schlug nun diese Wendung ein und beschränkte sich hauptsächlich darauf, die unterschiedlichen Ansichten zu wiederholen. »Du bist ein Idealist«, sagte Phil einmal zu mir. »Man *kann* keine Zoologie betreiben, ohne die Versuchstiere bis zu einem gewissen Grad zu stören.«

»Vielleicht bin ich deshalb ausgestiegen«, sagte ich. Und mußte mich davon abhalten, fortzufahren. Wie konnte ich sagen, daß er bis hin zu dem Punkt, wo er alles tun würde, um sich eine Reputation zu verschaffen, von dem gewaltigen Druck in diesem Beruf korrumpiert wurde, ohne dem Streitgespräch eine häßliche Wendung zu geben? Unmöglich. Und Sarah würde mit mir an den Pranger gestellt werden. Ich seufzte lediglich. »Was ist mit den Versuchsobjekten?«

»Man würde sie betäuben, studieren und in ihre angestammte Umgebung zurückbringen«, sagte Valerie ungehalten. »Und vielleicht eins in Gefangenschaft halten, wo es ein viel angenehmeres Leben führen würde als in der Wildnis.«

Völlig korrumpiert. Selbst die Botaniker schauten bei dieser Behauptung unbehaglich drein.

»Wir müssen uns wohl keine Sorgen machen«, sagte Armaat mit seinem verschlagenen Lächeln. »Dieses Tier ist angeblich nachtaktiv.« Weil Phil ja keine Anstalten gemacht hatte, sich des Nachts auf die Lauer zu legen, Du verstehst schon.

»Genau deshalb will ich im Hochtal einen Hochsitz

errichten«, schappte Phil, der Armaats Nadelstiche allmählich überdrüssig war. »Nathan, du mußt mitkommen und mir dabei helfen.«

»Und den Weg suchen«, sagte ich. Die anderen stritten weiter, und Sarah ergriff meine Position oder erwies sich ihr gegenüber zumindest als einsichtig; ich zog mich zurück, besorgt um die Gestalt in den Schatten, die ich an diesem Tag gesehen hatte. Phil beobachtete mich argwöhnisch, als ich ging.

Also bekam Phil seinen Willen, und wir errichteten einen winzigen Hochsitz in dem oberen Tal westlich von dem, in dem ich den Yeti entdeckt hatte. Wir verbrachten mehrere Nächte oben auf einer alten Eiche und beobachteten jede Menge geflecktes Rotwild und in der Dämmerung ein paar Affen. Phil hätte zufrieden sein können, wurde jedoch immer verdrossener. Aus einigen seiner Äußerungen war mir ersichtlich geworden, daß er die ganze Zeit über gehofft hatte, den Yeti zu finden; er erflehte diese große Entdeckung geradezu.

Und eines Nachts geschah es. Der Mond war auf beiden Seiten konvex, und die dünnen Wolken ließen den größten Teil seines Lichts durch. Etwa zwei Stunden vor der Morgendämmerung war ich leicht eingenickt, und Adrakian stieß mich mit dem Ellbogen an. Wortlos deutete er auf das hintere Ufer eines kleinen Teiches im Bach.

Sich bewegende Schatten im Schatten. Ein Schimmer Mondlicht auf dem Wasser – dann eine aufrecht stehende Gestalt. Einen Augenblick lang sah ich deutlich den Kopf, einen großen, seltsam geformten Schädel. Er wirkte fast menschlich.

Ich wollte eine Warnung rufen; statt dessen verlagerte ich mein Gewicht auf der Plattform. Sie knarrte ganz leise, und augenblicklich war die Gestalt verschwunden.

»Du Idiot!« flüsterte Phil. Im Mondlicht sah er aus, als könne er einen Mord begehen. »Ich folge ihm!« Er sprang aus dem Baum und zog einen Gegenstand, den ich für eine Betäubungspistole hielt, aus seiner Jackentasche.

»Im Dunkeln wirst du da draußen nichts finden!« flüsterte ich, doch er war schon fort. Ich kletterte hinab und folgte ihm – über meine Absicht war ich mir selbst nicht ganz im klaren.

Na ja, Du kennst ja den nächtlichen Wald. Keine Chance, Tiere zu sehen oder auch nur schnell vorwärts zu kommen. Eins muß ich Adrakian zugestehen – er war schnell und leise. Ich verlor ihn fast augenblicklich, und danach hörte ich nur noch gelegentlich das Knacken eines Zweiges in der Ferne. Über eine Stunde verstrich, und ich wanderte ziellos umher. Als ich zum Bach zurückkehrte, war der Mond untergegangen, und am Himmel dämmerte es schon.

Ich ging um einen großen Flußstein am Ufer herum und wäre fast direkt in einen Yeti gelaufen, der von der anderen Seite kam, als schritten wir auf einem belebten Bürgersteig aus und wären beide in dieselbe Richtung gegangen, um uns auszuweichen. Er war etwas kleiner als ich; dunkles Fell bedeckte seinen Körper und Kopf, ließ jedoch das Gesicht frei – ein Fleck rosa Haut, der im schwachen Licht ziemlich menschlich wirkte. Seine Nase war sowohl die eines Menschen als auch die eines Primaten – breit, aber aus dem Gesicht hervorstehend – und wirkte wie eine Erweiterung des Hinterhauptwulstes, der seinen Schädel von einer Schläfe zur anderen umzog. Sein Mund war breit, und sein Kinn unter einem krausen Bart noch breiter, aber nichts davon lag außerhalb der Parameter, die für eine menschliche Erscheinung zutreffen. Er hatte dicke wulstige Brauen hoch über den Augen, so daß sein Blick von permanenter Überraschung zu künden schien, wie bei einer Katze, die ich einmal gehabt hatte.

Ich bin überzeugt, daß er in diesem Augenblick wirklich überrascht war. Wir beide standen still wie Bäume und schwankten leicht im Wind unserer Begegnung – aber sonst rührte sich keiner. Ich atmete nicht einmal. Was sollte ich tun? Ich stellte fest, daß er einen kleinen geglätteten Stock in der Hand hielt und im Fell seines Halses einige kleine Gegenstände an einer Schnur hingen. Sein Gesicht, Werkzeug, Schmuck: ein Teil von mir, der Teil, der nicht schockiert war, dachte (ich nehme an, im Grund meines

Herzens bin ich noch Zoologe): *Sie sind nicht nur Primaten, sie sind Hominide.*

Wie um diese Vorstellung zu bestätigen, sprach er zu mir. Er summte kurz; knarrte; schnüffelte ein paar Mal; zog die Lippen zurück (und enthüllte dabei einen gewaltigen Eckzahn) und pfiff ganz leise. In seinen Augen lag eine Frage, so ruhig, sanft und intelligent vorgebracht, daß ich kaum glauben konnte, sie nicht verstehen und beantworten zu können.

Ich hob ganz langsam die Hand und wollte »Hallo!« sagen. Dumm, ich weiß, aber was sagt man, wenn man einen Yeti trifft? Auf jeden Fall kam nichts bis auf ein ersticktes »Ham« dabei heraus.

Er neigte wißbegierig den Kopf und wiederholte das Geräusch. »Ham. Ham. Ham.«

Plötzlich riß er den Kopf hoch und sah an mir vorbei, bachaufwärts. Er öffnete weit den Mund und stand lauschend da. Er starrte mich an und versuchte mich einzuschätzen. (Ich schwöre, ich weiß genau, daß dem so war!)

Bachaufwärts krachten Äste, und er nahm mich am Arm, und hopp, waren wir am Rand des Baches und im Wald. Hals über Kopf durch die Bäume, und wir lagen hinter einem umgestürzten Baum flach auf dem Boden, nebeneinander auf feuchtem, nachgiebigem Moos. Mein Arm tat weh.

Phil Adrakian erschien unten im Bachbett; er wirkte ziemlich mitgenommen. Er hatte sich im Unterholz verfangen und an mehreren Stellen das Nylon seiner Jacke aufgerissen, so daß ihm beim Gehen weiße Flocken hinterherwehten. Und er war irgendwo in Schlamm gefallen. Der Yeti kniff die Augen zusammen, als er ihn beobachtete, und wollte von ihm eindeutig nicht gesehen werden.

»Nathan!« rief Phil. »Naaaa-thannnn!« Er war anscheinend noch immer voller Tatkraft. »Ich habe einen gesehen! Nathan, wo bist du, verdammt!« Er ging rufend bachabwärts, und der Yeti und ich blieben liegen, bis er an uns vorbeigegangen war.

Ich weiß nicht, ob ich je einen zufriedeneren Augenblick erlebt habe.

Als er um eine Biegung des Baches verschwunden war, setzte der Yeti sich auf und lehnte sich wie ein müder Lagerarbeiter gegen den Stamm. Die Sonne ging auf, und er grunzte, pfiff, atmete langsam und beobachtete mich. Was dachte er? In diesem Augenblick hatte ich nicht die geringste Ahnung. Er machte mir sogar angst; ich konnte mir nicht vorstellen, was jetzt geschehen würde.

Er zerrte mit den Händen, die länger und schmaler als menschliche waren, an meiner Kleidung. Er griff nach seinem Halsband und zog es über den Kopf. Große Muscheln hingen an einer Schnur aus geflochtenem Hanf. Es waren Fossilien, die Kammuscheln ähnelten – Überbleibsel der Tage, da sich der Himalaja unter Wasser befunden hatte. Was fand der Yeti an ihnen? Ich konnte es nicht sagen. Aber er schätzte sie anscheinend, und sie waren Teil einer Kultur.

Lange Zeit über sah er sein Halsband nur an. Dann legte er es mir sehr vorsichtig über den Kopf, um meinen Hals. Meine Haut brannte schier, so heftig errötete ich, ich sah nur noch verschwommen durch Tränen, meine Kehle schmerzte – ich kam mir vor, als sei Gott hinter einem Baum hervorgetreten und habe mich gesegnet, völlig grundlos, Du verstehst? Ich hatte es nicht verdient.

Ohne weitere Umstände sprang er auf und ging krummbeinig davon, ohne einen Blick zurückzuwerfen. Ich stand allein im Morgenlicht, und mir war nur das Halsband geblieben, das schwer auf meiner Brust hing. Und ein wunder Arm. Also *war* es passiert, ich hatte es nicht geträumt. Ich war gesegnet worden.

Nachdem ich wieder einigermaßen zu Sinnen gekommen war, marschierte ich bachabwärts und zum Lager zurück. Als ich dort ankam, steckte das Halsband tief in einer der gefütterten Taschen meiner Jacke, und ich hatte mir eine Geschichte zurechtgelegt.

Phil war bereits da und redete auf die ganze Gruppe ein. »Da bist du ja!« rief er. »Wo, zum Teufel, warst du? Ich dachte schon, sie hätten dich geschnappt!«

»Ich habe nach dir gesucht«, sagte ich, und es fiel mir

nicht schwer, Verwirrung vorzutäuschen. »Wen meinst du mit *sie*?«

»Die Yetis, du Narr! Du hast ihn auch gesehen, streite es nicht ab! Und ich bin ihm gefolgt und sah ihn noch mal, da oben am Bach!«

Ich zuckte die Achseln und musterte ihn zweifelnd. »Ich habe nichts gesehen.«

»Du warst nicht an der richtigen Stelle. Du hättest mit mir kommen sollen.« Er wandte sich den anderen zu. »Wir verlagern das Camp ganz still für ein paar Tage nach dort oben. Das ist eine noch nie dagewesene Gelegenheit!«

Valerie nickte, Armaat nickte, selbst Sarah schaute überzeugt drein. Die Botaniker schienen froh zu sein, endlich etwas zu erleben.

Ich wandte ein, daß es schwierig sei, mit so vielen Leuten talaufwärts zu ziehen, und daß wir das Leben stören würden, was es dort oben auch geben mochte. Und ich deutete an, Phil habe einen Bären gesehen. Aber Phil wollte nichts davon hören. »Was ich gesehen habe, war ein Yeti.«

Also wurden trotz meiner Proteste Pläne geschmiedet, das Lager ins Hochtal zu verlegen und eine intensive Suche nach dem Yeti durchzuführen. Ich wußte nicht, was ich tun sollte. Weitere Proteste von mir würden nur den Argwohn wecken, ich hätte genau dasselbe wie Phil gesehen. Ich war nie sehr einfallsreich darin, mir Ausflüchte auszudenken, um die Pläne anderer zu durchkreuzen; hauptsächlich deshalb hatte ich die Universität verlassen.

Ich war am Ende meiner Weisheit angelangt, als mir das Wetter mit einem frühen Monsun-Regensturm zu Hilfe kam. Das brachte mich auf eine Idee. Die Wasserscheide für unser Tal war steil und tief, und ein Tag mit so heftigem Regen, wie wir ihn hatten, würde das Wasser in unserem Bach schnell steigen lassen. Wir mußten die Brücke überqueren, um die drei Hochtäler zu erreichen, und zwei weitere, um zum Landefeld zurückzukehren.

Da hatte ich meine Chance. Mitten in der Nacht schlich ich mich aus dem Lager und zur Brücke. Sie entsprach der üblichen Bauart der Einheimischen: Haufen großer Steine an beiden Ufern, die drei halbierte Baumstämme stützten. Der Bach umspülte bereits die unteren Steine, und ein kurzes Stochern mit einem langen Ast ließ den Haufen auf unserer Seite zusammenbrechen. Ein seltsames Gefühl, eine Brücke zu zerstören, eins der wertvollsten Menschenwerke im Himalaja, aber ich machte mich trotzdem mit Eifer daran. Die Baumstämme lösten sich schnell voneinander und fielen ins Wasser, und der unterste trieb davon. Es war kein Problem, die beiden anderen ebenfalls auf den Weg zu schicken. Dann schlich ich mich ins Lager und ins Bett zurück.

Und damit war die Sache gelaufen. Am nächsten Tag schüttelte ich angesichts der Entdeckung bedauernd den Kopf und erwähnte beiläufig, das Hochwasser würde flußabwärts noch schlimmer sein. Ich fragte, ob wir genug Vorräte hatten, um die Monsunzeit zu überstehen, was natürlich nicht der Fall war; und noch eine Stunde Regen reichte aus, um Armaat und Valerie und die Botaniker zu überzeugen, daß die Expedition zu Ende war. Phils schrille Proteste gingen unter, und wir brachen das Lager ab und machten uns am folgenden Morgen auf den Weg, in einem leichten Nebel, der sich am Mittag in strahlenden Sonnenschein aufgelöst hatte. Doch bis dahin waren wir schon ein gutes Stück weit gekommen und gingen weiter.

Da hast Du es, Freds. Liest Du noch? Ich habe die Expedition der alten Kollegen, die mich angeheuert haben, belogen, ihnen Fakten unterschlagen und sie schließlich sogar verscheucht. Aber Du wirst verstehen, daß ich nicht anders konnte. Dort oben leben intelligente, sehr friedfertige Wesen. Die Zivilisation würde sie vernichten. Und dieser Yeti, der sich mit mir versteckt hat – irgendwie wußte er, daß ich auf ihrer Seite war. Ich würde wirklich mein Leben geben, um diese Wahrheit zu verbergen. Man kann solche Wesen einfach nicht betrügen.

Auf dem Rückweg bestand Phil beharrlich darauf, einen Yeti gesehen zu haben, und ich fuhr damit fort, die Vorstellung lächerlich zu machen, bis mich Sarah schließlich seltsam musterte. Und ich muß Dir leider berichten, daß sie und Phil wieder zusammenkamen, als wir uns J--- und damit dem Ende unserer Reihe näherten. Vielleicht tat er ihr leid, vielleicht wußte sie irgendwie, daß ich unredlich handelte. Es würde mich nicht wundern; sie kennt mich ziemlich gut. Aber aus welchem Grund auch immer, es war deprimierend. Und man kann nichts dagegen tun. Ich mußte für mich behalten, was ich wußte, und lügen, ganz gleich, wie sehr es dieser Freundschaft schadete, und ganz gleich, wie sehr es schmerzte. Als wir also J--- erreichten, verabschiedete ich mich von ihnen. Ich war mir ziemlich sicher, daß der Geldmangel, unter dem die Zoologie krankt, sie eine ganze Weile von hier fernhalten würde; das war also kein Problem. Und was Sarah betraf – na ja, verdammt, ich verabschiedete mich etwas vorwurfsvoll von ihr. Und ich fuhr per Anhalter nach Katmandu, anstatt zu fliegen, um von ihr fortzukommen und die Dinge etwas abkühlen zu lassen.

Die Nächte auf dieser Fahrt waren so lang, daß ich mich schließlich entschloß, Dir diesen Brief zu schreiben, um mich zu beschäftigen. Ich habe auch gehofft, es würde mir helfen, das alles niederzuschreiben, doch in Wirklichkeit habe ich mich nie einsamer gefühlt. Die Vorstellung, wie Du über meine Geschichte durchdrehst, ist mir ein Trost – ich kann mir bildlich vorstellen, wie Du durchs Zimmer springst und aus voller Lunge brüllst: »DU WILLST MICH VERARSCHEN!«, wie Du es früher immer getan hast. Ich hoffe, Dir alle fehlenden Details persönlich mitteilen zu können, wenn ich Dich diesen Herbst in Katmandu sehe. Bis dahin

Dein Freund Nathan

3

Tja, alle Wetter! Der Brief war ein absoluter Hammer. Ich blätterte zur ersten Seite zurück und schickte mich an, das ganze Ding noch einmal zu lesen, sprang aber schnell zu den interessanten Teilen weiter. Eine Begegnung mit dem berühmten Schneemann! Was für ein Ereignis! Natürlich hatte dieser Nathan nur sein »Ham« herausbringen können. Doch unter diesen ungewöhnlichen Umständen hatte er wohl sein Bestes gegeben.

Ich hatte immer schon mal einen Yeti sehen wollen. An unzähligen Morgen im Himalaja war ich vor dem Licht der ersten Dämmerung aufgestanden und hinausgegangen, um zu sehen, wie der Tag werden würde, und fast jedesmal, besonders in den Hochwäldern, hatte ich mich umgesehen und gefragt, ob dieses Zucken in den Winkeln meiner schlafverkrusteten Augen nicht etwas Abscheuliches gewesen war, das sich bewegt hatte.

Soweit ich wußte, hatte sich nie etwas bewegt. Und ich war ein wenig neidisch auf diesen Nathan und sein gewaltiges Glück. Warum hatte sich dieser Yeti, Mitglied der scheuesten Rasse in Zentralasien, sich in seiner Gegenwart so entspannt gefühlt? Über dieses Geheimnis dachte ich den nächsten Tagen unentwegt nacht, während ich meinen Geschäften nachging. Und ich wünschte mir, irgendwie mehr als nur das tun zu können. Ich suchte im Gästebuch des Star sowohl nach Nathan als auch nach George Fredericks und fand Nathans perfekte kleine Unterschrift Mitte Juni, aber keine Spur von George oder Freds, wie Nathan ihn nannte. Der Brief deutete an, daß er in diesem Herbst in der Nähe sein würde. Aber wo?

Dann mußte ich ein paar tibetanische Teppiche in die Staaten verschicken, und meine Gesellschaft wollte, daß ich drei ›Videotrekkings‹ mit dem Tourismusministerium absprach, und gleichzeitig kam die Einwanderungsbehörde zum Schluß, ich sei lange genug in diesem Land gewesen; und sich in dieser Stadt, in der das Aufgeben eines Briefes einen ganzen Tag dauern kann, mit solchen Angelegenheiten abzugeben, nimmt einen ganz schön in Beschlag. Ich hätte den Brief beinahe vergessen.

Doch als ich eines sonnigen blauen Nachmittags ins Star zurückkehrte und sah, daß jemand wie ein Berserker mit dem Postregal umgesprungen war, es heruntergenommen und die armen Papierleichen über die erste ganze erste Treppenflucht ausgebreitet hatte, glaubte ich zu wissen, wo sein Problem lag. Ich war verblüfft, vielleicht sogar ein wenig schuldbewußt, aber keineswegs unangenehm berührt. Ich erstickte den kleinen Funken der Schuld und schritt an den beiden Portiers vorbei, die in schnellem Nepalesisch protestierten. »Kann ich Ihnen suchen helfen?« sagte ich zu der Person, die das Chaos verursacht hatte.

Der Mann richtete sich auf und sah mir geradewegs in die Augen. Ein ganz und gar direkter Typ. »Ich suche nach einem Freund von mir, der normalerweise immer hier absteigt.« Er war noch nicht in Panik, stand aber kurz davor. »Der Portier sagt, er sei seit einem Jahr nicht mehr hier gewesen, doch ich habe ihm diesen Sommer einen Brief geschickt, und der ist nicht mehr da.«

Kontakt! »Vielleicht ist er vorbeigekommen«, sagte ich, ohne mit der Wimper zu zucken, »und hat den Brief abgeholt, ohne sich hier ein Zimmer zu nehmen.«

Er zuckte zusammen, als hätte ich ihm einen Messerstich versetzt. Er sah in etwa so aus, wie ich ihn mir aus seiner Schilderung vorgestellt hatte: groß, aufrecht, dunkelhaarig. Er hatte einen dichten, dunklen Bart, am Hals und unter den Augen mit sauber rasierten Rändern – eben einen perfekten Bart. Dieser Bart und eine Jacke mit Lederellbogen hätten ihm an jeder amerikanischen Universität ein Lehramt verschafft.

Aber jetzt war er ernsthaft bestürzt, obwohl er versuchte, es nicht zu zeigen. »Dann weiß ich nicht, wie ich ihn finden soll ...«

»Sind Sie sicher, daß er in Katmandu ist?«

»Er müßte eigentlich hier sein. Er nimmt in zwei Wochen

an einer großen Klettertour teil. Aber er steigt immer hier ab!«

»Manchmal sind keine Zimmer mehr frei. Vielleicht hat er ein anderes Hotel genommen.«

»Ja, das stimmt.« Plötzlich legte sich seine Erregung so weit, daß er sich bewußt wurde, daß er mit mir sprach, und er kniff seine klaren, graugrünen Augen zusammen und musterte mich.

»George Fergusson«, sagte ich und streckte die Hand aus. Er versuchte, sie zu zermalmen, aber ich leistete gerade noch rechtzeitig Widerstand.

»Ich heiße Nathan Howe. Komisch mit Ihrem Namen«, sagte er ohne ein Lächeln. »Ich suche nach einem George Fredericks.«

»Allerdings! Was für ein Zufall!« Ich schickte mich an, die Post des Star aufzuheben. »Na ja, vielleicht kann ich Ihnen helfen. Ich mußte schon öfter Freunde in Katmandu suchen – es ist nicht einfach, aber auch nicht unmöglich.«

»Ja?« Es war, als hätte ich ihm einen Rettungsring zugeworfen; was hatte er für ein Problem?

»Klar. Wenn er auf eine Klettertour geht, muß er zur Einwanderungsbehörde, um einen gebührenpflichtigen Antrag zu stellen. Und auf den Anträgen muß man seine örtliche Adresse angeben. Ich habe schon zu viele Stunden dort verbracht und habe auf dem Amt ein paar Freunde. Wenn wir ihnen ein paar hundert Rupien Bakschisch zustecken, werden sie sie für uns heraussuchen.«

»Fantastisch!« Jetzt war er die personifizierte Hoffnung. »Können wir sofort gehen?« Ich sah, daß sein Schwarm, die Freundin des Skrupellosen, ihn richtig eingeschätzt hatte: er war ein Idealist, und seine Ideale schimmerten bei ihm durch wie das Licht einer Coleman-Lampe durch das Glas. Nur eine Blinde hätte nicht sagen können, was er für sie empfand; ich fragte mich, welche Gefühle diese Sarah ihm entgegengebracht hatte.

Ich schüttelte den Kopf. »Ist schon zwei Uhr vorbei – für heute geschlossen.« Wir hingen das Regel wieder an die Wand, und die Portiers kehrten zur Rezeption zurück.

»Aber wenn Sie wollen, können wir noch ein paar andere Dinge probieren.« Nathan nickte und beobachtete mich, während er die Post zurückstopfte. »Wenn ich hier ein Zimmer mieten will, und es ist keins mehr frei, versuche ich es nebenan. Wir könnten da mal nachfragen.«

»Okay«, sagte Nathan, schon Feuer und Flamme. »Gehen wir.«

Also verließen wir das Star und gingen nach rechts, um uns im Lodge Pheasant – oder Lodge Pleasant, das wird aus dem Schild nicht ganz ersichtlich – zu erkundigen.

Natürlich, George Fredericks hatte dort gewohnt. War sogar erst an diesem Morgen abgereist. »O mein Gott, nein«, rief Nathan, als sei der Bursche gerade gestorben. Er war nun der Panik wirklich nahe.

»Ja«, sagte der Portier strahlend, erfreut, den Namen in seinem dicken Buch gefunden zu haben. »Er gegangen auf Wanderung.«

»Aber er sollte doch erst in vierzehn Tagen aufbrechen!« protestierte Nathan.

»Er ist wahrscheinlich auf eigene Faust losgezogen«, sagte ich. »Oder mit Freunden.«

Damit war Nathan fix und fertig. Panik, Verzweiflung; er mußte sich setzen. Ich dachte darüber nach. »Er kann nicht abgeflogen sein; ich habe gehört, daß alle RNAC-Flüge zu den Bergen heute gestrichen wurden. Also kam er vielleicht zurück, um hier zu Abend zu essen. Kennt er sich in Katmandu gut aus?«

Nathan nickte verdrossen. »So gut wie jeder andere auch.«

»Dann versuchen wir es doch einmal im Old Vienna Inn.«

4

Im blauen Licht des Frühabends ging es in Thamel hektisch wie immer zu. Lichter flammten an den Fronten der Geschäfte auf, die sich zu den Straßen öffneten, und Menschen drängten sich dicht an dicht. Große Landrover und kleine Toyota-Taxen erzwangen sich unter Mißbrauch ihrer Hupen den Weg durch die Menge; Kühe kauten auf den Straßen wieder und betrachteten den Tumult mit dem Ausdruck leichter Überraschung, als hätte man sie gerade von ihren Weiden hierher gezaubert.

Nathan und ich gingen hintereinander an den Ladenfronten vorbei, wichen Fahrrädern aus und sprangen über die zahlreichen Pfützen. Wir kamen an Teppichgeschäften vorbei, an Herrenausstattern, Restaurants, Second-Hand-Buchhandlungen, Reisebüros, Hotels und Souvenirläden, und lehnten dabei hundert Angebote von den jungen Männern auf der Straße ab: »Geld wechseln?« »Nein.« »Hasch rauchen?« »Nein.« »Schönen Teppich kaufen?« »Nein.« »Gutes Hasch!« »Nein.« »Geld wechseln?« »Nein.« Schon seit langem hatte ich solche Spaziergänge vereinfacht, indem ich einfach »Nein« zu jedem sagte, an dem ich vorbeikam. »Nein, nein, nein, nein, nein, nein, nein.« Nathan hatte eine andere Methode, die genauso gut oder noch besser zu funktionieren schien, da die Straßenhändler mich nicht für energisch genug zu halten schienen; er nickte höflich, sagte mit diesem direkten Blick »Nein, danke« und ließ sie mit offenem Mund einfach stehen.

Wir ließen das K. C. hinter uns, bahnten uns den Weg über den ›Times Square‹, eine gefährliche Kreuzung mit besonders dichtem Verkehr, und gingen die Straße entlang, die aus Thamel zum Rest von Katmandu hinausführte. Zwei Händler standen auf der Schwelle ihres Ladens und sangen zu einer Kassette von Pink Floyds *The Wall*: »We don't need no education, we don't need no thought control.« Ich wäre fast von einem Fahrrad überfahren worden. Als die Straße breiter wurde und das Pflaster begann, stieß ich eine schwarze Ziege zur Seite, und wir sprangen über eine riesige Pfütze in eine tunnelähnliche Halle, die in ein baufälliges Gebäude direkt an der Straße führte. In der Halle ging's dann eine schiefe Betontreppe hinauf. »Waren Sie schon mal hier?« fragte ich Nathan.

»Nein, ich gehe immer ins K. C. oder an den Roten Platz.« Er machte den Eindruck, als würde er es auch nicht bedauern.

Am Kopf der Treppe öffneten wir eine Tür und traten ins Kaiserreich Österreich-Ungarn. Weiße Tischtücher, abgeteilte Nischen zwischen breiten Gängen, rote Tapeten mit Lilienmustern, Plüschbezüge, geschmackvoll-kitschige Lampen auf jedem Tisch; und in der Luft der schwere, würzige Geruch von Sauerkraut und Gulasch. Walzer von Strauß aus der Music-Box. Abgesehen von dem leisen Hupen unten auf der Straße wirkte es völlig echt.

»Mein Gott«, sagte Nathan, »wie haben sie das hierher geschafft?«

»Ist hauptsächlich ihr Werk.« Die Besitzerin und das kulinarische Genie des Lokals, eine große, üppige, freundliche Frau, kam zu uns und begrüßte mich in steifem Englisch, dem deutlich hörbar ein deutscher Akzent anhaftete.

»Hallo, Eva. Wir suchen nach einem Freund ...« Aber da war Nathan schon an uns vorbei und stürmte zu einer kleinen Nische im hinteren Teil des Lokals.

»Er hat ihn wohl gefunden«, sagte Eva mit einem Lächeln.

Als ich zu dem Tisch trat, schüttelte Nathan heftig die Hand eines kleinen, langhaarigen blonden Burschen Ende Dreißig, schlug ihm auf den Rücken und plapperte vor Erleichterung sinnlos vor sich hin – überwältigt vor Erleichterung, wie es aussah. »Freds, Gott sei Dank habe ich dich gefunden!«

»Schön, dich zu sehen, Kumpel! Aber du hast ziemliches Glück gehabt – eigentlich wollte ich heute morgen mit ein paar Tommies in die Hügel aufbrechen, aber die gute alte zuverlässige RNAC hat mal wieder alles abgesagt.« Freds hatte einen schwachen Südstaatenakzent und sprach so schnell wie kein zweiter.

»Ich weiß«, sagte Nathan. Er blickte auf und sah mich. »Eigentlich hat mein neuer Freund hier es herausbekommen. George Fergusson, das ist George Fredericks.«

Wir wechselten einen Händedruck. »Schöner Name!« sagte George. »Nennen Sie mich Freds, das machen alle.« Wir glitten hinter seinen Tisch, und Freds erklärte uns, daß die Freunde, mit denen er auf Bergtour gehen wollte, gerade ihre Zimmer suchten. »Was hast du so vor, Nathan? Ich hab' nicht mal gewußt, daß du überhaupt in Nepal bist. Ich dachte, du würdest wieder in den Staaten arbeiten, wilde Tiere retten oder so.«

»Hab' ich auch«, sagte Nathan, und sein grimmiger Friß-oder-stirb-Ausdruck legte sich wieder auf sein Gesicht. »Aber ich mußte zurückkommen. Hör zu – hast du meinen Brief nicht bekommen?«

»Nein, hast du mir geschrieben?« sagte Freds.

Nathan sah mich direkt an, und ich tat so unschuldig wie möglich. »Ich werde Sie ins Vertrauen ziehen müssen«, sagte er zu mir. »Ich kenne Sie nicht sehr gut, aber Sie waren mir heute eine große Hilfe, und wie die Dinge stehen, kann ich wirklich nicht ...«

»Wählerisch sein?«

»Nein, nein, nein ... kann ich nicht übervorsichtig sein, wissen Sie. Ich neige dazu, übervorsichtig zu sein, wie Freds Ihnen bestätigen wird. Aber ich brauche jetzt Hilfe.« Und er meinte es todernst.

»Sie machen es sich nur unnötig schwer«, versicherte ich ihm und versuchte, vertrauenswürdig, loyal und so weiter dreinzuschauen; nicht gerade einfach, wenn man das breite Grinsen auf Freds Gesicht bedachte.

»Na schön, hört zu«, sagte Nathan, an uns beide gewandt. »Ich muß euch erzählen, was mir auf der Expedition passiert ist, bei der ich im Frühjahr ausgeholfen habe. Es fällt mir immer noch nicht leicht, darüber zu sprechen, aber ...«

Und er zog den Kopf ein, beugte sich vor, senkte die

Stimme und erzählte uns die Geschichte, die ich schon aus seinem verlorengegangenen Brief kannte. Freds und ich beugten uns ebenfalls vor, so daß unsere Köpfe praktisch über dem Tisch zusammenstießen. Ich gab mein Bestes, an den Höhepunkten der Geschichte schockierte Überraschung auszudrücken, mußte mir darüber aber keine großen Sorgen machen, weil Freds die gesamte nötige Verblüffung lieferte. »Du willst mich verarschen«, sagte er. »Nein. Unglaublich. Ich kann's nicht glauben. Yetis sind normalerweise so scheu! Und der *stand einfach da*? Du willst mich *verarschen*! Verdammich unglaublich, Mann! Ich kann's nicht *glauben*! Wie groß? Was? Oh, nein! Das hast du nicht!« Und als Nathan ihm erzählte, wie der Yeti ihm das Halsband gegeben hatte, sprang Freds, genau, wie Nathan es vorausgesagt hatte, vom Tisch auf, stützte sich darauf ab und rief: »DU WILLST MICH VERARSCHEN!«

»Psst!« zischte Nathan und senkte das Gesicht fast bis auf das Tischtuch. »Nein! Komm wieder 'runter, Freds! Bitte!«

Also setzte er sich, und Nathan fuhr fort und erhielt immer wieder die gleiche Reaktion (»Du hast die verdammte Brücke EINGERISSEN?« – *»Pssst!!«*), und als er fertig war, lehnten wir uns alle erschöpft zurück. Allmählich hörten die anderen Gäste auf, uns anzustarren. Ich räusperte mich: »Aber heute haben Sie ... ähem ... hast du angedeutet, daß es noch ein Problem gibt oder ein neues dazugekommen ist.«

Nathan nickte und spitzte die Lippen. »Adrakian ging zurück und bekam Geld von einem reichen alten Knacker in den Staaten, dessen Hobby die *Großwildjagd* war. J. Reeves Fitzgerald. Jetzt unterhält er auf einem großen Grundstück eine Art Foto-Zoo. Er flog mit Adrakian und Valerie und sogar Sarah hierher, und sie gingen direkt in das Lager hinauf, das wir im Frühjahr aufgeschlagen hatten. Ich erfuhr von Armaat davon und kam so schnell wie möglich her. Unmittelbar nach meiner Ankunft haben sie im Sheraton eine Suite gemietet. Ein Hotelpage erzählte mir, sie seien in einem Landrover mit verhangenen Fenstern gekommen, und er hat gesehen, wie sie etwas Seltsames nach oben schleppten, und jetzt haben sie sich in der Suite verbarrikadiert wie in einer Festung. Und ich befürchte ... ich glaube ... ich glaube, *sie haben da oben einen gefunden*!«

Freds und ich sahen uns an. »Wann war das?« fragte ich.

»Gerade vor zwei Tagen! Seitdem habe ich nach Freds gesucht. Ich wußte nicht, was ich sonst tun sollte!«

»Was ist mit dieser Sarah?« fragte Freds. »Ist sie noch bei ihnen?«

»Ja«, sagte Nathan und sah auf den Tisch. »Ich kann es nicht glauben, aber sie ist noch da.« Er schüttelte den Kopf. »Wenn sie da oben einen Yeti verstecken ... wenn sie einen gefunden haben ... na, dann ist für die Yetis alles vorbei. Es wäre eine Katastrophe für sie.«

Damit hatte er wohl recht. Freds nickte automatisch; er stimmte einfach zu, weil Nathan es gesagt hatte. »Dann haben sie ja einen tollen Zoo da oben, ha ha.«

»Dann wirst du mir also helfen?« fragte Nathan.

»Na klar, Mann! Natürlich!« Freds schaute überrascht drein, daß Nathan die Frage überhaupt gestellt hatte.

»Ich würde auch gern helfen«, sagte ich. Und das war die Wahrheit. Der Bursche konnte einen schon irgendwie mit sich reißen.

»Danke«, sagte Nathan. Er wirkte sehr erleichtert. »Aber was ist mit deiner Bergtour, Freds?«

»Kein Problem. Ich bin sowieso nur später zugestoßen, einfach spaßeshalber. Die kommen schon klar. Ich habe mich sowieso schon gefragt, ob ich überhaupt mitgehen sollte. Die wollen ein Spiel auf die Tour mitnehmen, Trivial Pursuit, damit sie in ihren Zelten nicht durchdrehen. Wir haben es gestern mal versucht, und du weißt ja, ich bin wirklich gut in Trivial Pursuit, abgesehen bei Geschichte, Literatur und Show, aber dieses Spiel war die *englische* Ausgabe. Also köpfen wir 'ne Flasche und fangen an, und plötzlich komme ich mir vor wie in 'nem Film von Monty Python; ich meine, sie spielen es einfach nicht wie wir! Du weißt ja, wenn wir spielen, und du weißt die Antwort nicht, sagen alle: ›Ha, so ein Pech!‹ – aber dann bin ich dran, und ich wähle das Gebiet Sport, auf dem meine natürliche Stärke liegt, und sie ziehen eine Karte und fragen mich: ›Wer hat bei den karibischen Cricketmeisterschaften von 1956 dreihundertfünfundsechzigmal hintereinander den Dreistab getroffen?' oder irgendsowas und wären vor Lachen bald gestorben. Sie sprangen auf und tanzten um mich herum und *heulten* geradezu. ›Du weißt's nicht, du weißt's nicht! Du hast nicht die geringste verdammte Ahnung, wer diese Tore erzielt hat, gib's zu!‹ Es fiel mir wirklich schwer, mich auf die Antwort zu konzentrieren. Also. Es wäre wahrscheinlich sowieso ein Fehler gewesen, sie zu begleiten. Da bleib ich lieber hier und helfe euch.«

Nathan und ich konnten ihm nur beipflichten.

Dann kam Eva mit unseren Essen, was wir nach Nathans ausführlicher Erzählung bestellt hatten. Das Erstaunliche am Old Vienna Inn ist, daß das Essen noch besser ist als die Einrichtung. Es wäre überall gut gewesen, und in Katmandu, wo fast alles etwas nach Pappe schmeckt, war es einfach unglaublich. »Seht euch dieses Steak an!« sagte Freds. »Woher, zum Teufel, bekommen sie das Fleisch?«

»Hast du dich jemals gefragt, wie man die Zahl der Kühe auf den Straßen unter Kontrolle hält?« sagte ich.

Das gefiel Freds. »Ich kann mir direkt vorstellen, wie sie so ein großes Vieh hier hereingelockt haben. Bumm!«

Nathan säbelte zweifelnd an seinem Schnitzel. Und dann, über einem ausgezeichneten Essen, besprachen wir das Problem, mit dem wir es zu tun hatten. Und wie immer bei solchen Situationen hatte ich einen Plan.

5

Bislang hatte in Katmandu ein Bakschisch immer noch zum Ziel geführt, aber in dieser Woche gaben sich die Bediensteten im Everest Sheraton International zugeknöpft. Sie wollten nicht einmal etwas von kleinen Gefälligkeiten *hören*, geschweige denn daran teilhaben, ganz gleich, wieviel Scheinchen drin waren. Irgend etwas ging hier vor, und bei mir stellte sich langsam der Verdacht ein, daß J. Reeves Fitzgerald schon einige Mäuse hatte springen lassen. Also war Plan A, in Adrakians Zimmer zu kommen, gescheitert, und ich zog mich zur Hotelbar zurück, wo Nathan in einer Ecke wartete, angemessen verkleidet mit einer Sonnenbrille und einem australischen Cowboyhut. Ihm gefielen meine Neuigkeiten nicht.

Das Everest Sheraton International hat nicht gerade die übliche Qualität der Sheratons, sondern eher die eines durchschnittlichen Holiday Inn, womit es in Katmandu ein Fünf-Sterne-Hotel ist und genauso wenig hierher paßt wie das Old Vienna. Die Bar sah wie eine Flughafenbar aus, und im Nebenzimmer befand sich ein Kasino, in dem jedoch, nach dem schallenden Gelächter zu urteilen, das immer wieder darin erklang, der Spielbetrieb nicht allzu ernst genommen werden konnte. Nathan und ich setzten uns und widmeten uns unseren Drinks, während wir auf Freds warteten, der die Umgebung des Hotels erkundete.

Plötzlich ergriff Nathan meinen Unterarm. »Nicht hinsehen.«

»Alles klar.«

»Oh, mein Gott, sie müssen einen ganzen Haufen privater Sicherheitskräfte angeheuert haben. Sieh dir diese Burschen an. Nein, nicht hinsehen!«

Ich warf einen unauffälligen Blick auf die Gruppe, die die Bar betrat. Identische Stiefel, identische Jacken mit kleinen Auswölbungen unter den Achseln; glattrasierte Gesichter, aufrechte Haltung, fast militärische Erscheinungen ... Sie ähnelten ein wenig Nathan, um bei der Wahrheit zu bleiben, aber ohne Bart. »Hmm«, sagte ich. Eindeutig keine gewöhnlichen Touristen. Fitzgerald mußte *sehr viele* Mäuse springen gelassen haben.

Dann kam Freds in die Bar geschlichen und glitt an unseren Tisch. »Probleme, Mann.«

»Psst!« machte Nathan. »Siehst du diese Burschen da drüben?«

»Ich weiß«, sagte Freds. »Das sind Geheimdienstagenten.«

»Das sind *was*?« sagten Nathan und ich im Gleichklang.

»Geheimdienstagenten.«

»Jetzt erzähl' mir nicht, dieser Fitzgerald sei ein guter Freund von Reagan«, begann ich, doch Freds schüttelte den Kopf und grinste.

»Nein. Sie sind mit Jimmy und Rosalynn Carter hier. Habt ihr das nicht gehört?«

Nathan schüttelte den Kopf, doch ich erinnerte mich plötzlich wieder an einige Gerüchte, die ich vor ein paar Wochen gehört hatte. »Er wollte den Everest sehen ...?«

»Genau. Ich traf sie vor einer Woche übrigens oben in Namche. Aber jetzt sind sie wieder zurück und wohnen hier.«

»Oh, mein Gott«, sagte Nathan. »Geheimdienstleute, *hier.*«

»Es sind eigentlich ganz nette Burschen«, sagte Freds. »Wir haben uns in Namche oft mit ihnen unterhalten. Echt harte Jungs natürlich – echt hart, aber nett. Sie konnten uns die neuesten Football-Ergebnisse sagen, weil sie so eine Satellitenschüssel haben, und sie haben uns erzählt, was sie für Jobs haben und so weiter. Natürlich haben wir ihnen manchmal Fragen über die Carters gestellt, und sie sahen sich einfach um, als habe niemand etwas gesagt, was ziemlich unheimlich war, aber meistens sind sie ganz normal.«

»Und *was* tun sie hier?« sagte ich; ich konnte es noch immer nicht ganz glauben.

»Na ja, Jimmy wollte den Everest sehen. Also flogen sie alle mit dem Hubschrauber nach Namche, als gäbe es sowas wie Höhenkrankheit gar nicht, und sind zum Everest marschiert! Ich habe gerade mit einem der Agenten gesprochen, die ich da oben kennengelernt habe, und er erzählte mir, wie es lief. Rosalynn kehrte bei fünftausend Metern um, aber Jimmy ging weiter. Ihr wißt ja, all diese jungen harten Geheimdienstburschen sollen ihn beschützen, aber sie wurden krank, und jeden Tag wurden ein paar von ihnen mit dem Hubschrauber ausgeflogen – Höhenkrankheit, Lungenentzündung und so weiter –, bis kaum noch welche übrig waren! Er hat seine ganze Mannschaft in Grund und Boden marschiert! Wie alt ist er, Anfang Sechzig? Und all diese jungen Agenten kippten wie die Fliegen um, während er zum Kala Pattar stieg, und dann zum Everest-Basislager. Einfach toll!«

»Ja, klasse«, sagte ich. »Ich freue mich für ihn. Aber jetzt sind sie wieder hier.«

»Ja, und jetzt laufen sie das Kulturprogramm von Katmandu durch.«

»So ein Mist.«

»Ah! Du hast keinen Schlüssel für das Zimmer des Yetis bekommen, ist es das?«

»*Pssst*«, zischte Nathan.

»Tut mir leid, hab' nicht mehr dran gedacht. Na ja, da müssen wir uns was anderes einfallen lassen, wie? Die Carters werden noch eine Woche hierbleiben.«

»Die Fenster?« fragte ich.

Freds schüttelte den Kopf. »Ich könnte problemlos hinaufklettern, aber die von ihrem Zimmer liegen zum Garten, und da würde man mich sofort sehen.«

»Schöne Scheiße«, sagte Nathan und kippte seinen Scotch hinunter. »Phil könnte sich entschließen, den... das, was er hat, bei einer Pressekonferenz vorzustellen, solange die Carters noch hier sind. Die perfekte Möglichkeit, sich schnelle Publicity zu sichern – das würde ihm ähnlich sehen.«

Wir saßen da und dachten bei ein paar Drinks darüber nach.

»Weißt du, Nathan«, sagte ich langsam, »es gibt eine Möglichkeit, über die wir noch nicht gesprochen haben, aber da müßten wir uns auf dich verlassen.«

»Welche Möglichkeit?«

»Sarah.«

»Was? Oh, nein. Nein. Ich könnte das nicht. Ich kann wirklich nicht mit ihr sprechen. Es wäre einfach ... na ja, ich will es einfach nicht.«

»Aber warum denn nicht?«

»Sie würde nicht auf mich hören.« Er sah in sein Glas und schwenkte nervös den Inhalt. Seine Stimme wurde verbittert: »Sie würde Phil wahrscheinlich sofort sagen, daß wir hier sind, und dann stecken wir *wirklich* in der Klemme.«

»Oh, ich weiß nicht. So ein Mensch scheint sie mir nicht zu sein, nicht wahr, Freds?«

»Keine Ahnung«, sagte Freds überrascht. »Ich hab' sie nie kennengelernt.«

»Sie würde sowas bestimmt nicht tun.« Und ich bedrängte ihn noch ein paar Drinks lang und erklärte ihm, es sei unsere bislang beste Chance. Aber Nathan weigerte sich starrköpfig und gab nicht nach. Schließlich bestand er darauf, daß wir gingen.

Also bezahlten wir die Rechnung und zogen von dannen. Doch als wir durch das Foyer gingen und uns den breiten Eingangstüren näherten, verharrte Nathan plötzlich mitten in der Bewegung. Eine große, gutaussehende Frau, die eine Brille mit großen Gläsern trug, war gerade hereingekommen. Nathan stand wie angewurzelt da. Ich konnte mir denken, wer die Frau war, und stieß ihn an. »Bedenke, was auf dem Spiel steht.«

Ein gutes Argument. Er atmete tief ein. Und als die Frau an uns vorbeigehen wollte, riß er sich Hut und Sonnenbrille ab. »Sarah!«

Die Frau machte einen Satz. »Nathan! Mein Gott! Was ... was tust du denn hier?«

Verdrossen: »Du weißt, weshalb ich hier bin, Sarah.« Er stand noch kerzengerader da als sonst und funkelte sie an. Der Blick hätte nicht anklagender sein können, hätte man sie gerade am Mord seiner Mutter schuldig gesprochen.

»Was ...?« Ihre Stimme ließ sie im Stich.

Nathans Lippen kräuselten sich verächtlich. Ich befürchtete schon, daß er die Schuld-Masche gewaltig übertrieb, und wollte gerade dazwischentreten und eine nicht so auf Konfrontation bedachte Annäherung versuchen, als dann mitten in seinem nächsten Satz echter Schmerz in seiner Stimme mitschwang: »Ich hätte nicht gedacht, daß du dazu fähig bist, Sarah.«

Mit ihrer hellbraunen Ponyfrisur und den großen Brillengläsern sah sie wie ein Schulmädchen aus. Jetzt war diesem Schulmädchen unbehaglich zumute: ihre Lippen zitterten, und sie stotterte schnell: »Ich ... ich ...« Und dann verlor sie die Fassung, und mit einem leisen Schluchzer taumelte sie auf Nathan zu und brach an seiner breiten Schulter zusammen. Er tätschelte mit einem verwirrten Gesichtsausdruck ihren Kopf.

»Oh, Nathan«, sagte sie, noch immer elendig schluchzend. »Es ist so *schrecklich* ...«

»Ist ja schon gut«, sagte er, steif wie ein Brett. »Ich weiß.«

Die beiden vertieften sich für eine Weile in ihren Gedankenaustausch. Ich räusperte mich. »Warum gehen wir nicht irgendwo hin und trinken etwas«, schlug ich vor, mit dem sicheren Gefühl, daß die Dinge schon wieder etwas freundlicher aussahen.

6

Wir gingen in die Cafeteria des Hotels Annapurna, und dort bestätigte Sarah Nathans schlimmste Befürchtungen. »Sie haben ihn im *Badezimmer* eingesperrt.« Anscheinend fraß der Yeti immer weniger, und Valerie Budge drängte Mr. Fitzgerald, ihn sofort dem lächerlichen kleinen Zoo der Stadt zu überstellen, doch Fitzgerald flog eine Gruppe Wissenschaftler und Fachjournalisten ein, um morgen oder übermorgen eine Pressekonferenz abzuhalten, und er und Phil wollten bis dahin warten. Sie hofften darauf, daß die Carters der Enthüllung, wie Freds es nannte, beiwohnten, hatten aber noch keine Zusage bekommen.

Freds und ich stellten Sarah Fragen über die Vorgänge im Hotelzimmer. Anscheinend wechselten sich Phil, Valerie Budge und Fitzgerald mit der ständigen Bewachung des Badezimmers ab. Wie fütterten sie ihn? Wie fügsam war er? Frage, Antwort, Frage, Antwort. Nach ihrem ursprünglichen Zusammenbruch erwies sich Sarah als zähe und vernünftige Frau. Nathan andererseits verschwendete nur unsere Zeit, indem er unentwegt wiederholte: »Wir müssen ihn da rausholen, und zwar schnell, sonst ist es sein *Ende.*« Sarahs Hand auf der seinen nährte die Flamme nur noch. »Wir müssen ihn einfach *retten.*«

»Ich weiß, Nathan«, sagte ich und versuchte nachzudenken. »Das wissen wir schon.« Langsam entstand in meinem Hinterstübchen ein Plan. »Sarah, hast du einen Zimmerschlüssel?« Sie nickte. »Na gut, gehen wir.«

»Was, sofort?« rief Nathan.

»Klar! Wir haben es doch eilig, oder? Diese Reporter werden bald eintreffen, und sie werden merken, daß Sarah verschwunden ist ... Und wir müssen uns vorher noch ein paar Sachen besorgen.«

7

Es war schon später Nachmittag, als wir zum Sheraton zurückkehrten. Freds und ich fuhren auf gemieteten Fahrrädern, und Nathan und Sarah folgten in einem Taxi. Wir machten dem Taxifahrer klar, daß er vor dem Hotel auf uns warten sollte; dann stiefelten Freds und ich hinein, gaben Nathan und Sarah das Zeichen, daß alles in Ordnung sei, und gingen direkt zu den Telefonen in der Lobby. Nathan und Sarah gingen zur Rezeption und nahmen sich ein Zimmer; sie mußten eine Weile untertauchen.

Ich rief in allen Zimmern auf der obersten Etage des Hotels an (der dritten), über die Hälfte davon wurden von Amerikanern bewohnt. Ich erklärte, ich sei J. Reeves Fitzgerald, Assistent der Carters, die ebenfalls in dem Hotel wohnten. Alle wußten über die Carters Bescheid. Ich erklärte, die Carters würden einen kleinen Empfang für die Amerikaner im Hotel geben, und wir hofften, sie würden daran teilnehmen und in die Kasinobar kommen – die Carters würden in etwa einer Stunde dort sein. Alle freuten sich über die Einladung (bis auf einen verdrossenen Republikaner, bei dem ich schließlich auflegen mußte) und versprachen, gleich zu kommen.

Der letzte Anruf galt Phil Adrakian in Zimmer 355; ich gab mich als Lionel Holding aus. Es klappte so gut wie bei den anderen; wenn überhaupt, war Adrakian noch begeisterter. »Wir kommen sofort, danke – und wir haben sogar eine Gegeneinladung auszusprechen.« Ich war natürlich voreingenommen, aber er klang wirklich nach einem widerlichen Kerl. Nathans Bezeichnung *Theoretiker* schien für mich nicht ganz zuzutreffen; ich zog eher etwas wie *Arschloch* oder so vor.

»Sehr schön. Die Einladung gilt natürlich Ihrer ganzen Gruppe.«

Freds und ich warteten in der Bar und beobachteten die Fahrstühle. Amerikaner in ihren besten Safarianzügen strömten hinaus und gingen zum Kasino; man hätte nicht glauben mögen, daß es soviel Polyester in Katmandu gab, aber es reist sich wohl gut darin.

Zwei Männer und eine untersetzte Frau kamen die breite Treppe neben dem Fahrstuhl hinab. »Sind sie das?« fragte Freds. Ich nickte; sie paßten genau auf Sarahs Beschreibung. Phil Adrakian war klein, schlank und gutaussehend, wenn man auf kalifornische Sunny Boys stand. Valerie Budge trug eine Brille und hatte ihr üppiges lockiges Haar hochgesteckt; irgendwie wirkte sie intellektuell, wo Sarah nur lernbegierig wirkte. Der Geldgeber, J. Reeves Fitzgerald, war um die Sechzig und sah sehr fit aus, wenngleich er eine Zigarre rauchte. Er trug eine Safarijacke mit acht Taschen darauf. Adrakian unterhielt sich leise mit ihm, als sie durch das Foyer zur Kasinobar gingen, und ich hörte, wie er sagte: »... *besser* als eine Pressekonferenz.«

Ich hatte eine letzte Eingebung und kehrte zu den Telefonen zurück. Ich fragte die Hotelvermittlung nach Jimmy Carter und wurde verbunden; es hob jedoch ein sehr geschäftsmäßig klingender Mann mit einem Akzent ab, der verriet, daß er aus dem Mittelwesten stammte. »Hallo?«

»Hallo, ist da die Suite der Carters?«
»Darf ich fragen, wer dort spricht?«
»Hier ist J. Reeves Fitzgerald. Ich möchte Sie bitten, die Carters zu informieren, daß die Amerikaner im Sheraton für heute nachmittag einen Empfang für sie in der Kasinobar des Hotels organisiert haben.«
»... ich bin nicht sicher, ob Ihr Zeitplan ihnen die Teilnahme erlaubt.«
»Ich verstehe. Aber lassen Sie es sie bitte trotzdem wissen.«
»Natürlich.«
Zurück zu Freds, wo ich mit zwei Schlucken ein Glas Bier leerte. »Na ja«, sagte ich. »*Irgend etwas* wird passieren. Gehen wir 'rauf.«

8

Ich klingelte bei Nathan und Sarah an, und sie trafen uns vor der Tür des Zimmers 355. Sarah schloß uns auf. Es war eine große Suite – typischer Holiday Inn-Stil –, die sich in jeder Stadt auf der Erde befinden könnte. Abgesehen von dem leichten Geruch nach nassem Fell.

Sarah ging zur Badezimmertür und entriegelte sie. Dahinter regte sich etwas. Nathan, Freds und ich traten unbehaglich von einem Fuß auf den anderen. Eine Bewegung, und dann stand er vor uns. Ich starrte in die Augen des Yetis.

In der Tourismusbranche von Katmandu gibt es Kalender, Postkarten und bedruckte T-Shirts mit der Zeichnung eines Yetis darauf. Es ist immer dieselbe Zeichnung, was ich nie begriffen habe: Warum sollten sich alle auf dieselbe Vermutung versteifen? Es ärgerte mich: ein kleiner Pelzball, der einem den Rücken zugewandt hatte, mit dem üblichen Affengesicht über die Schulter zurück sah und die Sohle eines großen nackten Fußes zeigte.

Es freut mich, Ihnen bestätigen zu können, daß der echte Yeti ganz anders aussah. Oh, ein Fell hatte er schon; aber er hatte etwa Freds' Größe und ein eindeutig humanoides Gesicht, umgeben von einer bartähnlichen Krause aus mattem rötlichem Pelz. Er sah ein wenig wie Lincoln aus – klar, wie ein kleiner und sehr häßlicher Lincoln mit einer platten Nase und ziemlich hervorstehenden wulstigen Brauen –, aber die Ähnlichkeit war vorhanden. Es erleichterte mich, wie menschlich sein Gesicht wirkte – mein Plan hing davon ab, und ich war froh, daß Nathan bei seiner Beschreibung nicht übertrieben hatte. Das einzige Merkmal, das wirklich ungewöhnlich wirkte, war der Hinterhauptkamm, ein schmaler erhöhter Streifen aus Knochen und Muskeln, der längs über seinen Kopf verlief, als habe der Schädel selbst einen Mohikaner-Haarschnitt.

Na ja, wir alle standen da wie eine Statue mit dem Namen »Menschen treffen Yeti«, als Freds sich entschloß, das Eis zu brechen; er trat vor und reichte dem Burschen die Hand. »Namaste!« sagte er.

»Nein, nein ...« Nathan drängte sich an ihm vorbei und streckte das Halsband mit den fossilen Muscheln aus, das er im Frühjahr bekommen hatte.

»Ist das derselbe?« krächzte ich, kurzzeitig etwas verwirrt. Denn bis sich diese Badezimmertür geöffnet hatte, hatte ein Teil von mir eigentlich nicht daran geglaubt.

»Ich glaube schon.«

Der Yeti bewegte sich und ergriff das Halsband und Nathans Hand. Erneut Statuenzeit. Dann trat der Yeti vor und berührte Nathans Gesicht mit seiner langen, pelzigen Hand. Er pfiff leise. Nathan zitterte; in Sarahs Augen standen Tränen. Ich selbst war auch beeindruckt. »Er sieht aus wie ein Buddha, meint ihr nicht auch?« sagte Freds. »Er hat nicht den Bauch dafür, aber diese Augen, Mann. Buddha in Reinkultur.«

Wir machten uns an die Arbeit. Ich öffnete meine Tragetasche und holte einen weiten Overall heraus, ein gelbes T-Shirt mit dem Aufdruck »Befreit Tibet!« und einen großen Anorak. Nathan zog sein Hemd aus und wieder an, um dem Yeti zu zeigen, was wir vorhatten.

Langsam, vorsichtig, sanft, mit vielen leise gesprochenen Worten und behutsamen Gesten, brachten wir den Yeti dazu, das Zeug anzuziehen. Das T-Shirt stellte uns vor die größten Schwierigkeiten: er zappelte etwas, als wir es ihm über den Kopf zogen. Der Anorak hatte zum Glück einen Reißverschluß. Bei jeder Bewegung, die ich machte, sagte ich: »Namaste, gesegneter Herr, namaste.«

Die Hände und Füße waren ein Problem. Seine Hände waren seltsam, die Finger waren knochig und fast doppelt so lang wie meine und auch ziemlich haarig; aber mitten am Tag in Katmandu Fäustlinge zu tragen, war fast noch schlimmer. Ich schob die Entscheidung hinaus und wandte mich seinen Füßen zu. Hier entsprach die Zeichnung für die Touristen einigermaßen der Wirklichkeit: seine Füße waren groß, fellbewachsen und fast viereckig. Sein großer Zeh ähnelte einem fetten Daumen. Die Stiefel, die ich mitgebracht hatte, die größten, die ich in der Eile finden konnte, waren viel zu klein. Schließlich zog ich ihm tibetanische Wollsocken und Birkenstock-Sandalen an, bei denen ich mit einem Taschenmesser herumgefuhrwerkt hatte, damit die großen Zehen über die Seiten hinaushängen konnten.

Schließlich setzte ich ihm noch meine blaue Dodgers-Mütze auf den Kopf. Reflektierende Sonnenbrillen mit breiten Bügeln erledigten den Rest. »He, toll«, bemerkte Freds. Dazu noch ein Sherpa-Halsband, bestehend aus fünf Korallenstücken und drei großen Brocken ungeschliffenem Türkis, aufgereiht an einer schwarzen Schnur. Das Ablenkungsprinzip, Sie verstehen.

Während ich den Yeti verkleidete, durchwühlten Sarah und Nathan die Schubladen und das Gepäck und sammelten alle Filme, Notizbücher und alles andere ein, was Beweise für die Existenz des Yetis enthalten mochte. Und die ganze Zeit über stand der Yeti ruhig und aufmerksam da: Er beobachtete Nathan, steckte die Hand in einen Ärmel wie ein Millionär bei seinem Kammerdiener, trat vorsichtig in die Birkenstocks, schob den Schirm der Baseballmütze zurecht und so weiter. Ich war wirklich beeindruckt, und Freds ebenfalls. »Er ähnelt wirklich einem Buddha, nicht wahr?« Die körperliche Ähnlichkeit war im Augenblick wohl nicht gegeben, doch sein Verhalten hätte nicht ausgeglichener sein können, wenn er der Gautama persönlich gewesen wäre.

Als Nathan und Sarah mit ihrer Suche fertig waren, betrachteten sie unser Werk. »*Mein Gott*, sieht der unheimlich aus«, sagte Sarah.

Nathan setzte sich einfach aufs Bett und legte den Kopf in die Hände. »Es wird nie funktionieren!« sagte er. »Nie!«

»Sicher wird es das!« rief Freds und zog den Reißverschluß des Anoraks noch etwas höher. »Auf der Freak Street sieht man solche Typen ständig! Mann, als ich noch auf der Schule war, sah unser ganzes Football-Team genauso aus wie er! In meinem Staat könnte er ohne weiteres als Senator kandidieren …«

»Hört, hört«, sagte ich. »Wir haben keine Zeit zu verschwenden. Gebt mir die Schere und die Bürste, ich muß noch sein Haar machen.« Ich versuchte mit wenig Erfolg, es über die Ohren zurückzukämmen, und schnippelte hinten dann etwas herum. Nur ein kurzes Stück, dachte ich, nur die paar Meter bis zu dem Taxi. Und in ziemlich dunklen Gängen. »Ist es auf beiden Seiten gleichmäßig?«

»Um Gottes willen, George, gehen wir endlich!« Nathan wurde etwas zapplig. Wir sammelten unsere Besitztümer ein, packten die Taschen zusammen und zerrten den alten Buddha auf den Gang.

9

Ich war schon immer stolz auf mein Gefühl für das richtige Timing. Oft war ich selbst überrascht, wie genau ich es hinbekam, zur richtigen Zeit am richtigen Ort zu sein; diese Fähigkeit übersteigt jede bewußte Berechnung und hat etwas zu tun mit einer tiefen mystischen Verständigung mit den kosmischen Zyklen und so. Aber scheinbar arbeitete ich bei dieser Sache mit Menschen zusammen, deren Gefühl für das richtige Timing so kosmisch schrecklich war, daß meins völlig unterging. Das ist die einzige Erklärung, die ich dafür habe.

Denn da waren wir, begleiteten einen Yeti durch einen Gang des Everest Sheraton International und gingen ganz gemächlich daher, der Yeti krummbeinig – ziemlich krummbeinig, aber ansonsten einigermaßen normal. Eine ganz gewöhnliche Touristengruppe in Nepal. Wir entschieden uns, die Treppe zu nehmen, um ein eventuelles Gedränge im Fahrstuhl von vornherein zu vermeiden, und traten durch die Schwingtüren ins Treppenhaus. Und da kamen Jimmy Carter, Rosalynn Carter und fünf Jungs vom Secret Service die Treppe zu uns hinab.

»Mann!« rief Freds aus. »Ich will verdammt sein, wenn das nicht Jimmy Carter ist! Und auch Rosalynn!«

Das war wohl die beste Möglichkeit, die Situation auszubaden; Freds gab sich einfach ganz natürlich. Ich weiß nicht, ob die Carters zu einem Ausflug aufbrachen oder tatsächlich an meinem Empfang teilnehmen wollten; sollte das letztere zutreffen, war mein Einfall, sie ebenfalls einzuladen, wirklich nicht besonders gut gewesen. Auf jeden Fall kamen sie die Treppe runter und blieben dann auf dem Absatz stehen. Wir blieben auf dem Absatz stehen. Die Jungs vom Geheimdienst hielten uns genau im Auge und blieben auf dem Absatz stehen.

Was nun? Jimmy schenkte uns sein berühmtes Lächeln, und es hätte genauso gut das Titelbild des *Time*-Magazines schmücken können, so ein vertrauter Anblick war es. Nein, doch nicht ganz. Nicht genauso. Sein Gesicht war natürlich älter geworden, und es erweckte den Anschein, als habe er gerade eine ernsthafte Krankheit oder eine große Naturkatastrophe überstanden. Es sah aus, als sei er durchs Feuer gegangen und sei in die Welt zurückgekehrt und wisse nun besser als die meisten Menschen, was es mit dem Feuer auf sich hat. Es war ein gutes Gesicht, es zeigte, was ein Mensch alles aushalten kann. Und er war ganz entspannt;

diese Art von Unterbrechung gehörte zu seinem täglichen Leben, war Teil des Jobs, zu dem er sich neun Jahre vorher freiwillig gemeldet hatte.

Ich war alles andere als entspannt. Und als die Jungs vom Geheimdienst dann Buddha mit ihren undeutbaren scharfen Blicken musterten, fühlte ich, wie mein Herz stehenblieb, und mußte meinem Oberkörper einen kleinen Ruck geben, damit es weiterschlug. Nathan hatte schon in dem Augenblick, da er Carter sah, das Atmen eingestellt, und nun wurde er über der scharfen Linie seines Bartes ganz blaß. Es wurde noch schlimmer, als Freds vorwärtstrat und eine Hand ausstreckte. »Hallo, Mr. Carter, namaste! Schön, Sie kennenzulernen.«

»Hallo, wie geht's euch allen.« Noch mehr von dem berühmten Lächeln. »Wo kommt ihr alle her?«

Und wir antworteten »Arkansas«, »Kalifornien«, »M-Massachusetts«, »Oregon«, und bei jedem lächelte er und nickte anerkennend und vergnügt, und Rosalynn lächelte auch und sagte »Hallo, hallo!«, aber mit jenem entrückten Blick, den ich schon während der Jahre seiner Amtszeit bemerkt hatte und der besagte, wenn's nach ihr ging, könnten wir alle genauso gut dort sein, wo der Pfeffer wächst. Jimmy schüttelte nacheinander jedem von uns die Hand – bis Buddha an der Reihe war.

»Das ist unser Führer, B-Badim Badur«, sagte ich. »Er spricht kein Englisch.«

»Ich verstehe«, sagte Jimmy. Und er nahm Buddhas Hand und schüttelte sie kräftig.

Ich hatte mich entschlossen, Buddha keine Handschuhe anzuziehen, eine Entscheidung, die ich nun ernsthaft bedauerte. Hier hatten wir einen Mann, der in seinem Leben mindestens eine und vielleicht sogar zehn Millionen Hände geschüttelt hatte; wenn es einen Experten auf der Welt fürs Händeschütteln gab, dann ihn. Und kaum hatte er Buddhas lange, knochige Hand ergriffen, wußte er, daß etwas nicht in Ordnung war. Ein paar Furchen gesellten sich zu dem Netzwerk von Falten um seine Augen, und er betrachtete Buddhas eigentümliche Aufmachung genauer.

Ich fühlte, wie der Schweiß aus meiner Stirn quoll und sie bedeckte. »Äh, Badim ist etwas schüchtern«, sagte ich, als der Yeti plötzlich grunzte.

»Naa-maas-taii«, sagte er mit heiserer, rauher Stimme.

»Namaste!« erwiderte Jimmy und grinste das berühmte Grinsen.

Und das, Leute, war das erste belegte Gespräch zwischen Yeti und Mensch.

Natürlich hatte Buddha nur versucht, uns zu helfen – nach dem, was später geschah, bin ich mir dessen ganz sicher –, doch obwohl wir alle es so gut wie möglich zu verbergen versuchten, hatte seine Sprachfähigkeit uns offensichtlich ziemlich überrascht. Als Ergebnis schickten die Jungs vom Geheimdienst sich an, uns einer noch genaueren visuellen Untersuchung zu unterziehen, allen voran Buddha.

»Äh, wollen wir diese netten Leute nicht aufhalten«, sagte ich zitternd und nahm Buddha am Arm. »Schön, Sie kennengelernt zu haben«, sagte ich zu den Carters. Wir alle verharrten einen Augenblick lang. Es erschien mir unhöflich, vor dem ehemaligen Präsidenten der Vereinigten Staaten eine Treppenflucht hinabzugehen, aber die Leute vom Secret Service wollten uns verdammt nochmal nicht *über* ihnen haben, und so ging ich schließlich voran, Buddha am Arm festhaltend.

Wir erreichten ohne Zwischenfall das Foyer. Sarah unterhielt sich angeregt mit den Leuten vom Geheimdienst, die direkt hinter uns waren, und lenkte ihre Aufmerksamkeit sehr erfolgreich ab, wie ich annahm. Es hatte den Anschein, daß wir das Hotel ohne weitere Zwischenfälle verlassen könnten, als die Türen der Kasinobar aufschwangen und Phil Adrakian, J. Reeves Fitzgerald und Valerie Budge herauskamen. (Hat da jemand was von Timing gesagt?)

Adrakian erfaßte die Situation auf einen Blick. »Sie entführen ihn!« rief er. »He! *Kidnapping*!«

Na ja, man hätte den Agenten vom Secret Service genauso gut Stromkabel anlegen können. Zwar ist es nicht ganz einsichtig, warum jemanden einen Ex-Präsidenten ermorden wollte, aber als Geisel für Lösegeld oder was auch immer wäre er hervorragend geeignet. Sie bewegten sich wie Mungos, um zwischen uns und die Carters zu kommen. Freds und ich versuchten, Buddha zur Vordertür herauszubekommen, ohne dabei die Beine zu bewegen; wir machten natürlich keinen großen Fortschritt, und ich bezweifle, daß wir aus dem Hotel herausgekommen wären, wäre Sarah nicht gewesen. Sie sprang direkt vor den anstürmenden Adrakian und stellte sich ihm in den Weg.

»*Du* bis der Kidnapper, du Lügner!« rief sie und gab ihm eine so deftige Ohrfeige, daß er taumelte. »*Hilfe!*« verlangte sie von den Jungs vom Geheimdienst, lief rot an und stieß Valerie Budge gegen Fitzgerald. Sie sah so zerzaust und mitgenommen und wunderschön aus, daß die Agenten verwirrt waren; die Situation war ihnen keineswegs klar. Freds, Buddha und ich sprangen zur Tür hinaus und gaben Fersengeld.

Unser Taxi war weg. »Scheiße«, sagte ich. Keine Zeit zum Nachdenken. »Die Fahrräder?« fragte Freds.

»Ja.« Keine andere Wahl – wir liefen um das Gebäude und schlossen unsere beiden Fahrräder auf. Ich stieg auf meins, und Freds half Buddha auf das kleine eckige Gestell über dem Hinterrad. Vor dem Hotel erklangen Schreie, und ich glaubte, Adrakians Stimme herauszuhören. Freds stieß mich von hinten an, und wir fuhren los; ich stand auf, um besser in die Pedale treten zu können, und wir schwankten gefährlich hin und her.

Ich fuhr die Straße nach Norden entlang. Sie war etwas breiter als einspurig und zur Hälfte gepflastert. Wie üblich herrschte dichter Fahrrad- und Autoverkehr, und es hielt mich ganz schön in Trab, Fahrzeugen und Schlaglöchern auszuweichen, mich nach Verfolgern umzudrehen und zu verhindern, daß das Fahrrad unter Buddhas sich ständig verlagerndem Gewicht umkippte.

Es handelte sich um ein übliches Mietmodell aus Katmandu, Marke Hero Jet: schweres Gestell, dicke Reifen, niedrige Lenkstange, ein Gang. Es bremste, wenn man rückwärts trat, und hatte eine Handbremse und eine große laute Klingel, ein sehr wesentliches Zubehörteil. Es war kein besonders schlechtes Exemplar, insofern die Handbremse funktionierte, die Lenkstange nicht locker war und sich keine Feder aus dem Sitz in meinen Arsch bohrte. Aber ein Hero Jet ist nun mal leider ein Fahrrad für eine Person. Und Buddha war kein Leichtgewicht. Er war wie eine Katze gebaut, dicht und kompakt, und ich wette, er wog über zweihundert Pfund. Sein Gewicht drückte das Hinterrad platt – zwischen der Felge und dem Boden lag gerade mal ein halber Zentimeter, und jedesmal, wenn ich versehentlich durch ein Schlagloch fuhr, erklang beim Herausfahren ein häßliches *Wumm.*

Also brachen wir keinen Geschwindigkeitsrekord, und als ich nach links auf die Dilli Bazar abbog, rief Freds von hinten: »Sie sind hinter uns her! Siehst du, da ist Adrakian mit ein paar anderen in einem Taxi!«

Und in der Tat, ein paar hundert Meter hinter uns hing Phil Adrakian aus dem Seitenfenster eines kleinen weißen Tojota-Taxis heraus und schrie uns etwas hinterher. Wir strampelten zur Dhobi-Khoba-Brücke und schossen an der Hauptniederlassung der Einwanderungsbehörde vorbei, bevor mir ein paar Worte einfallen konnte, mit denen ich die Menge dort vielleicht auf die Straße locken konnte. »Freds!« sagte ich keuchend. »Lenke sie ab! Halte den Verkehr auf!«

»Sofort.« Augenblicklich bremste er mitten auf der Straße, sprang ab und warf seinen Hero Jet zu Boden. Das dreirädrige Taxi hinter ihm rollte darüber, bevor der Fahrer anhalten konnte. Freds schrie Zeter und Mordio, zog das Fahrrad darunter hervor und warf es unter einen Datsun, der in die andere Richtung fuhr, es zermalmte und mit kreischenden Reifen anhielt. Weiteres Zeter und Mordio von Freds, der hin und her lief, die Fahrer aus ihren Fahrzeugen zerrte und ihnen alle nepalesischen Begriffe an den Kopf warf, die ihm bekannt waren: »Tschiso howa!« (Kalter Wind.) »Tato pani!« (Heißes Wasser.) »Rhamrao dihn!« (Schöner Tag.)

Ich erhaschte nur ein paar kurze Blicke darauf, während ich weiterfuhr, sah aber, daß er mir etwas Zeit verschafft hatte, und konzentrierte mich darauf, dem Verkehr auszuweichen. Die Dilli Bazar ist eine der verstopftesten Straßen in Katmandu, und das will schon einiges heißen. Die beiden schmalen Fahrspuren werden von dreigeschossigen Gebäuden umsäumt, die Lebensmittelmärkte und Stoffgroßhändler beherbergen und sich direkt zur Straße öffnen und dort ihre Registrierkassen und so weiter aufgebaut haben, trotz der Tatsache, daß die Straße von zahlreichen Lastwagen befahren wird. Dazu noch die üblichen Hunde, Ziegen, Hühner, Taxen, jungen Schulmädchen, die zumeist zu dritt nebeneinander gehen, die Arme verschränkt, Peditaxen mit zwei Meter großen Chauffeuren, die mit fünf Stundenkilometern ganze Familien befördern, und gelegentlich eine daherschleichende heilige Kuh, und Sie können sich in etwa vorstellen, wie es hier zugeht. Nicht nur das, dazu kommen noch die gewaltigen Schlaglöcher – manche könnte man für offene Einsteigelöcher halten.

Und die Hügel! Bis dahin kam ich ganz gut zurecht; ich winkte, um die Menge zu verscheuchen, und betätigte meine Klingel, bis ich einen Daumenkrampf bekam. Aber dann schüttelte Buddha meinen Arm, und ich schaute zurück und sah, daß Adrakian irgendwie an Freds vorbeigekommen war und sich ein anderes Taxi genommen hatte. Er war uns wieder auf der Spur, kam im Augenblick aber nicht an einem farbenprächtig angestrichenen Bus vorbei. Und dann strampelten wir den ersten von drei ziemlich steilen Hügeln hinauf, die die Dilli Bazar überwinden muß, bevor sie die Stadtmitte erreicht.

Hero Jets sind nicht für Hügel geschaffen. Die Einheimischen klettern bei solchen Steigungen von ihren Rädern und schieben sie, und nur Europäer oder Amerikaner, die es sogar in Nepal noch eilig haben, bleiben auf ihnen sitzen und schinden sich den Hang hinauf. Ich gehörte an diesem Tag ganz bestimmt dazu und erhob mich und trat kräftig in die Pedale. Aber ich kam nur mühsam voran, besonders, nachdem ich bremsen und stehenbleiben mußte, um nicht einen alten Mann zu überfahren, der sich in der Nase bohrte. Adrakians Taxi hatte unter einer Explosion von Gehupe den Bus überholt und kam schnell näher. Ich setzte mich keuchend und ächzend wieder auf den Sitz; meine Beine fühlten sich wie große Holzklötze an, und es sah ganz danach aus, daß ich eine diplomatische Lösung für das Problem finden mußte, als plötzlich meine Füße von den Pedalen getreten wurden; wir machten einen Satz vorwärts und verfehlten nur knapp ein Peditaxi.

Buddha hatte übernommen. Er hielt sich mit beiden Händen am Sitz fest und trat von hinten in die Pedale. Ich hatte schon gesehen, wie große Europäer auf diese Art auf ihren gemieteten Fahrrädern fuhren, um nicht bei jedem Aufschwung mit den Knien gegen die Lenkstange zu donnern. Aber man bekommt von da hinten nicht viel Schub, und ich hatte noch nie gesehen, wie jemand so *bergauf* fuhr. Aber für Buddha war das kein Problem. Ich will damit sagen, dieser Bursche war verdammt *stark*. Er strampelte so heftig drauflos, daß der arme Hero Jet unter der Beanspruchung ächzte, und wir schossen den Hügel hinauf und flogen auf der anderen Seite wieder hinab, als seien wir auf ein Motorrad umgestiegen.

Ein Motorrad ohne Bremsen, wie ich hinzufügen sollte. Buddha schien mit der Wirkungsweise der Fußbremse nicht vertraut zu sein, und ich versuchte es ein- oder zweimal mit der Handbremse und stellte dabei lediglich fest, daß sie wie ein Schweinchen quiekte und unsere Stabilität etwas verringerte. Als wir also die Dilli Bazar hinabrasten, konnte ich nur die Füße auf das Gestell legen und Hindernissen ausweichen, wie in einem dieser Rennrad-Videospiele. Ich drückte auf Teufel komm raus auf die Klingel und schloß gelegentlich die Augen, während wir auf der rechten Spur entgegenkommendem Verkehr auswichen (hier herrscht Linksverkehr). Aus den Augenwinkeln sah ich, wie uns Fußgänger anglotzten, als wir an ihnen vorbeirasten; dann fuhren wir durch eine Kurve, und die Straße wurde frei, und ich sah, daß wir uns der ›Verkehrsingenieur-Kreuzung‹ näherten, normalerweise eine meiner

Lieblingskreuzungen. Hier kreuzt die Dilli Bazar eine andere Hauptverkehrsstraße, und zur Verkehrsregelung hat man vier Ampeln angebracht, die alle vier *vierundzwanzig Stunden am Tag grün* zeigen.

Diesmal diente eine Kuh als Verkehrspolizist. Ich rief »Bistarre!« (Langsam), aber Buddhas Vokabular war anscheinend auf »Namaste« beschränkt, und er strampelte unverdrossen weiter. Ich fluchte, drückte die Handbremse hinab, kauerte mich über die Lenkstange und klingelte.

Wir schossen durch die Lücke zwischen einem schnell fahrenden Taxi und der Verkehrskuh – an jeder Seite blieben zehn Zentimeter Platz – und hatten die Kreuzung hinter uns gelassen, bevor ich auch nur blinzeln konnte. Kein Problem. *Das* nenne ich Timing.

Danach kam es nur noch auf geschickte Navigation an. Ich bog entgegengesetzt der Fahrtrichtung in den Einbahnstraßen-Abschnitt der Durbar Marg ein, um unsere Fahrt zu verkürzen und Verfolger endgültig abzuschütteln, und nachdem wir das überlebt hatten, war es kein Problem, auch den Rest des Weges nach Thamel zu schaffen.

Als wir uns Thamel näherten, passierten wir das Gelände des Königlichen Palastes; wie ich schon erwähnt habe, sind die großen Bäume Tag und Nacht von riesigen braunen Fledermäusen besetzt, die mit dem Kopf nach unten an den kahlen oberen Ästen hängen. Als wir am Palast vorbeifuhren, müssen diese Fledermäuse den Geruch des Yetis erfaßt haben, denn plötzlich löste sich die ganze Schar von den Ästen, und sie quiekten wie meine Handbremse und flatterten wie hundert kleine Draculas mit den großen braunhäutigen Schwingen. Buddha fuhr langsamer, um den Anblick zu betrachten, und alle anderen auf der Straße, sogar die Kuh an der Ecke, blieben stehen und sahen ebenfalls nach oben, um die Wolke aus Fledermäusen zu beobachten, die den Himmel erfüllte.

In Augenblicken wie diesen liebe ich Katmandu einfach.

In Thamel fielen wir nicht weiter auf. Eine bemerkenswerte Anzahl Menschen auf den Straßen ähnelte Buddha beträchtlich – so sehr, daß mich die Vorstellung überkam, die Stadt könne insgeheim von verkleideten Yeti unterwandert sein. Ich schrieb diese Vorstellung der Hysterie zu, die die Verkehrsingenieur-Kreuzung bei mir ausgelöst hatte, und lenkte unseren Hero Jet auf den Hof des Hotels Star. Dann umgaben uns Mauern, und Buddha hörte auf zu strampeln. Wir stiegen ab, und ich führte ihn zitternd nach oben auf mein Zimmer.

10

Na also. Wir hatten den gefangenen Yeti befreit. Obwohl ich, als ich uns beide in meinem Zimmer einschloß, eingestehen mußte, daß er nur zum Teil frei war. Ihn völlig zu befreien, ihn in seine heimatlichen Gefilde zurückzubringen, könnte sich als Problem erweisen. Ich wußte noch immer nicht genau, wo er zu Hause war, aber in Katmandu gibt es keine Mietwagen, und die Busse sind immer, ganz gleich, wohin es geht, vollgestopft, und eine Busfahrt würde auch viel zu lange dauern. Würde Buddha es zehn Stunden in einem überfüllten Bus aushalten können? Naja, so, wie ich ihn einschätzte, wahrscheinlich. Aber würde auch seine Verkleidung halten? Das bezweifelte ich.

Außerdem war da noch die Sache mit Adrakian und dem Secret Service. Ich hatte keine Ahnung, was mit Nathan und Sarah und Freds passiert war, und machte mir um sie Sorgen, besonders um Nathan und Sarah. Wenn sie doch endlich kämen! Nun, da wir hier und außer Gefahr waren, kam ich mir mit meinem Gast ein wenig unbehaglich vor; mit ihm darin wirkte mein Zimmer schrecklich klein.

Ich ging ins Badezimmer und pinkelte. Buddha kam rein und beobachtete mich, und als ich fertig war, fand er die richtigen Knöpfe an seinem Overall und folgte meinem Beispiel! Der Bursche war erstaunlich clever! Und noch etwas ... Ich weiß nicht, ob ich das hier erwähnen soll, aber in der Hominiden-versus-Primaten-Debatte wird behauptet, daß die Genitalien der meisten männlichen Primaten ziemlich klein sind, und daß die Menschen, was die Größe betrifft, bei weitem die Champions sind. Wie schön für uns. Aber Buddha war, wie ich festzustellen nicht umhin konnte, eher auf der menschlichen Seite der Meßskala. In der Tat, die Beweise häuften sich. Der Yeti war ein Hominide, und darüber hinaus ein hochintelligenter Hominide. Buddhas schnelle Auffassungsfähigkeit, seine rasche Anpassung an sich verändernde Situationen, das Wiedererkennen von Freunden und Feinden, seine *Gelassenheit*, all das deutete auf eine Intelligenz erster Ordnung hin.

Das ergab natürlich Sinn. Wie sonst hätten sie so lange im Verborgenen bleiben können? Sie mußten von Generation zu Generation ihren Jungen alle Tricks beigebracht haben; verliert keine Werkzeuge oder Artefakte, wohnt nur in den unzugänglichsten Höhlen, meidet alle menschlichen Siedlungen, begrabt eure Toten ...

Dann mußte ich mich aber doch wundern. Wenn die Yetis so clever und geschickt darin waren, sich zu verbergen ... wieso saß Buddha denn hier in meinem Zimmer? Was war schiefgegangen? Warum hatte er sich Nathan gezeigt, und wie war es Adrakian gelungen, ihn gefangenzunehmen?

Ich spekulierte schließlich darüber, ob auch bei den Yetis vielleicht Geisteskrankheiten auftraten, ein Gedankengang, der mich noch begieriger auf Nathans Eintreffen warten ließ. Nathan war in manchen Situationen keine große Hilfe, aber der Mann hatte eine Beziehung zu dem Yeti gefunden, die ich leider nicht hatte.

Buddha lag auf dem Bett; er hatte die Knie angezogen und musterte mich aufmerksam. Ich hatte ihm nach unserer Ankunft die Sonnenbrille abgenommen, aber er trug noch die Dodgers-Mütze. Er sah mich wachsam, neugierig und verwirrt an. Was jetzt? schien er zu sagen. Irgend etwas in seinem Ausdruck, etwas an der Art, wie er sich mit alledem abfand, war sowohl tapfer als auch rührend – er hatte mein vollstes Mitgefühl. »Kopf hoch, Junge. Wir bringen dich schon wieder zurück. Namaste.«

Er bildete mit seinen Lippen Worte.

Vielleicht war er hungrig. Was gibt man einem hungrigen Yeti? War er ein Pflanzen- oder Fleischfresser? Ich hatte nicht viel vorrätig; ein paar Packungen Hühnersuppe mit Curry, ein paar Süßigkeiten (war Zucker schlecht für ihn?), in Streifen geschnittenes und an der Sonne getrocknetes Rindfleisch; ja, das wäre eine Möglichkeit. Dann noch Nebico-Malzbisquits, kleine, waffelähnliche Plätzchen, in Indien hergestellt, die einen Hauptbestandteil meiner Verpflegung bildeten ... Ich öffnete eine Packung und bot ihm auch das getrocknete Rindfleisch an.

Er setzte sich auf dem Bett zurück und schlug die Beine übereinander. Dann tappte er auf das Bett, als wolle er mich zu sich rufen. Ich setzte mich neben ihn. Er nahm einen Streifen Rindfleisch in die langen Finger, roch daran und steckte es zwischen seine Zehen. Ich ging mit gutem Beispiel voran und aß meinen Streifen. Er sah mich an, als hätte ich gerade beim Salat die falsche Gabel genommen. Er begann mit einer Nebico-Waffel und kaute langsam darauf. Ich stellte fest, daß ich hungrig war, und glaubte an seinen großen Augen zu erkennen, daß es ihm nicht anders ging. Aber er blieb gelassen; er ließ mich wissen, daß es galt, eine bestimmte Verfahrensweise zu befolgen. Er nahm die Waffeln vorsichtig in die Hand, schnüffelte an ihnen und aß sie sehr langsam; nahm dann den Streifen Rindfleisch zwischen seinen Zehen und biß ihn halb ab; schaute sich um – oder sah mich an – und kaute sehr bedächtig. So ruhig, so friedlich war er! Ich kam zum Schluß, daß die Süßigkeiten keinen Schaden anrichten konnten, und bot ihm die Tüte Gummibärchen an. Er probierte eins und runzelte die Stirn; dann nahm er eins von derselben Farbe (grün) aus dem Beutel und gab es mir.

Ziemlich bald hatten wir alle Vorräte, die ich besaß, auf dem Bett zwischen uns ausgebreitet und probierten zuerst das eine und dann das andere, schweigend, langsam und ernst, als führten wir ein heiliges Ritual durch. Und wissen Sie was – nach einer Weile kam ich mir vor, als würde es sich genau darum handeln.

11

Etwa eine Stunde nach unserer Mahlzeit trafen gleichzeitig Nathan, Sarah und Freds ein. »Ihr seid hier!« riefen sie. »Toll, George! Hervorragend!«

»Dank Buddha«, sagte ich. »Er hat uns hierher gebracht.«

Nathan und Buddha vollzogen ein kleines Ritual mit der fossilen Muschelkette. Freds und Sarah erzählten mir die Geschichte ihrer Abenteuer. Sarah hatte versucht, Adrakian festzuhalten, der sich jedoch losriß und uns verfolgte, und dann mit Valerie Budge, die mit Fitzgerald zurückgeblieben war, Hiebe und Vorwürfe gewechselt. »Es war eine Freude, ihr eins zu verpassen, sie ist seit Monaten schon hinter Phil her – nicht, daß es mir jetzt natürlich noch etwas ausmachen würde«, fügte Sarah schnell hinzu, als Nathan sie beäugte. Auf jeden Fall hatte sie Budge, Fitzgerald und Adrakian gestoßen und zurückgedrängt und beschimpft, und als sie damit fertig war, hatte niemand im Sheraton die geringste Ahnung, was überhaupt vor sich ging. Ein paar Geheimdienst-Männer waren Adrakian gefolgt; die anderen beschränkten sich darauf, die Carters abzuschirmen, die natürlich von beiden Seiten gebeten wurden, über das Wesentliche des Falls zu urteilen. Natürlich zögerten die Carters, unsicher, wie sie waren, um was für einen Fall es sich überhaupt handelte. Fitzgerald und die Budge wollten nicht mit der Wahrheit raus und erklären, man habe ihnen einen Yeti gestohlen, und so steckten sie natürlich ganz schön in der Klemme; und als Freds zurückkam, um zu sehen, was dort los war, hatten Nathan und Sarah bereits ein Taxi bestellt. »Ich glaube, die Carters waren schließlich auf unserer Seite«, sagte Sarah mit Befriedigung.

»Alles gut und schön«, fügte Freds hinzu, »aber da hatte ich den alten Jimmy direkt vor mir und keinen Yeti mehr, wegen dem ich höflich sein mußte, und verdammt, ich hatte mit diesem Burschen noch ein Hühnchen zu rupfen! Ich war 1980 in San Diego, und etwa gegen sechs Uhr am

Wahltag gingen ich und ein paar Freunde zur Wahl, und ich redete *heftig* auf sie ein, daß wir für Carter und nicht für Anderson stimmen sollten, weil Anderson nur eine Geste sein würde, wohingegen ich glaubte, daß Carter noch eine Chance auf den Sieg hatte, da ich nichts von Umfragen halte. Ich machte wirklich Dampf und überzeugte jeden, wahrscheinlich der Höhepunkt meiner politischen Karriere, und als wir dann nach Hause gingen und den Fernseher einschalteten, stellten wir fest, daß Carter die Wahl bereits vor ein paar Stunden für verloren erklärt hatte! Meine Freunde waren wahnsinnig sauer auf mich! John Drummond warf sein Bier nach mir und traf mich hier am Kopf. Sie haben mich echt naß gemacht. Also hatte ich noch ein Hühnchen mit dem alten Jimmy zu rupfen und wollte mich schon an ihn ranmachen und ihn fragen, warum er das damals getan hatte. Aber er wirkte von dem ganzen Tumult so verwirrt, daß ich es dann doch nicht getan habe.«

»In Wahrheit habe ich ihn davongeschleppt, bevor er Carter anmachen konnte«, sagte Sarah.

Nathan brachte uns wieder zu dem eigentlichen Problem zurück. »Wir müssen noch immer den Yeti aus Katmandu schaffen, und Adrakian weiß, daß wir ihn haben – er wird nach uns suchen. Aber wie sollen wir das machen?«

»Ich habe einen Plan«, sagte ich. Denn nach meiner Mahlzeit mit Buddha hatte ich nachgedacht. »Wo ist Buddha zu Hause? Ich muß es wissen.«

Nathan sagte es mir.

Ich sah auf den Karten nach. Buddhas Tal lag ganz in der Nähe der kleinen Flugpiste von J---. Ich nickte. »Also schön, wir machen es folgendermaßen...«

12

Ich verbrachte den größten Teil des nächsten Tages hinter Spiegelglas, in der großen Hauptgeschäftsstelle der Royal Nepal Airline Corporation, und besorgte vier Tickets für den Flug am darauffolgenden Tag nach J---. Harte Arbeit, obwohl das Flugzeug nicht einmal annähernd ausgebucht war. J--- lag an keinen Trekking-Routen und war kein besonders beliebtes Ziel. Doch das hat bei der RNAC gar nichts zu bedeuten. Ihre Aufgabe als Firma ist es nicht so sehr, Leute irgendwo hinzufliegen, sondern *Listen zu erstellen*. Wartelisten. Ich würde das ihren Geheimauftrag nennen, nur ist er nicht geheim.

Geduld, Hartnäckigkeit und eine Menge Bakschisch sind die Schlüssel, mit denen man von den Listen tatsächlich in den Besitz eines Tickets gelangt. Mir gelang es, und auch noch an einem einzigen Tag. Also war ich sehr zufrieden, rief jedoch meinen Freund Bill an, der in einem der Reisebüros der Stadt arbeitet, um einen kleinen Ersatzplan auszuarbeiten. Er hat eine Menge Erfahrung mit der RNAC und ist also verdammt gut bei Ersatzplänen. Dann vervollständigte ich meine Einkaufsliste bei meinem bevorzugten Bergsteigerausrüster in Thamel. Die Besitzerin, eine Tibetanerin, legte ihre Ausgabe von *The Far Pavilions* beiseite, unterbrach ihr Armaerobic und besorgte mir alle Kleidungsstücke, die ich verlangte, sogar in den richtigen Farben. Lediglich eine zweite Dodgers-Mütze hatte sie nicht auf Lager, doch ich bekam statt dessen eine dunkelblaue ›ATOM‹-Baseballmütze.

Ich zeigte darauf. »Was hat dieses ›ATOM‹ überhaupt zu bedeuten?« Denn in ganz Nepal gab es Kappen und Jacken mit diesem Wort darauf. War es eine Firma, und wenn ja, was für eine?

Sie zuckte die Achseln. »Das weiß niemand.«

Umfassende Werbung für ein unbekanntes Produkt: noch eins der Großen Geheimnisse von Nepal. Ich stopfte meine neuen Besitztümer in meine Tasche und ging. Ich war auf dem Weg nach Hause, als mir jemand in der Menge hinter mir auffiel. Nur einen Blick, und ich hatte ihn entdeckt, wie er gerade in einen Kiosk schlüpfte: Phil Adrakian.

Jetzt konnte ich nicht nach Hause gehen, jedenfalls nicht direkt. Also ging ich ins Katmandu Guest House direkt nebenan und sagte einem der arroganten Portiers dort, daß Jimmy Carter dem Haus in zehn Minuten einen Besuch abstatten und jeden Augenblick sein Sekretär eintreffen würde. Ich ging in den schönen Garten weiter, der das Guest House so bekannt gemacht hatte, und kletterte an einer niedrigen Stelle über die hintere Mauer. Eine leere Gasse weiter, in der sich Müll stapelte, um die Ecke, über eine weitere Mauer und vorbei am Lodge Pleasant oder Pheasant in den Innenhof des Star. Ich kam mir ziemlich sicher und so weiter vor, als ich einen von Carters Geheimdienstmännern sah, der vor der Tantric-Second-Hand-Buchhandlung stand. Da ich jedoch schon auf dem Hof war, ging ich weiter und eilte zu meinem Zimmer hinauf.

13

»Sie müssen euch hierher gefolgt sein«, sagte ich zu unserer kleinen Gruppe. »Ich glaube, sie nehmen wohl wirklich an, wir hätten gestern eine Entführung geplant.«

Nathan stöhnte auf. »Adrakian hat sie wahrscheinlich überzeugt, daß wir zu der Gruppe gehören, die diesen Sommer im Hotel Annapurna eine Bombe gelegt hat.«

»Das müßte sie eigentlich beruhigen«, sagte ich. »Als die Bombe hochging, hat die Opposition augenblicklich dem König geschrieben und ihm mitgeteilt, sie würde alle Aktionen gegen die Regierung einstellen, bis die Behörden die kriminellen Elemente unter ihnen festgenommean habe.«

»Hindu-Guerrillas sind schon tolle Hechte, was?« sagte Freds.

»Auf jeden Fall«, fuhr ich fort, »bedeutet das, daß wir

einen verdammt guten Grund haben, unseren Plan in die Wirklichkeit umzusetzen. Freds, bist du sicher, daß du mitmachen willst?«

»Klar bin ich sicher! Den Spaß will ich mir nicht entgehen lassen.«

»Na schön. Wir bleiben diese Nacht lieber hier, nur für alle Fälle. Ich koche uns eine Hühnersuppe.«

Also nahmen wir eine spartanische Mahlzeit aus Curryhühnersuppe, Nebico-Waffeln, weißer Toblerone-Schokolade, Gummibärchen und jodiertem Seetang ein. Als Nathan sah, wie Buddha sich über die Gummibärchen hermachte, schüttelte er den Kopf. »Wir müssen ihn *schnell* hier rausbringen.«

Nachdem wir gegessen hatten, legte sich Sarah aufs Bett, und Buddha gesellte sich augenblicklich zu ihr, mit einem völlig unschuldigen Blick in den Augen, als wolle er sagen: Was, ich? Ich schlafe doch hier, oder? Ich sah, daß Nathan die Sache etwas argwöhnisch betrachtete; schließlich machte er sich am Fußende des Bettes bequem. Ich ging davon aus, daß es keine Probleme geben würde. Freds und ich warfen die schimmligen Schaumstoffunterlagen zusammen, die ich besaß, und legten uns auf den Boden.

»Glaubt ihr nicht, daß Buddha bei dem Flug morgen ausflippen wird?« fragte Sarah, als wir das Licht ausgemacht hatten.

»Bislang scheint ihn nichts aus der Fassung zu bringen«, sagte ich. Aber ich hatte mich das auch schon gefragt; ich selbst flog auch nicht allzu gern.

»Ja, aber er hat noch nie auch nur etwas annähernd Vergleichbares getan.«

»Es ist so ähnlich, als ob man auf einer hohen Klippe steht. Verglichen mit unserer Fahrradfahrt ist Fliegen ein Kinderspiel.«

»Da bin ich mir nicht so sicher«, sagte Nathan, schon wieder besorgt. »Sarah könnte recht haben – Fliegen kann selbst für Leute aufregend sein, die schon oft geflogen sind.«

»Das ist normalerweise der Kern des Problems«, sagte ich mitfühlend.

Freds mischte sich in die Debatte ein: »Machen wir ihn vor dem Flug doch einfach high. Besorgen wir ihm eine gute Haschpfeife und schicken wir ihn auf die Reise.«

»Du bist verrückt!« sagte Nathan. »Das würde ihn nur noch mehr ausflippen lassen!«

»Nee.«

»Er würde nicht wissen, was er davon halten soll«, sagte Sarah.

»Ach ja?« Freds richtete sich auf einen Arm auf. »Glaubt ihr wirklich, die Yetis hätten da oben die ganze Zeit inmitten dieser Haschpflanzen gelebt und nicht herausgefunden, was es mit ihnen auf sich hat? Nichts da! Deshalb hat sie wahrscheinlich auch noch nie jemand gesehen! Mann, die Haschpflanzen sind da oben so groß wie *Kiefern*! Wahrscheinlich essen sie sogar die Knospen.«

Nathan und Sarah bezweifelten dies, und sie bezweifelten auch, daß es klug sei, sich in solch einem kritischen Augenblick auf irgendwelche Experimente einzulassen.

»Hast du Hasch?« fragte ich Freds interessiert.

»Nee. Bevor dieser Ama Dablam-Trek durchkam, wollte ich zu einer Bergdschungelexpedition, die Doug Scott zusammengestellt hat, nach Malaysia fliegen. Also hab' ich mir das ganze Zeug vom Hals geschafft. Ich meine, ob man mit Drogen nach Malaysia fliegen sollte, ist nicht gerade eine der schwierigeren Fragen beim IQ-Test, du verstehst? Als ich aufbrechen mußte, hatte ich noch zu viel zu rauchen, und als ich von Namche nach Lukla trampte, stopfte ich meine Pfeife und warf diesen Brocken einfach weg, einen wahren Monsterbrocken von vielleicht zehn Gramm. *Und ich ließ ihn einfach da liegen!* Ließ ihn einfach auf dem Boden liegen! Das hatte ich immer schon mal tun wollen.

Auf jeden Fall habe ich nichts mehr. Wenn du willst, könnte ich das unten auf der Straße in einer Viertelstunde ändern, wenngleich ...«

»Nein, nein, schon in Ordnung.« Ich konnte bereits das gleichmäßige Atmen Buddhas hören, der über mir schnell eingeschlafen war. »Er wird morgen ausgeruhter sein als irgendeiner von uns.« Und das stimmte.

14

Wir standen vor Anbruch der Dämmerung auf, und Freds zog die Klamotten an, die Buddha am Tag zuvor getragen hatte. Wir klebten Freds ein paar Büschel von Buddhas Rückenfell ins Gesicht, die als Bart dienen sollten. Wir hatten sogar etwas von dem rotbraunen Fell in die Innenseite der Dodgers-Mütze geklebt, damit sie hinten hinabhing. Fäustlinge und ein großes Paar Schneestiefel vervollständigten die Verkleidung; noch die Sonnenbrille auf seine Nase, und er sah zumindest genauso seltsam aus wie Buddha im Sheraton. Freds schritt im Zimmer auf und ab, um sich an die Verkleidung zu gewöhnen. Buddha betrachtete ihn mit diesem überraschten Blick, und Freds war wieder obenauf. »Ich sehe wie dein lange verschollener Bruder aus, was, Buddha?«

Nathan brach verzagt auf dem Bett zusammen. »Das wird einfach nicht klappen.«

»Das hast du letztes Mal auch gesagt«, wandte ich ein.

»Genau! Und sieh dir doch an, was daraus geworden ist! Nennst du das *klappen*? Willst du mir sagen, daß es gestern *geklappt* hat?«

»Na ja, das kommt darauf an, was du mit klappen meinst. Ich meine, wir sind doch hier, oder?« Ich packte meine Tasche. »Immer mit der Ruhe, Nathan.« Ich legte eine Hand auf seine Schulter, und Sarah legte ihre beiden Hände auf seine andere Schulter. Das richtete ihn etwas auf, und ich lächelte Sarah zu. Diese Frau war zäh; sie hatte im Sheraton unseren Arsch gerettet und verlor auch während des Wartens nicht die Nerven. Ich hätte eigentlich nichts dagegen gehabt, sie zu bitten, mich auf einen langen Trek in den Himalaja zu begleiten, und sie bekam das mit und schenkte mir ein kurzes Lächeln, das mir sagen sollte, daß sie es zu würdigen wußte, aber auch, daß ich keine Chance hatte. Außerdem wäre es mir vorgekommen, den guten alten Nathan zu hintergehen, als hätten die Dodgers Steve Garvey aus dem Vertrag entlassen. Solche Menschen kann man nicht hintergehen, nicht, wenn man hinterher noch in den Spiegel sehen können will.

Freds hatte sich mittlerweile Buddhas Haltung und Gang ausreichend eingeprägt, und er und ich verließen das Zimmer. Freds blieb stehen und warf noch einen traurigen Blick zurück, und ich zerrte ihn weiter, verwirrt über seine sentimentale Anwandlung; wir wollten von niemandem außerhalb des Star gesehen werden, bis wir unten waren.

Aber ich muß sagen, daß Freds insgesamt eine erstaunliche Leistung vollbrachte. Er hatte gar nicht so viel von Buddha gesehen, doch als wir über den Hof und auf die Straße gingen, ahmte er den Gang des Yeti genau nach: etwas steif in der Hüfte und krummbeinig, ein schaukelnder Matrosengang, aus dem er sich anscheinend jeden Augenblick auf alle viere fallen lassen konnte. Ich konnte es kaum glauben.

Die Straßen waren fast leer; ein Brotlieferant, streunende Hunde (sie bedachten Freds mit keinem Blick – würde uns das nicht verraten?), der alte Bettler und seine junge Tochter, ein paar Kaffeefreaks vor der German Pumpernickel Bakery, Ladenbesitzer, die ihre Geschäfte öffneten ... Ein paar Schritte weiter gingen wir an einem am Straßenrand stehenden Taxi mit drei Männern darin vorbei, die sorgsam in die andere Richtung sahen. Abendländer. Ich eilte weiter. »Kontakt«, murmelte ich Freds zu. Er pfiff nur etwas.

Auf dem Times Square stand ein Taxi; der Fahrer schlief. Wir sprangen hinein, weckten ihn und baten ihn, uns zum Busbahnhof zu fahren. Das Taxi, an dem wir vorbeigegangen waren, folgte uns. »Sie haben angebissen«, sagte ich zu Freds, der die Aschenbecher beschnüffelte, am Polster leckte und sich aus dem Fenster lehnte, um wie ein Hund nach Luft zu schnappen. »Übertreib's nicht«, sagte ich; ich hatte Angst, daß meine Dodgers-Mütze mit dem ganzen festgeklebten Haar fortfliegen könnte.

Wir fuhren am großen Uhrenturm vorbei, hielten an, stiegen aus und bezahlten den Taxifahrer. Unser Schatten blieb ein Stück weiter die Straße hinauf stehen, wie ich zufrieden feststellte. Freds und ich gingen die breite, schlammige Auffahrt zum Busbahnhof hinab.

Der Busbahnhof war ein großer, morastiger Hof, der etwa anderthalb oder zwei Meter unter der Straßenebene lag. Dutzende von Bussen standen kreuz und quer auf dem Hof, und ihre Reifen hatten den Schlamm aufgewühlt, bis der Hof wie ein Verdun von Fahrzeugen aussah. Sämtliche Busse gehörten Privatfirmen – normalerweise ein Bus pro Firma mit einer einzigen vorgegebenen Strecke –, und alle Fahrkartenverkäufer in den Buden aus Holz und Zeltstoff am Eingang schrien auf uns ein, um unsere Aufmerksamkeit zu erregen, als seien wir ohne ein bestimmtes Ziel im Sinn gekommen und würden den Verkäufer aussuchen, der uns das lauteste Angebot machte.

Was diesmal ja beinahe auch zutraf. Doch ich entdeckte den Verkäufer für den Bus nach Jiri, wohin ich Freds eigentlich schicken wollte, und erstand zwei Fahrkarten, wobei mich alle anderen Verkäufer umschwärmten und meine Wahl kritisierten. Freds ging ein wenig in die Hocke und schaute angemessen mißmutig drein. Ein großer Tumult entstand; eine der Firmen hatte ihr Recht durchgesetzt, den Hof als nächste zu verlassen, und nun versuchte ihr Bus, es die Auffahrt hinauf zu schaffen, die die einzige Zufahrt zum Hof darstellte.

Eine jede Abfahrt stellte höchste Ansprüche an den Fahrer, das Getriebe und die Reifen des Busses und die beratenden Fähigkeiten der um ihn herumstehenden Fahrkartenverkäufer. Nach zahlreichem Schalten und Rangieren schoß dieser hell angestrichene Bus die Schräge hinauf, und die Debatte über den Fahrplan begann erneut. Nur drei Busse hatten freien Zugang zur Auffahrt, und der Streit zwischen den Verkäufern war hitzig.

Ich nahm Freds an die Hand, und wir wanderten auf dem von den Reifen zerwühlten Gelände herum und suchten nach dem Bus nach Jiri. Schließlich fanden wir ihn: wie alle anderen Busse farbenfroh gelb, blau, grün und rot lackiert, aber zusätzlich noch mit etwa vierzig Darstellungen von Ganesh auf der Windschutzscheibe, die dem Fahrer helfen sollten, besser zu sehen. Wie üblich war der ›andere Bus‹ der Firma nicht da, und dieser war überfüllt. Wir drängten uns an Bord und durch die dicht an dicht stehenden Menschen auf dem Gang und fanden dann hinten noch freie Plätze. Die Nepali fahren gern vorn mit. Nachdem noch weitere Passagiere zugestiegen waren, wurde es sogar hinten sehr eng. Aber Freds hatte einen Fensterplatz, und darauf kam es mir ja an.

Durch das schlammverkrustete Glas konnte ich unsere Verfolger ausmachen: Phil Adrakian und zwei Männer, die vielleicht zum Geheimdienst gehörten, obwohl ich mir nicht ganz sicher war. Sie wehrten die Fahrkartenverkäufer ab und versuchten gleichzeitig, auf den Hof zu gelangen, keine leichte Aufgabe. Als sie den Verkäufern auswichen, gerieten sie auf die Auffahrt und wurden beinahe von dem Bus überfahren, der gerade hinaufjagte; einer rutschte beim Ausweichen im Schlamm aus und fiel auf den Hintern. Die Fahrkartenverkäufer hatten ihre helle Freude daran. Adrakian und die beiden anderen eilten davon und schlenderten von einem Bus zum anderen, wobei sie den Eindruck zu erwecken versuchten, eigentlich nach nichts im besonderen zu suchen. Sie wurden von den beharrlicheren Verkäufern verfolgt und blieben gelegentlich schon mal im Schlamm stecken, und ich befürchtete nach einer Weile schon, daß sie uns nicht finden würden. Und sie brauchten dafür auch etwa zwanzig Minuten. Aber dann sah einer Freds am Fenster, und sie gingen hinter einem Bus in Dekkung, der bis zu den Achsen im Schlamm eingesunken war, und versuchten die Verkäufer mit verzweifelter Zeichensprache zu verscheuchen. »Sie haben endgültig angebissen«, sagte ich.

»Ja«, erwiderte Freds, ohne die Lippen zu bewegen.

Der Bus war nun endgültig voll; eine alte Frau hatte sich sogar zwischen Freds und mich gedrängt, was mir sehr gut in den Kram paßte. Aber für ihn würde es eine fürchterliche Fahrt werden. »Du nimmst für unsere Sache wirklich einiges auf dich«, sagte ich zu Freds, als ich mich anschickte, den Bus zu verlassen.

»Kein Hroblem«, sagte er wieder, ohne den Mund zu bewegen. »Ich 'ahr gern 'us!«

Irgendwie glaubte ich ihm. Ich kämpfte mich auf den Gang und verabschiedete mich. Unsere Schatten beobachteten die einzige Tür des Busses, aber das war wirklich kein Problem. Ich drängte mich einfach zwischen den Nepali durch, deren Vorstellung von persönlicher ›Körperfreiheit‹ ziemlich genau auf den Raum beschränkt ist, den ihre Körper tatsächlich einnehmen und stieg aus einem Fenster auf der anderen Seite des Busses aus. Unsere Beschatter konnten unmöglich durch das Businnere sehen, und so hatte ich freie Hand. Ich entschuldigte mich bei dem Sherpa, auf dem ich saß, öffnete mit einigen Schwierigkeiten das Fenster und kletterte hinaus. Der Sherpa half mir überaus höflich dabei, ohne sich im geringsten anmerken zu lassen, daß etwas Ungewöhnliches vor sich ging, und ich sprang hinab in den Schlamm. Kaum jemand im Bus bemerkte uberhaupt, daß ich ihn verlassen hatte. Ich schlich mich durch das Niemandsland der hinten stehenden Busse, war ziemlich schnell wieder auf der Durbar Marg und fuhr mit einem Taxi zum Star zurück.

15

Ich brachte den Taxifahrer dazu, fast in der Lobby des Star zu parken, und Buddha ließ sich wie ein Stürmer, der im Strafraum angerempelt wurde, auf den Rücksitz fallen. Während der Fahrt hielt er den Kopf gesenkt, nur um ganz sicher zu gehen, und das Taxi brachte uns zum Flughafen.

Die Dinge verliefen genau nach meinem Plan, und Sie glauben vielleicht, ich wäre ziemlich zufrieden gewesen, aber in Wirklichkeit war ich viel nervöser als den gesamten Morgen über. Denn wir fuhren ja zum Abfertigungsschalter der RNAC. Sie wissen schon ...

Als ich zum Schalter ging und mich dort nach dem Flug erkundigte, erklärte die Angestellte mir, er sei für heute abgesagt worden.

»Was?« rief ich. »Abgesagt? Weshalb?«

Nun war unser Gegenüber die schönste Frau auf der Welt. Das erlebt man in Nepal ständig – in dem Land geht man an einer Bäuerin vorbei, die auf einem Reisfeld arbeitet, und sie schaut auf und hat ein Gesicht wie vom Titelbild des Cosmopolitan, nur doppelt so schön und ohne das Vampirmake-up. Diese Angestellte der Fluggesellschaft hätte in New York eine Million pro Jahr als Model machen können, sprach jedoch nicht viel Englisch, und als ich sie nach dem Grund fragte, sagte sie »Es regnet!« zu mir und sah an mir vorbei zum nächsten Passagier.

Ich atmete tief ein. Vergiß die RNAC nicht, dachte ich. Was hätte die Rote Königin gesagt? Ich deutete aus dem Fenster. »Es regnet überhaupt nicht. Sehen Sie selbst.«

Das war zuviel für sie. »Es regnet«, wiederholte sie. Sie sah sich nach ihrem Vorgesetzten um, und er kam hinüber; ein dünner Hindu mit einem roten Punkt auf der Stirn. Er nickte knapp. »Es regnet in J---.«

Ich schüttelte den Kopf. »Es tut mir leid, ich habe auf der Kurzwelle den Wetterbericht von J--- gehört, und außerdem können Sie nach Norden sehen und sich selbst überzeugen. Es regnet nicht.«

»Die Landebahn in J--- ist zu naß«, sagte er.

»Es tut mir leid«, sagte ich, »aber Sie sind gestern zweimal dort gelandet, und seitdem hat es nicht mehr geregnet.«

»Wir haben mechanische Schwierigkeiten mit dem Flugzeug.«

»Es tut mir leid, aber Sie haben da draußen eine ganze Flotte kleiner Maschinen, und wenn eine ein Problem hat, ersetzen Sie es einfach durch ein anderes. Ich weiß es, ich habe hier einmal dreimal die Maschine gewechselt.« Nathan und Sarah schauten nicht besonders glücklich drein, als sie das hörten.

Der Vorgesetzte des Vorgesetzten kam zu unserem Gespräch hinzu, ein weiterer ernster, schlanker Hindu. »Der Flug ist abgesagt«, sagte er. »Politische Gründe.«

Ich schüttelte den Kopf. »RNAC-Piloten bestreiken nur die Flüge nach Lukla und Pokhara – das sind die einzigen, die genug Passagiere haben, damit der Streik was ausmacht.« Meine Befürchtungen über den wirklichen Grund der Absage bestätigten sich langsam. »Wieviele Passagiere hat dieser Flug?«

Alle drei zuckten die Achseln. »Der Flug ist abgesagt«, sagte der erste Vorgesetzte. »Versuchen Sie es morgen.«

Und ich wußte, daß ich recht hatte. Die Maschine war nicht einmal zur Hälfte gebucht, und sie wollten bis morgen warten, um sie voll zu bekommen. (Oder übervoll, aber wen interessiert das schon?) Ich erklärte Nathan und Sarah und Buddha die Lage, und Nathan stürmte zum Abfertigungsschalter und verlangte, daß der Flug planmäßig durchgeführt wurde, und die Aufseher runzelten die Stirnen, als würden sie sich wirklich noch ein Späßchen aus dieser Sache machen können, doch ich zerrte ihn davon. Während ich meinen Freund im Reisebüro anrief, erklärte ich ihm, daß die asiatischen Bürokraten einen Sport (oder vielleicht auch eine Kunstform) daraus gemacht hatten, wütende Kunden vollends auf die Palme zu bringen. Nach drei Versuchen bekam ich eine Verbindung mit dem Reisebüro meines Freundes. Die Telefonistin hob ab und sagte »Yeti Travels!«, was mich zusammenfahren ließ; ich hatte den Namen der Firma vergessen. Dann kam Bill an den Apparat, und ich erklärte ihm die Lage. »Sie wollen mal wieder die Maschine vollbekommen, was?« Er lachte. »Ich rufe die sechs Tickets ab, die wir gestern ›verkauft‹ haben, und ihr müßtet starten.«

»Danke, Bill.« Ich ließ ihm fünfzehn Minuten Zeit, während denen Sarah und ich Nathan beruhigten und Buddha am Fenster stand und die startenden und landenden Flugzeuge beobachtete. »Wir müssen heute noch hier raus!« wiederholt Nathan immer wieder. »Ein zweites Mal fallen sie nicht drauf rein!«

»Das wissen wir bereits, Nathan.«

Ich kehrte zum Abfertigungsschalter zurück. Die beiden Vorgesetzten standen hinter einer Konsole und mieden beflissen meinen Blick. Normalerweise hätte ich es nicht getan, doch mit der Last auf mir, Buddha fortzuschaffen, war ich ein wenig bissig geworden. Als ich die Bordkarten in der Hand hielt, sagte ich zu der Angestellten, laut genug, daß ihre Vorgesetzten es hören konnten: »Der Flug ist wohl nicht mehr abgesagt, was?«

»Abgesagt?«

Ich gab es auf.

16

Natürlich ist eine Bordkarte nur ein Stück Papier, und als nur acht Passagiere die kleine zweimotorige Maschine bestiegen, wurde ich wieder nervös; doch wir starteten planmäßig. Als das Flugzeug vom Boden abhob, sackte ich in meinem Stuhl zurück, und die Erleichterung durchströmte mich wie der Luftzug der Propeller. Bis zu diesem Augenblick hatte ich nicht gewußt, wie nervös ich war. Nathan und Sarah hielten auf den Sitzen vor uns Händchen und grinsten, und Buddha saß neben mir auf dem Fenstersitz und sah auf das Katmandu-Tal hinaus oder auf den flatternden grauen Kreis des Propellers, ich konnte es nicht genau sagen. Ein erstaunlicher Bursche, dieser Buddha.

Wir erhoben uns aus dem grünen Katmandu-Tal und flogen über die Berge in Richtung Norden, hinauf ins Land des Schnees. Die anderen Passagiere, vier Engländer, sahen aus ihren Fenstern, begeisterten sich über den erhabenen Anblick und scherten sich nicht die Bohne darum, daß einer ihrer Mitreisenden doch ein sehr seltsam aussehender Bursche war. In dieser Hinsicht gab es kein Problem. Nachdem die Maschine die normale Flughöhe erreicht hatte, kam einer der beiden Stewards den Gang entlang und bot uns kleine eingepackte Süßigkeiten an, genau, wie andere Fluggesellschaften Getränke oder Mahlzeiten anbieten. Es war unglaublich niedlich, fast wie Kinder, die spielten, eine Fluggesellschaft zu führen, aber der Gedanke war nur solange niedlich, bis man sich daran erinnerte, daß man mit diesen Typen in fünftausend Metern Höhe weilte und sie einen bald über die höchsten Berge der Erde fliegen würden, um dann auf einem winzigen Behelfsflugplatz zu landen. Dann war es gar nicht mehr niedlich, und man ertappte sich dabei, wie man schwer schluckte und versuchte, nicht an Fallströme, Lebensversicherungen, Metallschwächen und das Leben nach dem Tode zu denken …

Ich rutschte auf meinem Sitz vor, in der Hoffnung, daß die anderen Passagiere zu beschäftigt waren, um bemerkt zu haben, daß Buddha seinen Schokoriegel geschluckt hatte, ohne vorher das Papier zu entfernen. Bei den beiden uns gegenüber war ich mir gar nicht so sicher, aber sie waren so sehr Engländer, daß sie Buddha allerhöchstens nicht so oft angesehen hätten, wenn sie ihn für etwas seltsam hielten. Kein Problem.

Es dauerte nicht lang, bis der Steward »Stellen Sie bitte das Rauchen ein!« sagte und die Maschine sich vornüber neigte und auf eine besonders spitze Gruppe schneebedeckter Gipfel zuhielt. Keine Spur einer Landepiste; in der Tat erschien schon allein die Vorstellung, daß sich da unten eine befinden könnte, völlig absurd. Ich atmete tief durch. Um Ihnen die Wahrheit zu sagen – ich hasse das Fliegen.

Ich nehme an, einige von Ihnen kennen die Landepiste von Lukla direkt unter der Everest-Region. Sie liegt hoch neben der Dudh Khosi-Schlucht, und der Grasstreifen, der etwa um fünfzehn Grad abfällt und nur zweihundert Meter lang ist, führt genau in die Talwand. Wenn man dort landet, kann man eigentlich nur diese Talwand sehen, und man hat den Eindruck, direkt darauf zuzurasen. In der letzten Minute zieht der Pilot die Maschine hoch und landet auf dem Streifen, und nach dem unausweichlichen Hoppeln rollt man ziemlich schnell aus, weil es so steil aufwärts geht. Es ist eine beeindruckende Erfahrung, und einige Leute finden danach zur Religion oder geben zumindest das Fliegen auf.

Doch in Wirklichkeit gibt es mindestens ein Dutzend Landepisten der RNAC in Nepal, die *viel schlimmer* als die in

Lukla sind, und zu unserem Leidwesen stand die Piste bei J--- ganz oben auf dieser Liste. Zuerst einmal war sie ursprünglich gar keine Landepiste gewesen, sondern ein Gerstenfeld, eine Terrasse von vielen auf einem Berg über einem Dorf. Man verbreitete sie und installierte an einem Ende einen Luftsack, nachdem man die Gerste natürlich herausgerissen hatte, und das war's dann schon. Eine Instant-Landepiste. Nicht nur das, sondern das Tal, in dem sie sich befand, war auch noch tief – etwa fünfzehnhundert Meter – und fiel sehr steil ab, mit einer fast vertikalen Felswand knapp anderthalb Kilometer flußaufwärts von der Landepiste und einer scharfen Biegung knapp anderthalb Kilometer flußabwärts, und wirklich niemand, der noch bei gesundem Verstand war, käme auf die Idee, *dort* eine Landepiste anzulegen. Meine Überzeugung davon wuchs zusehends, als wir dreitausend Meter tief in das Terrassental stürzten und so nah an einer seiner Wände vorbeiflogen, daß ich bequem den Gerstenertrag pro Hektar hätte schätzen können, hätte mir der Kopf danach gestanden. Ich versuchte, Buddha zu beruhigen, doch er nestelte das Papier meines Schokoriegels aus dem Aschenbecher und schien nicht gestört werden zu wollen. Manchmal wäre es ganz nett, ein Yeti zu sein. Dann erblickte ich unsere Landepiste, beobachtete, wie sie größer wurde – so groß wie ein Lineal ungefähr –, und wir setzten auf. Unser Pilot war gut; wir hoben nur zweimal wieder ab und hätten noch ein paar Meter gehabt, als wir stehenblieben.

17

Und so fand unsere kurze Bekanntschaft mit dem Yeti Buddha ein Ende, nachdem wir ihn erfolgreich aus der Gewalt von Menschen befreit hatten, die durch ihn in der Tretmühle des akademischen Betriebs zweifellos erfolgreich Fuß gefaßt hätten.

Ich muß sagen, daß Buddha einer der nettesten Burschen war, die zu kennen ich jemals das Vergnügen gehabt hatte, und ganz bestimmt einer der gelassensten. Er ließ sich wirklich durch nichts aus der Ruhe bringen.

Doch um zum Ende zu kommen: wir sammelten unser Gepäck ein und marschierten den gesamten Nachmittag zum Kopf des Tals weiter und dann durch ein bewaldetes Hochtal westlich davon. Wir zelteten diese Nacht auf einem breiten Sims über einem kleinen Wasserfall zwischen zwei riesigen Felsen. Nathan und Sarah teilten sich das eine Zelt, Buddha und ich das andere. Ich wurde zweimal wach und sah, wie Buddha an der Zelttür saß und auf das gewaltige Tal unter uns hinausschaute.

Am nächsten Tag marschierten wir schnell und fast ohne Pausen, ständig bergauf, und erreichten schließlich das Frühjahrslager der Expedition. Wir ließen unser Gepäck fallen und überquerten den Fluß auf einer neuen Bambusbrücke, und Nathan und Buddha führten uns querfeldein weiter, durch den Wald zu der hochgelegenen Schlucht, in der sie sich das erste Mal begegnet waren. Als wir dort oben ankamen, war es Spätnachmittag, und die Sonne stand hinter den Bergen im Westen.

Buddha schien – wie immer – zu wissen, was wir vorhatten. Er nahm meine Didgers-Mütze ab und gab sie mir zurück; den Rest seiner Kleidung hatte er schon im Lager abgelegt. Mir war diese Mütze immer lieb und wert gewesen, doch nun schien es nur angemessen, daß Buddha sie behalten sollte; er nickte, als ich sie ihm zurückgab, und setzte sie auf. Nathan legte die Halskette mit den Fossilien um Buddhas Hals; doch der Yeti nahm sie ab, zerbiß die Schnur und gab jedem von uns eine Muschel. Es war ein toller Augenblick. Wer weiß schon, welcher Yeti diese Muscheln in grauer Vorzeit gefressen hatte? Ich weiß, ich bringe da den Zeitmaßstab durcheinander, aber glauben Sie mir, als er uns diese Muscheln gab, lag ein uralter Ausdruck in seinen Augen. Und ich meine *wirklich* alt. Sarah umarmte ihn, Nathan umarmte ihn, ich stehe nicht auf so etwas und schüttelte seine starke rechte Hand. »Schöne Grüße auch von Freds«, sagte ich.

»Na-mas-te«, flüsterte er.

»Oh, Buddha«, sagte Sarah unter Tränen, und Nathans Unterkiefer schien wie von einem Schraubstock zusammengepreßt zu werden. Ein ziemlich ergreifender Augenblick. Ich wandte mich ab und zog die beiden gewissermaßen mit; schließlich würde es nicht mehr lange hell sein. Buddha ging flußaufwärts, und ich sah ihn zum letzten Mal, als er auf einem Flußstein saß und uns neugierig nachsah. Sein wildes, rostbraunes Fell wirkte plötzlich völlig natürlich und nur angemessen für diese Umgebung; meine Dodgers-Mütze schien nicht hierher zu passen. Dieser Yeti war manchmal nur schwer zu deuten, doch ich hatte in diesem Moment den Eindruck, daß er traurig dreinschaute. Sein großes Abenteuer war vorbei.

Auf dem Rückweg kam mir in den Sinn, ob er nicht wirklich etwas verrückt gewesen war, wie ich es schon einmal vermutet hatte. Ich fragte mich, ob er nicht geradewegs zum nächsten Lager marschieren, sich setzen und »Namaste« krächzen und damit unsere ganzen Anstrengungen, ihn vor der Zivilisation zu retten, zunichte machen würde. Vielleicht hatte die Zivilisation ihn bereits korrumpiert, und der Naturmensch war endgültig verschwunden. Ich wollte es nicht hoffen. Falls doch, werden Sie wahrscheinlich schon davon gehört haben.

Na ja, im alten Expeditionslager herrschte an diesem Abend eine ziemlich bedrückte Stimmung. Wir bauten die Zelte bei Lampenlicht auf, aßen unsere Suppe und saßen da und betrachteten die blauen Flammen des Kochers. Ich hätte fast ein echtes Feuer gemacht, um mich aufzuheitern, fühlte mich aber nicht danach.

Dann sagte Sarah voller Gefühl: »Ich bin stolz auf dich, Nathan«, und er strahlte wieder wie eine Coleman-Lampe, so glücklich war er. Ich wäre es auch gewesen. Und als sie sagte: »Ich bin auch stolz auf dich, George«, und mir ein Küßchen auf die Wange gab, da grinste ich wie ein Schuljunge und verspürte einen Anflug von ... na ja, von vielem. Ziemlich bald waren sie in ihrem Zelt verschwunden. Ich freute mich wirklich für sie, kam mir aber auch ein wenig vor wie das Schneiderlein Wipphopp aus diesem Märchen: Am Ende stand ich draußen in der Kälte, während der andere das Mädchen bekam.

Ich zog die Lampe näher und betrachtete eine Weile die steinerne Muschel. Seltsames Ding. Was hatte der Yeti gedacht, der das kleine Loch hineingebohrt hatte? Wozu *diente* sie?

Ich erinnerte mich an die Mahlzeit auf meinem Bett, bei der Buddha und ich todernst Waffeln gekaut und uns über die Gummibärchen hergemacht hatten. Und dann war ich wieder in Ordnung: das reichte mir, war sogar mehr als genug.

18

In Katmandu trafen wir Freds wieder und erfuhren bei Schnitzel und Apfelstrudel im Old Vienna, was ihm zugestoßen war. »Um die Mittagszeit hab' ich mir gedacht, daß ihr schon lange fort sein müßtet, und als der Bus in Lamosangu anhielt, stieg ich aus und ging direkt zum Taxi dieser Burschen. Ich watschelte in meinem Buddha-Gang, und sie sind bald gestorben, als sie mich kommen sahen. Es waren Adrakian und zwei dieser Jungs vom Secret Service, die uns vom Sheraton aus verfolgt haben. Als ich die Mütze und Brille abnahm, waren sie natürlich fix und fertig. ›Mann, hab' ich einen Bock geschossen!‹ sagte ich. ›Ich wollte nach Pokhara! Aber das ist gar nicht Pokhara!‹ Sie waren so wütend, daß sie sich gegenseitig angeschrien haben. ›Was ist los?‹ sagte ich. ›Habt ihr auch einen Bock geschossen? Was für eine Schande!‹ Und während sie sich gegenseitig anschrien und so weiter, hab' ich mit dem Taxifahrer vereinbart, daß er mich ebenfalls mit nach Katmandu zurücknimmt. Die anderen waren nicht gerade begeistert und wollten mich nicht einsteigen lassen, aber der Taxifahrer war sowieso schon sauer auf sie, weil sie seinen Wagen über diese schreckliche Straße gescheucht hatten, ganz gleich, wieviel Fahrgeld sie ihm zahlten. Und als ich ihm also ein paar Rupien zusteckte, freute er sich, es diesen Burschen irgendwie heimzahlen zu können, und nahm mich zu sich auf den Vordersitz, und wir drehten um und fuhren nach Katmandu zurück.«

»Du bist mit dem *Secret Service* nach Katmandu zurückgefahren?« sagte ich. »Wie hast du ihnen das Fell an der Baseballmütze erklärt?«

»Überhaupt nicht! Na ja, auf der Rückfahrt war es hinten totenstill, und es wurde ziemlich langweilig, und so hab' ich sie gefragt, ob sie schon das neueste katastrophale Musical aus Bombay gesehen hätten.«

»Was?« sagte Nathan. »Was meinst du?«

»Habt ihr euch die noch nie angesehen? Die laufen doch überall in der Stadt. Wir sehen sie uns ständig an, sie sind einfach klasse. Man raucht einfach ein paar Pfeifchen Hasch und sieht sich eins dieser Musicals an, die dauern etwa drei Stunden, und ziehen einem einfach die Schuhe aus! Unglaublich! Ich hab' diesen Burschen gesagt, sie sollten sich mal einen ansehen ...«

»Du hast den Typen vom Geheimdienst gesagt, daß sie *Hasch* rauchen sollen?«

»Na klar! Sind doch Amerikaner, oder nicht? Auf jeden Fall, sie wirkten nicht gerade begeistert, und wir hatten noch ein verteufeltes Stück bis nach Katmandu vor uns, und so hab' ich ihnen die Handlung vom letzten Film erzählt, den ich mir 'reingezogen habe. Er läuft noch; seid ihr sicher, daß ihr ihn euch nicht ansehen wollt? Ich will euch die Freude nicht verderben...«

Wir überzeugten ihn, daß da keine Gefahr bestünde.

»Na schön, es geht um diesen Burschen, der sich in eine Schnecke verliebt, mit der er arbeitet. Aber sie ist mit ihrem Boß verlobt, einem echten Schurken, der einen Vertrag hat, einen Staudamm zu bauen. Der Schurke baut den Damm mit irgendso einer Vogelscheiße, so sah's jedenfalls aus, anstatt mit Zement, doch während er das Zeug mischte, fiel er in die Mischmaschine und wurde also in den Damm eingemauert. Der Bursche und das Mädchen verloben sich also, aber sie verbrennt sich das Gesicht, als sie einen Kocher anzündet. Es heilt ziemlich gut, aber als er sie danach ansieht, kann er bis in ihren Kopf sehen und wird damit nicht fertig. Er löst die Verlobung also auf, und sie singt jede Menge und verkleidet sich, indem sie ihr Haar über diese Seite des Gesichts kämmt und vorgibt, eine andere zu sein. Sie begegnen sich wieder, und er erkennt sie nicht und verliebt sich wieder in sie, und sie enthüllt, wer sie ist, und singt, daß er sich verpissen soll. Dann wird auf beiden Seiten ganz schwer gesungen, und er versucht, sie zurückzugewinnen, und sie singt, kommt nicht in Frage, und die ganze Zeit regnet es wie verrückt, und schließlich vergibt sie ihm, und sie leben glücklich und zufrieden, aber der Damm bricht an der Stelle, wo der Schurke steckt, und die ganze Stadt wird wie verrückt singend weggefegt. Aber die beiden können sich an einem Tempel festhalten, der noch aus dem Wasser sieht, und dann zieht sich das Wasser zurück, und da hängen sie nun gemeinsam und leben glücklich bis in ihre alten Tage. Toll, Mann. Ein Klassiker.«

»Wie hat's dem Geheimdienst gefallen?«

»Haben sie nicht gesagt. Ich glaube, ihnen gefiel das Ende nicht.«

Aber ich wußte, als ich Nathan und Sarah beobachtete, die uns gegenüber am Tisch Hand in Hand grinsten, daß ihnen das Ende ausgezeichnet gefiel.

19

Ach ja, noch etwas: *Sie dürfen NIEMANDEM davon erzählen!!!* Alles klar?

Zweiter Teil

Mutter
Göttin der Welt

1

Mein Leben nahm an jenem Abend wieder seltsame Züge an, als ich Freds Fredericks in der Nähe von Chimoa und der Schlucht des Dudh Kosi über den Weg lief. Ich führte damals einen Trek und freute mich sehr, Freds zu sehen. Er reiste mit einem anderen Bergsteiger, einem Tibetaner namens Kunga Norbu, der sehr wenig Englisch zu sprechen schien, abgesehen von »Hallo« und »Guten Morgen«, was er beides zu mir sagte, als Freds uns miteinander bekannt machte, wenngleich gerade die Sonne untergegangen war. Meine Trekking-Gruppe hatte es sich schon für die Nacht in den Zelten bequem gemacht, und so strebten Freds und Kunga und ich den Teehäusern entgegen, die neben dem Trail am Waldrand standen. Wir sahen in sie hinein; die beiden ersten waren für die Trekker gewienert, doch das dritte war ein Teehaus alten Stils, das nur von Trägern besucht wurde. Wir verschwanden darin.

Es bestand aus einem einzigen niedrigen Raum; wir mußten uns nicht nur unter den Balken bücken, die das Schieferdach trugen, sondern auch unter der Rauchschicht. Die Häuser auf dem Land in Nepal haben traditionell keine Kamine, und der Rauch von ihren Holzöfen steigt einfach zur Decke hinauf und sammelt sich dort in einer sehr dikken Schicht, die sich senkt, bis sie durch die Dachtraufe sikkert. Warum die Nepali keine Kamine benutzen, die ich eigentlich für eine ziemlich grundlegende Erfindung halte, ist eine Frage, die niemand beantworten kann; ein weiteres großes Geheimnis von Nepal.

Fünf Holztische waren von Rawang- und Sherpa-Trägern besetzt, die sich auf den Bänken ausgestreckt hatten. Am einen Ende des Raumes knisterte der Ofen. Flammen vom Ofen und eine zischende Coleman-Lampe spendeten das Licht. Wir sagten Namaste zu den Nepali, die uns anstarrten, und tauchten unter dem Rauch hinweg, um am Tisch neben dem Ofen Platz zu nehmen.

Wir ließen Kunga Norbu bestellen, da er mehr Nepalesisch sprach als Freds oder ich. Als er fertig war, kicherten die Rawang-Ofenhüter, gingen zum Ofen und kamen mit drei großen Bechern tibetanischen Tees zurück.

Ich beschwerte mich mit eindeutigen Worten bei Freds darüber. »Verdammt, ich dachte, er wollte Chang bestellen!«

Sie müssen wissen, daß tibetanischer Tee kein gewöhnlicher Lipton's ist. Man macht ihn aus einer schwarzen Flüssigkeit, die gar nicht aus Teeblättern gebraut wird, sondern aus irgendeiner Wurzel, und die so bitter ist, daß man Wunden damit desinfizieren könnte. Dann schüttet man eine Menge Salz in dieses Gebräu, rührt kräftig um und gießt schließlich noch großzügig ranzige Yakbutter hinzu, die schmilzt und nach oben treibt.

Es schmeckt schlimmer, als es klingt. Ich habe eine Strategie für den Umgang mit diesem Zeug entwickelt, wann immer mir ein Becher angeboten wird. Ich sehe aus dem nächsten Fenster und begieße die Pflanzen damit. Solange ich das nicht zu schnell mache und man mir keinen zweiten Becher anbietet, komme ich damit klar. Aber hier war das unmöglich, da uns über zwanzig lachende Augenpaare anstarrten.

Kunga Norbu saß über den Tisch gebeugt, schlurfte aus seinem Becher und machte »Ooh!« und »Ahh!« und bedachte die Ofenhüter mit Komplimenten. Sie nickten und betrachteten Freds und mich genauer, wobei sie sich ein breites Grinsen nicht verkneifen konnten.

Freds ergriff seinen Becher und trank einen großen Schluck vom Tee. Er schmatzte wie ein Weinprüfer mit den Lippen. »Ausgezeichnet«, sagte er, leerte den Becher und hielt ihn unseren Gastgebern hin. »Mehr?« sagte er und zeigte in den Becher.

Die Träger heulten geradezu. Unser Wirt füllte Freds' Becher neu, und er machte sich wieder darüber her und schmatzte nach jedem Schluck. Ich gab aus einer Tropfflasche, die ich immer bei mir habe, etwas Jodlösung in meinen Becher, rührte um und hielt mir die Nase zu, um einen Schluck zu trinken, und auch das fanden sie komisch.

Also verstanden wir uns jetzt ganz gut mit den Teehausgästen, und als ich Chang bestellte, brachten sie gleich einen ganzen Krug. Wir gossen es in die kleinen angeschlagenen Teehausgläser und machten uns darüber her.

»Was habt ihr also vor, Kunga Norbu und du?« fragte ich ihn.

»Na ja«, sagte er, und ein seltsamer Ausdruck legte sich auf sein Gesicht. »Das ist eigentlich eine ziemlich lange Geschichte.«

»Dann erzähl' sie mir.«

Er schaute unsicher drein. »Sie ist zu lang, um sie heute abend zu erzählen.«

»Wie bitte? Eine Geschichte, die zu lang ist, als daß Freds Fredericks sie erzählen könnte? Unmöglich, Mann. Ich hab' mal gehört, wie du für Laure die Bibel zusammengefaßt hast, und das dauerte nur eine Minute.«

Freds schüttelte den Kopf. »Sie ist länger als die Bibel.«

»Ich verstehe.« Ich beließ es dabei, und wir drei tranken wieder Chang, was ein Weißbier ist, das aus Reis oder Gerste gebraut wird. Wir tranken eine Menge davon, eine in verschiedener Hinsicht gefährliche Angelegenheit, aber das kümmerte uns nicht. Während wir tranken, sanken wir immer tiefer auf den Tisch, um unter der Rauchschicht zu bleiben, und außerdem erschien uns es ganz natürlich, allmählich unter den Tisch zu rutschen. Schließlich lagen wir da wie ein Schluck Wasser in der Kurve.

Freds unterhielt sich mit Kunga Norbu weiterhin auf Tibetanisch, und ich wurde neugierig. »Freds, du sprichst kaum ein Wort Nepalesisch, wie kommt es da, daß du so gut Tibetanisch kannst?«

»Ich habe ein paar Jahre in Tibet verbracht. Ich studierte in den buddhistischen Lamaklostern.«

»*Du* hast in buddhistischen Lamaklostern in Tibet studiert?«

»Na klar! Sieht man das nicht?«

»Na ja ...« Ich machte eine nichtssagende Handbewegung. »Ich glaube, das erklärt es wohl ...«

»Dort habe ich übrigens auch Kunga Norbu kennengelernt. Er war mein Lehrmeister.«

»Ich dachte, er sei Bergsteiger.«

»Ist er auch! Er ist ein kletternder Lama. Es gibt übrigens ziemlich viele davon. Weißt du, als die Chinesen in Tibet einfielen, schlossen sie alle Klöster, zerstörten die meisten sogar. Die Mönche mußten jetzt arbeiten, und die Lamas gingen entweder nach Nepal oder zogen zu den Berghöhlen hinauf. Später wollten die Chinesen dann zu Propagandazwecken mit dem Bergsteigen anfangen, um zu zeigen, wie richtig die Gedanken des Vorsitzenden Mao gewesen waren. Die Höhe des Himalaja machte ihnen aber ziemlich zu schaffen, und so benutzten sie hauptsächlich Tibetaner, die sie als Chinesen ausgaben. Und als Tibetaner mit der größten praktischen Bergerfahrung erwiesen sich die buddhistischen Mönche, die ziemlich viel Zeit in wirklich hochgelegenen, abgeschiedenen Schlupfwinkeln verbracht hatten. Acht der neun sogenannten Chinesen, die 1975 den Gipfel des Everett bezwangen, waren in Wirklichkeit Tibetaner.«

»War Kunga Norbu einer davon?«

»Nein. Obwohl er gern dabeigewesen wäre, das kann ich dir sagen. Aber er kam bei der chinesischen Expedition 1980 ziemlich weit die Nordwand hinauf. Er ist ein wirklich starker Kletterer. Und auch ein großer Guru, ein echter Heiliger.«

Kunga Norbu hatte mitbekommen, daß wir über ihn sprachen, und betrachtete mich über den Tisch. Er war klein und drahtig, hatte langes schwarzes Haar und sah sehr zäh aus. Wie viele Tibetaner wirkte er fast wie ein Indianer vom Stamm der Navajos oder Apachen. Als er mich ansah, stellte sich ein seltsames Gefühl bei mir ein: Es war, als wurde er glatt durch mich hindurch in die Unendlichkeit sehen. Oder zu einem anderen, genauso weit entfernten Ort. Die Lamas haben diesen Blick zweifellos kultiviert.

»Und was macht ihr beiden also hier oben?« fragte ich; mir war etwas unbehaglich zumute.

»Wir wollen mit meinen englischen Freunden den Lingtren besteigen. Müßte toll werden. Und danach unternehmen Kunga und ich vielleicht noch was auf eigene Faust.«

Wir stellten fest, daß wir den Krug Chang geleert hatten, und bestellten noch einen. Wenn wir so weitermachten, würde man uns nicht einmal mehr mit einem Schluck Wasser in der Kurve vergleichen können.

Plötzlich sagte Kunga Norbu etwas zu Freds und deutete auf mich. »Wirklich?« sagte Freds, und sie wechselten noch ein paar Worte. Schließlich wandte Freds sich an mich. »Tja, das ist eine ziemlich große Ehre, George. Kunga möchte, daß ich dir sage, wer er wirklich ist.«

»Sehr nett von ihm«, sagte ich. Ich stellte fest, daß ich den ganzen Kopf bewegen mußte, um zu sprechen, da ich mit dem Kinn auf dem Tisch lag.

Freds senkte die Stimme, was mir unnötig vorkam, da wir die beiden einzigen Menschen im Raum waren, die Englisch sprachen. »Weißt du, was ein Tulku ist, George?«

»Ich glaub' schon«, sagte ich. »Einige der buddhistischen Lamas hier oben sollen Reinkarnationen früherer Lamas sein, und sie werden Tulkus genannt, nicht wahr? Der Abt von Tengboche soll einer sein.«

Freds nickte. »Das stimmt.« Er schlug Kunga Norbu auf die Schulter. »Na ja, unser Kunga hier ist auch ein Tulku.«

»Ich verstehe.« Ich überlegte, wie man sich in solch einer Situation zu verhalten hatte, doch mir fiel wirklich nichts ein, und so hob ich schließlich mühsam das Kinn vom Tisch und streckte die Hand aus. Kunga Norbu ergriff und schüttelte sie mit einem bescheidenen Lächeln.

»Ich meine es ernst«, sagte Freds.

»He!« sagte ich. »Habe ich behauptet, du würdest es nicht ernst meinen?«

»Nein. Aber du glaubst es nicht, oder?«

»Ich glaube, daß du es glaubst, Freds.«

»Er ist wirklich ein Tulku! Ich meine, ich habe Beweise gesehen, wirklich! Sein Ku kongma, also seine erste Inkarnation, war Tsong Khapa, ein sehr wichtiger tibetanischer

Lama, 1555 geboren. Man hat das Kloster Kum-Bum an seiner Geburtsstätte errichtet.«

Ich nickte, da ich keine Worte fand. Schließlich füllte ich unsere kleinen Gläser auf, und wir sprachen einen Toast auf Kunga Norbus Alter. Er schüttete das Chang wirklich in sich hinein, als hätte er mehrere Leben Übung darin. »So«, sagte ich und rechnete nach. »Dann ist er etwa 431.«

»Genau. Und ich kann dir sagen, er hat ein schweres Leben gehabt. Die Chinesen rissen Kum-Bum nieder, kaum, daß sie das Land übernommen hatten, und bis das Kloster dort wieder aufgebaut ist, muß Tsong Khapa ein Jünger bleiben. Verstehst du, obwohl er ein großer Tulku ist ...«

»Ein großer Tulku«, wiederholte ich; mir gefiel der Klang der Worte.

»Ja, obwohl er ein großer Tulku ist, ist er immer der Jünger eines noch größeren namens Dorjee gewesen. Dorjee Lama ist so ziemlich der wichtigste überhaupt – nur der Dalai Lama steht noch über ihm –, und Dorjee ist ein strenger, strenger Guru.«

Mir fiel auf, daß Kunga Norbu bei der Erwähnung von Dorjees Namen die Stirn gerunzelt und sein Glas aufgefüllt hatte.

»Dorjee ist so hart, daß der einzige Jünger, der es je bei ihm ausgehalten hat, unser Kunga hier ist. Dorjee – wenn man sein Student werden will und ihn fragt, schlägt er einen mit einem Stock. Er macht das ein paar Jahre lang, um sich zu vergewissern, daß man ihn wirklich als Lehrer haben will. Und dann nimmt er einen echt durch die Mangel. Anscheinend benutzt er die Methoden der Ts'an-Sekte aus China, die ziemlich grob sind. Um einem den Kurzen Weg zu zeigen, schlägt er einen mit seinem Schuh auf den Kopf.«

»Jetzt, da du es erwähnst ... er sieht wirklich ein wenig aus wie ein Bursche, dem man mit einem Schuh auf den Kopf geschlagen hat.«

»Was kann er dafür? Er ist seit über vierhundert Jahren Dorjees Schüler, und es ist immer dasselbe. Also hat er Dorjee gefragt, wann er ein Guru aus eigenem Recht sein würde, und Dorjee sagte, erst, wenn das Kloster auf Kungas Geburtsstätte wieder aufgebaut sei. Und er sagte, daß *das* niemals geschehen würde, wenn es Kunga nicht gelänge, eine ... na ja, eine gewisse Aufgabe zu erfüllen. Ich kann dir noch nicht genau sagen, was das für eine Aufgabe ist, aber glaub' mir, sie ist schwer. Und Kunga war früher *mein* Guru, verstehst du, und so kam er zu mir und hat mich um Hilfe gebeten. Und deswegen bin ich also hier.«

»Ich dachte, du hättest gesagt, du würdest mit deinen englischen Freunden den Lingtren erklettern?«

»Das werde ich auch.«

Ich war mir nicht sicher, ob es am Chang oder dem Rauch lag, aber ich war etwas verwirrt. »Na ja, was auch immer. Das klingt nach einem echten Abenteuer.«

»Darauf kannst du wetten.«

Freds sprach auf Tibetanisch mit Kunga Norbu, anscheinend, um ihm zu erklären, was er mir gesagt hatte. Schließlich antwortete Kunga ausführlich.

»Kunga meint, du könntest ihm auch helfen«, sagte Freds zu mir.

»Ich glaube, ich passe«, sagte ich. »Weißt du, ich habe meine Trekking-Gruppe.«

»O ja, ich weiß. Außerdem wird es ziemlich hart werden. Aber Kunga mag dich – er sagt, du hättest den Geist von Naropa.«

Kunga nickte nachdrücklich, als er den Namen Naropa hörte, und sah mit diesem in die Ferne gerichteten Blick durch mich hindurch.

»Das freut mich zu hören«, sagte ich. »Aber ich glaube, ich passe trotzdem.«

»Wir werden ja sehen, was passiert«, sagte Freds und schaute nachdenklich drein.

2

Viele Gläser Chang später taumelten wir in die Nacht hinaus. Freds und Kunga Norbu zogen ihre Jacken an und wanderten mit einem »Gute Nacht!« und einem »Guten Morgen!« zu ihrem Zelt davon. Ich kehrte zu meiner Gruppe zurück. Es kam mir schon sehr spät vor, war aber erst halb neun.

Als ich dort stand und unser Zeltdorf betrachtete, sah ich, wie ein Licht den Trail von Lukla hinabholperte. Der Mann, der die Taschenlampe trug, kam näher – es war Laure, der Sirdar meiner Gruppe. Er hatte Kunden nach Lukla zurückgeführt und war nun auf dem Rückweg. »Laure!« rief ich leise.

»Hallo, George«, sagte er. »Warum spät jetzt?«

»Ich habe getrunken.«

»Ah.« Obwohl er die Taschenlampe auf den Boden gerichtet hatte, konnte ich leicht sein breites Grinsen ausmachen. »Gute Idee.«

»Ja, du solltest dir auch ein Chang gönnen. Du hast einen langen Tag gehabt.«

»Nicht lang.«

»Klar.« Er hatte den ganzen Tag über verärgerte Kunden nach Lukla zurückgeführt und mußte also mindestens fünfmal so weit marschiert sein wie der Rest von uns. Und jetzt kam er im Licht der Taschenlampe zurück. Dennoch war es für den Sherpa Laure Tenzing wohl kein besonders schwerer Tag gewesen. Als Führer und Yakhirte war er schon sein ganzes Leben in diesen Bergen gewandert, und seine Waden waren so dick wie meine Oberschenkel. Einmal hatten er und drei Freunde aus Jux einen Rekord aufgestellt, indem sie in vier Tagen vom Everest Base Camp nach Katmandu gewandert waren; das sind etwa dreihundert Kilometer, hauptsächlich über sehr unebenes Land. Verglichen damit war das heutige Pensum wohl eher ein Spaziergang zum nächsten Briefkasten.

Das größte Problem waren zweifellos die Kunden gewesen. Ich erkundigte mich danach, und er runzelte die Stirn. »Leute in Hotel gehen, nicht glücklich. Sehr, sehr nicht glücklich. Sie zurückfliegen Katmandu.«

»Gut, daß wir sie los sind«, sagte ich. »Warum trinkst du nicht ein Chang?«

Er lächelte und verschwand in die Dunkelheit.

Ich schaute zu den Zelten hinüber, in denen meine schlafenden Kunden lagen, und seufzte.

Bislang war es ein typischer Videotrek gewesen. Wir waren von Katmandu nach Lukla geflogen. Meine Kunden, die von Hochglanzanzeigen nach Nepal gelockt worden waren, die ihnen versprochen hatten, auf Teufel komm raus Videoaufnahmen machen zu können, hatten im Flugzeug verrückt gespielt, waren durch den Gang gelaufen, hatten sich gegenseitig mit ihren Zoom-Linsen beworfen und so weiter. Sie waren unbändig, bis sie die Landepiste von Lukla sahen, die aus der Luft aussieht wie das Spielzeugmodell einer Skischanze. Ziemlich rasch saßen sie dann auf ihren Plätzen, schnallten sich an und schauten drein, als wollten sie ihr Testament machen – alle bis auf einen molligen kleinen Burschen namens Arnold, der weiterhin wie eine Kegelkugel den Gang auf und ab rollte und sich schließlich ins Cockpit drängte, um den Piloten über die Schultern filmen zu können. »Wir landen in Lukla«, sprach er mit tiefer, betont pathetischer Stimme ins Mikro seiner Kamera, wie der Erzähler eines schlechten Reiseberichts. »Sieht unmöglich aus, aber unsere Piloten sind ganz ruhig.«

Trotz seiner Anwesenheit landeten wir sicher. Leider versuchte dann einer aus unserer Gruppe zu filmen, wie er das Flugzeug verließ, und stürzte schwer die Treppe hinunter. Als ich dann den Schaden begutachtete – ein verstauchter Knöchel –, war Arnold wieder da und beugte sich über uns, um jedes Zucken und Heulen des Opfers für die Ewigkeit festzuhalten.

Eine zweite Maschine flog den Rest unserer Gruppe ein, begleitet von Laure und meiner Assistentin Heather. Wir machten uns auf den Weg. Ein paar Stunden lang ging alles gut – der Trail ist hier gleichzeitig die Hauptverkehrsstraße der Gegend und problemlos zu bewältigen. Und die Aussicht ist ehrfurchtgebietend – das Dudh Kosi-Tal sieht aus wie ein bewaldeter Grand Canyon, nur größer. Unsere Gruppe war beeindruckt, und mehrere Kunden filmten den ganzen Tag über.

Dann senkt sich der Trail zum Ufer des Dudh Kosi, und wir erlebten eine Überraschung. Anscheinend hatte der letzte Monsun den Eisdamm eines flußaufwärts liegenden Gletschersees zerstört, und das Wasser war als alles vernichtende Flut hinabgeströmt und hatte die Brücken, Steige, Bäume, einfach alles, mit sich gerissen. So endete unsere schöne Hauptverkehrsstraße abrupt an einer Klippe über dem zerwühlten Flußbett, und die örtlichen Träger, für die der Trail eine tägliche Notwendigkeit war, hatten sich auf den Hosenboden gesetzt und einen neuen Pfad gebahnt. Sie waren dabei ziemlich clever vorgegangen, doch es gab wirklich keine gute Alternative zu der alten Strecke; und so wand sich der neue Trail über verstreute weiße Felsbrocken im Flußbett, führte über unstabile neue Sandbänke und hob und senkte sich über schlammige Hänge, die man auf den dicht bewaldeten Felswänden freigehauen hatte. Es war eine schwierige Strecke, und selbst erfahrene Trekker hatten ihre Probleme damit.

Unsere Gruppe war entsetzt. Davon hatte nichts in den Anzeigen gestanden.

Die Träger liefen barfuß zur nächsten Teestube voraus, und die Kunden blieben im Schlamm stecken. Sie rutschten aus und heulten. Mehr als einmal wurde die Höhenkrankheit erwähnt, obwohl wir in Wirklichkeit nicht viel höher als Denver waren. Heather und ich liefen hin und her und ermutigten die Müden. Ich trug schließlich drei Videokameras. Laure trug neun.

Als wir schließlich die erste neue Brücke erreichten, sahen wir aus wie beim Rückzug von Moskau. Diese Brükken sind ziemlich hübsche Beispiele hinterwäldlerischer Baukunst; da es in dieser Gegend keine Baumstämme gibt, die lang genug sind, um den Fluß zu überbrücken, nehmen sie vier Stämme, schieben sie in den Fluß und verankern sie mit einem großen Stapel runder Steine. Dann schieben sie vier weitere Stämme von der anderen Seite heran, bis ihre Enden auf denen der ersten vier liegen. Es funktioniert, aber die Brücken wirken nicht gerade vertrauenseinflößend.

Unsere Gruppe musterte diese erste Brücke furchtsam. Arnold tauchte hinter uns auf und kaute auf einer nicht angezündeten Zigarre, während er die Szene filmte. »*Die Todesbrücke*«, sprach er ins Mikro seiner Kamera.

»Arnold, bitte«, sagte ich. »Verpiß dich.«

Er ging zu dem grauen Gletscherwasser des Flusses hinab. »He, George, glaubst du, ich könnte ins Wasser, um die Überquerung besser filmen zu können?«

»NEIN!« Ich stand schnell auf. »Ein Schritt in den Fluß, und du ertrinkst. Sieh dir die Fluten doch mal an!«

»Na schön, schon gut.«

Jetzt starrte der Rest der Gruppe mich entsetzt an, als sei ihr nicht schon auf den ersten Blick klar gewesen, daß ein Sturz in den Dudh Kosi in der Tat ein sehr fataler Fehler sein würde. Ziemlich viele von ihnen krochen schließlich auf Händen und Knien über die Brücke. Arnold hielt sie alle für die Nachwelt fest und filmte seine eigene Überquerung, indem er sich immer wieder im Kreis drehte, wobei ich jedesmal zusammenzuckte. Insgeheim verfluchte ich ihn; ich war mir ziemlich sicher, daß er genau gewußt hatte, wie gefährlich der Fluß war, und nur sichergehen wollte, daß auch alle anderen es erfuhren. Und kurz darauf – bei der nächsten Brücke, um genau zu sein – forderten die ersten Kunden, nach Lukla zurückgebracht zu werden. Nach Katmandu. Nach San Francisco.

Ich seufzte, als ich daran dachte. Und daran, daß das nur der Anfang war. Eben ein typischer *Want To Take You Higher Ltd.-Videotrek*. Plus Arnold.

3

Früh am nächsten Morgen erlebte ich Arnold wieder in Aktion, als ich sehr verkatert im Herzhäuschen, dem hinter dem Teehaus der Trekker liegenden Klosett, über dem ungesund feuchten Loch im Boden hockte. Ich hatte gerade mein Geschäft dort erledigt, als ich aufschaute und das große Glasauge einer Zoomlinse sah, das mich über die hölzerne Tür hinweg betrachtete.

»Nein, Arnold!« rief ich, während ich versuchte, meine Hand auf die Linse zu legen und gleichzeitig die Hosen hochzuziehen.

»He, ich will doch nur etwas Lokalkolorit reinbringen«, sagte Arnold und trat zurück. »Weißt du, die Leute sollen sehen, wie es wirklich ist, alle Einzelheiten und so weiter, und diese Klosetts sind schon wirklich toll. Exotisch.«

Ich bedachte ihn mit einem finsteren Stirnrunzeln. »Dann hättest du über Jiri anreisen sollen. In den Tieflanddörfern gibt es überhaupt keine Scheißhäuser.«

Seine Augen wurden rund, und er schob eine nicht angezündete Zigarre vom einen Mundwinkel in den anderen. »Und was macht man denn da?«

»Na ja, man geht einfach raus und sieht sich um. Sucht sich ein schönes Fleckchen aus. Da haben sie meistens ein Scheißfeld unten am Fluß. Richtig exotisch.«

Er lachte. »Du meinst, überall Haufen?«

»Ja, sowas in der Art.«

»Klingt ja toll! Vielleicht marschiere ich lieber zurück, anstatt zu fliegen.«

Ich musterte ihn und rümpfte die Nase. »Ein ernsthafter Filmemacher, was, Arnold?«

»Oh, ja. Hast du noch nie von mir gehört? Arnold McConnell? Ich drehe Abenteuerfilme für die PBS. Und manchmal für die Fremdenverkehrsämter der Skigebiete, Videoverleihe und so weiter. Skifahren, Hanggleiten, Kajakfahren, Parachuting, Bergsteigen, Skateboardfahren – das hab' ich alles schon gemacht. Hast du nie *Der Mann, der den Sambesi hinabschwamm* gesehen? Nein? Ach, der gilt schon als Klassiker. Einer meiner besten.«

Also hatte er gewußt, wie gefährlich der Dudh Kosi war. Ich sah ihn verächtlich an. Schwer zu glauben, daß er Abenteuerfilme drehte; er sah eher aus wie die Art von Hollywood-Produzent, über die man sich schlechte Witze erzählt. »Also drehst du wirklich einen Film über diesen Trek?«

»Ja, klar. Immer bei der Arbeit, höre nie auf damit. Bin ein Workaholic.«

»Brauchst du keine größere Crew?«

»Na, normalerweise schon, aber das hier ist eine andere Sache, einer meiner 'Persönlichen Tagebuch-Filme', wie ich sie nenne. Ich hab' ein paar an die PBS verkauft. Mache alle Arbeit allein. Das ist eben meine Version des Solokletterns.«

»Schön. Aber schneid' den Teil raus, wie ich scheiße, ja?«

»Klar, mach' dir keine Sorgen. Ich muß nur alles aufs Band kriegen, was ich kann, verstehst du, damit ich hinterher möglichst viel Material zur Verfügung habe. Und ich weiß mit allem etwas anzufangen. Deshalb habe ich auch diese Linse. Nur die neueste Ausrüstung für mich. Du wirst nicht glauben, was ich alles für Sachen habe.«

»Ich glaub's dir.«

Er kaute auf seiner Zigarre. »Nenn' mich einfach Mr. Abenteuer.«

»Werd' ich.«

4

Ich sah Freds und Kunga Norbu in Namche Bazaar nicht mehr und vermutete, daß sie schon mit Freds' englischen Freunden aufgebrochen waren; wahrscheinlich würde ich sie erst in der Nähe ihres Basislagers wiedersehen, denn ich wollte mit meiner Gruppe ein paar Tage in Namche bleiben, damit sie sich akklimatisieren und die Stadt genießen konnte. Namche ist die Hauptstadt der Sherpas, und eine dramatisch gelegenere Stadt kann man sich kaum vorstellen; sie kauert auf einem Vorgebirge über dem Zusammenfluß des Dudh Kosi und des Bhote Kosi, und die Flüsse liegen etwa anderthalb Kilometer tiefer in steilen grünen Schluchten, während weiße Gipfel sich überall um sie herum fast zwei Kilometer hoch auftürmen. Die Stadt selbst ist ein hufeisenförmiger Ring aus steinernen Gebäuden und steinernen Straßen, auf denen sich Sherpas, Trekker, Bergsteiger und Händler drängen, die zum wöchentlichen Markt kommen.

Hier kann man einiges erleben, und ich war vollauf beschäftigt; ich vergaß Freds und die Engländer völlig und war daher ziemlich überrascht, als ich ihnen in Pheriche über den Weg lief, einem Hochgebirgsdorf der Sherpas.

Die meisten dieser hochgelegenen Dörfer sind nur im Sommer bewohnt; die Einheimischen pflanzen dort Kartoffeln an und weiden Yaks. Pheriche jedoch liegt an der Trekkingroute zum Everest, und so ist es fast das ganze Jahr über bewohnt, und man hat dort ein paar Lodges errichtet und die einzige Hilfsstation der Himalayan Rescue Association. Es sieht noch immer wie ein Sommerdorf aus: niedrige Felswände trennen Kartoffelfelder voneinander ab, und ein paar Steinhäuser mit Schindeldächern sowie die Lodges und Baracke der Hilfsstation mit ihrem Blechdach. Das alles drängt sich am Ende eines flachen Gletschertals zusammen, auf einer einhundertundfünfzig Meter hohen Seitenmoräne. Ein Fluß schlängelt sich daran vorbei, und der Boden ist mit Gräsern und dem hellen Herbstrot der Berberitzensträucher bedeckt. Auf allen Seiten türmen sich die phantastischen weißen Spitzen einiger der eindrucksvollsten Gipfel der Erde auf – Ama Dablam, Taboche, Tramserku, Kang Taiga; und alles in allem ist es schon ein toller Ort. Meine Kunden überschlugen sich, um alles zu filmen.

Wir errichteten unser Zeltdorf auf einem unbenutzten Kartoffelfeld, und nach dem Abendessen taten Laure und ich uns dadurch, um im Himalaya Hotel ein paar Chang zu trinken. Ich betrat die kleine Küche der Lodge und hörte Freds »He, George!« rufen. Er saß mit Kunga Norbu und vier Touristen zusammen; wir gesellten uns zu ihnen und drängten uns um einen kleinen Tisch. »Das sind die Freunde, mit denen wir klettern.«

Er stellte sie vor, und wir schüttelten uns die Hände. Trevor war ein großer, schlanker Bursche mit einer Brille mit runden Gläsern und einem ziemlich irren Grinsen. »Mad Tom«, wie Freds ihn nannte, war klein, hatte einen Lockenkopf und sah ganz und gar nicht verrückt aus, obwohl etwas an seiner ruhigen Art einen schon glauben machen konnte, daß er es war. John war klein und kompakt, mit einem schon angegrauten Bart und einem kräftigen Händedruck. Und Marion war eine große und ziemlich attraktive Frau, obwohl sie wahrscheinlich errötet wäre oder einen freundlich geknufft hätte, wenn man es ihr gesagt hätte – attraktiv auf eine grobe, ungestüme Art, mit einem starken, strengen Gesicht und dichtem braunem, zurückgekämmtem und geflochtenem Haar. Sie waren Engländer, was man auch sofort an ihrem Akzent merkte: Marion und Trevor ziemlich elegant – Privatschule –, und John und Mad Tom sehr breit und aus Nordengland.

Wir bestellten Chang, und sie erzählten mir von ihrer Kletterpartie. Der Lingtren, ein steiler Gipfel zwischen dem Pumori und dem westlichen Ausläufer des Himalaja, ist ein ziemliches Stück Arbeit, von welcher Seite man ihn auch angeht, und sie waren auf ihre eigene Art ganz aus dem Häuschen: »War schon ein ganz schöner Brocken, um die Wahrheit zu sagen«, meinte Trevor fröhlich.

Wenn englische Bergsteiger über das Bergsteigen sprechen, muß man wissen, wie man ihre Worte zu übersetzen hat. »Ein ganz schöner Brocken« bedeutet: meidet den Berg.

»Ich meine, wir sollten statt dessen den Pumori ersteigen«, sagte Marion. »Der Lingtren ist ein perfekter *Hügel*.«

»Also wirklich, Marion.«

»Kommt sowieso nicht gegen den Preis für den Lingtren an«, sagte John.

Er bezog sich auf die Gebühr, die die nepalesische Regierung von den Bergsteigern für das Recht erhebt, den Gipfel zu besteigen. Diese Gebühren richten sich nach der Höhe des zu besteigenden Gipfels – die wirklich hohen Berge sind überaus kostspielig. Sie berechnet einem für den Everest zum Beispiel über fünftausend Dollar, und trotzdem wetteifern jede Menge Leute darum, auf die lange Warteliste zu kommen. Aber einige der schwierigsten Gipfel in Nepal sind im Vergleich zu den Riesen nicht besonders hoch und kommen ziemlich billig. Anscheinend gehörte der Lingtren dazu.

Wir beobachteten die Sherpani, die in der Küche der Lodge Abendessen für fünfzig Personen kochte, und zwar unter den starren Blicken der Gäste, die hungrig jede ihrer Bewegungen verfolgten. Dazu hatte sie einen kleinen Holzofen zur Verfügung (mit Kamin, Gott sei dank), einen Berg Kartoffeln, Nudeln, Reis, ein paar Eier und Kohlköpfe und mehrere changtrunkene Träger als Helfer, die abwechselnd Geschirr spülten oder große Brocken Yakmist für das Feuer zerbrachen. Auf den ersten Blick eine schwierige Aufgabe, doch die Sherpani war ganz gelassen: sie kochte die ganze Liste der Bestellungen aus dem Gedächtnis, schnitt Kartoffeln in Scheiben und warf sie in eine Pfanne, legte Holz nach, warf zwanzig Pfund Nudeln durch die Luft, als seien sie nur ein Pfannkuchen – und das alles mit der Sicherheit und Großtuerei eines erfahrenen Jongleurs. Sie hatte eine geniale Begabung.

Als zwei Stunden später die Gäste, die die Gerichte bestellt hatten, die in ihrer strengen Reihenfolge zum Schluß kamen, ihre Kohlomelettes auf Pommes frites bekamen, leerte sich die Küche bereits; die ersten Gäste gingen zu Bett. Wir anderen machten es uns bei mehr Chang und Geplauder gemütlich.

Dann kam ein Trekker in die Küche zurück, damit er sein Kurzwellenradio hören konnte, ohne die Schläfer im einzigen Schlafsaal der Lodge zu stören. Er sagte, er müsse die

Nachrichten hören. Wir alle starrten ihn ungläubig an. »Ich muß wissen, was der Dollar macht«, erklärte er. »Habt ihr gewußt, daß er letzte Woche um *acht Prozent* gefallen ist?«

Man trifft alle möglichen Leute in Nepal.

In der Tat ist es im Himalaja sehr interessant, die Kurzwelle zu hören, denn je nachdem, wie es um die Ionosphäre steht, bekommt man fast alle Sender herein. An diesem Abend hörten wir zum Beispiel die Stimme des Syrischen Volkes und ein paar Popsängerinnen aus Bombay, die die Träger wirklich anmachten. Dann schaltete der Radiobesitzer die BBC-Weltnachrichten ein, was nicht ungewöhnlich war – sie kamen vielleicht aus Hongkong, Singapur, Kairo oder sogar London selbst.

Im statischen Rauschen war die gebildete Stimme des Sprechers kaum verständlich. »... britische Everest-Expedition von 1986 ist jetzt auf dem Rongbuk-Gletscher in Tibet und wird im Verlauf der beiden nächsten Monate der historischen Route folgen, die die Expeditionen der zwanziger und dreißiger Jahre eingeschlagen haben. Unser Korrespondent der Expedition berichtet ...« Und dann war die Stimme kaum noch verständlich und ertrank im Rauschen: »... wichtigstes Ziel der Expedition, die Leichen von Mallory und Irvine, die 1924 zum letzten Mal in der Nähe des Gipfels gesehen wurden ... *knister, summ ...* Chancen beträchtlich verbessert durch Gespräche mit einem Teilnehmer der chinesischen Expedition, die angeblich 1980 auf der Nordwand eine Leiche gesehen hat ... *bzzzzkrkrkr!* ... Beschreibung des Fundortes *ssssssss* ... Schneegrenze dieses Jahr sehr tief, und alle Betroffenen halten die Erfolgsaussichten für *ssssskrkssss.*« Die Stimme ging in einem ohrenbetäubenden Rauschen unter.

Trevor musterte uns mit gerunzelter Stirn. »Habe ich richtig gehört, daß sie nach Mallorys und Irvines *Leichen* suchen wollen?«

Ein Ausdruck tiefen Schreckens legte sich auf Mad Toms Gesicht. Marion rümpfte die Nase, als ob das Chang sich in tibetanischen Tee verwandelt hätte. »Ich kann es nicht glauben.«

Ich wußte es damals noch nicht, aber das erwies sich für Freds als unerwartete Gelegenheit, seinen Plan vorzeitig in die Tat umzusetzen. »Habt ihr nicht davon gehört?« sagte er. »Kunga Norbu ist genau wegen der Besteigung hier, von der sie gesprochen haben, wegen der, die 1980 auf der Nordwand eine Leiche gesehen hat.«

»Ach ja?« sagten wir alle.

»Ja, ehrlich. Kunga hat an der chinesischen Expedition 1980 zum Nordsattel teilgenommen und suchte nach einem direkten Weg zur Nordwand, als er eine Leiche sah.« Freds sprach auf Tibetanisch mit Kunga Norbu, und Kunga nickte und antwortete ausführlich. Freds übersetzte für ihn: »Er sagt, es sei ein Abendländer gewesen, und er hätte eindeutig schon lange dort gelegen. Hier, er sagt, er kann es auch auf einem Foto zeigen …« Freds holte seine Brieftasche hervor und zog ein Papierknäuel hervor. Auseinandergefaltet erwies es sich als mitgenommenes Schwarzweiß-Foto des Everest, von der tibetanischen Seite aus gesehen. Kunga Norbu betrachtete es lange, sprach mit Freds darüber, ließ sich dann von Freds einen Kugelschreiber geben und malte sorgfältig einen Kreis auf das Foto.

»Warum hat er die halbe Nordwand eingekreist?« fragte John. »Das ist doch völlig sinnlos.«

»Nee«, sagte Freds. »Sieh doch, es ist ein ganz kleiner Kreis.«

»Es ist auch ein kleines Foto, oder?«

»Na ja, er kann die Stelle genau beschreiben – sie ist da oben auf der Spitze des Schwarzen Rings. Auf jeden Fall ist es jemandem gelungen, eine Expedition zusammenzustellen, die nach den Leichen suchen soll. Nun ist Kunga letztes Jahr nach Nepal geflohen, so daß diese Expedition mit Informationen aus zweiter Hand von seinen Kletterfreunden auskommen muß. Aber das könnte reichen.«

»Und wenn sie die Leichen finden?«

»Ich glaube, sie haben vor, sie mit runterzunehmen, nach London zu verschiffen und in der Winchester Cathedral zu begraben.«

Die Engländer starrten ihn an. »Du meinst, Westminster Abbey?« fragte Trevor.

»Ach ja, richtig, die beiden verwechsle ich immer. Auf jeden Fall haben sie das vor, und sie wollen einen Film daraus machen.«

Ich stöhnte bei dem Gedanken auf. Noch mehr Video.

Die vier Engländer stöhnten lauter als ich. »Das ist wirklich abscheulich«, sagte Marion.

»Widerlich«, pflichteten John und Mad Tom ihr bei.

»Eine Travestie, nicht wahr?« sagte Trevor. »Ich meine, wenn überhaupt jemand dort oben hingehört, dann diese beiden. Das ist nichts anderes als Grabschändung!«

Und seine drei Gefährten nickten. Auf einer Ebene scherzten sie und täuschten ihren Zorn nur vor; doch darunter meinten sie es todernst. Sie meinten, was sie sagten.

5

Um zu verstehen, wieso die Vorstellung sie dermaßen aufbrachte, muß man wissen, welche Bedeutung die Geschichte von Mallory und Irvine für die englische Seele hat. Das Bergsteigen war dort immer viel wichtiger als in Amerika – man könnte sagen, daß die Engländer diesen Sport in viktorianischen Zeiten erfunden und seitdem immer wieder hervorragende Leistungen darin gebracht haben, sogar noch nach dem Zweiten Weltkrieg, als bei ihnen ziemlich viel auseinanderfiel. Man könnte sagen, daß Bergsteigen der Rolls Royce des britischen Sports ist. Whymper, Hillary, das brillante Team, das in den siebziger Jahren mit Bonington kletterte: das alles sind Volkshelden.

Aber Mallory und Irvine sind die größten überhaupt. Damals in den zwanziger und dreißiger Jahren hatten die Engländer einen Alleinanspruch auf den Everest, da Nepal für Ausländer verschlossen war und Tibet für alle bis auf die Briten, die sich 1904 mit Younghusbands Feldzug ins

Land gedrängt hatten. Also war der Berg ihr privater Spielplatz, und während jener Jahre machten sie vier oder fünf Versuche, die alle scheiterten, was durchaus verständlich ist: sie waren ausgerüstet wie die Pfadfinder, mußten sich an Ort und Stelle die Höhentechnik aneignen und hatten schreckliches Pech mit dem Wetter.

Der Versuch, der einem Erfolg am nächsten kam, fand 1924 statt. Mallory, schon berühmt von zwei vorherigen Versuchen, war der Expeditionsleiter. Wie Sie vielleicht wissen, war er der Bursche, der antwortete: »Weil er da ist!«, als man ihn fragte, warum jemand das Ding besteigen wollte. Das ist entweder eine sehr tiefgründige oder eine sehr dumme Antwort, je nachdem, was man von Mallory hält. Sie können sich die Ihnen genehme Interpretation aussuchen: Der Bursche ist in Grund und Boden psychoanalysiert worden. Auf jeden Fall wurden er und sein Partner Irvine zuletzt gesehen, als sie sich kaum vierhundert Meter unter dem Gipfel befanden – und um ein Uhr mittags an einem Tag, an dem abgesehen von einem kurzen Sturm und Nebel, der den Gipfel vor den Blicken der Beobachter unten verbarg, gutes Wetter herrschte. Also haben sie es entweder geschafft oder auch nicht; aber irgend etwas ging irgendwo auf dem Weg schief, und sie wurden nie wieder gesehen.

Eine glorreiche Niederlage, ein unergründliches Geheimnis: das ist die Art von Geschichte, die die Engländer einfach lieben, wie wir alle anderen auch. Die ganzen Internatstugenden in eine heroische Erzählung eingehüllt – kein Schriftsteller könnte sie sich besser ersinnen. Bis zum heutigen Tag findet diese Geschichte in England ungebrochenes Interesse, und das gilt erst recht für die Bergsteigergemeinschaft, die mit ihr aufwuchs und noch immer in Zeitschriftenartikeln, Stammtischgesprächen und so weiter zahlreiche Spekulationen über das Schicksal der beiden Männer betreibt. Sie lieben diese Geschichte einfach.

Dort hinaufzuklettern, die Leichen zu suchen, dem Geheimnis ein Ende zu bereiten und die Leichen nach England zu schaffen... Jetzt wissen Sie, warum das meinen

Trinkgenossen an diesem Abend wie ein Sakrileg vorkam. Es war wieder so ein moderner Werbegag, ein von einer Werbeagentur ersonnener Plan, Geld zu scheffeln – eine Entweihung des Großen Geheimnisses. Es erinnerte mich in der Tat ein wenig an Videotrekking. Nur noch schlimmer. Also fühlte ich in gewisser Weise mit ihnen.

6

Ich versuchte, mir einen Themenwechsel einfallen zu lassen, um die Engländer abzulenken. Doch Freds schien entschlossen, ihrem Trübsal noch Zunder zu geben. Er stach mit dem Finger auf das zusammengefaltete Wrack eines Fotos ein. »Wißt ihr, was ihr tun solltet?« sagte er leise zu ihnen. »Ihr habt gesagt, ihr wolltet den Pumori besteigen? Mann, Scheiße, verzieht euch lieber in die andere Richtung, seid vor der anderen Expedition da und versteckt den alten Mallory. Ich meine, hier habt ihr den eigentlichen Augenzeugen, der euch zu ihm führen könnte! Unglaublich! Ihr könntet Mallory im Eis und Schnee vergraben und euch dann wieder runterschleichen! Wenn ihr das tut, werden sie ihn nie finden!«

Alle Engländer starrten Freds aus weit aufgerissenen Augen an. Dann sahen sie einander an und senkten die Köpfe tief auf den Tisch. Ihre Stimmen wurden leise. »Das ist ein Genie«, flüsterte Trevor.

»Äh, nein«, warnte ich sie. »Er ist kein Genie.« Laure schüttelte den Kopf. Selbst Kunga Norbu schaute zweifelnd drein.

»Was ist mit dem Lho La?« fragte John. »Müssen wir den nicht erklettern?«

»Ein Kinderspiel«, sagte Freds sofort.

»Nein«, protestierte Laure. »Kein Kinderspiel! Paß! Sehr steiler Paß!«

»Ein Kinderspiel«, beharrte Freds. »Ich habe ihn vor ein

paar Jahren mit dieser Gruppe erklettert, die die direkte Westroute suchte. Wenn man ihn bestiegen hat, schlägt man sich einfach auf den Westsattel und hat dann direkt zur Linken die ganzen Nordwand vor sich.«

»Freds«, sagte ich und versuchte ihm klarzumachen, daß er seine Gefährten nicht zu solch einer gefährlichen und überdies illegalen Kletterpartie verleiten sollte. »Ihr würdet viel mehr Hilfe bei den Hochlagern brauchen, als ihr habt. Dieser Kreis hier ist verdammt hoch oben auf dem Berg.«

»Stimmt schon«, sagte Freds augenblicklich. »Ziemlich hoch oben. Verdammt hoch oben. Man kann nicht mehr viel höher kommen.«

Natürlich hätte ich wissen müssen, daß so eine Bemerkung Leute wie die Engländer nur noch zusätzlich anspornte.

»Man müßte es machen wie damals Woody Sayres«, fuhr Freds fort. »Das war 1962, oder? Sie brachten Sherpas dazu, ihnen über Cho Oyo auf den Nup La zu helfen, und schlugen sich dann zum Everest, wo sie den Gyachung Kang besteigen wollten. Sie nahmen ein einziges Lager den ganzen Weg zum Everest mit hinauf und kehrten auf dieselbe Art zurück. Sie waren nur zu viert und hätten ihn fast erklettert. Und der Nup La ist dreißig Kilometer weiter vom Everest entfernt als der Lho La. Der Lho La liegt praktisch direkt darunter.«

Mad Tom schob seine Brille die Nase hinauf, zog einen Kugelschreiber hervor und stellte auf dem Tisch Berechnungen an. Marion nickte. Trevor füllte all unsere Gläser mit Chang. John sah über Mad Toms Schulter und murmelte ihm etwas zu; anscheinend waren sie für die Vorräte verantwortlich.

Trevor hob sein Glas. »Na schön«, sagte er. »Machen wir mit?«

Sie alle hoben ihre Gläser. »Wir machen mit.«

Sie toasteten ihrem Plan zu, und ich starrte sie entsetzt an, als ich hörte, wie die Tür knarrte, und sah, wer die Küche verließ. »He!«

Ich sprang auf und zerrte Arnold McConnell in den Raum zurück. »Was hast du hier zu suchen?«

Arnold versteckte etwas hinter seinem Rücken. »Gar nichts. Weißt du, ich wollte mir nur mein abendliches Glas Milchtee holen ...«

»Er ist es!« rief Marion. Sie griff hinter Arnold und zog seine Kamera hinter seinem Rücken hervor; er versuchte, sie festzuhalten, doch Marion war stärker als er.

»Spionierst mich wieder aus, was? Filmst uns aus irgendeiner dunklen Ecke?«

»Nein, nein«, sagte Arnold. »Ich kann im Dunkeln doch gar nicht filmen.«

»Filmt in Zelt«, sagte Laure prompt. »Nachts.«

Arnold funkelte ihn an.

»Hör mal, Arnold«, sagte ich. »Weißt du, wir haben hier nur einen draufgemacht, ein kleines privates Gespräch über ein paar Bechern Chang. Nichts Ernstes.«

»Oh, ich weiß«, versicherte Arnold mir. »Ich weiß.«

Marion stand auf und sah auf Arnold hinab. Sie ergaben ein ulkiges Paar – sie so groß und schlank, er so klein und stämmig. Marion drückte auf ein paar Knöpfe auf der Kamera, bis die Videokassette hinaussprang, ohne ihn aus den Augen zu lassen. Sie konnte einen wirklich furchterregend anfunkeln. »Das ist wohl derselbe Film wie heute morgen, als du mich aufgenommen hast, wie ich geduscht habe, oder?« Sie sah uns an. »Ich war in der kleinen Duschkabine, die sie da aufgebaut haben, und der Blechkübel mit dem heißen Wasser war irgendwie verklemmt. Ich mußte die Tür einen Spalt öffnen, um hinaufzugreifen und ihn zu lösen, und da merkte ich plötzlich, daß dieser Perverse mich filmte!« Sie lachte wütend. »Ich wette, du warst ziemlich zufrieden mit dem Material, was, du Vojeur?«

»Ich wollte gerade aufbrechen, um Yaks zu filmen«, erklärte Arnold schnell und sah mit einem bewundernden Blick zu Marion hinauf. »Dann standest du vor mir, und was sollte ich tun? Ich bin Filmemacher, ich filme schöne Dinge. Ich könnte dich in den Staaten zu einem Star machen«, sagte er ernst. »Du bist wahrscheinlich die schönste Bergsteigerin auf der ganzen Welt.«

»Und das bei der Konkurrenz«, warf Mad Tom ein.

Ich behielt recht, was Marions Reaktion auf ein derartiges Kompliment betraf: Sie errötete bis zu den Haarwurzeln und überlegte, ob sie ihm einen Knuff versetzen sollte – und hätte es wohl auch getan, wenn sie allein gewesen wären.

»... Abenteuerfilme in den Staaten, für die PBS und die Skigebiete«, fuhr Arnold fort, kaute auf seiner Zigarre und rollte mit den Augen, als Marion mit der Kassette zum Ofen ging.

Die Sherpani hielt sie zurück. »Stinken«, sagte sie.

Marion nickte und nahm die Videokassette in beide Hände. Ihre Unterarme spannten sich, und man konnte plötzlich jeden Muskel sehen. Und da waren ziemlich viele; sie sahen aus wie dünne gebündelte Drähte unter der Haut. Wir alle sahen hin, und instinktiv hob Arnold die Kamera auf die Schulter, bevor ihm einfiel, daß sie ja leer war. Diese Tatsache ließ ihn zusammenzucken, und er fummelte in seiner Jackentasche nach einem Ersatz, als die Kassette in der Mitte zerbrach und das Videoband herausfiel. Marion gab sie der Sherpani, die sie grinsend in eine Kiste mit Kartoffelschalen fallen ließ.

Wir alle sahen Arnold an. Er kaute auf seiner Zigarre und zuckte die Achseln. »Auf die Art kann ich dich nicht zum Star machen«, sagte er und bedachte Marion mit einem lüsternen Blick. »Wirklich, du solltest mir eine Chance geben. Du wärest toll.«

»Ich würde es vorziehen, wenn du jetzt gehst«, sagte Marion zu ihm und deutete auf die Tür.

Arnold ging.

»Dieser Bursche könnte uns Ärger machen«, sagte Freds.

7

Freds sollte recht behalten.

Aber Arnold war nicht die einzige Ursache für Ärger. Meines Erachtens benahm sich Freds selbst etwas eigenartig. Doch wenn ich an die verschiedenen Schrullen dachte, die er in letzter Zeit an den Tag legte – seine Erklärung, sein Freund Kunga Norbu sei ein Tulku, und nun sein plötzliches Eintreten für die Rettet-Mallorys-Leiche-Kampagne –, konnte ich es mir einfach nicht zusammenreimen. Es ergab keinen Sinn.

Als Freds' Trupp und meine Trekkinggruppe also am selben Morgen von Pheriche talaufwärts aufbrachen, ging ich eine Weile mit Freds zusammen. Ich wollte ihm einige Fragen stellen. Doch es waren eine Menge Leute auf dem Trail, und es war nicht einfach, einen Augenblick unter vier Augen mit ihm sprechen zu können.

Als Eröffnung sagte ich: »So, jetzt hast du also eine Frau in deinem Team.«

»Ja, Marion ist toll. Sie ist wahrscheinlich die beste Kletterin von uns allen. Und unglaublich stark. Du kennst doch diese Wände in Hallen, die sie in England zum Üben haben?«

»Nein.«

»Na ja, das Wetter ist so schlecht da, und die Kletterer sind so fanatisch, daß sie diese zehn oder zwölf Meter hohen Wände in Turnhallen aufgebaut haben, mit Mörtel überzogen und kleinen Handgriffen.« Er lachte. »Es sieht scheußlich aus – kleine alte Turnhallen mit schlechter Beleuchtung und ohne Heizung, und die ganzen Leute ziehen sich da Betonwände hoch, als sei das eine neue Foltermethode ... Auf jeden Fall war ich mal in so einer Halle und hab' mich zu einem Wettrennen mit Marion überreden lassen, die beiden steilsten Wände hinauf. Die Leute wetteten auf uns, und die Regel besagte, daß einer von uns ganz nach oben mußte, wollten die Leute die Wetteinsätze kassieren. Aber wegen einem Loch in der Decke war die Wand feucht, und ich kam etwa bis zur Hälfte hinauf. Also hatte sie gewonnen, aber wollten die anderen den Wetteinsatz kassieren, mußte sie ganz hinauf. Mit dem Leck war es wirklich unmöglich, aber alle, die auf sie gewettet hatten, riefen ihr zu, sie sollte es versuchen, und so biß sie einfach die Zähne zusammen und fing an, diese *Bewegungen* zu machen, Mann« – Freds ahmte sie mit der Hand in der Luft nach, während wir marschierten – »und sie machte sie ganz langsam, damit sie nicht runterfiel. Sie hing an den Fingerspitzen und Zehen da oben, und ich schwöre bei Gott, sie muß *drei Stunden* da gehangen haben. Alle anderen hörten mit dem Klettern auf, um ihr zuzusehen. Ein paar Jungs gingen nach Hause, ein paar baten sie, wieder runterzukommen, ein paar hatten Tränen in den Augen stehen. Schließlich kam sie dann doch noch ganz rauf und kroch zu der Leiter, um wieder runterzukommen, und die Leute haben sie auf die Schulter genommen. Sie hätten sie fast zur Königin gekrönt. Eigentlich ist sie schon Königin, zumindest, was die englischen Kletterer betrifft – wenn die echte käme, und Marion wäre da, würde niemand auf Lisbeth achten.«

Dann drängte sich Arnold zwischen uns und schaute verschwörerisch drein. »Ich halte diesen Mallory-Plan für eine tolle Idee«, flüsterte er uns mit zusammengebissenen Zähnen zu. »Ich stehe völlig hinter euch, und das wird einen *tollen Film* geben.«

»Du hast was übersehen«, sagte ich zu ihm.

»Wir besteigen nur den Lingtren«, sagte Freds zu ihm.

Arnold runzelte die Stirn, ließ das Kinn auf die Brust fallen und kaute auf seiner Zigarre. Stirnrunzelnd ging Freds schneller, um seine Gruppe einzuholen, und sie verschwanden bald vor uns außer Sicht. Also hatte ich meine Chance vertan, mit ihm zu sprechen.

Wir kamen zum oberen Ende des Pheriche-Tals, wandten uns nach rechts und stiegen zu einem noch höher gelegenen hinauf. Das war das Tal des Khumbu-Gletschers, einer massiven Eisfläche, bedeckt mit einem Chaos aus grauem Geröll und milchigblauen Schmelzwasserteichen. Wir zogen am Rande des Gletschers entlang und folgten einem Weg über seine Seitenmoräne hinauf nach Lobuche, einem Ort, der aus drei Teehäusern und einem Zeltplatz besteht. Am nächsten Tag marschierten wir talaufwärts nach Gorak Shep.

Nun ist Gorak Shep (›Tote Krähe‹) nicht der Ort, den man auf Plakaten in Reisebüros sieht. Es liegt etwa fünftausendeinhundert Meter hoch, und da oben hat das Pflanzenleben so ziemlich aufgegeben. Der Ort besteht aus zwei zerlumpten kleinen Teehäusern unter einem monströsen Geröllhügel, direkt neben einem grauen Gletscherteich, und sieht alles in allem aus wie die Rückstände einer außergewöhnlich großen Kiesgrube.

Doch Gorak Shep hat Berge. Hohe, schneebedeckte Berge auf allen Seiten. Wie hoch? Nun ja, die Nuptse-Wand erhebt sich zum Beispiel volle zweitausend Meter über Gorak Shep. Wir sahen eine Lawine, die unter ohrenbetäubendem Donnern einen winzigen Teil dieser Wand hinabglitt und etwa doppelt so hoch wie das World Trade Center war und trotzdem winzig wirkte.

Kameras können diesen gewaltigen Anblick niemals einfangen, doch man muß es unwillkürlich versuchen, und meine Gruppe versuchte es in den Tagen, da wir dort kampierten, auf Teufel komm raus. Diejenigen, die gut mit der Höhe fertig wurden, trotteten sogar auf den Gipfel des Kala Pattar (»Schwarzer Hügel«) hinauf, einem beliebten Aussichtspunkt mit hervorragendem Blick auf die Südwestwand des Everest. Am darauffolgenden Tag führten Heather und Laure den größten Teil dieser Leute den Gletscher zum Everest Base Camp hinauf, während sich die anderen von uns ausruhten. Das Everest-Basislager, das das indische Heer am Anfang der Saison aufgebaut hatte, war praktisch ein Zeltdorf wie das unsere, aber auf dem Weg dorthin gibt es einige schöne Eisnadeln und -türme zu sehen, und als die Kunden zurückkamen, machten sie einen zufriedenen Eindruck.

Also war auch ich zufrieden. Niemandem hatte die Höhenkrankheit übermäßig zugesetzt, und wir würden uns am nächsten Morgen auf den Rückweg machen. Ich fühlte mich hervorragend, saß am Spätnachmittag auf dem Hügel über unseren Zelten und tat einfach nichts.

Doch dann kam Laure den Trail vom Base Camp hinabgeeilt, und als er mich sah, kam er direkt zu mir. »George, George«, rief er dabei lauthals.

Als er mich erreicht hatte, stand ich auf. »Was ist los?«

»Ich bleiben sprechen Freunde Träger Indisches Army Base Camp, Freds mich finden, Freds sagen sein Basislager bitte kommen du. Klettern Lho La finden Mann mit Kamera kommen mieten Sherpas fertig mit Freds, sehr schlecht folgen Freds.«

Nun ist Laures Englisch nicht sehr gut, wie Sie vielleicht festgestellt haben. Doch schließlich waren wir alle in seinem Land und sprachen meine Sprache – und für ihn kam Englisch nach Sherpa, Nepalesisch, ein paar Brocken Japanisch und Deutsch. Und wie viele Sprachen sprechen Sie?

Außerdem verstehe ich immer den Kern dessen, was Laure sagt, was man nicht unbedingt von allen Einheimischen behaupten konnte. Also rief ich: »Nein! Arnold folgt ihnen?«

»Ja«, sagte Laure. »Sehr schlimm. Freds sagen kommen bitte holen.«

»Arnold hat ihre Sherpas angeheuert?«

Laure nickte. »Sherpas fertig Träger, Arnold mieten.«

»Verdammt! Wir müssen da raufsteigen und ihn holen!«

»Ja. Sehr schlecht.«

»Wirst du mit mir kommen?«

»Was immer du wollen.«

Ich eilte zu unseren Zelten, um meine Kletterausrüstung zusammenzusuchen, und erzählte Heather, was passiert war. »Wie ist er dorthin gekommen?« fragte sie. »Ich dachte, er sei den ganzen Tag mit dir zusammen gewesen.«

»Mir hat er gesagt, er würde mit dir gehen! Er ist euch wahrscheinlich hinaufgefolgt und dann weitergegangen. Mach dir keine Sorgen, es ist nicht deine Schuld. Führe die Gruppe morgen nach Namche zurück, und wir holen euch dann später ein.« Sie nickte, wirkte aber besorgt.

Laure und ich brachen auf. Selbst bei Laures Tempo erreichten wir Freds' Basislager erst, als der Mond schon aufgegangen war.

Ihr Lager bestand jetzt nur noch aus einem einzigen Zelt auf einem flachgetretenen Schneestreifen, direkt unter dem steilen Hang des Khumbu-Tals – der Schlucht, die Nepal von Tibet trennt. Wir öffneten den Reißverschluß des Zeltes und weckten Freds und Kunga Norbu.

»Hervorragend!« sagte Freds. »Ich bin froh, daß ihr hier seid! Echt froh!«

»Erzähl mir, was passiert ist«, sagte ich.

»Na ja, dieser Arnold hat sich anscheinend hier raufgeschlichen.«

»Das weiß ich auch.«

»Und unsere Sherpas waren fertig, und wir hatten sie bezahlt, und ich glaube, er hat sie von der Stelle weg angeheuert. Sie haben jede Menge Kletterausrüstung dabei, und wir ließen Leitseile bis zum Lho La hinauf zurück, und so haben sie uns gefunden. Ich kann dir sagen, daß mir der Mund ziemlich weit aufstand, als sie im Paß auftauchten! Die Engländer wurden wütend und sagten Arnold, er solle wieder hinabsteigen, doch er weigerte sich, und, na ja, wie kann man hier oben jemanden zwingen, etwas zu tun, was er nicht will? Wenn man ihm einfach eins vor den Kopf gibt, hat er vielleicht Schwierigkeiten, wieder hinabzusteigen! Also kehrten Kunga und ich um, um dich zu holen, und wir fanden Laure im Basislager, und er sagte, er würde dich holen, während wir die Stellung hielten.«

»Arnold hat den Lho La bestiegen?« sagte ich erstaunt.

»Ich schätze, er ist ein ziemlich zäher Bursche. Hast du nicht den Film gesehen, den er von der Kajakfahrt den Baltoro hinab drehte? Ein echt radikaler Film, Mann, in der gleichen Kategorie wie *Der Mann, der den Everest mit Skiern hinabfuhr,* was die Radikalität betrifft. Und er hat auch ein paar andere verrückte Sachen angestellt, ist mit einem Hanggleiter vom Grand Teton geflogen und hat dabei die ganze Zeit gefilmt. Er ist zäher, als er aussieht. Ich glaube, er täuscht nur vor, so ein schlaffer Hollywood-Produzent zu sein, damit man ihn unterschätzt. Auf jeden Fall hat er ein paar ausgezeichnete Sherpas dabei, und mit ihnen und den Leitseilen kam er problemlos hinauf. Und ich glaube, er akklimatisiert sich gut; er ging rum, als sei er auf einem Strand.«

Ich seufzte. »Das nenne ich einen entschlossenen Filmemacher.«

Freds schüttelte den Kopf. »Der Bursche ist ein Parasit. Wenn wir seinen Arsch nicht wieder runterschleppen, wird er die Engländer in den Wahnsinn treiben.«

8

Also schickten wir vier uns am nächsten Tag an, den Lho La zu besteigen, und hatten es schnell mit einer der gefährlichsten Klettertouren zu tun, die ich je mitgemacht habe. Sie war nicht in technischer Hinsicht so schwierig – die Engländer hatten an den härtesten Stellen Leitseile zurückgelassen, was die Sache beträchtlich vereinfachte. Aber es war trotzdem gefährlich, denn wir stiegen einen Eisfall hinauf, das heißt, einen steil geneigten Gletscher.

Nun ist ein Gletscher ein Eisbach, wie Sie wissen, und fließt wie seine flüssigen Vettern immer abwärts. Er fließt wesentlich langsamer, aber vernachlässigen darf man diesen Faktor nicht, besonders nicht, wenn man auf einem steht. Dann hört man oft ein Krachen und Stöhnen, einen plötzlichen Knall oder ein Donnern, und man kommt sich vor, als stünde man auf dem Rücken eines Lebewesens.

Wenn so ein Gletscher einen Hügel hinabrollt, beschleunigt sich das alles noch; aus dem Lebewesen wird ein Drache. Das Eis des Gletschers bricht in gewaltige Blöcke und Scherben auf, die sich gleichmäßig bewegen, dann auf einem Kamm oder einer Klippe zu liegen kommen, hinabstürzen und zerbrechen oder aufreißen und tiefe Spalten enthüllen. Als wir uns den Weg durch das Labyrinth des

Lho La-Eisfalls hinaufbahnten, bewegten wir uns ständig unter Eisblöcken, die schon ewig dort zu liegen schienen, in Wirklichkeit aber sehr unstabil waren – sie würden irgendwann im nächsten oder übernächsten Monat hinabstürzen. Ich bin kein Experte, was die Wahrscheinlichkeitstheorie betrifft, aber mir gefiel es trotzdem nicht.

»Freds«, beklagte ich mich, »du hast gesagt, das sei ein Kinderspiel.«

»Ist es auch«, sagte er. »Sieh doch, wie schnell wir vorankommen.«

»Aber nur, weil wir eine Todesangst haben.«

»Ach ja? He, das sind doch höchstens fünfundvierzig Grad oder so.«

Steiler kann ein Eisfall nicht werden, denn sonst würde das Eis sofort und geschlossen bergabwärts stürzen. Selbst der berühmte Khumbu-Eisfall, auf den wir nun zu unserer Rechten eine phantastische Aussicht hatten, ist nur etwa dreißig Grad steil. Der Khumbu-Eisfall ist ein unvermeidlicher Teil der Standardroute zum Everest und der bei weitem gefürchtetste Abschnitt; dort sind mehr Menschen gestorben als irgendwo sonst auf dem Berg. Und der Lho La ist schlimmer als der Khumbu!

Also fand ich ein paar angemessene Worte über unsere Lage, während wir in der Tat sehr schnell weiterkletterten, und mit den meisten davon wußte Laure nichts anzufangen. »Toll, Freds«, rief ich ihm zu. »Wirklich ein echtes Kinderspiel!«

»Auf jeden Fall jede Menge Zuckerguß«, sagte er und kicherte. Und das unter einer Wand, die ihn plattmachen würde wie Wile E. Coyote aus diesen Zeichentrickfilmen, falls sie fallen sollte. Ich schüttelte den Kopf.

»Was meinst du?« sagte ich zu Laure.

»Sehr schlecht«, sagte Laure. »Sehr schlecht, sehr gefährlich.«

»Und was sollten wir deiner Meinung nach tun?«

»Was immer du wollen.«

Wir beeilten uns.

Nun mag ich das Bergsteigen fast so sehr wie alle anderen hier auch, aber ich will nicht behaupten, daß es eine besonders vernünftige Tätigkeit ist. Besonders an jenem Tage hätte ich diese Behauptung nicht erhoben. Nun ja, es gibt solche und solche Gefahren. In der Tat treffen Bergsteiger eine Unterscheidung zwischen objektiven und subjektiven Gefahren. Objektive Gefahren sind zum Beispiel Lawinen, Steinschlag und Stürme, Ereignisse, an denen man nichts ändern kann. Subjektive Gefahren sind jene, denen man sich durch menschliche Fehler aussetzt – man schlägt ein schlechtes Loch, vergißt, ein Seil zu sichern, und so weiter. Sie verstehen – wenn man absolut vorsichtig vorgeht, kann man alle subjektiven Gefahren vermeiden. Und wenn man die subjektiven Gefahren eliminiert hat, hat man es nur noch mit den objektiven Gefahren zu tun. Sie sehen also, daß Bergsteigen eine sehr rationale Angelegenheit ist.

An diesem Tag befanden wir uns jedoch inmitten einer ganzen Wand objektiver Gefahren, und das machte mich nervös. Wir verfuhren wie üblich in solch einem Fall, was heißt, daß wir uns höllisch beeilten. Wir vier stürmten praktisch den Lho La hinauf. Freds, Kunga und Laure waren äußerst stark und schnell, und ich war auch einigermaßen in Form; außerdem verfügte ich über den Vorteil eines höheren Adrenalinausstoßes, als ihn weniger phantasievolle Menschen haben. Also stellten wir einen neuen Rekord auf.

Dann passierte es. Freds war neben mir, hing mit Kunga Norbu an einem Seil, und Kunga war die volle Länge des Seils entfernt – etwas zwanzig Meter – und führte uns um einen Quergang herum, der unter einer riesigen Eiszacke verlief, wie man die blauen Eisvorsprünge nennt, die, oft in Gruppen, aus einem Eisfall hervorragen. Kunga war direkt unter dieser Eiszacke, als sie ohne die geringste Warnung abbrach, hinabstürzte und in tausend Stücke zersplitterte.

Ich hatte instinktiv tief eingeatmet und wollte gerade schreien, als Kunga Norbu gegen meinen Ellbogen prallte und mich fast hinabgestoßen hätte. Er war zwischen Freds und mir eingekeilt, und das Seil, das sie zusammenhielt, schlug zwischen unseren Beinen hin und her.

Beim Versuch, meinen Schrei zu ersticken, würgte ich, rang nach Atem und würgte erneut. Freds schlug mir auf den Rücken, um mir zu helfen. Kunga war eindeutig da, stand vor uns, greifbar und körperlich. Und doch war er unter der Eiszacke gewesen! Die zerbrochenen Eisstücke lagen frisch und glänzend in der Nachmittagssonne vor uns verstreut. Der Block war ohne das geringste Zittern, ohne jede Warnung, abgebrochen und hinabgestürzt – Kunga war einfach keine Zeit geblieben, um noch unter ihm hervorzukommen.

Freds sah meinen Gesichtsausdruck und grinste schwach. »Der alte Kunga Norbu ist ziemlich schnell, wenn es sein muß.«

Aber das reichte mir nicht. »Ga gor nee«, sagte ich – und dann zogen Freds und Kunga mich hoch. Laure eilte zu uns hinauf, die Augen groß vor Besorgnis.

»Sehr schlecht«, sagte er.

»Gar«, versuchte ich und kam nicht weiter.

»Schon gut, schon gut«, sagte Freds und umfaßte mein Gesicht mit seinen Handschuhen. »He, George. Entspanne dich.«

»He«, bekam ich heraus, deutete auf die Überreste der Eiszacke und dann auf Kunga.

»Ich weiß«, sagte Freds stirnrunzelnd. Er wechselte einen Blick mit Kunga, der mich ungerührt beobachtete. Sie sprachen auf Tibetanisch miteinander. »Hör zu«, sagte Freds. »Steigen wir über den Paß, und dann erkläre ich es dir. Es wird eine Weile dauern, und es bleibt uns nicht mehr so viel Tageslicht. Außerdem müssen wir einen Weg um diese Eiswürfel finden, damit wir den Leitseilen folgen können. Komm schon, Kumpel.« Er gab mir einen Klaps auf den Arm. »Konzentriere dich. Bringen wir's hinter uns.«

Also kletterten wir weiter, und Kunga führte so schnell wie zuvor. Ich stand jedoch noch immer unter Schock und sah ständig vor mir, wie die Eiszacke mit Kunga darunter zusammenbrach. Er konnte ihr einfach nicht entkommen sein! Und doch war er dort oben vor uns und kletterte die Leitseile hinauf wie ein Affe eine Palme.

Es war ein Wunder. Und ich hatte es gesehen. Ich hatte verdammte Schwierigkeiten, mich den Rest des Tages über auf das Klettern zu konzentrieren.

9

Kurz vor Sonnenuntergang hatten wir den Lho La überwunden und unser Zelt auf dem flachen Ausläufer des Passes auf tiefem hartem Schnee aufgeschlagen. Es war eine der geräumigsten Lagerstätten, die ich je errichtet hatte: auf dem Grat des Himalaja, auf einem breiten Sattel zwischen den höchsten Bergen der Erde und dem sehr spitzen und wunderschönen Lingtren. Unter uns war auf der einen Seite der Khumbu-Gletscher, auf der anderen der Rongbuk-Gletscher in Tibet. Wir waren etwa sechstausendsechshundert Meter hoch, und so hatten Freds und seine Freunde noch ein gutes Stück vor sich, wenn sie zum alten Mallory wollten. Aber nichts über uns würde so willkürlich gefährlich sein wie der Eisfall. Solange das Wetter hielt, heißt das. Bislang hatten wir Glück gehabt; dieser Oktober erwies sich als einer der trockensten seit Jahren.

Es war keine Spur vom englischen Team oder von Arnolds Crew auszumachen, abgesehen von Spuren im Schnee, die um die Seite des Westsattels führten und dann verschwanden. Also waren sie auf dem Weg zum Gipfel. »Verdammt!« sagte ich. »Warum haben sie nicht gewartet?« Jetzt mußten wir noch höher klettern, um Arnold zu erwischen.

Ich saß auf dem festgetretenen Schnee vor dem Zelt. Ich war müde. Und ich war sehr besorgt. Laure kümmerte sich um den Gaskocher. Kunga Norbu saß ein Stück abseits im Schnee und meditierte anscheinend beim Anblick Tibets.

Freds ging umher und sang »Wooden Ships«; er war eindeutig im Himmel. »Talkin' about ver-y free ... and eeeasy ... Ich meine, das ist doch ein tolles Lager, oder *was*?« rief er mir zu. »Sieh dir diesen Sonnenuntergang an. Das ist einfach zuviel. Hätten wir nur noch was Chang mitgenommen. Ich hab aber etwas Hasch. George, jetzt ist an der Zeit für ein Pfeifchen, oder?«

»Noch nicht, Freds«, sagte ich. »Du kommst jetzt her und erklärst mir, was, zum Teufel, da unten mit deinem Kumpel Kunga passiert ist. Du hast es mir versprochen.«

Freds stand da und sah mich an. Wir waren im Schatten – es war kalt, aber windstill, und der Himmel über uns war klar und sehr dunkelblau. Das dünne Zischen des anspringenden Gaskochers war das einzige Geräusch.

Freds seufzte, und sein Gesichtsausdruck wurde so ernst, wie es bei ihm überhaupt möglich war: ein Auge völlig zugekniffen, die Stirn gerunzelt und die Lippen zusammengepreßt. Er sah zu Kunga hinüber, der dort saß und uns beobachtete. »Hör zu«, sagte er nach einer Weile. »Du erinnerst dich doch, wie wir uns vor ein paar Wochen in Chimoa einen angesoffen haben?«

»Ja und?«

»Und ich habe dir gesagt, daß Kunga Norbu ein Tulku ist.«

Ich schluckte. »Freds, verschone mich mit diesem Unsinn.«

»Na ja«, sagte er. »Entweder das, oder ich muß dir irgendwas vorlügen. Und ich bin kein so guter Lügner, mein Gesicht oder irgendwas verrät mich immer.«

»Freds, werde ernst!« Aber als ich zu Kunga Norbu hinübersah, der dort mit diesem leeren Gesichtsausdruck und den unheimlichen schwarzen Augen im Schnee saß, mußte ich mich unwillkürlich fragen, ob er nicht doch recht hatte.

»Es tut mir leid, Mann, wirklich«, sagte Freds. »Ich will dir da nichts vormachen. Aber du mußt eingestehen, daß ich schon versucht habe, es dir zu sagen. Und es ist die reine Wahrheit. Bei Gott, er ist ein echter Tulku. Die erste

Inkarnation des berühmten Tsong Khapa, 1555 geboren. Und seitdem weilt er unter uns.«

»Also hat er George Washington kennengelernt, und so weiter?«

»Soweit ich weiß, ist Washington nie in Tibet gewesen.«

Ich starrte ihn an. Er verlagerte unbehaglich sein Gewicht von einem Fuß auf den anderen. »Ich weiß, es fällt einem nicht leicht, das zu schlucken, George. Glaub mir, ich hatte zuerst auch meine Schwierigkeiten damit. Doch wenn man eine Weile unter Kunga Norbu studiert, sieht man, wie er so viele wunderbare Dinge tut, daß man es einfach glauben muß.«

Ich starrte ihn sprachlos weiterhin an. »Wenn man zum ersten Mal sieht, wie er seine Wunder wirkt, ist es ein echter Schock. Ich erinnere mich noch gut an mein erstes Mal. Ich marschierte mit ihm von dem verborgenen Rongbuk nach Namche. Wir gingen direkt über den Lho La, wie heute auch, und direkt hinter dem Basislager stießen wir auf diesen indischen Trekker, der schon blau anlief. Er würde eindeutig an der Höhenkrankheit sterben, und so trugen Kunga und ich ihn zwischen uns nach Pheriche hinab, was schon ein hartes Stück Arbeit ist, wie du weißt. Wir brachten ihn zur Rettungsstation, und ich nehme an, sie haben ihn in den Drucktank gelegt, den sie da haben. Hast du den schon mal gesehen? Sie haben im Hinterzimmer einen Tank, der wie ein kleines U-Boot aussieht, und wenn man einen Burschen mit Höhenkrankheit da reinlegt und den Druck auf den der Meereshöhe senkt, geht's ihm wieder besser. Eine tolle Idee, aber es stellte sich raus, daß die Station diesen Tank von einem Krankenhaus in Tokio gestiftet bekommen hatte, und die Gebrauchsanweisung dafür ist auf Japanisch, und keiner auf der Station kann Japanisch lesen. Außerdem ist das nur eine Experimentaltechnik, niemand weiß genau, ob sie funktioniert oder nicht, und keiner da beabsichtigt, mit kranken Trekkern Experimente anzustellen. Also waren wir wieder ganz am Anfang, und diesem Burschen ging es schlechter denn je, und so brachen Kunga und ich nach Namche auf, aber ich wurde müde, und wir kamen nur echt langsam voran, und plötzlich hob Kunga Norbu ihn hoch und warf ihn sich über die Schulter, und dann lief er einfach den Trail mit ihm hinab! Ich rief ihm nach und versuchte, mit ihm Schritt zu halten, und ich sage dir, ich *raste* den Trail runter, und Kunga war trotzdem so schnell, daß ich ihn bald aus den Augen verlor. Er machte große, lange Schritte, als wolle er jeden Augenblick abheben! Ich konnte es einfach nicht glauben!«

Freds schüttelte den Kopf. »Das war das erste Mal, daß ich sah, wie Kunga Norbu in den *Lung-gom*-Seinszustand fiel. Das bedeutet mystischer Langstreckenlauf und war früher mal echt beliebt in Tibet. Ein Adept wie Kunga wird *Lung-gom-pa* genannt, und wenn man es erst mal beherrscht, kann man echt schnell echt weit laufen. Sogar ein bißchen levitieren. Du hast es heute ja selbst gesehen – unter diesem Eisblock legte er eine *Lung-gom*-Bewegung vor.«

»Ich verstehe«, sagte ich ziemlich benommen. »He!«, rief ich Laure zu, der noch immer mit dem Gaskocher beschäftigt war. »Laure! Freds sagt, daß Kunga Norbu ein Tulku ist!«

Laure nickte lächelnd. »Ja, Kunga Norbu Lama sehr guter Tulku!«

Ich atmete tief ein. Drüben im Schnee saß Kunga Norbu mit überkreuzten Beinen und blickte auf sein Land hinaus. Oder sonstwo hin. »Ich glaube, jetzt wäre ein Haschpfeifchen nicht schlecht«, sagte ich zu Freds.

10

Wir brauchten zwei Tage, um Arnold und die Briten einzuholen, zwei Tage mühsamer Plackerei den Westsattel des Everest hinauf. Hier gab es keine komplizierten Hindernisse: eine weitläufige Steigung aus hartem Schnee, und wir mußten nur die Steigeisen einschlagen und uns an ihnen hochziehen. Es war eine mörderische Arbeit. Das schien allerdings nicht für Freds, Laure und Kunga Norbu zu gelten. Es mag ja seine Vorteile haben, den Everest mit einem Tulku, einem Langstreckenmeister der Sherpas und einem amerikanischen Raumkadett zu besteigen, aber längere Rasten sind bei ihnen nicht gerade beliebt. Diese drei marschierten den Berg wie zu einem Tubamarsch hinauf, und ich schleppte mich keuchend und schnaubend hinterher und verdammte Arnold mit jedem Schritt.

Spät am zweiten Tag kämpfte ich mich auf die Kuppe des Westsattels hinauf, eine lange, schneebedeckte Wasserscheide unter dem eigentlichen Westgrat. Als ich dort oben eintraf, hatten Freds und Laure bereits das Zelt aufgeschlagen und sicherten es mit einem Netzwerk aus Kletterseilen im Schnee, während Kunga Norbu daneben saß und meditierte.

Weiter unten den Sattel hinab lagen die Camps zweier anderer Teams, ziemlich eng beeinander, als gäbe es hier nicht jede Menge flachen Grund, auf dem man die Zelte aufschlagen konnte. Nachdem ich mich ausgeruht und mehrere Becher heißer Zitrone getrunken hatte, sagte ich: »Dann wollen wir mal herausfinden, wie die Dinge stehen.« Freds ging mit mir hinüber.

Wie es sich herausstellte, standen die Dinge nicht so gut. Die Engländer waren in ihrem Zelt, bis zu den Hüften in ihren Schlafsäcken, und tranken Tee. Und sie waren keiner guten Laune. »Der Mann ist absolut verrückt«, sagte Marion. Sie litt unter leichtem Höhenhusten, und jede Silbe, die sie zu betonen versuchte, verschwand völlig. »Wir haben *ups* versucht, ihn abzuhängen, aber die Sherpas sind gut, und er ist *ups* stark.«

»Ein verdammter Blutsauger ist er«, sagte John.

Trevor grinste grimmig. Seine untere Gesichtshälfte war ziemlich sonnenverbrannt, und seine Lippen sprangen schon auf. »Wir zählen darauf, daß du ihn wieder runterbringst, George.«

»Ich will sehen, was ich tun kann.«

Marion schüttelte den Kopf. »Bei Gott, wir haben es versucht, aber es hat überhaupt keinen Sinn. Er hört einfach nicht zu und plappert nur davon, daß er mich zu einem *Staa* machen will. Ich weiß nicht, *wie* ich mit ihm fertig werden soll.« Sie errötete. »Und keiner dieser tapferen Jungs da ist einverstanden, daß wir einfach rübergehen und seine verdammte Kamera nehmen und sie nach *Tibeee* werfen!«

Die Männer schüttelten die Köpfe. »Wir müßten mit den Sherpas fertig werden«, sagte Mad Tom geduldig zu Marion. »Was sollen wir denn tun, uns mit ihnen prügeln? Das kann ich mir nicht mal vorstellen.«

»Und wenn Mad Tom es sich nicht vorstellen kann«, sagte Trevor.

Marion knurrte nur.

»Ich werde mit ihm sprechen«, sagte ich.

Aber ich mußte dafür nirgendwo hingehen, denn Arnold war herübergekommen, um uns zu begrüßen. »Hallo!« rief er fröhlich. »George, was für eine Überraschung! Was führt euch denn hierher?«

Ich ging aus dem Zelt. Arnold stand vor mir; er hatte zwar einen Sonnenbrand, schien ansonsten aber in Ordnung zu sein. »Du weißt, was mich hierher führt, Arnold. Komm, gehen wir ein Stück beiseite. Ich bin sicher, daß diese Leute nicht mit dir sprechen wollen.«

»Oh, nein, ich habe jeden Tag mit ihnen gesprochen! Wir haben uns richtig gut unterhalten. Und heute habe ich eine tolle Nachricht.« Er sprach ins Zelt. »Ich habe mit meinem Zoom zur Nordwand gesehen, und da hat jemand ein Lager aufgeschlagen! Glaubt ihr, daß das die Expedition ist, die nach Mallorys Leiche sucht?«

Aus dem Zelt kamen Flüche.

»Ich weiß«, rief Arnold. »Das setzt uns ziemlich unter Druck, meint ihr nicht auch? Jetzt bleibt uns nicht mehr viel Zeit.«

»Verpiß dich!«

Arnold zuckte die Achseln. »Na ja, ich hab's auf Band, wenn ihr es euch ansehen wollt. Sieht so aus, als würden sie Helly-Hansen-Jacken tragen, wenn euch das was sagt.«

»Du willst mir doch nicht erzählen, daß du aus dieser Entfernung die Etiketten lesen kannst?« fragte ich.

Arnold grinste. »Es ist eine verdammt gute Zoom-Linse. Wenn ich wollte, könnte ich von ihren Lippen ablesen.«

Ich musterte ihn neugierig. Es schien ihm wirklich gut zu gehen, selbst nach vier Tagen harter Kletterei. Er wirkte eine Spur schlanker, und unter seinen Bartstoppeln hatte er einen ziemlich schlimmen Sonnenbrand – aber er kaute noch immer auf einer weiß gewordenen Zigarre zwischen zinkoxydierten Lippen und legte noch immer diesen großäugigen, verwunderten Ausdruck zu Tage, daß sich überhaupt jemand für seine Filmarbeit interessierte. Ich war beeindruckt; er war eindeutig wesentlich zäher, als ich gedacht hatte. Er erinnerte mich an Dick Bass, den amerikanischen Millionär, der sich in den Kopf gesetzt hatte, die höchsten Berge eines jeden Kontinents zu besteigen. Wie Bass war Arnold ein Mann mittleren Alters, der Profis bezahlte, damit sie ihn hinaufbrachten; und wie Bass akklimatisierte er sich gut und hatte verdammt starke Nerven.

Da stand er also vor mir und dachte gar nicht daran, aufzugeben. Ich mußte mir etwas anderes einfallen lassen. »Arnold, komm' mal mit mir da rüber und laß diese Leute in Frieden.«

»Gute *Idee*«, rief Marion aus dem Zelt.

»Diese Marion«, sagte Arnold bewundernd, als wir außer Hörweite waren. »Sie ist wirklich schön. Ich meine, stehe echt auf sie.« Er warf sich in die Brust, um zu zeigen, wie verknallt er war.

Ich funkelte ihn an. »Arnold, es spielt keine Rolle, ob du auf sie stehst oder *was*, denn sie wollen dich bei dieser Klettertour *eindeutig* nicht dabei haben. Wenn du sie filmst, zerstörst du alles, worauf es bei diesem Unternehmen ankommt.«

Arnold ergriff meinen Arm. »Ist doch Quatsch! Das versuche ich ihnen doch schon die ganze Zeit zu erklären. Ich kann den Film so schneiden, daß niemand erfahren wird, wo Mallorys Leiche liegt. Man wird nur wissen, daß er hier oben in Sicherheit ist, weil vier junge englische Bergsteiger unglaubliche Risiken auf sich genommen haben, um sie vor den Pressefritzen zu retten, die sie nach London schleppen wollten. Eine tolle Sache, George. Ich bin Filmemacher und weiß, wann ich einen Stoff für einen tollen Film habe, und das wird ein toller Film werden.«

Ich runzelte die Stirn. »Vielleicht, aber das Problem ist, daß diese Besteigung illegal ist, und wenn du darüber einen Film drehst, kommt das raus, und diese Leute werden von den nepalesischen Behörden verbannt werden. Sie dürfen dann nie wieder nach Nepal einreisen.«

»Na und? Sind sie nicht bereit, dieses Opfer für Mallory zu geben?«

Ich runzelte die Stirn. »Für deinen Film, meinst du. Ohne den Film könnten sie die Sache durchziehen, ohne daß jemand davon erfährt.«

»Na schön, aber ich könnte doch ihre Namen weglassen oder so. Ihnen Künstlernamen verpassen. Marion Davies, wie wäre das?«

»Das ist ihr echter Name.« Ich dachte nach. »Hör mal, Arnold, du weißt ja, daß du dieselben Probleme bekommen wirst. Vielleicht lassen sie dich nicht mal aus Nepal raus.«

Er machte eine abfällige Handbewegung. »Damit werde ich schon fertig. Ich besorge mir einen Anwalt. Oder verteile Bakschisch, eine Menge Bakschisch.«

»Aber diese Leute haben nicht das Geld dafür. Du solltest wirklich vorsichtig sein. Wenn du sie zu sehr bedrängst, werden sie zu drastischen Schritten greifen. Zumindest werden sie dich ein Stück höher aufhalten. Wenn sie die Leiche finden, werden zwei umkehren und dich festhalten, und die beiden anderen begraben sie, und du bekommst überhaupt kein Filmmaterial.«

Er schüttelte den Kopf. »Ich habe doch diese Linsen, habe ich dir das nicht gesagt? Mann, ich habe jeden Morgen gefilmt, was die vier zum Frühstück gegessen haben. Von Marion zum Beispiel habe ich mehrere Stunden Material« – er seufzte – »und mein Gott, ich könnte sie zum Star machen. Auf jeden Fall könnte ich das Begräbnis notfalls von hier aus filmen; also geh' ich das Risiko ein. Mach' dir um mich keine Sorgen.«

»Ich *mache* mir keine Sorgen um dich«, sagte ich. »Nimm mein Wort darauf. Aber ich wünschte, du würdest mit mir umkehren. Sie wollen dich hier oben nicht haben, und ich will dich hier oben nicht haben. Es ist gefährlich, besonders, wenn das Wetter sich verschlechtert. Außerdem brichst du den Vertrag mit deiner Reiseagentur, der besagt, daß du meinen Anweisungen auf dem Trek Folge zu leisten hast.«

»Verklag mich doch.«

Ich atmete tief ein.

Arnold legte freundlich eine Hand auf meinen Arm. »Mach' dir nicht so viel Sorgen, George. Sie werden mich lieben, wenn sie erst Stars sind.« Er sah den Ausdruck auf meinen Gesicht und trat zurück. »Und du versuche ja keine Tricks mit mir, oder ich hänge dir eine Entführungsklage an den Hals, und du wirst nie wieder einen Trek führen.«

»Bring' mich ja nicht in Versuchung«, erwiderte ich und kehrte zum Lager der Engländer zurück.

Ich ging in ihr Zelt. Laure und Kunga Norbu hatte sich zu ihnen gesellt; es war ziemlich eng. »Kein Glück«, sagte ich. Es überraschte sie nicht.

»Ein Superblutsauger«, bemerkte Freds fröhlich.

Wir saßen da und starrten die blauen Flammen des Gaskochers an.

Dann, wie es unter solchen Umständen meistens passiert, sagte ich: »Ich habe einen Plan.«

Da uns nicht viele Möglichkeiten blieben, war er relativ einfach. Wir würden alle zum Lho La zurückkehren, und vielleicht sogar zum Basislager, damit Arnold dachte, wir hätten aufgegeben. Dort unten könnten die Engländer und Freds und Kunga Norbu dann in den Teehäusern von Gorak Shep neue Vorräte kaufen, und Laure und ich würden versuchen, Arnold aufzuhalten, indem wir ihm zum Beispiel seine Stiefel stahlen. Dann könnten sie an den Leitseilen wieder hinaufklettern und es noch einmal versuchen.

Trevor schaute zweifelnd drein. »Es ist schwierig, hier hinaufzukommen, und wir haben nicht mehr viel Zeit, falls die andere Exepedition schon auf dem Nordgrat ist.«

»Ich habe einen besseren Plan«, erklärte Freds. »Schaut mal, Arnold folgt euch Briten, aber nicht uns. Wenn wir vier vorgeben würden, wieder umzukehren, während ihr vier direkt den Westgrat angeht, würde Arnold *euch* folgen. Dann könnten wir vier uns den Diagonalgraben hinaufschleichen und euch überholen, indem wir die Hornbein-Schlucht nehmen, was ja viel schneller geht. Ihr würdet uns nicht sehen, und wir wären vor euch oben bei der Leiche.«

Niemand war von diesem Plan übermäßig angetan. Die Briten hätten Mallory gern selbst gefunden, das spürte ich deutlich. Und ich hatte nicht die geringste Absicht, noch höher zu steigen, als ich schon war. Ich war in der Tat sogar entschieden dagegen.

Aber mittlerweile hatten sich die Briten fest darauf versteift, Mallory vor dem Fernsehen und der Westminster Abbey zu retten. »Das könnte klappen«, stimmte Marion zu.

»Und wir könnten den Blutsauger auf dem Grat abschütteln«, fügte Mad Tom hinzu. »Das ist ein schwieriges Stück.«

»Genau!« sagte Freds glücklich. »Laure, machst du mit?«

»Was immer du wollen«, sagte Laure und grinste. Er hielt es für eine gute Idee. Dann fragte Freds auf Tibetanisch Kunga Norbu und erklärte uns, Kunga habe dem Plan seinen Segen gegeben.

»George?«

»Oh, Mann, nein. Ich würde ihn lieber irgendwie anders abschütteln.«

»Ach, komm schon!« rief Freds. »Es gibt keine andere Möglichkeit, und du willst uns doch nicht im Stich lassen, oder? Hast du etwa kalte Füße?«

»Er ist dein verdammter Klient«, stellte John klar.

»Oh, Mann … Na schön.«

Ich kehrte mit dem Gefühl zu unserem Zelt zurück, daß

die Dinge wirklich außer Kontrolle gerieten. In der Tat war ich im Griff anderer Menschen Pläne gefangen, Pläne, die ich keineswegs billigte und die von Leuten geschmiedet worden waren, deren geistige Ausgeglichenheit ich bezweifelte. Und das alles auf einem Berg, auf dem über fünfzig Menschen gestorben waren. Es stank zum Himmel.

11

Doch ich machte trotzdem mit. Am nächsten Morgen brachen wir das Lager ab und erweckten alle Anstalten, wieder umzukehren. Die Engländer gingen zum Westgrat und warfen Arnold düstere Drohungen zu, als sie an ihm vorbeizogen. Arnold und seine Sherpas hatten bereits gepackt; sie ließen den Engländern einen kurzen Vorsprung und folgten ihnen dann. Arnold war an ihrem Führer Ang Rita angeseilt und konnte es, die Kamera in einer Tasche auf der Brust, gar nicht abwarten, ihnen nachzugehen. Eins mußte ich ihm lassen – er war ein verdammt hartnäckiger Voyeur.

Wir winkten zum Abschied und blieben auf dem Sattel, bis sie über uns und kurzzeitig außer Sicht waren. Dann eilten wir ihnen nach und bogen nach links in den sogenannten Diagonalgraben ab, der zur Nordseite führt.

Wir folgten nun der Strecke, die zum ersten Mal im Jahre 1963 Tom Hornbein und Willi Unsöld genommen hatten. Ein wirklicher Bergsteiger-Klassiker, der durch die Hornbein-Schlucht führt, wie man sie nun nennt. Besorgen Sie sich ein gutes Foto der Nordseite des Everest, und Sie sehen sie – eine große vertikale Spalte auf der rechten Seite. Es ist eine steile Rinne, doch man kommt etwas schneller hinauf als an der Westseite.

Also kletterten wir. Es war eine schwierige Strecke, aber keineswegs so furchteinflößend wie der Lho La. Mein größtes Problem an diesem Tag war eine das Wetter betreffende

Paranoia. Auf dem Everest nimmt man das Wetter nicht auf die leichte Schulter. Man sagte nicht einfach: »Wenn es jetzt schneit, ist der ganze Tag im Eimer.« Ziemlich viele Leute sind auf dem Everest von Stürmen überrascht worden und darin umgekommen, darunter auch die Burschen, nach denen wir suchen wollten. Wann immer ich also Wolkenstreifen über den Gipfel treiben sah, drehte ich beinahe durch. Und der Wind peitscht fast ständig ein Wolkenband vom Gipfel des Everest hinüber. Ich schaute immer wieder nach oben, sah die Wolken und stöhnte. Freds hörte mich.

»He, George, du klingst ja ganz danach, als wär' dir auf dieser Höhe nicht ganz wohl zumute.«

»Beeil' dich, ja?«

»Du willst schneller gehen? Na schön, aber ich muß dir sagen, daß ich schon so schnell gehe, wie ich kann.«

Das glaubte ich ihm unbesehen. Kunga Norbu trieb mit seinem Eispickel in der Mitte der Schlucht Steigeisen in den hohen Schnee, und Freds war dicht hinter ihm; sie sahen aus wie zwei Dachdecker auf einer Leiter. Ich tat mein Bestes, um ihnen zu folgen, und Laure bildete die Nachhut. Sowohl Freds als auch Laure grinsten ununterbrochen so breit, daß man glauben konnte, sie wären auf einem Trip. Es gefiel ihnen so sehr, daß sie sich noch einen Sonnenbrand an den Zähnen holen würden. Mittlerweile schnappte ich nach Luft und zerbrach mir den Kopf über diese Gipfelfahne.

Es war einer der schönsten Klettertage meines Lebens.

Warum, fragen Sie jetzt? Na ja ... es ist nicht leicht zu erklären. Aber es verhält sich in etwa so: Wenn man sich an einer Felswand befindet und ein paar hundert Meter Luft unter sich hat, nimmt das schon die Aufmerksamkeit in Anspruch. Natürlich sagt ein Teil von einem: Oh, mein Gott, jetzt ist alles aus. Warum habe ich das bloß getan? Aber ein anderer Teil sieht ein, daß man die Ruhe bewahren muß, wenn man nicht sterben will, und verstrickt einen in halbtheoretische Gymnastikübungen, die einen den Berg hinaufbringen sollen. Man *achtet* auf die Übungen, wie man noch nie zuvor auf etwas geachtet hat. Schließlich findet man sich auf irgendeinem flachen Fleckchen wieder – achtzig mal hundertzwanzig Zentimeter tun's schon. Man sieht sich um und begreift, daß man nicht gestorben ist, daß man noch lebt. Und zu diesem Zeitpunkt wird diese Tatsache ziemlich anregend. Man *schätzt* es wirklich, noch zu leben. Es ist eine gewisse Macht, oder ein Privileg, das einem gewährt wurde; auf jeden Fall fühlt man sich ganz hervorragend, als habe man kurzzeitig eine höhere Bewußtseinsstufe erreicht. Einfach, weil man noch lebt! Und in der Rückschau hält man auch dieses *Achten* auf die Übungen für eine höhere Bewußtseinsstufe.

Man kann von solchen Gefühlen ganz schön abhängig werden; sie stellen die ultimate Bewußtseinsveränderung dar. Drogen kommen nicht an sie heran. Ich will nicht behaupten, daß das ein vernünftiges Verhalten ist; ich sage nur, daß es passiert.

Zum Beispiel am Ende dieses besonders eindringlichen Tages in der Hornbein-Schlucht, als wir vier nach einer Blitztour im alpinen Stil, die wir hauptsächlich Kunga Norbus inspirierter Führung verdankten, oben angelangten. Wir schlugen das Lager auf einem kleinen flachen Buckel auf, der kaum groß genug für unser Zelt war. Und sahen uns dann um – was für ein Gefühl! Es war wirklich unbeschreiblich. Es gibt nur vier oder fünf Berge auf der Erde, die höher sind als diese Lagerstätte, und das sah man auch. Es hatte den Anschein, daß wir bis nach Tibet sehen konnten. Nun sieht Tibet hauptsächlich aus wie ein gefriergetrocknetes Nevada, doch von unserer Höhe aus bestand es aus einer schneebedeckten Gipfelkette nach der anderen, auf ewig Weiß auf Schwarz, alles von der Nachmittagssonne rötlich gefärbt. Die Welt schien nur noch aus Bergen zu bestehen.

Freds ließ sich, noch immer mit einem iditotischen Grinsen auf dem Gesicht, neben mir auf den Boden fallen. Er hielt einen dampfenden Becher mit heißer Zitrone in der einen Hand, seine Haschpfeife in der anderen, und sang »›What a looong, strange trip it's been.‹« Er nahm einen Zug aus der Pfeife und gab sie mir.

»Bist du sicher, daß wir hier oben rauchen sollten?«
»Klar, das hilft dir beim Atmen.«
»Jetzt hör' aber auf.«
»Nein, wirklich. Das Nervenzentrum, das deine unwillkürliche Atmung regelt, arbeitet nicht mehr, wenn es kein Kohlendioxyd gibt. Und hier oben gibt es kaum welches, aber der Rauch verschafft es dir.«
Ich kam zum Schluß, seinem Beispiel aus medizinischen Gründen lieber zu folgen. Wir reichten die Pfeife hin und her. Hinter uns saß Laure im Zelt, summte etwas vor sich hin und holte seinen Schlafsack hervor. Kunga Norbu saß im Lotussitz auf der anderen Seite des Zeltes und befaßte sich mit seinen eigenen Reichen. Die Welt, alle Berge, gingen unter der Sonne unter.
Freds atmete glücklich aus. »Das muß der schönste Ort auf Erden sein, meinst du nicht auch?«
Das ist das Gefühl, von dem ich gesprochen habe.

12

Wir konnten den Ort eine lange und rastlose Nacht genießen, denn es ist verteufelt schwer, in solch einer Höhe zu schlafen. Die Müdigkeit scheint aus dem geistigen Repetoire herausgefallen zu sein, und wenn sie sich dann doch einmal einstellt, fällt man in das, was man die Cheyne-Stokes-Atmung nennt. Der Körper läßt sich ständig narren, wieviel Sauerstoff er bekommt, und so hyperventiliert man eine Weile und hört dann bis zu jeweils einer Minute ganz zu atmen auf. Das ist kein beruhigendes Muster, wenn es einen schlafenden Menschen überkommen hat, der neben einem liegt; Freds fiel zum Beispiel wirklich hinein, und ich lag die ganze Zeit während seiner wirklich langen Schweigephasen völlig wach und machte mir Sorgen, daß er gestorben sein könnte. Er hatte anscheinend die gleichen Befürchtungen bei mir, jedoch nicht meine Geduld, und wenn ich wirklich einmal einschlief, riß Freds mich normalerweise wieder ins Bewußtsein zurück, indem er mich am Arm zerrte und sagte: »George, verdammt, atme! Atme!«

Doch der nächste Tag dämmerte wieder klar und windstill herauf, und nach dem Frühstück marschierten wir am Schwarzen Ring entlang.

Unsere Route war ungewöhnlich, vielleicht sogar einzigartig. Der Schwarze Ring, härter als die Felsschichten darüber und darunter, erhebt sich als brüchiger Wall aus der im allgemeinen glatten Felswand. Also hatten wir praktisch eine Art Straße, auf der wir gehen konnten. Obwohl sie uneben und aufgerissen war, erreichte sie stellenweise eine Breite von sechs Metern, und eine leichtere Stelle für eine Überquerung konnte man sich nicht vorstellen. Hier hätten sich zahlreiche Lagerstätten geboten.

Natürlich ist man normalerweise, wenn man sich achttausendvierhundert Meter hoch auf dem Everest befindet, daran interessiert, ziemlich schnell entweder höher oder tiefer zu gelangen. Da dieser Wall eben verlief und auch keinerlei Route folgte, wurde er nicht häufig begangen. Da Freds sagte, daß Kunga Norbu nur von oben auf ihn hinabgesehen hatte, waren wir vielleicht die ersten überhaupt, die ihm folgten.

Also wanderten wir diesen Hochweg entlang und machten uns auf die Suche. Freds stieß einen Felsbrocken vom Rand hinab, und wir beobachteten, wie er in den Rongbuk-Gletscher stürzte, bis er unsichtbar wurde, wenngleich wir ihn noch hören konnten. Danach trotteten wir etwas vorsichtiger weiter. Dennoch hatten wir den Grat ziemlich schnell überquert und schauten dann die gewaltige, glatte Rinne der Großen Schlucht hinab. Hier endete der Ring, und der weitere Aufstieg zur berühmten Nordwand, an der man Mallory und Irvine zum letzten Mal gesehen hatte, wäre ein häßliches Stück Arbeit gewesen. Außerdem hatte Kunga Norbu die Leiche gar nicht an dieser Stelle gesehen.

»Wir müssen sie verpaßt haben«, sagte Freds. »Wir trennen uns, marschieren auf den Seiten und sehen auf dem Rückweg in jedem Winkel und jeder kleinen Spalte nach.«

Das taten wir dann auch; wir gingen sehr langsam und näherten uns dem Ende des Ringes, soweit wir es wagten.

Wir waren etwa auf halber Strecke zur Hornbein-Schlucht zurückgekehrt, als Laure sie fand. Er rief, und wir liefen zu ihm.

»Ich glaub, mein Schwein pfeift«, sagte Freds und glotzte erstaunt.

Die Leiche steckte in einem Spalt, bis zur Brust in hartgefrorenem Schnee. Sie lag auf der Seite, so zusammengekauert, daß sie sich auf einer Ebene mit dem Fels auf beiden Seiten des Spaltes befand. Ihre Kleidung war durchgescheuert und verfaulte auf ihr; sie schien aus Strickwolle zu bestehen. Die Art, wie man sie beim Golf in Schottland trägt. Ihre Augen waren geschlossen, und unter einer zerfallenden Kapuze wirkte seine Haut papierdünn. Sechzig Jahre draußen in Sonne und Sturm, doch immer unter dem Gefrierpunkt, hatten ihn auf seltsame Art und Weise erhalten. Ich hatte das unheimliche Gefühl, daß er nur schlief und jeden Augenblick aufwachen und aufstehen würde.

Freds kniete neben ihm und grub etwas im Schnee. »Seht mal – er ist angeseilt, aber das Seil ist gerissen.«

Er hielt ein paar Zentimeter ausgefasertes Seil hoch – Naturfasern, schrecklich dünn. Ich erschauderte, als ich es sah. »So eine primitive Ausrüstung!« rief ich.

Freds nickte kurz. »Die waren plemplem. Ich glaube nicht, daß er eine Sauerstofflasche dabeihat. Die gab's damals schon, aber er benutzte sie nicht gern.« Er schüttelte den Kopf. »Sie sind wahrscheinlich gleichzeitig gestürzt. Vielleicht durch eine Schneewächte gebrochen. Dann fielen sie hier runter, und der hier blieb im Spalt hängen, während der andere über den Rand stürzte und das Seil riß.«

»Also liegt der andere unten im Gletscher«, sagte ich.

Freds nickte langsam. »Und sieh mal ...« Er deutete nach oben. »Wir sind fast direkt unter dem Gipfel. Also müssen sie es geschafft haben. Oder verdammt kurz vor dem Ziel abgestürzt sein.« Er schüttelte den Kopf. »Und sie haben nur so eine Jacke getragen! Erstaunlich!«

»Also haben sie es geschafft«, flüsterte ich.

»Sieht jedenfalls so aus. Also ... wer von den beiden ist das?«

Ich schüttelte den Kopf. »Kann ich nicht sagen. Anfang Zwanzig oder Mitte Dreißig?«

Unbehaglich betrachteten wir die mumifizierten Gesichtszüge.

»Dreißig«, sagte Laure. »Nicht jung.«

Freds nickte. »Meine ich auch.«

»Dann ist es Mallory«, sagte ich.

»Hm.« Freds stand auf und trat zurück. »Das wäre es dann wohl. Das Geheimnis ist gelöst.« Er sah uns an und sprach kurz mit Kunga Norbu. »Er muß die meisten Jahre unter Schnee gelegen haben. Aber verstecken wir ihn den Briten zuliebe unter Felsen.«

Das war leichter gesagt als getan. Da er in der Spalte steckte, mußten wir nur ein paar Steine über ihn legen. Doch wir fanden schnell heraus, daß es hier kaum irgendwelche losen Steine gab; der Wind hatte sie hinabgerollt. Also mußten wir paarweise arbeiten und und große flache Platten heranschaffen, die schwer genug waren, um gegen den Wind bestehen zu können.

Diese sammelten wir noch immer, als Freds plötzlich nach hinten deutete und sich auf zutageliegenden Fels des Rings setzte. »He, die Briten sind über uns auf dem Westgrat! Sie sind fast auf gleicher Höhe mit uns!«

»Arnold kann nicht weit zurück sein«, sagte ich.

»Wir haben hier noch eine Stunde zu tun«, rief Freds. »He, Laure, hör zu – geh zu unserem Lager zurück und pack unsere Sachen. Und dann gehst du den Briten entgegen und sagst ihnen, sie sollen langsamer werden. Verstanden?«

»Langsamer werden«, wiederholte Laure.

»Genau. Erkläre ihnen, daß wir Mallory gefunden haben und sie diese Gegend meiden sollen. Verschaffe uns Zeit. Du bleibst bei ihnen und steigst mit ihnen hinab. George und Kunga und ich folgen euch dann, und wir treffen euch bei Gorak Shep.«

Gorak Shep? Das schien tiefer zu liegen, als es nötig war.

Laure nickte. »Langsamer werden, hinabsteigen, wir treffen euch bei Gorak Shep.«

»Du hast's kapiert, Kumpel. Wir sehen euch dann da unten.«

Laure nickte und ging los.

»Also schön«, sagte Freds. »Decken wir den Burschen zu.«

Wir errichteten eine kleine Mauer um ihn und legten dann die größte Platte von allen als Grabstein über seinen Kopf. Nur zu dritt konnten wir sie hochheben, und wir taumelten herum, um sie in Position zu bringen, ohne seine Ruhe zu stören; danach hatten wir wirklich kaum noch Luft.

Als wir fertig waren, war die Leiche vollständig abgedeckt, und die meiste Zeit über würde Schnee unser Hügelgrab bedecken, und es würde aussehen wie eine kleine Erhebung unter tausenden. Also hatten wir es geschafft. »Sollten wir nicht etwas sagen?« fragte Freds. »Du weißt schon, ein Gebet oder so?«

»He, Kunga ist der Tulku«, sagte ich. »Sag' ihm, er soll es machen.«

Freds sprach mit Kunga. Auf seiner Schneebrille konnte ich kleine Abbilder von Kunga sehen, der wie ein Marsianer aussah. Seit Mallory hatte sich die Bergsteigerkleidung doch ziemlich verändert!

Kunga Norbu stand am Ende unseres Grabes und steckte die in Fäustlingen steckenden Hände aus; er sprach eine Weile auf Tibetanisch.

Danach übersetzte Freds seine Worte für mich. »Geist von Chomolungma, Mutter Göttin der Welt, wir sind hier, um die Leiche von George Leigh Mallory zu begraben, des ersten Menschen, der deine geheiligten Hänge erstieg. Er war ein Bergsteiger mit großem Mut, der niemals aufgab, und wir lieben ihn dafür – er zeigte uns sehr rein etwas, das wir alle in uns selbst schätzen. Ich möchte auch hinzufügen, daß aus seiner Kleidung und Ausrüstung ersichtlich wird, daß er ein kompletter Idiot war, überhaupt hier hinaufzusteigen, und möchte mich in besonderer Ehrfurcht auch vor dieser Eigenschaft verneigen. Und so stehen wir hier, drei Schüler deines heiligen Geistes, und ergreifen diesen Augenblick, um diesen Geist hier und in uns und überall auf der Welt zu ehren.« Kunga neigte den Kopf, und Freds und ich folgten seinem Beispiel und gedachten seiner schweigend; und wir hörten nur den Wind, der über die Mutter Göttin nach Tibet pfiff.

13

Na schön. Wir hatten unsere Mission vollbracht, Mallory ruhte für alle Zeiten sicher auf dem Everest, wir hatten eine überraschend bewegende Andacht gehalten, und zumindest ich war sehr zufrieden. Doch als wir wieder im Lager waren, benahmen Freds und Kunga sich plötzlich sehr seltsam. Laure hatte das Zelt und unsere Rucksäcke ausgepackt und für uns zurückgelassen, und nun packten Freds und Kunga schnell alles wieder zusammen.

Ich sagte etwas dahingehend, daß man von Mallorys letzter Ruhestätte doch eine hervorragende Aussicht habe, und Freds sah mich an und meinte: »Na ja, es gibt noch eine Aussicht, die ein *klein wenig* besser ist.« Und er fuhr damit fort, fieberhaft zu packen. »Ich wollte sowieso mal mit dir darüber sprechen«, sagte er dabei. »Ich meine, nun sind wir schon mal hier, oder? Ich meine, hier sind wir nun.«

»Ja«, sagte ich. »Hier sind wir nun.«

»Ich will damit sagen, hier sind wir fast auf achteinhalbtausend Metern auf dem Everest. Und wir haben erst Mittag, und es ist ein parfekter Tag. Ja, wirklich, ein absolut perfekter Tag. Man könnte sich keinen schöneren Tag vorstellen.«

Ich begriff, worauf er hinauswollte. »Nichts da, Freds.«

»Na, komm schon! Jetzt sei nur nicht vorschnell, George!

Wir haben alle schweren Teile hinter uns, und von hier aus bis zum Gipfel ist es nur noch ein Spaziergang!«

»Nein«, sagte ich entschlossen. »Wir haben keine Zeit. Und wir haben nicht genug Vorräte. Und wir können dem Wetter nicht vertrauen. Es ist zu gefährlich!«

»Zu gefährlich! Die ganze Bergsteigerei ist zu gefährlich, George, aber mir ist noch nie aufgefallen, daß dich das schon mal gestört hat. Denk doch mal nach, Mann! Das ist kein gewöhnlicher Berg, das ist kein Rainier oder Denali, das ist der *Everest*. Sagarmatha! Chomo*lung*ma! Der große E! War es nicht schon immer dein geheimer Wunsch, den Everest zu besteigen?«

»Na ja ... nein. Ist es nie gewesen.«

»Ich glaube dir nicht! Meiner ist es ganz bestimmt, das kann ich dir flüstern! Und deiner ist es auch.«

Die ganze Zeit über, während wir uns stritten, ignorierte Kunga Norbu uns, wühlte in seinem Rucksack und warf verschiedene überflüssige Gegenstände heraus.

Freds setzte sich neben mich und zeigte mir den Inhalt seines Rucksacks. »Ich habe unsere Schlafsäcke, den Gaskocher, einen Topf, Suppe, Zitronenkonzentrat, genug Vorräte, und hier ist meine Schneeschaufel; wir können also überall unser Zelt aufschlagen. Alles, was wir brauchen.«

»Nein.«

»Sieh her, George.« Freds nahm seine Schneebrille ab und sah mir in die Augen. »Es war ja ganz nett, Mallory zu begraben und so, aber ich muß dir sagen, daß Kunga Lama und mich ein ... hm ... *tieferliegender Grund* hierher geführt hat. Wir haben uns den Engländern bei ihrer Lingtren-Besteigung angeschlossen, weil ich von dieser Mallory-Expedition aus dem Norden gehört hatte. Ich hatte von Anfang an vor, ihnen davon zu erzählen, unser Foto zu zeigen, zu behaupten, daß Kunga der Bursche sei, der 1980 Mallorys Leiche gesehen habe, und vorzuschlagen, daß sie ihn verstecken.«

»Du meinst, Kunga hat Mallorys Leiche gar nicht gesehen?« fragte ich.

»Nein, hat er nicht. Das habe ich erfunden. Der chinesische Bergsteiger, der hier oben eine Leiche gesehen hat, starb ein paar Jahre später. Also ließ ich Kunga nur das grobe Gebiet einzeichnen, wo der Chinese ihn gesehen haben wollte. Deshalb war ich so überrascht, als wir den Burschen tatsächlich fanden! Obwohl es einem ja schon der gesunde Menschenverstand verraten müßte, wenn man sich die Nordwand ansieht – nur der Schwarze Ring hätte ihn aufhalten können.

Ich habe also gelogen und auch vorgeschlagen, wir sollten die Hornbein-Schlucht hinauf und die Leiche suchen, als Arnold sich an die Engländer hängte, weil ich hoffte, wir würden Zeit und Gelegenheit finden, zum Gipfel hinaufzusteigen, wenn das Wetter mitspielt. Wir beide haben einfach darauf *gehofft*, Mann, und hier sind wir nun. Wir haben alles geplant, Kunga und ich haben alles vorbereitet – wir haben alle Vorräte, die wir brauchen, und wenn wir nach der Gipfelbesteigung unser Zelt auf dem Südgipfel aufschlagen müssen, können wir über den Südöstlichen Sattel hinabsteigen, uns zum indischen Armeeteam durchschlagen und zum Basislager bringen lassen. Das ist die Yakroute, und die ist völlig problemlos.«

Er atmete ein paar Mal durch. »Und hör zu. Kunga Lama hat *mystische Gründe*, um dort hinaufzusteigen. Es hat mit seinem langjährigen Guru Dorjee Lama zu tun. Weißt du noch, daß ich dir in Chimoa erzählt habe, Dorjee Lama habe Kunga Norbu eine Aufgabe gestellt, die er lösen müsse, bevor das Kloster bei Kum-Bum wieder aufgebaut werde und Kunga endlich selbst ein Lama werden kann? Nun – die Aufgabe lautete, den *Chomolungma zu besteigen*! Dieser alte Mistkerl hat zu Kunga gesagt, besteige den Chomolungma, und alles kommt in Ordnung! Er hat sich wohl gedacht, daß er damit einen Schüler haben würde, der auf dieser Seite vom Nirwana noch mal soviele Reinkarnationen durchlaufen muß. Aber er hat nicht damit gerechnet, daß sich Kunga Norbu mit seinem alten Schüler Freds Fredericks und dessen Kumpel George Fergusson zusammentut!«

»Augenblick mal«, sagte ich. »Ich verstehe ja, daß es dir

wirklich ernst damit ist, und das respektiere ich auch, aber ich komme nicht mit.«

»Wir brauchen dich, George! Außerdem steigen wir auf jeden Fall hinauf, und wir können dich wirklich nicht allein die Westseite hinabsteigen lassen – das wäre gefährlicher, als wenn du mit uns kommst! Und wir besteigen den Gipfel, also mußt du mitkommen, so einfach ist das!«

Freds hatte so schnell und nachdrücklich gesprochen, daß er völlig außer Atem war; er deutete mit der Hand auf Kunga Norbu. »Sprich du mit ihm«, sagte er zu Kunga und sagte dann etwas auf Tibetanisch, zweifellos eine Wiederholung seiner Bitte.

Kunga Norbu zog seine Schneebrille hoch und sah mich sehr ernst an. Er wirkte etwas traurig; es war jener Ausdruck, wie man ihn sieht, wenn man sich weigert, für die Heilsarmee zu spenden. Seine schwarzen Augen sahen wie immer direkt durch mich hindurch, und im strahlenden Sonnenlicht in dieser Höhe pulsierten seine Pupillen irgendwie, hin und her, hin und her, hin und her. Und ich will verdammt sein, wenn dieser alte Mistkerl mich nicht hypnotisiert hat. Doch, ich glaube schon.

Aber ich kämpfte dagegen an. Ich stellte plötzlich fest, daß ich meinen Rucksack packte und meine Steigeisen überprüfte, ob sie auch wirklich fest waren, und gleichzeitig rief ich Freds zu: »Freds, sei vernünftig! Niemand steigt ohne Unterstützung einfach so den Everest hinauf! Das ist zu gefährlich!«

»He, Messner hat's getan. Messner kletterte in zwei Tagen vom Nordsattel hinauf, und nur seine Freundin wartete unten im Basislager auf ihn.«

»Du kannst Reinhold Messner nicht als Beispiel nehmen«, rief ich. »Messner ist verrückt.«

»Nee. Er ist nur zäh und schnell. Und das sind wir auch. Es wird kein Problem sein.«

»Freds, eine Everestbesteigung wird allgemein als Problem angesehen.« Aber Kunga Norbu hatte den Rucksack geschultert und ging den Hang über unserem Lager hinauf, und Freds folgte ihm, und ich folgte Freds. »Und ein ganz großes Problem ist«, rief ich, »daß wir keinen Sauerstoff haben.«

»Heutzutage wird er ständig ohne Sauerstoff bestiegen.«

»Ja, aber man muß teuer dafür bezahlen. Man bekommt da oben nicht genug Sauerstoff, und es sterben unglaublich viele Gehirnzellen ab! Wenn wir da raufgehen, werden wir bestimmt *Millionen* von Gehirnzellen verlieren!«

»Na und?« Er sah die Berechtigung des Einwandes nicht ein.

Ich stöhnte auf. Wir stiegen weiterhin den Hang hinauf.

14

Und so kam es, daß ich mit einem tibetanischen Tulku und einem Verrückten aus Arkansas den Mount Everest bestieg. Ein vernünftiger Mensch hätte bei so einem Unternehmen niemals mitgemacht, und als ich hinter Freds und Kunga hertrottete, konnte ich in der Tat kaum glauben, daß es geschah. Aber ein jeder qualvolle Atemzug überzeugte mich vom Gegenteil. Und da es sich nun einmal nicht ändern ließ, kam ich zum Schluß, daß es angebracht sei, mich in den richtige Geisteszustand dafür zu bringen; sonst würde es nur um so gefährlicher sein. »Ich wollte das schon immer tun«, sagte ich und verbannte den übermächtigen Eindruck, dazu hypnotisiert worden zu sein, aus meinen Gedanken. »Wir besteigen den Everest, und das wollte ich schon immer mal.«

»Das ist die richtige Einstellung«, sagte Freds.

Ich ignorierte ihn und dachte weiterhin bei jedem zweiten Schritt: »Das wollte ich schon immer.« Nach ein paar hundert Schritten mußte ich mir eingestehen, daß ich mich halbwegs überzeugt hatte. Ich meine, der Everest! Denken Sie doch mal drüber nach! Wie jeder andere auch hatte ich wohl schon immer insgeheim diesen Wunsch verspürt.

Ich will Sie nicht mit den Einzelheiten unserer Route

langweilen; wenn es Sie interessiert, können Sie sie in meinem anonymen Artikel im *American Alpine Journal*, Ausgabe 1987, nachlesen. In der Tat ging es ziemlich glatt; wir stiegen von der Hornbein-Schlucht quer zum oberen Westsattel auf und nahmen von dort aus den Gipfel in Angriff.

Ich tat dies in jeweils zehn Schritten auf einmal; die Höhe machte mir nun endgültig zu schaffen. Ich akklimatisiere mich so gut wie kaum ein anderer, den ich kenne, doch niemand akklimatisiert sich noch bei über achteinhalbtausend Metern Höhe. Es kommt schließlich nur noch darauf an, wie schnell man erschöpft ist.

»Versuche, so langsam wie nötig zu gehen, und vermeide Ruhepausen«, riet mir Freds.

»Ich gehe schon so langsam, wie ich kann.«

»Nein, tust du nicht. Versuche einfach, bergaufwärts zu schleichen. Leg wirklich den ersten Gang ein. Dann fällst du in einen ganz bestimmten Rhythmus.«

»Na schön. Ich versuch's.«

Wir hatten uns gerade gesetzt, um unsere Steigeisen abzunehmen, die nun überflüssig waren. Freds behielt recht, was den Schwierigkeitsgrad unserer Klettertour betraf. Der Grat war breit, nicht sehr steil und ziemlich aufgerissen, so daß überall unregelmäßige Felstreppen darauf lagen. Hätte er sich auf Meereshöhe befunden, hätte man ihn buchstäblich hinauflaufen können. Es war so einfach, daß ich Freds Vorschlag ausprobieren konnte, und ich folgte ihm und Kunga mit Zeitlupenbewegungen hinauf. Bei dieser Geschwindigkeit konnte ich etwa zehn oder fünfzehn Minuten gehen, bevor ich mich ausruhen mußte – wie lange genau, ließ sich nur schwer sagen, da mir jedes Intervall wie ein Nachmittag vorkam.

Doch bei jeder Rast waren wir ein Stück höher. Es ließ sich nicht abstreiten, daß man vom Westgrat eine erstklassige Aussicht hatte: zu unserer Rechten alle Berge Nepals, zu unserer Linken alle Berge Tibets, und Sikkim und Bhutan waren zur Abwechslung auch noch da. Das einzige, was sich noch über uns befand, war die Pyramide des letzten Gipfels des Everest, der sich strahlendweiß vor einem schwarzblauen Himmel erhob.

Bei jeder Rast stellte ich fest, daß Kunga Norbu ein seltsames buddhistisches Lied summte; er sah auf unterschwellige Art und Weise immer glücklicher aus, während Freds' Grinsen immer breiter wurde. »Kannst du glauben, daß wir einen so perfekten Tag erwischt haben? Wunderschön, was?«

»Hmm.« Der Tag war wirklich schön, doch ich war zu müde, um ihn zu genießen. Doch bei jeder Rast floß ein Teil ihrer Energie in mich hinein, und das war nur gut so, denn sie gingen wirklich schnell voran, und ich brauchte ihre Hilfe.

Schließlich lag wieder Schnee auf dem Grat, und wir mußten uns setzen und die Steigeisen wieder anlegen. Mir fiel dieser überaus einfache Vorgang so schwer, daß ich es fast nicht schaffte. Meine Hände hinterließen rosafarbene Nachbilder in der Luft, und ich zischte und stöhnte bei jedem Zug an den Riemen. Als ich fertig war und aufstand, wäre ich beinahe umgekippt. Die Felsen verschwammen vor mir, und selbst mit der Brille war der Schnee schmerzhaft weiß.

»Das letzte Stück«, sagte Freds, als wir den Berg hinaufsahen. Wir machten uns auf den Weg, und die Steigeisen drangen tief in festen Schnee ein. Kunga legte ein unglaubliches Tempo vor. Freds und ich marschierten Seite an Seite im Gleichschritt, um besser mit der geistigen Anstrengung fertig zu werden.

Freds wollte sprechen, obwohl er keine Atemluft zu verschwenden hatte. »Der alte Dorjee Lama. Wird ziemlich. Überrascht sein. Wenn sie Kum-Bum. Wieder aufbauen. Ha!«

Ich nickte, als glaubte ich die ganze Geschichte. Das war eine Übertreibung, doch es spielte keine Rolle. Nichts spielte mehr eine Rolle, abgesehen davon, in blendend weißem Schnee einen Fuß vor den anderen zu setzen.

Ich habe gelesen, daß sich der Everest genau an der Grenze des Machbaren befindet, was das Bergsteigen ohne

Sauerstoffflaschen betrifft. Das wissenschaftliche Team, das nach einer Besteigung, bei der Luft- und Atemproben genommen wurde, zu dieser Schlußfolgerung gelangte, hat sogar erklärt, theoretisch sei es überhaupt nicht möglich. Aber theoretisch kann eine Hummel auch nicht fliegen. Ein Wissenschaftler stellte die Theorie auf, daß es *wirklich* nicht möglich sei, wenn der Everest auch nur hundert Meter höher wäre.

Ich glaube ihr. Mit Sicherheit waren die letzten paar Schritte diese Schneepyramide hinauf die schwersten, die ich jemals getan habe. Meine Brust hob und senkte sich mit sinnlosen Atemzügen, und ich konnte hören, wie die Gehirnzellen zu Tausenden zersprangen, *knack, knister, plop.* Wir näherten uns dem Gipfel, einer dreieckigen Kuppel aus reinem Schnee; doch ich mußte langsamer gehen.

Kunga war uns vorausgeeilt und hatte auf den letzten Metern noch an Geschwindigkeit zugelegt. Als ich auf den Schnee hinabblickte, verlor ich ihn aus den Augen. Dann kamen seine Stiefel in mein Blickfeld, und ich begriff, daß wir es fast geschafft hatten, nur noch ein paar Schritte unter dem höchsten Punkt waren.

Der eigentliche Gipfel war eine zerklüftete Schneekuppe von etwa zweieinhalb Metern Länge und einem Meter Breite. Es war keine Berg-, aber auch keine breite Hügelspitze; man hätte darauf kein kleines Tänzchen abhalten wollen.

»Tja«, sagte ich. »Da sind wir.« Irgendwie konnte ich mich nicht darüber begeistern. »Zu schade, daß ich keine Kamera mitgenommen habe.« In Wirklichkeit empfand ich gar nichts.

Neben mir rührte sich Freds. Er schlug mir auf den Arm und deutete zu Kunga Norbu hinauf. Wir waren noch unter ihm; unsere Köpfe befanden sich etwa auf gleicher Höhe wie seine Stiefel. Er summte und hatte die Arme ausgestreckt und gehoben, als dirigiere er im Osten ein Symphonieorchester. Ich sah in diese Richtung. Mittlerweile war es Spätnachmittag, und der Schatten des Everest dehnte sich bis zum Horizont und sogar darüber hinaus aus. Im Osten müssen Eispartikel in der Luft gehangen haben, denn plötzlich sah ich über dem Dunkel des Everest-Schattens einen großen Eisbogen. Es war fast ein vollständiger Farbkreis, viel durchsichtiger als ein Regenbogen und am unteren Ende vom dreieckigen Schatten des Berges abgeschnitten.

In diesem schwach gefärbten runden Bogen, über der dunklen Luft des Schattengipfels, befand sich ein von Licht umgebenes Schattenkreuz. Es war ein Brockengespenst-Phänomen, verursacht durch niedrigstehendes Sonnenlicht, das die Schatten von Gipfeln und Bergsteigern auf feuchte Luft wirft und ein helles Halo um sie herum entstehen läßt. Ich hatte schon mal eins gesehen.

Dann breitete Kunga Norbu ruckartig die Hände aus, und die ganze Vision verschwand augenblicklich.

»Mann«, sagte ich.

»Allerdings«, murmelte Freds und führte mich die letzten qualvollen Schritte auf den Gipfel selbst hinauf, so daß wir neben Kunga Norbu standen. Er hatte den Kopf zurückgelegt, und auf seinem Gesicht stand ein Lächeln aus reiner, kindlicher Freude.

Ich weiß nicht mehr, was wirklich dort oben geschah. Vielleicht wurde ich ohnmächtig und sah eine Sekunde lang Farben, dachte, es sei ein Eisbogen gewesen, und dann blinzelte ich und sah wieder klar. Aber ich weiß, daß ich in diesem Augenblick, als ich Kunga Norbus entrücktes Gesicht betrachtete, sicher war, daß er seine Freiheit gewonnen und sich dies oben im Himmel abgezeichnet hatte. Die Aufgabe war vollbracht, er hatte die Arme vor Freude ausgebreitet ... Ich glaubte es auf einmal. Ich schluckte und hatte einen Kloß im Hals.

Nun fühlte ich es auch; ich fühlte, wo wir waren. Wir hatten Chomolungma erstiegen. Wir standen auf dem Dach der Welt.

Freds atmete ein paar Mal ein und aus. »Tja«, sagte er und schüttelte Kunga und mir die Hand. »Wir haben es geschafft!« Und dann schlugen wir uns gegenseitig auf den Rücken, bis wir bald vom Berg gefallen wären.

15

Wir waren noch nicht lange oben, als ich schon wieder das Problem des Abstiegs in Betracht zog. Es war nicht mehr viel vom Tag übrig, und wir waren von jedem trauten Heim weit entfernt. »Was nun?«

»Ich glaube, wir steigen besser zum Südgipfel hinab und graben uns für die Nacht eine Schneehöhle. Weiter schaffen wir es nicht, und das haben Haston und Scott 1975 auch getan. Es hat bei ihnen geklappt, und auch bei ein paar anderen Gruppen.«

»Na schön«, sagte ich. »Dann mal los.«

Freds sagte etwas zu Kunga, und wir machten uns an den Abstieg. Augenblicklich stellte ich fest, daß die südöstliche Seite nicht so breit oder flach wie die westliche war. In der Tat stiegen wir eine Art schneebedeckten, messerscharfen Grat hinab, aus dem häßliche graue Felsen hinausstachen. Das also war die Yakroute! Wir brauchten eine verdammt harte Stunde, um auf den Südgipfel hinabzusteigen, und wir schafften es nur, weil wir ununterbrochen bergab kletterten.

Der Südgipfel ist ein großer Vorsprung im südöstlichen Grat, der aus einer Art Höcker – dem Nebengipfel – und einem flachen Stück besteht. Hier fanden wir einen breiten Hang aus sehr tiefem, festem Schnee – perfekte Bedingungen für eine Schneehöhle.

Freds holte seine kleine Aluminiumschaufel aus dem Rucksack und machte sich wie ein Hund, der einen Knochen sucht, ans Graben. Ich begnügte mich damit, mich zu setzen und ihm zuzusehen. Kunga Norbu stand da und betrachtete die schier unendliche Ausdehnung der Gipfel; er wirkte etwas benommen. Ein- oder zweimal brachte ich die Kraft auf, Freds abzulösen. Nachdem wir einen körpergroßen Einstieg gegraben hatten, gaben wir uns mit einer Höhle zufrieden, die gerade groß genug war, um uns drei aufzunehmen. Sie erinnerte mich etwas an einen Sarg für Drillinge.

Die Sonne ging unter, Sterne kamen hervor, das Zwielicht wurde mitternachtsblau; dann war Nacht. Und es wurde sehr, sehr kalt. Freds erklärte, die Höhle sei fertig, und ich kroch zu ihm und Kunga hinein und fühlte dabei, wie Schneekörner unter mir knirschten. Wir schlugen mit den Köpfen zusammen und ordneten unsere Schlafsäcke so an, daß wir in einem kleinen Kreis saßen, auf einem groben Sims über unserem Eingangstunnel, in einer fast kreisrunden Kammer. Wenn ich vornübergebeugt saß, blieben mir über dem Kopf noch drei Zentimeter Platz. »Na schön«, sagte Freds müde. »Machen wir eine Party.« Er nahm den Gaskocher aus seinem Rucksack, hielt ihn eine Weile in den Fäustlingen, um das Gas darin zu erwärmen, stellte ihn dann in der Mitte zwischen uns auf den Schnee und zündete ihn mit seinem Feuerzeug an. Der blaue Schimmer war blendendhell, das Zischen ohrenbetäubend. Wir zogen unsere Fäustlinge aus und legten unsere Hände darüber, so daß kaum noch Platz zwischen der Flamme und unserer Haut blieb. Allmählich erwärmte sich unsere Höhle etwas.

Ihnen kommt es vielleicht seltsam vor, daß sich eine Schneehöhle überhaupt erwärmen kann, doch vergessen Sie nicht, daß wir hier von relativen Temperaturen sprechen. Draußen war es etwa fünfundzwanzig Grad unter Null. Dazu der Wind und die Höhe, in der es so wenig Sauerstoff gibt, und man stirbt. In der Höhle jedoch gab es keinen Wind. Der Schnee selbst ist gar nicht so kalt, und er ist ein hervorragender Isolator: er erwärmt sich, wird an der Oberfläche sogar feucht, und auch das Wasser hält die Wärme hervorragend. Dazu noch einen auf Hochtouren laufenden Gaskocher und drei Körper, die ihre sechsunddreißig Grad Körpertemperatur abgeben, und selbst mit dem Loch nach draußen steigt die Temperatur leicht auf über null Grad. Das ist noch kälter als in einem Eisschrank, aber im Vergleich zu den fünfundzwanzig Grad minus draußen ist es das reinste Strandwetter.

Also waren wir zuerst richtig zufrieden in unserer kleinen Höhle. Freds scharrte etwas Schnee von den Wänden in seinen Topf und kochte heiße Zitrone. Er bot mir Mandeln an, doch ich hatte nicht den geringsten Appetit; und wenn ich Mandeln aß, hatte ich sowieso immer den Eindruck, einen Kaffeetisch zu verspeisen. Wir waren jedoch fürchterlich ausgetrocknet und tranken die heiße Zitrone, als sie kochte, was in dieser Höhe schon etwa bei Badetemperatur der Fall war. Sie schmeckte himmlisch.

Doch damit war für Freds die Party keineswegs erledigt. Sein Feuerzeug scharrte, und in dessen Licht sah ich, wie er ein Loch in die Wand grub und eine Kerze darin aufstellte. Er zündete sie an, und ihr Licht wurde von den glatten weißen Wänden unseres Heims reflektiert. Er unterhielt sich kurz mit Kunga Norbu.

»Na schön«, sagte er, als er fertig war; sein Atem breitete sich weiß in die Luft aus. »Kunga wird jetzt etwas *Tumo* machen.«

»Tumo?«

»Das ist die Kunst, sich ohne Feuer im Schnee selbst zu erwärmen.«

Das erregte mein Interesse. »Noch eine Lama-Fähigkeit?«

»Darauf kannst du dich verlassen. Sie kommt nackten Einsiedlern im Winter ganz gelegen.«

»Das sehe ich ein. Sag ihm, er soll es uns vorführen.«

Mit einigem Knirschen nahm Kunga die Lotusposition ein, mit den großen Schneestiefeln an seinen Füßen eine beeindruckende Leistung.

Er zog seine Fäustlinge aus, und wir folgten seinem Beispiel. Dann sah er ins Nichts und begann in einem regelmäßigen, tiefen Rhythmus zu atmen. Das ging fast eine halbe Stunde so weiter, und ich befürchtete schon, wir würden alle erfrieren, bevor ihm warm wurde, als er seine Hände zu Freds und mir ausstreckte. Wir nahmen sie in die unseren.

Sie waren so warm, als hätte er schreckliches Fieber. Ängstlich berührte ich sein Gesicht – es war warm, aber nichts im Vergleich zu den Händen. »Mein Gott«, sagte ich.

»Wir können ihm jetzt helfen«, sagte Freds leise. »Du mußt dich konzentrieren, die Energie nutzbar machen, die immer in dir ist. Mit jedem Atemzug stößt du Stolz, Ärger, Haß, Neid, Trädheit und Dummheit von dir. Mit jedem Atemzug nimmst du Buddhas Geist, die fünf Weisheiten und alles Gute in dich auf. Wenn du ganz klar und ruhig bist, stellst du dir einen goldenen Lotus in deiner Magengrube vor ... Alles klar? In diesem Lotus stellst du dir die Silbe *ram* vor, die Feuer bedeutet. Dann mußt du sehen, wie eine kleine Flamme – etwa von der Größe eines Ziegenköttels – im *ram* entsteht. Jeder Atemzug danach ist wie ein Blasebalg, der diese Flamme auffächert, die durch die *Tsas* im Körper gleitet, die mystischen Nerven. Stell dir den Prozeß in fünf Stadien vor ... Zuerst siehst du das *Uma tsa* als Feuer, das mehr oder weniger dein Rückgrat hinaufkriecht ... Zweitens, der Nerv hat den Durchmesser deines kleinen Fingers ... Drittens, er ist so groß wie ein Arm ... Viertens, dein Körper ist das Tsa selbst und wird als Feuerröhre wahrgenommen ... Fünftens, das *Tsa* verschlingt die Welt, und du bist nur eine Flamme in einem Feuermeer.«

»Mein Gott.«

Wir saßen da und hielten Kunga Norbus heiße Hände, und ich stellte mich als Feuerröhre vor; und die Wärme ergoß sich in mich, meine Arme hinauf, durch meinen Oberkörper – sie taute sogar meinen erfrorenen Hintern und meine Füße auf. Ich sah Kunga Norbu an, und er sah direkt durch die Wand unserer Höhle in die Ewigkeit, oder wohin auch immer, und seine Augen glühten schwach im Kerzenlicht. Es war unheimlich.

Ich weiß nicht, wie lange das anhielt – es schien endlos zu währen, obwohl es vermutlich nur etwa eine Stunde dauerte. Doch dann hörte es auf – Kungas Hände wurden kälter, und unsere Körper ebenfalls. Er blinzelte mehrere Male und schüttelte den Kopf. Dann sagte er etwas zu Freds.

»Tja«, sagte Freds. »Länger kann er es dieser lage nicht durchhalten.«

»Was?«

»Tja ...« Er biß sich bedauernd auf die Zunge. »Es ist ungefähr so. Tulkus neigen dazu, im Verlauf ihrer verschiedenen Inkarnationen ihre Kräfte zu verlieren. Anscheinend verlieren sie bei jedem Prozeß etwas, genauso, als ob man ein Band von einer Kopie zieht, oder so. Es gibt einen Namen dafür.«

»Übertragungsfehler«, sagte ich.

»Genau. Na ja, das erwischt sie auch. Man sieht in Tibet sogar jede Menge Tulkus, die völlige Trottel sind. Kunga ist besser dran, aber er erinnert mich etwas an Paul Revere. Ein kleines Licht im Glockenstuhl, du weißt schon. Ein großer Lama, und ein toller Bursche, aber bei den mystischen Disziplinen nicht mehr besonders mächtig.«

»Zu schade.«

»Finde ich auch.«

Ich erinnerte mich an Kungas heiße Hände und ihre Wärme, die in mich drang. »Also ... ist er eigentlich gar kein Tulku, oder?«

»Oh, ja! Natürlich! Und jetzt hat er sich auch vom alten Dorjee Lama befreit und ist selbst ein Lama und niemandes Schüler mehr. Es muß ein tolles Gefühl sein.«

»Darauf gehe ich jede Wette ein. Aber wie genau funktioniert das überhaupt?«

»Wie man ein Tulku wird?«

»Ja.«

»Es kommt darauf an, seine geistigen Kräfte zu konzentrieren. Die Tibetaner glauben, daß es gar kein übersinnliches Phänomen ist, sondern nur eine Ausnutzung der natürlichen Kräfte, die wir alle haben. Tulkus haben ihre psychischen Energien unglaublich konzentriert, und wenn man diese Ebene erreicht hat, kann man seinen Körper verlassen, wann immer man will. Wenn Kunga wollte, könnte er in etwa zehn Sekunden sterben.«

»Sehr nützlich.«

»Ja. Und wenn sie sich also dazu entscheiden, springen sie ins Bardo. Das Bardo ist die andere Welt, die Welt des Geistes, und ein sehr verwirrender Ort – Halluzinationen sind nichts dagegen! Zuerst geht vor deinem Gesicht ein Licht an, wie das Blitzlicht von Gottes Kamera. Dann sind es nur ein Haufen farbiger Wege, Erscheinungen und so weiter. Wie Kunga es beschreibt, klingt es echt unheimlich. Wenn man nur ein ganz gewöhnlicher Geist ist, kann man leicht die Orientierung verlieren und wird als Schnecke oder als Showmaster einer dieser Spielshows im Vorabendprogramm oder als *irgend etwas* wiedergeboren. Doch wenn man konzentriert bleibt, wird man in dem Körper wiedergeboren, den man sich ausgesucht hat, und macht von da aus weiter.«

Ich nickte einfältig. Mir war müde und kalt, und der Sauerstoffmangel beschleunigte meine Gedankengänge nicht gerade; ich konnte Freds' Ausführungen nicht den geringsten Sinn entnehmen, wenngleich das an allen anderen Orten vielleicht genauso gewesen wäre.

Wir saßen da. Kunga summte etwas vor sich hin. Es wurde kälter.

Die Kerze tropfte und erlosch.

Es war dunkel. Es wurde noch kälter.

Nach einer Weile war nur noch die Dunkelheit da, unser Atmen und die Kälte. Ich fühlte meinen Hintern und die Beine unterhalb der Knie nicht mehr. Ich wußte, daß ich auf etwas wartete, hatte jedoch vergessen, worauf. Freds bewegte sich und sprach auf Tibetanisch mit Kunga. Sie schienen weit, weit entfernt zu sein. Sie sprachen mit Menschen, die ich nicht sehen konnte. Eine Weile zappelte Freds hin und her und stieß gegen die Wände der Höhle. Kunga rief heiser Worte wie »Hak!« und »Phut!«

Schließlich raffte ich mich auf. »Was macht ihr da?« fragte ich.

»Wir wehren Dämonen ab«, erklärte Freds.

Ich war, als ich meine Gefährten beobachtete, schon zu der Schlußfolgerung bereit, daß der Sauerstoffmangel einen in den Wahnsinn treiben kann; aber als ich daran dachte, wer sie waren, stellte ich mein endgültiges Urteil noch etwas zurück. Vielleicht lag es doch nicht am Sauerstoff.

Eine unbestimmbare Weile später fing Freds an, Schnee aus dem Tunnel zu schaufeln. »Wirfst du die Dämonen raus?« fragte ich.

»Nein, ich will wieder warm werden. Versuch's doch auch mal.«

Ich hatte nicht die Kraft, mich zu bewegen.

Dann schüttelte er mich von einer Seite zur anderen, wechselte ins Englische und erzählte mir Geschichten. Eine Geschichte nach der anderen, mit trockener, heiserer, tiefer Stimme. Ich verstand keine davon. Ich mußte mich darauf konzentrieren, gegen die Kälte anzukämpfen. Und auf das Atmen. Freds wurde ganz aufgeregt; er erzählte mir eine Geschichte von Kunga, etwas darüber, wie er mit einem Freund durch Tibet lief, irgendein *Lung-gom-pa-Test*, und der Freund schleppte Ketten mit sich, um nicht ganz davonzutreiben. Dann begegneten sie nachts einem frischgebackenen Ehemann, ließen die Ketten in ein Lagerfeuer fallen ... »Die Träger wußten vom *Lung-gom*, und am nächsten Morgen müssen sie versucht haben, es den Engländern zu erklären. Kannst du dir das vorstellen? Träger, die erklären, wie diese Ketten aus dem Nichts kommen ... daß Leute sie benutzen, die durch Tibet laufen, damit sie nicht in den Orbit abzischen? Mann, diese Engländer müssen gedacht haben, sie würden das Land Oz erforschen. Meinst du nicht auch? He, George? George? ... George?«

16

Doch schließlich ging die Nacht vorbei, und ich war noch da.

Wir krochen noch vor dem ersten Licht der Dämmerung aus unserer Höhle, stampften mit den Füßen, bis wieder etwas Gefühl in sie zurückkehrte, und waren sehr mit uns zufrieden. »Guten Morgen!« sagte Kunga Norbu höflich zu mir. Und damit hatte er recht. Hochstehende Wolken färbten sich über uns rosa, und ein Meer aus blauen Wolken trieb weit unter uns über Nepal dahin. Die höheren Gipfel stachen wie Inseln daraus hervor und färbten sich ebenfalls langsam rosa. Ich hatte nie einen überirdischeren Anblick wahrgenommen; es war, als wären wir aus der Höhle auf einen anderen Planeten gekrochen.

»Vielleicht sollten wir einfach den Südpaß hinab und uns zu diesen indischen Soldaten durchschlagen«, krächzte Freds. »Ich habe keine Lust, wieder auf den Gipfel zu klettern, um die Westseite hinabzusteigen.«

»Du meinst es ernst«, sagte ich.

Also stiegen wir die Südseite hinab.

Peter Habeler, Messners Partner bei der ersten Besteigung des Everest ohne Sauerstofflaschen im Jahre 1979, ist den Grat vom Gipfel bis zum Südpaß in *einer Stunde* hinabgerast. Er hatte Angst vor Gehirnschäden; meines Erachtens ist die Geschwindigkeit seines Abstiegs der beste Beweis dafür, daß sie schon eingetreten waren. Wir gingen, so schnell wir konnten, was beunruhigend schnell war, und brauchten fast drei Stunden dafür. Einen Schritt nach dem anderen, einen steilen, verschneiten Grat hinab. Ich weigerte mich, in die tiefen Schluchten zu meiner Rechten und Linken hinabzuschauen. Die Wolken unter uns schwollen an wie die Flut in der Fundy-Bai; unser schönes Wetter würde bald ein Ende finden.

Ich kam mir völlig losgelöst von meinem Körper vor, beobachtete einfach, wie er marschierte. Unter mir sang Freds »›I get up, I get dow-wow-wown‹« aus dem Lied »Close to the Edge« von Yes. Wir gelangte an eine große, schneegefüllte Rinne und rutschten sie achtlos hinab, glitten bei jedem verträumten Schritt acht oder zehn Meter weit. Wir alle drei taumelten mittlerweile. Wolken strömten hinauf, und wie durch Zauberei erschien überall um uns herum Nebel, aber wir waren schon unmittelbar über dem Südpaß, und es spielte keine Rolle mehr. Ich sah, daß man im Paß ein Lager aufgeschlagen hatte, und seufzte erleichert auf. Ansonsten wären wir verloren gewesen.

Die Inder sicherten noch ihre Zelte, als wir hineinmarschierten. Eine Woche perfektes Wetter, und sie waren nur bis zum Südpaß gekommen. Sehr langsam, dachte ich, als wir näher kamen. Eine Besteigung im Belagerungsstil, eine logistische Pyramide, völlig auf Nummer Sicher – und so langsam wie der Bau der anderen Art von Pyramide.

Als wir den Paß überquerten und uns den Zelten näherten, wobei wir Abfallhaufen von vorherigen Expeditionen ausweichen mußten, stellten sich die ersten Sorgen bei mir ein. Sie müssen wissen, daß die indische Armee auf dem Everest unglaubliches Pech gehabt hat. Sie haben mehrmals versucht, den Berg zu besteigen, und sind, soweit ich weiß, immer gescheitert. Hauptsächlich wegen der Stürme, doch die Menschen neigen dazu, dies zu ignorieren, und die Inder haben von der Bergsteigergemeinde in Nepal ziemliche Kritik abbekommen. Man hat sie sogar ›schreckliche Bergsteiger‹ genannt. Sie waren also ziemlich empfindlich in dieser Hinsicht, und mir kam sehr langsam in den Sinn, daß sie nicht allzu erfreut sein würden, im Südpaß von drei Bergsteigern begrüßt zu werden, die gerade auf der Nordseite vom Gipfel hinabkamen.

Dann sah uns einer. Er ließ den Holzhammer in seiner Hand fallen.

»Hallo«, krächzte Freds.

Schnell versammelten sich einige von ihnen um uns. Der Wind wehte nun heftiger, und wir alle waren ihm ungeschützt ausgeliefert. »Wer sind Sie?« rief der älteste Inder dort verdrossen, wahrscheinlich ein Major.

»Wir haben uns verirrt«, sagte Freds. »Wir brauchen Hilfe.«

Ah, gut, dachte ich. Freds hat auch daran gedacht. Er wird ihnen nicht sagen, woher wir kommen. Freds hat noch alle Gedanken beisammen. Er wird dieses Problem richtig angehen.

»Woher kommen Sie?« brüllte der Major.

Fred deutete auf die Westseite. Gut, dachte ich. »Unsere Sherpas haben gesagt, wir sollten uns rechts halten. Und das haben wir seit Jomosom auch getan.«

»Woher kommen Sie, bitte?«

»Jomosom!«

Der Major richtete sich auf. »Jomosom«, sagte er scharf, »liegt im *westlichen Nepal*.«

»Oh«, sagte Freds.

Und wir alle standen da. Anscheinend hatten wir das Freds' Erklärung zu verdanken.

Ich stieß ihn zur Seite. »In Wahrheit haben wir uns gedacht, wir könnten Ihnen etwas helfen. Wir haben nicht gewußt, worauf wir uns einlassen.«

»Ja!« sagte Freds und machte sich diese neue Taktik dankbar zu eigen. »Vielleicht könnten wir ein paar Lasten für Sie runtertragen?«

»Wir steigen noch hinauf!« bellte der Major. »Wir brauchen niemanden, der Lasten nach unten trägt.« Er deutete auf den Grat hinter uns, der allmählich im Nebel verschwand. »Das ist der Everest!«

Freds blinzelte ihn an. »Sie machen Witze.«

Ich stieß ihn wieder an. »Wir brauchen Hilfe«, sagte ich.

Der Major betrachtete uns eindringlich. »Gehen Sie ins Zelt«, sagte er schließlich.

17

Nun ja, schließlich reimte ich eine halbwegs zusammenhängende Geschichte über uns zusammen: Wir wollten freiwillig Lasten für eine Everest-Expedition tragen, obwohl ich niemanden kannte, daß der so dumm sein würde, diesen Wunsch zu verspüren. Freds war mir nicht die geringste Hilfe – er vergaß meine Version immer wieder, kehrte zu seiner ersten Geschichte zurück und sagte Sätze wie »Wir müssen ein falsches Flugzeug erwischt haben.« Und in beide Versionen paßte Kunga Norbu nicht so recht hinein; ich behauptete, er sei unser Führer, doch wir verstanden seine Sprache nicht. Klugerweise blieb er stumm.

Trotz alledem gab das indische Team uns zu essen und Wasser, damit wir unseren quälenden Durst stillen konnten, und sie begleiteten uns an ihren Leitseilen zu den tieferliegenden Lagern hinab, um auch ganz sicher zu gehen, daß wir ihnen wirklich nicht mehr im Weg standen. Im Verlauf der nächsten paar Tage führten sie uns das westliche Cwm, das vergletscherte Tal der Stille, und den Khumbu-Eisfall zum Basislager hinab. Ich wünschte, ich könnte Ihnen eine minutiöse Schilderung des berühmten Khumbu-Eisfalls geben, doch leider erinnere ich mich kaum daran. Er war groß und weiß und unheimlich, und ich war müde. Das ist alles, was ich noch weiß. Und dann waren wir in ihrem Basislager, und ich wußte, daß es vorbei war. Die erste illegale Besteigung des Everest.

18

Nun ja, nach dem, was wir durchgemacht hatten, sah Gorak Shep wie Irland aus, und Pheriche wie Hawaii. Und die Luft war die reinste Sauerstoffsuppe.

Wir erkundigten uns nach den Engländern, nach Arnold und Laure und hörten immer wieder, daß sie vielleicht einen Tag unter uns waren. Wie es sich anhörte, jagten die Engländer Arnold, dem es unter äußersten Anstrengungen gelang, seinen Vorsprung zu halten. Also eilten wir ihnen nach.

Auf unserem Abstieg kehrten wir jedoch im Kloster Pengboche ein, einem dunklen, unheimlichen alten Gemäuer in einem kleinen Hain schwarzer Kiefern, bei denen es sich angeblich um den Backenbart des ersten Abtes handelte. Dort ließen wir Kunga Norbu zurück, der ziemlich mitgenommen wirkte. Die Mönche im Kloster machten ein großes Getue um ihn. Er und Freds verabschiedeten sich überschwenglich, und er bedachte mich mit einem breiten Grinsen, als er mich zum letzten Mal mit diesem allumfassenden Blick seiner schwarzen Augen durchbohrte. »Guten Morgen!«, sagte er, und wir waren wieder unterwegs.

Und so trotteten Freds und ich nach Namche hinab, das

mich stark an Manhattan erinnerte, und stellten dort fest, daß unsere Freunde, noch immer auf der Jagd nach Arnold, gerade nach Lukla aufgebrochen waren. Unterhalb von Namche beeilten wir uns wirklich, sie einzuholen, doch das gelang uns erst in Lukla selbst. Und dort erwischten wir nur die Engländer – sie standen an der Landepiste und beobachteten, wie das letzte Flugzeug des Tages über das schiefe Gras brummte, während Arnold McConnel, wie wir schnell herausfanden, an Bord eben jenes Flugszeugs war, nachdem er einem Passagier der Maschine einen beträchtlichen Stapel Rupien für dessen Ticket bezahlt hatte. Arnolds Sherpas standen an der Piste und winkten ihm zum Abschied; wie sich herausstellte, hatten sie alle mit dieser einen Klettertour etwa ein Jahreseinkommen verdient und den alten Arnold ziemlich in ihr Herz geschlossen.

Die Engländer hatten das keineswegs. Im Gegenteil, sie schäumten geradezu vor Wut.

»Wo seid ihr gewesen?« fragte Trevor.

»Wir haben den Gipfel bestiegen«, erklärte Freds entschuldigend. »Kunga mußte es aus religiösen Gründen.«

»Nun ja«, meinte Trevor verdrossen. »Das haben wir ebenfalls in Betracht gezogen, aber *wir* mußten *deinen* Kunden den Berg hinab verfolgen und versuchen, seinen Film zu bekommen. Den Film, der dafür sorgen wird, daß wir alle endgültig aus Nepal rausgeworfen werden, sollte er jemals aufgeführt werden.«

»Macht euch lieber schon mal mit dem Gedanken vertraut«, sagte Mad Tom düster. »Er ist nach Katmandu unterwegs, und wir sind es nicht. Jetzt holen wir ihn nie mehr ein.«

Nun hat man von Lukla keine außergewöhnlich gute Aussicht, verglichen mit dem, was man höher sehen kann; aber es gibt dort die riesigen grünen Wände der Schlucht, und im Norden sieht man einige der großen weißen Gipfel dahinter; und wenn man das alles sieht und denkt, man dürfe es nie wieder sehen …

Ich deutete nach Süden. »Vielleicht haben wir auch mal Glück.«

»Was?«

Freds lachte. »Chopper! Da, seht ihr? Ein Trekking-Unternehmen hat Hubschrauber angemietet, um seine Gruppe einzufliegen.«

Es stimmte. Das ist eine ziemlich übliche Praxis, ich habe es selbst schon oft genug gemacht. Die täglichen Flüge der RNAC nach Lukla reichen mitten in der Trekking-Saison nicht aus, und so vermietet die nepalesische Luftwaffe freundlicherweise – und zu exorbitanten Preisen – ihre Hubschrauber. Natürlich ziehen sie es vor, nicht leer zurückzufliegen, und nehmen jeden mit, der dafür bezahlt. Oft – und so auch an diesem Tag – stritt eine beträchtliche Menge lautstark darum, für den Rückflug bezahlen zu dürfen, und die Konkurrenz ist groß, obwohl ich für meinen Teil niemals verstanden habe, warum die Menschen so besessen darauf sind, nach Katmandu zurückzukehren.

Auf jeden Fall war es an diesem Tag wie an den meisten anderen auch, und eine ganze Schar Trekker saß um die Ladezone neben der Landepiste herum und verhandelte mit den Sherpa- und Sherpani-Unterhändlern, die den Flughafen beherrschen und Flüge für die Leute besorgen können. Die Hierarchie unter diesem halben Dutzend Unterhändlern ist – sogar für sie selbst – völlig obskur, und an diesem Tag hatte wie immer jeder von ihnen eine Liste von Leuten, die bis zu einhundert Dollar für einen Rückflug bezahlt hatten; und bis die Unterhändler mit der Hubschrauberbesatzung gesprochen hatten, wußte niemand, wer diesmal den Zuschlag erhalten würde, seine Leute an Bord bringen zu dürfen. Die Leute hielten diese Vorgehensweise bestenfalls für zweifelhaft, und als sie die Hubschrauber sahen, meckerten sie lauthals und warfen ihren Unterhändlern üble Dinge an den Kopf.

Das war also keine besonders günstige Situation für uns, denn obwohl wir in einer verzweifelten Lage waren, behaupteten alle anderen, die einen Rückflug wollten, ebenfalls in einer verzweifelten Lage zu sein, und niemand würde freiwillig auf seinen Platz verzichten. Doch gerade, als die beiden Puma-Hubschrauber laut und unter beträchtlichem Wind landeten, sah ich Heather auf der Landepiste, und ich lief zu ihr und erfuhr, daß sie für unsere Expedition bei Pemba Sherpa, einem der mächtigsten Unterhändler dort, Plätze gebucht hatte. »Gute Arbeit, Heather!« rief ich. Ich erklärte ihr schnell einige Aspekte der Situation, und sie musterte uns mit großen Augen und nickte, daß sie verstanden habe.

Und in der Tat, im Chaos der Trekker, die sich um die Hubschrauber drängten, bei all dem Gestöhne und Ächzen und Geschrei und Gemeckere, an Bord gelassen zu werden, war es Pemba, der die Oberhand über die anderen Unterhändler behielt. Und die ›Video-Expedition zum Everest Base Camp‹ der Firma *Want To Take You Higher Ltd.* stieg – einschließlich vier englischer und eines amerikanischen Bergsteigers – unter großem Jubel an Bord der beiden Hubschrauber. Mit einem *Thukka-thukka-thukka* starteten wir.

»Aber wie wollen wir ihn in Katmandu finden?« sagte Marion über den Lärm.

»Er rechnet nicht mit euch«, sagte ich. »Er glaubt, die letzte Maschine des Tages erwischt zu haben. Also würde ich anfangen, im Kathmandu Guest House, in dem wir wohnen, nach ihm zu suchen.«

Die Engländer nickten und schauten grimmig wie Sturmtruppensoldaten drein. Arnold kriegte Probleme.

19

Wir landeten eine Stunde später auf dem Flughafen von Katmandu, und die Briten stürmten hinaus und nahmen sich ein Taxi. Freds und ich nahmen uns ebenfalls eins und versuchten, sie nicht aus den Augen zu verlieren, doch die Engländer mußten ihrem Fahrer die dreifache Summe angeboten haben, denn ihr kleiner Toyota schoß wie bei einem Motocross-Rennen über die staubige Straße zwischen dem Flughafen und der Stadt dahin. Also fielen wir zurück, und als wir auf dem Hof des Kathmandu Guest House ausstiegen, war ihr Taxi schon fort. Wir bezahlten unseren Fahrer, gingen hinein und fragten einen hochnäsigen Portier nach Arnolds Zimmernummer, und als er sie uns nannte, eilten wir zu dem Zimmer hinauf; es befand sich im zweiten Stock, mit Blick auf den Garten.

Als wir dort eintrafen, war schon die Hölle los. John und Mad Tom und Trevor hatten Arnold auf einem Bett in der Ecke in die Enge getrieben; sie standen über ihm und sorgten dafür, daß er sich nicht erhob. Marion hatte die eigentliche Arbeit übernommen; sie warf auf der anderen Zimmerseite eine Videokassette nach der anderen zu Boden und zertrat sie unter ihrem Stiefel. Es herrschte ein lautstarkes Geschrei, das hauptsächlich von Marion und Arnold stammte. »*Das* ist die, wo ich dusche«, sagte Marion. »Und *das* ist die, wo ich in meinem Zelt mein Hemd wechsle. Und *das* ist die, wo ich auf achttausend Metern Höhe pinkeln mußte!« und so weiter, während Arnold schrie: »Nein, nein!« und »Doch nicht die, mein Gott!« und »Ich verklage euch vor jedem Gericht in Nepal!«

»Ausländer können sich in Nepal nicht verklagen«, sagte Mad Tom zu ihm.

Aber Arnold schrie und drohte und jammerte weiterhin; sein sonnenverbranntes Gesicht wurde ganz blaß, sein viel schmaler gewordener Körper hüpfte auf dem Bett auf und ab, seine großen runden Augen wölbten sich so weit vor, daß ich schon Angst hatte, sie würden aus den Höhlen springen oder wie an Federn hinausschießen. Er nahm seine frische Zigarre, die ihm aus dem Mund gefallen war, und warf sie auf Trevor und John; sie verfehlte die beiden jedoch und traf Marion an der Brust.

»Lüstling«, sagte sie und rieb sich vor Zufriedenheit die Hände. »Das sind sie also alle.« Sie packte das Durcheinander aus Plastik und Videoband in einen Rucksack. »Und die hier nehmen wir auch noch mit. Und vielen Dank, übrigens.«

»Diebe«, krächzte Arnold.

Die drei Männer traten von ihm zurück. Arnold saß wie erstarrt auf dem Bett und betrachtete Marion mit verdutzten, großen Augen. Er sah aus wie ein Ballon, den man mit einer Nadel durchstochen hatte.

»Tut mir leid, Arnold«, sagte Trevor. »Aber wie du eingestehen mußt, hast du dir das selbst zuzuschreiben. Wir haben dir die ganze Zeit über gesagt, daß wir nicht gefilmt werden wollen.«

Arnold starrte sie sprachlos an.

»Nun ja«, sagte Trevor. »Das wäre also erledigt.« Und sie gingen.

Freds und ich musterten Arnold auf dem Bett. Langsam nahmen seine Augen ihren üblichen glotzenden Ausdruck an, doch er wirkte noch immer untröstlich.

»Diese Engländer sind schon harte Burschen«, sagte Freds. »Sie sind wirklich nicht sehr mitfühlend.«

»Na, komm, Arnold«, sagte ich. Nun, da ich nicht mehr für ihn verantwortlich war, und, da wir in Katmandu zurück waren und ich ihn nie mehr sehen mußte – nun, da ich sicher war, daß sein Videoband, das Freds und mir genauso beträchtliche Probleme wie den Engländern einbringen konnte, zerstört war – nun tat er mir ein bißchen leid. Nur ein ganz kleines bißchen. Man konnte ihm deutlich anmerken, daß er wirklich eine Menge durchgemacht hatte, um dieses Band zu bekommen. Außerdem verhungerte ich allmählich. »Na komm, duschen wir, rasieren wir uns und ziehen uns um, und dann lade ich dich zum Abendessen ein.«

»Ich auch«, sagte Freds.

Arnold nickte stumm.

20

Katmandu ist eine seltsame Stadt. Wenn man aus dem Westen dort eintrifft, scheint es sich um den heruntergekommensten und ungesundesten Ort zu handeln, den man sich vorstellen kann: Die Gebäude sind schlecht und recht aus alten Ziegelsteinen zusammengeschustert, und auf den Dächern sprießt das Unkraut; die Hotelzimmer sind kahle Gruben; das gesamte Essen, das man hier findet, schmeckt nach Pappe, und man wird oft krank davon; und hier und da auf den schlammigen Straßen, auf denen Hunde und Kühe streunen, liegen große Unrathaufen.

Dann geht man für einen oder zwei Monate in die Berge, auf einen Trek oder eine Klettertour. Und wenn man nach Katmandu zurückkehrt, hat sich der Ort völlig verwandelt. Die einzig mögliche Erklärung dafür ist die, daß man die Stadt während der Abwesenheit niedergerissen und durch eine neue ersetzt hat, die äußerlich genauso aussieht, sich aber im Wesen von der alten grundlegend unterscheidet. Die Unterkünfte sind unglaublich luxuriös; das Essen ist hervorragend; die Menschen sehen wohlhabend aus, und ihre Stadt scheint ein Wunder der architektonischen Ausgeklügeltheit zu sein. Katmandu! Was für eine Metropole!

So kam es auch Freds und mir vor, als wir uns in meiner Heimat fern der Heimat eintrugen, dem Hotel Star. Als ich mich unter den hüfthohen Warmwasserhahn unter dem Duschkopf setzte, ertappte ich mich dabei, wie ich in sinnloser Verzückung kicherte, und ich hörte, wie Freds im Nebenzimmer »Going to Kathmandu« bellte: »K-k-k-k-Kath-Man-Du!«

Eine Stunde später trafen wir, das Haar noch naß, die Haut rosig geschrubbt, Arnold auf der Straße und gingen durch das abendliche Thamel. »Wir sehen wie Kleiderständer aus!« stellte Freds fest. Unsere Stadtkleidung schlotterte um uns herum. Freds und ich hatten jeweils etwa zwanzig Pfund verloren, Arnold etwa dreißig. Und es war nicht nur Fett. In solch einer Höhe schmilzt alles dahin.

»Wir gehen lieber ins Old Vienna und sehen zu, daß wir wieder was auf die Rippen bekommen.«

Ich sabberte schon bei dem bloßen Gedanken daran.

Also gingen wir ins Old Vienna Inn und entspannten uns in der warmen, feuchten Athmosphäre des kaiserlichen Österreich-Ungarn. Nach großen Portionen Gulasch, Pariser Schnitzel und Apfelstrudel mit Schlagsahne setzten wir uns gesättigt zurück. Sinnesüberlastung. Selbst Arnold ging es etwas besser. Er hatte während des Abendessens geschwiegen, aber das hatten wir andererseits alle; wir waren vollauf beschäftigt gewesen.

Wir bestellten eine Flasche Rakschi, ein starkes örtliches Getränk unbestimmbarer Herkunft. Als sie kam, machten wir uns darüber her.

»He, Arnold«, sagte Freds, »du siehst schon besser aus.«

»Ja, ich fühle mich gar nicht so schlecht.« Er wischte sich den Mund mit einer an zahlreichen Stellen rot befleckten Serviette ab; wir alle hatten unsere von der Sonne mitgenommenen Lippen mehr als einmal aufgerissen, als wir versuchten, das Essen zu schnell hineinzuschaufeln. Dann schickte er sich bedächtig an, auf einer neuen Zigarre zu kauen, die er sehr langsam auspackte. »Ganz und gar nicht so schlecht.« Und dann grinste er; er konnte einfach nicht anders, er grinste so breit, daß er wieder nach der Serviette greifen und sich das Blut von den Lippen abtupfen mußte.

»Na ja, es ist eine Schande, daß diese Burschen auf deinem Film herumgetrampelt haben«, sagte Freds.

»Ja, sicher.« Arnold winkte großzügig ab. »So ist nun mal das Leben.«

Ich war erstaunt. »Arnold, ich kann nicht glauben, daß du da sprichst. Diese Burschen haben deine Videobänder genommen, die du unter solchen Mühen gedreht hast, und *trampeln* darauf rum, und du sagst, ›so ist nun mal das Leben‹.«

Er nahm einen großen Schluck Rakschi. »Na ja«, sagte er und runzelte ein paarmal die Stirn, was ihm ein geradezu teuflisches Aussehen verlieh. Er beugte sich über den Tisch zu uns. »Sie haben zumindest eine Kopie davon bekommen.«

Freds und ich sahen einander an.

»Bänder im Wert von ein paar hundert Dollar haben sie zerstört. Das sollte ich ihnen wohl in Rechnung stellen. Aber ich will mal großzügig sein und es ihnen durchgehen lassen.«

»Eine Kopie?« sagte ich.

»Ja.« Er tippte sich mit dem Finger an die Schläfe. »Habt ihr in der Ecke meines Zimmers im Guest House nicht diesen Kasten gesehen, der so ähnlich wie ein Koffer aussieht?«

Wir schüttelten die Köpfe.

»Die Briten auch nicht. Nicht, daß sie ihn erkannt hätten. Es ist eigentlich eine Videoklebepresse. Aber auch ein Kopierer. Man steckt eine Kassette rein und drückt auf einen Knopf, und sie zieht eine Kopie der Kassette, und dann kann man das Original schneiden und kleben. So erstellt man den Endschnitt. Tolles Maschinchen. Die meisten freiberuflichen Videofilmer haben jetzt eine, und diese tragbaren Babys sind wirklich der neueste Schrei. Und in diesem Fall haben sie meinen Arsch gerettet.«

»Arnold«, sagte ich. »Du wirst diese Burschen in ernsthafte Schwierigkeiten bringen! Und uns auch!«

»He«, warnte er uns. »Ich habe den Kopierer unter Verschluß, also kommt nicht auf dumme Ideen.«

»Du wirst dafür sorgen, daß wir auf immer aus Nepal verbannt werden!«

»Nee. Ich gebe euch Künstlernamen. Habt ihr da irgendwelche Vorlieben?«

»Arnold!« protestierte ich.

»He, hört mal«, sagte er und trank noch einen Schluck Rakschi. »Der größte Teil der Strecke führte doch durch Tibet, oder? Die Chinesen werden sich einen Dreck darum scheren. Außerdem kennt ihr doch das nepalesische Tourismusministerium – glaubt ihr wirklich, daß diese Jungs sich meinen Film überhaupt nur ansehen, geschweige denn die Namen daraus abschreiben und die Leute dann aufspüren, wenn sie sich wieder um ein Visum bemühen? Macht euch doch nicht lächerlich!«

»Hm«, sagte ich und schmierte meine Gehirnzellen mit einem Schluck Rakschi.

»Was hast du also auf Band?« fragte Freds.

»*Alles*. Ich habe ein paar gute Bilder mit dem Teleobjektiv gedreht, wie ihr da oben die Leiche findet – ha! Ihr habt wohl gedacht, ich hätte das nicht mitbekommen, was? Ich kann euch sagen, ich habe da oben sogar eure *Gedanken* gefilmt! Das habe ich, und dann, wie die Briten den Grat raufklettern – einfach alles. Ich werde Stars aus euch machen.«

Freds und ich wechselten einen erleichterten Blick. »Du kannst die Künstlernamen ruhig vergessen«, sagte ich.

»Meinetwegen. Und nachdem ich den Film geschnitten habe, kann keiner mehr sagen, wo auf dem Berg die Leiche lag, und wenn ich die Namen und so weiter belasse, wird es Marion und den anderen bestimmt gefallen. Meint ihr nicht auch? Sie waren einfach schüchtern. Altmodisch! Ich werde ihnen Kopien des fertigen Films schicken, und er wird ihnen bestimmt gefallen. Marion ganz besonders. Sie sieht wirklich toll aus.« Er wedelte mit der Zigarre, und ein Ausdruck wiederkäuerischer Sehnsucht legte sich auf sein Gesicht. »Ich will euch sogar ein kleines Geheimnis verraten. Dieses Band werde ich persönlich überbringen, und dann mache ich ihr einen Heiratsantrag. Ich glaube, sie mag mich wirklich gern, und ich wette, daß sie einwilligen wird, mich zu heiraten, wenn sie den Film sieht. Glaubt ihr nicht auch?«

»Klar«, sagte Freds. »Warum nicht?« Er dachte darüber nach. »Und wenn nicht in diesem Leben, dann im nächsten.«

Arnold betrachtete ihn mit einem seltsamen Blick. »Ich werde ihr den Antrag auf meiner nächsten Reise machen, die mich wohl nach China und Tibet führen wird, wie es jetzt aussieht. Wißt ihr, daß die Chinesen die tibetanischen Religionen in letzter Zeit wieder etwas lockerer handhaben? Der Portier im Guest House hat mir ein Telegramm gegeben, als ich ging – mein Agent hat mir gekabelt, daß sich die Behörden in Lhasa entschlossen haben, eine ganze Reihe der buddhistischen Klöster wieder aufzubauen, die sie während der Kulturrevolution abgerissen haben, und es sieht so aus, als bekäme ich die Erlaubnis, den Neuaufbau zu filmen. Das ist doch ein toller Stoff für eine herzzerreißende Schnulze, und ich wette, Marion würde sie liebend gern sehen, meint ihr nicht auch?«

Freds und ich grinsten uns an. »Ich würde sie auch gern sehen«, erklärte Freds. »Ein Prosit auf die Klöster, und auf ein freies Tibet!«

Wir sprachen einen Toast aus und bestellten eine neue Flasche.

Arnold wedelte mit der Zigarre. »Aber diese Mallory-Sache ist das reinste Dynamit. Das wird ein verteufelt guter Film werden.«

22

Deshalb kann ich Ihnen auch davon erzählen – die Geheimniskrämerei ist absolut überflüssig, sobald erst Arnolds Film läuft: ›Neun gegen den Everest: Sieben Männer, eine Frau und eine Leiche.‹ Sowohl die PBS als auch die BBC haben ihn gekauft, und er müßte jetzt jeden Tag gesendet werden. Achten Sie doch mal in Ihrer Fernsehzeitschrift darauf.

Dritter Teil

Die wahre Natur von Shangi-La

In Nepal heißt es, ein früher Monsun bringe Glück, doch offensichtlich ist das so gelogen, daß sich die Balken biegen. Wenn Sie mich fragen, ist das einzige, was ein früher Monsun bringt, mehr Regen als üblich im Spätfrühling und Frühsommer. Nehmen Sie zum Beispiel das Jahr 1987, als der Monsun im Mai kam. In diesem Jahr gab es große Probleme für einen Ort, den Sie wahrscheinlich als Shangri-La kennen. Nun ist Shangri-La nicht der echte Name des Tals; so hieß es nur in einem Film, und die Produzenten müssen sich verhört haben, weil der echte Name Shambhala lautet. Shambhala ist die verborgene Stadt Tibets, die Heimat der ältesten Weisheit der Welt und die geheime, geheiligte Hochburg des tibetanischen Buddhismus. Eigentlich sogar der Ursprung aller Religionen der Welt. Ich habe dort eine beträchtliche Weile mit meinem Lehrer Kunga Norbu Rimpoche verbracht, und als Kunga nach Katmandu hinabstieg, um mir zu sagen, daß Shambala in Schwierigkeiten sei, wußte ich, daß es meine Pflicht war, ihm auf jede nur erdenkliche Art und Weise zu helfen.

Anscheinend hatte sich die Nachricht verbreitet, daß die Nepalesen planten, eine ihrer Hügelstraßen zu einem Gebirgsdorf auszuweiten, das Shambhala so nahe lag, daß die Straße eine ernsthafte Gefahr darstellte. Sie würde so viele Menschen in die Gegend bringen, daß das Geheimnis schließlich herauskommen würde, und das wäre dann das Ende des heiligen Tals.

Sobald Kunga Norbu die Natur des Problems erklärt hatte, wußte ich, daß mein Kumpel George Fergusson die Antwort war. George ist ein As in der Kunst, sich den Weg durch die nepalesische Bürokratie zu schmieren, um das zu bekommen, was er für seine Trekking-Unternehmungen brauchte, und so nahm ich an, daß er auch für unsere Belange ein Experte war.

Doch als ich Kunga Norbu in dem tibetanischen Camp in Patan verließ und zum Hotel Star zurückkehrte, um George darauf anzusprechen, zögerte er. »Nichts da«, sagte er. »Keine Chance. Du und dein Guru, ihr habt mich beinahe umgebracht.«

»Ach, komm schon«, sagte ich. »Wir müssen doch nur ein kleines Straßenprojekt aufhalten.«

»Kommt nicht in Frage, Freds! Ich muß mich hier die ganze Zeit über mit den Bürokraten herumschlagen; warum sollte ich mich freiwillig weiteren derartigen Schwierigkeiten aussetzen?«

»Genau das ist es doch, George. Wir brauchen einen Experten. Und hör mal, es steckt mehr dahinter, als ich dir sagen kann. Du weißt schon, mystische Gründe.«

George runzelte die Stirn. »Jetzt versuche nicht wieder, mich in irgend etwas hinein zu ziehen, Freds«, sagte er.

»Komm schon«, sagte ich.

»Auf keinen Fall.«

Es stellte sich heraus, daß er wegen irgendeiner Sache, die er in *The International Herald Tribune* gelesen hatte, so mieser Laune war. Da lag er nun in seinem Liegestuhl auf der Sonnenterrasse über dem Dach der Lobby des Hotels Star, ließ sich von der Morgensonne braten, war stoned, aß Nebico-Waffeln, trank ein Budweiser, plauderte gelegentlich mit zwei dänischen Schnecken in Bikinis und las seine eine Woche alte *Trebbie*; es hätte für ihn Katmandu im Monsun-Himmel sein können, doch er saß wegen eines Artikels, den er gerade gelesen hatte, ganz niedergeschlagen da. Er blätterte die Seiten durch, um ihn mir zu zeigen. »Siehst du das? Kannst du dir das vorstellen? Ein paar Jungs von der University of Washington haben einen Satelliten benutzt und verdammt nochmal festgestellt, daß der K2 höher ist als der Everest.«

»Ich hätte gedacht, von einem Satelliten aus kann man das nur schwer abschätzen.«

»Der K2 soll jetzt 8858 Meter hoch sein, während die offizielle Höhe des Everest noch mit 8848 Metern angegeben wird. Kannst du dir das vorstellen?« Er war wirklich bedrückt. »Ich meine, die ganzen Expeditionen zum Everest, all die heldenhaften Besteigungen und die Leute, die dabei umkamen ... und das alles nur für den *zweithöchsten Berg*? Das hältst du doch im Kopf nicht aus, Mann. Das ist *schrecklich*.«

»Besonders, da du jetzt selbst zu den irregeführten Kletterern gehörst, die alles für die Nummer Zwei riskiert haben«, sagte ich.

»Sei nicht so laut«, sagte er und sah sich um. »Aber klar, daß ich enttäuscht bin. Bist du das nicht auch?«

»Wir mußten deinen Arsch diesen Berg hinaufschleppen, George. Du hast es geradezu gehaßt.«

»Na klar hab' ich das. Ihr habt es unglaublich dumm angefangen, ohne Unterstützung, ohne *Plan*. Aber weißt du, wir *haben* es geschafft, und nur darauf kam es schließlich an. Wir haben den Riesen bezwungen.«

»Wir können dich jederzeit den K2 hochschleppen.«

Keine Antwort von George.

»Ja, genau«, sagte ich, die kleinste Chance nutzend. »Kunga Norbu *muß* ihn vielleicht besteigen, um die von Dorjee Lama gestellte Aufgabe zu erfüllen. Und seine Gefährten wären natürlich mystisch verpflichtet, ihn zu begleiten.«

»Ha«, sagte George, und die Falte zwischen seinen Augen wurde tiefer.

»Und du weißt ja, daß Kunga unter anderem die Kraft hat, die Leute dazu zu bringen, das zu tun, was er will. Wie damals, als er dich überzeugt hat, den Gipfel des Chomolungma zu besteigen.«

Er runzelte die Stirn. »Erzähl ihm ja nichts über diese neuen Berechnungen.«

»Eigentlich habe ich gar nicht die Zeit, ihm davon zu erzählen. Denn da ist ja diese andere Sache, bei der wir deine Hilfe brauchen. Deine Hilfe hier in Katmandu. Du mußt in deiner Freizeit nur ein paar Regierungsämter abklappern. Während des Monsuns, wo du sowieso nichts zu tun hast und bald vor Langeweile eingehst.«

»Na schön.« Er seufzte. »Wie sieht euer großes Problem also aus?«

»Sie bauen eine Straße nach Chhule.« Ich will das Dorf mal so nennen, obwohl das natürlich nicht sein wirklicher Name ist.

»Na und?«

»George«, sagte ich. »Sie bauen eine *Straße* in ein unberührtes Gebiet des Himalaja, wo es noch nie zuvor eine gegeben hat!«

»Ah«, sagte er. »Was für ein Mist. Da können wir wieder ein gutes Trekking-Gebiet abschreiben. Aber so beliebt war die Strecke doch gar nicht, oder?«

Das war wieder mal typisch George. Wie viele Abendländer, die im Himalaja kraxeln, sieht er das Land nur als ultimaten Bergspielplatz mit einer Menge Hasch und einer Menge ziemlich billigem exotischem Lokalkolorit als Dreingabe. Als Ort, wo man ein paar Jahre lang ganz billig leben kann, vorausgesetzt, man hat nichts gegen Krankheiten und schlechtes Essen. Also lag er in der Sonne, führte seine Treks, bestieg die Berge und scherte sich um alles andere einen Dreck, und wie die meisten Abendländer, die schon lange hier lebten, haßte er allmählich die Touristen, weil sie unwissend waren, und verachtete die Einheimischen, weil sie unwissend waren, und kam langsam zur Meinung, daß es niemand in Nepal richtig machte, abgesehen von ihm und seinen Kumpeln, und die waren, wie es so schön heißt, auch noch verdächtig.

Also hatte er gar nichts begriffen. Aber er war nicht so schlecht wie die meisten – das glaubte ich zumindest. »Komm, George, ich lade dich zum Mittagessen im Marco Polo ein, und dann erzähl ich dir unter vier Augen davon. Wie ich schon sagte, die Sache ist ziemlich kompliziert.«

Also zog George sein T Shirt und seine Vuarnets an, und wir gingen hinunter. Es war kurz vor Mittag, heiß und feucht, und der tägliche Regen würde bald fallen, und alle im Hotel sahen aus, als wandelten sie wie in Trance umher, abgesehen von der Frau mit dem Kind auf dem Rücken, die sich auf Händen und Knien ihrer täglichen Aufgabe widmete, den Innenhof mit einem Handfeger zu säubern. Dann hatten wir die Hotelpforten verlassen und gingen am Tantric Used Book Shop vorbei nach Thamel, dem Hotelzentrum von Katmandu. In diesem Viertel war zur Monsunzeit kaum was los, was aber nur bedeutete, daß die Taxifahrer und Teppichhändler, Haschdealer und Geldwechsler und Bettler es eifriger denn je darauf abgesehen hatten, unsere Aufmerksamkeit zu erregen. »He, Mr. Nein!« riefen sie George zu und lachten, als er über die Pfützen sprang und sein übliches »Nein, nein, nein, nein!« zu jedem sagte, an dem er vorbeikam, ganz gleich, ob er angesprochen wurde oder nicht. Er war entspannt und lebhaft und ließ es sich gutgehen, tat seine Pflicht und war überall beliebt, der typische Abenteurer aus L. A., etwa einsachtzig groß und wie ein Profifootballer gebaut, dunkelhaarig und auf eine lässige Art durchaus gutaussehend und so cool, daß man mit ihm Pferde stehlen konnte, ja in der Tat so cool, daß die Leute auf der Straße sogar ihren Spaß an seinem üblichen »Nein, nein!« hatten. Ich müßte mir das eigentlich auch mal angewöhnen, war bislang aber noch nicht dazu imstande, und so gehe ich normalerweise ohne eine jede Rupie aus dem Haus, damit ich mir kein Geld ablabern ließ, doch diesmal hatte ich genug dabei, um das Essen für George und mich bezahlen zu können, und wem liefen wir über den Weg? Ausgerechnet einem Bettler, den wir ständig sahen, einem Burschen, der mit seiner kleinen Tochter im Schlepptau durch Thamel wanderte. Er entblößte bei seinem Lächeln dann seine Zahnlücken, und das kleine Mädchen von etwa sechs Jahren lächelte ebenfalls, und beide streckten die Hände aus und waren auch ganz gut darin, denn zumindest ich konnte ihnen niemals widerstehen, und nachdem George sein »Nein!« gemurmelt hatte, gab ich ihnen unser Essensgeld, in der Hoffnung, daß ich George anpumpen und dann sagen konnte, er hätte dem Bettler und seiner kleinen Tochter geholfen, während ich ihn wie abgemacht zum Essen eingeladen hätte.

George ahnte von meinen Absichten noch nichts, doch als er zurückschaute und sah, was ich tat, war er immer noch sauer auf mich. »Du ermutigst sie nur, Freds.«

»Ja, ich weiß.«

George hatte nicht das geringste Mitgefühl für diesen oder irgendeinen anderen Bettler. Ich erinnere mich noch, wie wir uns einmal durch die schmale Hauptstraße kämpfen mußten, und dann hatte er zurückgeschaut und die ganzen Leute betrachtet, die uns alle anstarrten, und war regelrecht ausgeflippt. »Die stehen da wie Kegel auf einer Kegelbahn, meinst du nicht auch, Freds? Die stehen da und sehen dich an, als könntest du ... he, warte mal!« Und er war in die German Pumpernickel Bakery gestürmt und mit einem dieser großen dunklen Brote herausgekommen, die einen mit ihrem Gewicht und ihrer allgemeinen Beschaffenheit tatsächlich an eine Bowlingkugel erinnern. Er drückte Löcher für den Daumen und einen Finger hinein, nahm einen langen Anlauf, bückte sich und kegelte das Brot mitten durch sie hindurch, wobei er wie ein Wahnsinniger lachte.

»Du riskierst es, als kleines und widerwärtiges Geschöpf wiedergeboren zu werden«, sagte ich zu ihm. Doch er hörte nicht auf mich.

Diesmal jedoch erreichten wir das Lokal ohne Schwierigkeiten.

»Hör mal, George«, sagte ich, während wir uns in einer kleinen abgelegenen Fensternische im Marco Polo über unsere Pizza hermachten, »du weißt ja, was passiert, wenn sie eine Straße zu einem der Bergdörfer bauen.«

»Die Leute fahren dahin.«

»Genau! Die Leute fahren dorthin und wieder zurück. Das ganze Dorf geht vor die Hunde. Wird für immer ausgelöscht.«

»Jetzt werd' nicht melodramatisch, Freds.«

»Werd' ich nicht! Kennst du Jiri?!«

»Ja.« Er rümpfte die Nase.

»Das war ein wunderschönes Dorf, bis die Straße dorthin gebaut wurde.«

Er glaubte mir nicht. »Freds, die betreiben wie verrückt Studien, bevor sie so eine Straße bauen, und vergewissern sich, daß sowas nicht passieren wird.«

Das war natürlich eine so dumme Antwort, daß ich merken mußte, daß er es nicht ernst meinte. Er wollte mich nur abwimmeln. »Eine Küchenschabe.«

»Wo?«

»Als die wirst du wiedergeboren werden.«

Ich sah aus dem Fenster. Normalerweise genieße ich die Aussicht aus dem Fenster des Marco Polo im dritten Stock, die bunten Teppiche der Händler auf der Straße, die Balkone darüber, auf denen Matratzen und Bettzeug lagen, das schwach in der Sonne dampfte, darüber das Gewirr der Gebetsflaggen und Telefonleitungen in der Luft, die zu so alten Dächern führten, daß grünes Unkraut und gelbes Gras auf ihnen wuchs. Und dann die großen Kiefern des Palastes im Hintergrund, hinter denen man gelegentlich einen Blick auf den Himalaja erhaschen konnte. Doch an diesem Tag hingen die Monsunwolken tief; man hatte die Matratzen und Teppiche hereingeholt, und die Gebäude wirkten in der dunklen, regnerischen Luft heruntergekommen. Und im Halbdunkel des Restaurants mampften die Gäste emsig vor sich hin, um das Gefühl zu unterdrücken, daß es sie in eine triste Welt verschlagen hatte, in der das gesamte Essen wie Pappe schmeckte, nicht nur der Pizzateig, sondern auch die Tomatensoße, der Käse und das Gemüse, einfach alles bis auf die großen krummen chinesischen Pilze, die sich auf den Pizzascheiben wanden und wirklich nach den bizarren Pilzgewächsen aussahen, die sie auch waren, und mit jedem Biß andeuteten, daß jemand in der Dosenfabrik einen schlimmen mykologischen Fehler begangen hatte.

Es war kein erheiternder Anblick. Und ich mußte mich mit einem dickköpfigen, gerissenen, faulen Freund befassen, und es war klar, daß ein ernsthafter Vertrauensbruch nötig war, um ihn dazu zu bringen, das zu tun, was wir wollten. »George«, sagte müde, »kannst du ein Geheimnis bewahren?«

»Klar.«

»Es ist wichtig, George. Wie bei Nathan und Buddha, du weißt schon.«

»Sicher«, sagte er und schaute beleidigt drein. »Habe ich jemals etwas darüber erzählt?«

»Keine Ahnung. Aber von dieser Sache darfst du wirklich niemandem erzählen. Verstehst du, hinter dem Ende der Straße, die sie bauen wollen, direkt im nächsten Tal, liegt ein Dorf. Und es ist kein gewöhnliches Dorf. Es ist Kunga Norbus Dorf.«

»Ich dachte, er wäre Tibetaner.«

»Es ist ein tibetanisches Dorf.«

»Ein tibetanisches Dorf in Nepal?«

»Es liegt da oben an der Grenze, genau dort auf dem Grat, wo die Grenze mehr oder weniger zufällig verläuft. Da oben in ---.« Was eins der halbwegs unabhängigen kleinen alten Königreiche ist, die zu Nepal gehören, sich aber nach Tibet erstrecken.

George nickte. Er wußte, daß eine Menge Hochland-Nepali tibetanischer Herkunft waren, die Sherpas im Osten, die Bhutani im Westen (›Bhutan‹ bedeutet auf Nepalesisch ›Tibet‹), so daß solch eine Situation gar nicht ungewöhnlich war. »Das ist doch ganz in der Nähe, wo wir Buddha ausgesetzt haben«, sagte er.

»Genau. Eine ganz besondere Gegend.« Ich erzählte ihm, wie wunderschön sie war, daß der Khumbu noch völlig unberührt sei, Buddha und eine Menge anderer Yetis in den Hochwäldern lebten, es eine einzigartige Tier- und Pflanzenwelt dort gäbe, und er kaute und nickte und machte keineswegs den Eindruck, sich besonders dafür zu interessieren.

»Und was ist das für ein Geheimnis?« fragte er.

Ich merkte, daß er es nur wissen wollte, weil es ein Geheimnis war. Aber es gibt einen großen Unterschied zwischen Wissen, das einem aufgezwungen wurde, und Wissen, um das man gebeten hat, und so beugte ich mich schnell vor und sagte wirklich leise:

»Das Dorf ist in Wirklichkeit Shangri-La.«

»Komm schon, Freds. Das ist ein erfundener Name aus einem Film. *In den Fesseln von Shangri-La.* Neu verfilmt als *Der verlorene Horizont.*«

»Ja, richtig. Ich hätte nicht gedacht, daß du so viel darüber weißt. Der wirkliche Name lautet Shambhala. Aber wie auch immer man ihn nennt, es bleibt derselbe Ort.«

»Ich dachte, Shambhala läge im nördlichen Tibet oder in der Mongolei.«

»Sie haben gezielte Falschinformationen darüber verbreitet. Aber es liegt da oben an der Grenze und hat große Schwierigkeiten, weil man jetzt eine Straße dorthin bauen will.«

George musterte mich. »Du willst mich verarschen, oder?«

»Habe ich dich verarscht, als ich sagte, Kunga Norbu sei ein Tulku? Haben Nathan und ich dich mit Buddha verarscht?«

Er mampfte vor sich hin und dachte darüber nach. »Ich glaub' dir nicht.«

»Warum sollte ich lügen?«

»Du würdest nicht lügen, Freds, aber man könnte dich reingelegt haben. Ich meine, woher willst du wissen, daß es wirklich Shambhala ist?«

»Ich war dort. Ich habe etwa ein halbes Jahr lang dort gelebt.«

Er musterte mich erneut. »Freds, wie, zum Teufel, kommst *du* dazu, sechs Monate in Shambhala zu leben?«

Nun haben Sie sich vielleicht ebenfalls darüber gewundert, und um die Wahrheit zu sagen, ich auch. Wie wurde aus Freds Fredericks, berühmter Verteidiger der Razorbacks und typisch amerikanischer Veterinär mit abgebrochenem Studium, ein tibetanischer buddhistischer Mönch, der auch noch das geheime, verborgene Tal Shambhala gut kennt?

Ich weiß es *wirklich* nicht. Einige von uns müssen in ihrem Leben seltsame Karmas bewältigen, und mehr kann ich dazu nicht sagen. Doch in gewisser Hinsicht begann es für mich schon, als ich im *The Graduate* in Davis, Kalifornien, war. Wie ich es George zu erklären versuchte, trank ich mir dort etwa 1976 nach einem Footballspiel ein paar Bierchen und hörte zufällig, wie ein Mädchen an unserem Tisch erklärte, sie könne keinen ihrer hervorragenden Hamburger essen, weil sie Vegetarierin sei, weil ihretwegen keine Tiere sterben sollten, weil sie Buddhistin sei. Und ich dachte: wie interessant. Und dann nahm ich an diesem Abend, noch immer betrunken, aus unserem Labor einen Abfallsack mit, um ihn in die Container hinter dem Gebäude zu werfen, und als ich den Sack hineinwarf, hörte ich, wie aus einem der Container ein Wimmern kam. Ich ging der Sache nach, indem ich die anscheinend verhexten Müllsäcke herausholte, und fand schließlich den Ursprung des Wimmerns, nämlich einen Hund, der in einem der Kurse benutzt worden war. Man betäubt diese Hunde, unterzieht sie einer Vielzahl chirurgischer Arbeiten, um den Studenten zu zeigen, wie das Innere eines lebendigen Tiers aussieht, und tötet sie dann. Sowas gibt es an den veterinärischen Fakultäten ständig. Doch anscheinend hatten sie diesmal Mist gebaut, oder der Hund war besonders zäh, denn er war nicht tot. Er lag ohne seine Hinterbeine da und wimmerte und sah zu mir auf, als könne ich ihm helfen. Mir blieb nichts anderes übrig, als ihn von seinem Elend zu erlösen, und er schnappte schwach nach mir, als ich es mit Händen, Stiefeln und Plastiksäcken versuchte, und wehrte jede meiner Bemühungen ab, bis ich ihm mit dem Containerdeckel das Genick brach. Ich lief danach eine Weile ziellos herum, fand mich schließlich auf dem Softball-Feld der Frauen wieder und fühlte mich einfach schrecklich. Und dann schaute ich die Straße entlang und über den Parkplatz und sah das runde Schild des *Graduate*, das aufblinkte und wieder erlosch, und etwas drehte sich in mir nach innen; später erfuhr ich, daß es mein *Bodhi* oder mein Erwachen zur wahren Natur der Wirklichkeit war, und ich sagte zu dem rautenförmigen Spielfeld: »Gott verdammt, ich bin *Buddhist*.«

Ich wußte damals gar nicht, was ich damit meinte. Doch ich gab mein Studium auf, und wie sich herausstellte, fuhren ein paar meiner Kumpel etwa zur gleichen Zeit nach Nepal, um mal ordentlich Hasch rauchen zu können, und ich begleitete sie. Keiner von uns wußte was über Nepal, abgesehen davon, daß es dort Hasch und Buddhismus geben sollte, und mit der ersten Vermutung behielten wir recht, doch nach einer Weile wurde es ziemlich langweilig, und wir beschlossen, auf Trekking zu gehen, wie es damals die große Mode dort zu sein schien. Das war etwa um den ersten August, mitten in einem schlimmen Monsun, doch wir wußten damals noch nicht einmal, daß es eine Trekking- und Nicht-Trekking-Saison gab, und die Ladenbesitzer freuten sich natürlich, uns Ausrüstungen vermieten zu können, und so nahmen wir den Bus nach Lamosangu, um von da aus zum Everest zu trekken. Natürlich war es ständig bewölkt, und die Wege waren überschwemmt, und wir nahmen die falsche Nahrung zu uns und tranken das Wasser aus den Bächen, das so klar und sauber aussah, und so wurden wir schrecklich krank. Wir waren über und über von Blutegeln befallen, und irgendwie hatten wir den Eindruck, daß uns der Reiz dieses »Trekking« irgendwie entging. Ich meine, wir waren so unwissend, daß wir glaubten, die Einheimischen würden ›Money-Mauern‹, also ›Geldmauern‹, sagen, wenn sie ›Mani-Mauern‹ sagten, und jedesmal, wenn wir an einer Mani-Mauer vorbeigingen, dachten wir, wir würden an der Dorfbank vorbeigehen, und jeder Stein sei ein Tausend-Dollar-Schein oder sowas, und wir dachten, sie hätten sich eine sehr clevere Möglichkeit einfallen lassen, einen Bankraub unmöglich zu machen, nur, daß wir uns auch unsere Gedanken machten, nachdem wir an einer Mauer nach der anderen vorbeigekommen waren, und wir uns schließlich fragten, weshalb sich diese Leute keine Toiletten kauften, wenn sie doch soviel Geld hatten. Was natürlich dumm ist, wenn man richtig darüber nachdenkt, doch wir wanderten einfach weiter, krank wie die Hunde, aber entschlossen, den Everest zu sehen oder bei dem Versuch zu sterben, und allmählich bekamen wir den Eindruck, es würde sehr knapp ausgehen.

Doch eines Morgens stand ich früh auf, um draußen zu pinkeln, und als ich aus dem Teehaus kam, waren alle Wolken verschwunden. Es war das erste Mal, daß sie uns nicht buchstäblich um die Nasen hingen. Bislang hatten wir nicht über unsere Kapuzenspitzen hinaussehen können und waren durch Nebel und Wald marschiert, als befänden wir uns im dichtesten Amazonas, und hatten nicht die geringste Ahnung gehabt, was um uns herum war. Als ich also an diesem Morgen aus der Tür trat, hatte ich den Himalaja noch nie richtig gesehen. Ich stamme aus Arkansas. Ich glaube, jeder stellt sich nach dem, was er zu Hause in seiner Kindheit gesehen hat, vor, wie groß die Dinge sind, und wo ich herkam, waren die Täler nicht größer als eine Farm, die Flüsse Bäche, die man fast überall durchwaten konnte, und die Berge Hügel, die bestenfalls vielleicht hundert Meter hoch waren. Die Landschaft hatte einen gewissen Maßstab, und für mich mußte es überall so sein; das war die natürliche Ordnung, daran war ich gewöhnt. Als ich also am Dudh Kosi aus diesem Teehaus trat und mich blinzelnd im Licht der Dämmerung umsah, tief hinab in diesen gewaltigen *Riß* in der Welt, der anscheinend ein *Tal* war, das zu durchwandern wenigstens einen Tag und hinaufzusteigen eine Woche dauern würde – und dann, als ich hinter diesem fast zwei Kilometer tiefen Tal stand und hoch, hoch, *hoch* darüber diese gewaltigen, spitzen, schneebedeckten Felstürme sah, die offensichtlich *unglaublich hohe Berge* waren …! Na ja, wenn ich nicht die Zähne zusammengebissen hätte, wäre mir das Herz glattweg aus dem Mund gesprungen. Und seit diesem Tag habe ich den Himalaja nie wieder verlassen.

Das erklärt natürlich nicht ganz, wie ich zu einem tibetanischen buddhistischen Mönch geworden bin, doch wenn ich die ganze Geschichte erzählen würde, wie ich Kunga Korbu traf, sein Schüler wurde und in Tibet untertauchte, würde ich ewig brauchen, und außerdem schielte George schon nach innen, während ich ihm all das über meine Vergangenheit erzählte. Er war mit dem Essen fertig, und so winkte er mit der Hand und unterbrach mich.

»Shambhala, Freds, Shambhala. Du wolltest mir von Shambhala erzählen.«

»Ja, das tu ich doch.«

»Du könntest mich dorthin führen?«

»Klar. Willst du es dir mal ansehen?«

»Ob ich Shambhala besuchen will? Ob ich Shangri-La sehen will? Verdammt, warum hast du das nicht von vornherein gesagt?«

»Weil es nicht darum geht, Shangri-La zu besuchen. Es geht darum, Shangri-La zu retten, und das muß hier geschehen. Außerdem hättest du mir nicht geglaubt, wenn ich dich einfach aus heiterem Himmel gefragt hätte, ob du Shambhala besuchen willst.«

»Ich glaube dir immer noch nicht, Freds. Aber wir haben Monsunzeit. Ich habe nichts Besseres zu tun. Und wenn du recht behältst ... tja ...« Er grinste. »Du bringst mich dorthin und zeigst es mir, und dann will ich sehen, ob ich dir helfen kann.«

Also verließen wir ein paar Tage später das Hotel Star im Morgengrauen und weckten einen der Taxifahrer, deren Wagen ihre Burg ist, und ließen uns zum Busbahnhof fahren, und dort schnappten wir uns den richtigen Fahrkartenverkäufer, der uns durch den Schlamm und die wartenden Busse zu einer klapprigen alten Kiste führte, die schon überfüllt war. Zu jeder anderen Jahreszeit wären wir schnurstracks aufs Dach geklettert und dort oben stilgerecht mitgefahren, doch wegen des Monsuns mußten wir uns ins Businnere zwängen. Ein Rawang und seine Frau und Töchter saßen auf unseren Plätzen, und so setzten wir uns zwischen den Vordersitzen und der Querwand, die die Passagiere von der Fahrerkabine trennt, auf den Boden. Etwa eine Stunde später begann die für Katmandu typische Abfahrt. Aus dem Busbahnhof raus und angehalten, um die Tramper abzuschütteln, die während der Fahrt die Lehmrampe hinauf aufs Dach gesprungen waren. Anhalten, um zu tanken. Anhalten, um im südlichen Stadtteil nach einem Motorteil zu suchen. Anhalten, um einen Platten auszuwechseln. Als sie den Ersatzreifen montiert hatten, stellten sie fest, daß sie den beschädigten Reifen nicht in die Halterung unter dem Bus bekamen, aus der sie den Ersatzreifen geholt hatten. Sie verbrachten eine geschlagene Stunde mit dem vergeblichen Versuch, und sogar der Fahrer stieg aus, um es sich anzusehen. Er war ein großer Kerl mit einem dicken schwarzen Schnurrbart und sah wie ein Ex-Gurkha aus. Normalerweise brachte ihn nichts aus der Ruhe. Er fuhr, und seine Leute hatten sich um etwaige Probleme zu kümmern; also war es schon ein echtes Zugeständnis, sich den nicht anbringbaren Reifen anzusehen. Schließlich zuckte er die Achseln und zeigte auf den Bus, und seine Leute nickten, kamen an Bord, drängten die auf dem Gang stehenden Passagiere etwas zurück, hievten den platten Reifen zur Tür hinein und die Stufen hoch und in den Gang, wo er so groß wie ein Mitfahrer stand, aber wesentlich schmutziger.

Also verließen wir Katmandu gegen Mittag, wo wir doch um sieben Uhr hatten losfahren sollen, was wirklich nicht schlecht war. Jede Busfahrt in Nepal ist ein Abenteuer, das ich genieße, doch George findet keinen Gefallen daran. Bei dieser Fahrt war er in eine Trance gefallen, um ihr zu entgehen. Jedesmal, wenn er aus ihr erwachte, schaute er zum Fahrer hinüber und sah, wie der Mechaniker mit einer brennenden Zigarette zwischen den Lippen den Kopf in die Motorhaube steckte und bei laufender Maschine Anpassungen vornahm, und George stöhnte auf und fiel wieder in seine Trance. Ein Drahtkäfig mit Hühnern stand neben dem Reifen im Gang, und jedesmal, wenn die Hühner aufsahen, dachten sie, sie würden überfahren, und kreischten wie verrückt, bis die Panik ihnen zu sehr zusetzte und sie einschliefen, nur, um wieder aufzuwachen und das ganze Trauma von neuem zu durchleben. Direkt neben den Hühnern saßen drei schweizerische Trekker, die den dichten Dunst aus Zigaretten- und Maschinenölrauch einatmeten, als sei er Ambrosia. Sie gehörten zu jener Art schweizerischer Touristen in Asien, denen der Formel-409-Aspekt ihrer Kultur einen solchen Streß bereitet, daß ihr Kompaß den Geist aufgibt und ihnen nichts besser gefällt, als knietief im Schlamm und Mißmanagement irgendeiner zurückgebliebenen asiatischen Region zu wandern, woraufhin sich ein Ludwig van Neunte-Blick der Glückseligkeit bei ihnen einstellt, wenn sie begreifen, daß es ihnen nirgendwo elend Schweiz-untypischer ergehen könnte als hier. Also war diese Busfahrt ein ausgesprochenes Vergnügen für sie.

Mittlerweile fuhren wir gemächlich aus dem Katmandu-Tal hinaus, entweder in östliche oder in westliche Richtung, das werde ich Ihnen nicht verraten, und wie üblich wirkte es überaus verträumt. Die Monsunwolken filterten das Licht, so daß die Grünflächen hervorsprangen wie in Kodak-Anzeigen; die Dörfer in der Ferne waren kleine braune Flecken, umgeben von Bäumen, die in rosa- oder lavendelfarbiger Blüte standen. Felder mit Frühreis wuchsen auf Hunderten von Terrassen in die Wolken hinauf, bis man nicht mehr genau sagen konnte, wie weit ein Hügel entfernt war, weil man nicht glauben mochte, daß jemand so schöne Terrassen auf solch einem Hügel anlegen konnte. Die Hügelkuppen wurden von einer Wolkenschicht abgeschnitten, die tiefer sank und dunkler wurde, bis der schöne Anblick schließlich von einem Wolkenbruch ausgelöscht wurde, einem so dichten Regen, daß es den Anschein hatte, Gott habe den Indischen Ozean ausgeschöpft und leere die Kelle nun auf uns. Ein typischer Monsun-Nachmittag. Ich glaube nicht, daß der Fahrer über die Windschutzscheibe hinaus sehen konnte, doch er beugte sich einfach etwas vor und fuhr mit unveränderter Geschwindigkeit weiter.

Danach konnte man nur noch meditieren oder die Geschicklichkeit des Fahrers bewundern, der blindlings gewaltigen Schlaglöchern auswich und den Bus über Erdrutsche führte, die die ganze Straße unter sich begraben hatten. Solche Erdrutsche wurden niemals abgetragen; man fuhr einfach so oft über sie hinweg, bis eine neue, wenn auch holprige und schiefe, Spur entstanden war. Doch unser Fahrer fuhr im Schrittempo darüber hinweg und nutzte jede Unebenheit aus, um nicht stehenzubleiben, wobei der Motor sich etwa genauso schnell drehte wie die Räder, und jedesmal prallten wir wieder sicher auf die wirkliche Straße auf und setzten den Weg mit unserer Höchstgeschwindigkeit von etwa vierzig Stundenkilometern fort.

Als unsere Blasen allmählich zu ex- und unsere Gehirne zu implodieren drohten, hielten wir an einem an der Straße liegenden Dorf an. Die Dorfbewohner drängten sich um den Bus, um uns zu begrüßen, und wir brachen wie Footballstürmer durch ihre Reihen und liefen in beide Richtungen die Straße entlang zu den Enden des Dorfs, um uns zu erleichtern. George und ich und die Schweizer wurden von den Kindern des Dorfes besonders dicht belagert, und als wir in die Büsche pinkelten, kicherte eine beträchtliche Zuschauerschaft über unsere Versuche, nicht in die trostlosen und zahlreichen Verdauungsrückstände der Reisenden zu treten, die vor uns hier gewesen waren. Natürlich hat ein Straßendorf ein wesentlich größeres Feld zum Scheißen als ein typisches Bergdorf, und an Georges Gesichtsausdruck erkannte ich, daß ich ihn nicht eigens auf diese Tatsache hinweisen mußte.

Wir kehrten zum Dorfplatz zurück und nahmen an einem Tisch unter einem langen Blechdach Platz. Es war nicht allzu viel Raum zwischen der Straße und einem Fluß, und dieses offene Gebäude beanspruchte den größten Teil davon. Die Gebäude an der Straße und den Hügel hinauf waren verlassen worden und standen im Begriff, abgerissen zu werden. Schweigende Frauen servierten uns große Metallplatten mit breiartigem Dhal Baat, und Kinder drangen auf uns ein und bettelten um Geld. Ein Bursche, der vielleicht wie acht aussah, durchaus aber vierzehn sein konnte, rauchte eine handgedrehte Zigarette und sagte immer wieder: »Bonbons? Kippen? Dollar? Kugelschreiber?« Eine Horde jüngerer Kinder jagte ein Schwein von Pfütze zu Pfütze und zog es am Schwanz, bis sie beinahe von einem vorbeibretternden Jeep überfahren worden wären. Dorfbewohner liefen hinaus, um die Insassen zu begrüßen, doch der Jeep hielt nicht an.

George verzichtete auf sein Dhal Baat und kaufte eine Flasche Limonade und zwei Päckchen Nabico-Waffeln. Das entsprach seiner üblichen kulinarischen Strategie beim Trekking, die er prophylaktische Ernährung nannte. Sie müssen wissen, daß er sich von einer frühen Begegnung mit einem Teller Dhal Baat, bei dem der Reis unzureichend gesäubert war, niemals wirklich erholt hatte; es hatte geschmeckt, als würde man *»rohen Schlamm* direkt vom *Boden* fressen«, wie er immer wieder gern erzählte. Danach konnte er das Zeug nicht einmal ansehen, ohne sich übergeben zu müssen, und praktizierte nicht nur prophylaktischen Antibiotikagebrauch, womit gemeint ist, daß er sich täglich ein paar Pillen einschmeißt, um Bakterien zu entmutigen, sich in ihm festzusetzen – sondern auch seine prophylaktische Ernäherung, womit gemeint ist, daß er lediglich gekochte Kartoffeln ißt, die er selbst geschält, hartgekochte Eier, die er selbst gepellt, Nebico-Waffeln, die er selbst ausgepackt hat, und Wasser trinkt, das er selbst gefiltert und dreimal jodiert hat. Das hilft zwar nicht, doch er fühlt sich trotzdem besser.

Also saßen wir da, und George aß seine neutrale Diät, und die Wolken pißten auf uns herab, und die Dorfbewohner standen entweder um einen kleinen Holzofen unter dem Blechdach herum oder liefen hinaus, um ein gelegentlich vorbeikommendes Fahrzeug zu begrüßen, und alles in allem war es wie ein Schauspiel namens ›Die Erniedrigung des nepalesischen Straßendorfs‹, das man eigens für George aufführte, nur, daß es echt war. Straßen werden gebaut, und die Leute benutzen sie entweder, um nach Katmandu zu fahren und sich dort zu den Arbeitslosen zu gesellen, oder sie bleiben zurück und versuchen, vom Straßenverkehr zu leben, was klappen könnte, wenn nur ein paar es versucht hätten; doch da es nun alle versuchten, konnte es keinem gelingen, und um sie herum zerfielen die Terrassen im Regen.

Doch ich sagte zu George nie ein Wort darüber. Ich ließ ihn einfach allein, damit er zusehen konnte.

Eine Stunde später kam die Begleitmannschaft des Busses zum Schluß, daß es an der Zeit für die Weiterfahrt sei, und wir alle stiegen wieder ein, drängten uns auf unsere Plätze und fuhren los, etwa zu der Zeit, da wir an der Endstation eintreffen sollten. Kurz darauf bogen wir nach links auf eine Straße ab, die aussah, als sei sie einem Straßenbaulehrbuch entsprungen, eine schmale Asphaltlinie, auf der an der breitesten Stelle vielleicht zwei Busse nebeneinander Platz hatten, schwarz wie Kohle und völlig eben, mit Betonrinnen und Markierungen und Trägern und Abzugsgräben und dichtem Stacheldraht an den zahlreichen Kurven, die die Straße machte. »He«, sagte George schon wieder fröhlicher. »Die Schweizer waren hier.«

»Genau«, sagte ich. »Das ist die Straße, die sie bis nach Chhule führen wollen.«

»Und die Schweizer bauen sie?«

»Nee, die sind schon fertig. Jetzt baut ein anderer weiter, aber niemand weiß genau, wer.«

Die scharfen Kurven verliefen wie Nähmaschinennähte über den Hügel, doch trotzdem war die Straße ziemlich steil, und unsere alte Karre konnte sich nur im Schrittempo hinaufwälzen und wurde in den Kurven sogar noch langsamer. Jede Haarnadelkurve verlangte dem Fahrer das Äußerste ab, denn dieser Bus hatte wie alle indischen Busse ein Lenkrad, das man drei- oder viermal drehen mußte, nur, um einem Fels auf der Straße auszuweichen, geschweige denn, eine S-Kurve zu bewältigen. Unser Fahrer mußte sein großes Lasso wie ein Cowboy auf dem Viehtrieb schwingen, während sich einer seiner Assistenten aus der Tür lehnte, um ihm zu sagen, wieviel Platz noch blieb, bevor wir von der Straße und die Schlucht hinab fielen. Das Signalsystem des Assistenten bestand aus Panikrufen unterschiedlicher Intensität, so daß wir jedesmal, wenn wir eine Rechtskurve nahmen, glauben mußten, es sei das Ende; die Hühner unterstützten uns in dieser Auffassung noch. So ging es den ganzen Nachmittag hindurch. Wir gewannen nur an Höhe, so daß wir drei Stunden, nachdem wir das Straßendorf verlassen hatten, noch immer genau auf seine Dächer hinabsehen konnten, eine Tatsache, mit der sich George anscheinend nicht abfinden konnte. »Sieh dir das an«, stöhnte er nach jeder Kurve, »es ist *immer noch* da.« Doch dann erreichten wir die Wolkendecke und konnten überhaupt nichts mehr sehen.

Stunden verstrichen, und es wurde dunkler. Der Fahrer starrte über die Abziehbilder auf seiner Windschutzscheibe in dicken Nebel und fuhr mit Telepathie. Mir wurde allmählich richtig warm und behaglich zumute; die Bewegungen des Busses lullten mich ein, als sei ich in einem Teehaus und der Motor ein Ofen. Ich liebe solche Reisen. Ich meine, was macht das Leben denn so schön, wenn man es genau nimmt? Schlechte Tage, wenn Sie mich fragen. Wir waren schließlich auf dem Weg nach Shambhala. Niemand konnte erwarten, daß es einfach sein würde.

Nachdem George schließlich ebenfalls sämtliche vergänglichen Gefühle hinter sich gelassen hatte, wurde er philosophisch. »Du bringst mich besser zu dem echten Ort«, sagte er.

»Ist er«, erwiderte ich.

Er schaute zweifelnd drein. »Ich sehe ja ein, daß ein abgelegenes Tal in den alten Zeiten verborgen bleiben kann, doch wie wollen sie das heutzutage anstellen? Ich meine, wie verhindern sie, daß Satelliten sie aufnehmen?«

»Gar nicht. Sie sind auf den Satellitenfotos.«

»Ich dachte, es sei eine geheime Stadt?«

»Ist es auch, aber heute ist es eher eine getarnte Stadt. Die Regierung in Katmandu weiß, daß es da ist, aber sie glauben, es sei einfach eins ihrer kleinen Hochtaldörfer mit einer tibetanischen Bevölkerung. Jemand aus dem Bezirkspanchajat schaut gelegentlich mal vorbei, und alle sind freundlich zu dem Mann, sagen ihm aber nicht, wo er wirklich ist. Das Kloster sieht gar nicht so bedeutend aus, und wenn Besucher kommen, bleiben die meisten Lamas außer Sicht. Sie bezahlen ihre Steuern, schicken einen Vertreter ins Panchajat und so weiter und werden in Ruhe gelassen wie alle anderen abgelegenen Dörfer auch.«

»Dann sieht es gar nicht magisch aus?«

»Nicht für den Steuereintreiber.«

»Keine goldenen Türme und Kristallpaläste und so weiter?«

»Im Kloster haben sie schon einige Schätze. Aber kaum jemand aus Nepal kommt je vorbei. Katmandu hält es für ein tibetanisches Dorf, das auf die falsche Seite geriet, als sie sich mit China über die Grenze einigten. Was ja im Prinzip auch stimmt. Außerdem schenkt Katmandu Dörfern direkt vor der Haustür keine Beachtung, geschweige denn so abgelegenen wie diesem.«

»Also ist es sicher.«

»Aber wenn zu viele Leute vorbeikämen, würde das Geheimnis auf jeden Fall auffliegen.«

»Daher die Straßenparanoia.«

»Genau.«

Viel später hielten wir in Hochdörfern an, die von Benzinlampen und den Scheinwerfern des Busses erhellt wurden. Bei jeder Haltestelle stiegen ein paar Passagiere aus, und die anderen fielen wieder in ihre Lethargie, bis wir schließlich nach Mitternacht in ein völlig dunkles Dorf rollten, das die Endstation war. Der Fahrer drückte auf die Hupe, und wir taumelten wie Krüppel aus dem Bus hinaus, und die Teehaus-Wirte kamen, um uns aufzulesen.

Nachdem wir unsere Rucksäcke vom Dach des Busses geholt und festgestellt hatten, daß sie völlig durchnäßt waren, folgten George und ich einem Mann in ein Teehaus, in dem ich schon einmal abgestiegen war. Als wir zu dem überfüllten Schlafsaal im Obergeschoß hinaufstiegen, sah ich in die Küche, und dort kauerte im harten Schein einer Coleman-Lampe unser Busfahrer am Ofen; mit gleichmütigem Gesichtsausdruck und regelmäßigen Bewegungen machte er sich über den letzten Rest einer großen Stahlplatte her, schaufelte mit den Händen gekochten Reis in sich hinein und schlang ihn hungrig wie ein Wolf hinab. Für ihn war es ein Arbeitstag wie jeder andere gewesen – siebzehn Stunden lang hatte er in schrecklichem Wetter einen lausigen Bus über schlechte Straßen gesteuert und dabei sicher zehn Trillionen mal das Lenkrad gedreht, und irgendwie machte mich der Gedanke glücklich, daß solche

Helden direkt aus Homers Werken noch über das Antlitz dieser Erde wandelten. Wenn wir am nächsten Morgen aufstanden, würden er und seine Leute schon längst wieder unterwegs sein, zurück nach Katmandu, wo sie umdrehen und am nächsten Tag die gleiche Fahrt erneut beginnen würden. Manche Menschen müssen für ihren Lebensunterhalt wirklich arbeiten.

Das Dorf am Ende der Straße war im gleichen Zustand wie das Straßendorf tags zuvor. Es konzentrierte sich um die große staubige Fahrbahn, die es teilte. Neue Gebäude scharten sich um das Ende der Straße, alte Gebäude wurden abgerissen, um Baumaterial oder Feuerholz aus ihnen zu gewinnen, und die ganze Sache war von Feldern zum Scheißen umgeben, besonders am Fluß, der am anderen Ende des Dorfes vorbeifloß. Das ist wegen des Mangels an Toilettenpapier unumgänglich, ist ihrer Wasserversorgung aber nicht gerade förderlich. Als wir unser morgendliches Geschäft erledigten, sagte George: »Ich verstehe nicht, warum sie nicht an unsichtbare Bazillen glauben können. Luft ist unsichtbar. Ihre Götter sind unsichtbar.«

»Die Bakterientheorie ist einfach nicht intuitiv erkennbar, George.«

»Die Religion auch nicht.«

»Dessen bin ich mir nicht so sicher.«

»Aber warum sollte es da einen Unterschied geben?«

»Vielleicht ist der Grund für die Existenz des Universums für die meisten Menschen eine drängendere Frage als der Grund, weshalb sie einen flotten Otto kriegen.«

»Das ist doch verrückt.«

»Außerdem«, sagte ich, »wenn du eine gute Antwort auf die erste Frage hast, dann ist die zweite doch auch beantwortet, oder?«

Er blinzelte mich nur mit diesem eigentümlich argwöhnischen Blick an, mit dem er mich so oft bedachte.

Wir kehrten zu unserem Teehaus zurück und machten uns nach einem Frühstück aus Nebico-Waffeln und hartgekochten Eiern auf den Weg. Die Rucksäcke auf, den Trail suchen. Endlich auf dem Trek.

Zu den meisten Jahreszeiten hätte es wirklich Spaß gemacht – das Trekking ist eine der schönsten Beschäftigungen, die die Menschheit kennt. Doch im Monsun wird alles sehr naß. Die Trails werden zu Bächen, aus Bächen werden Flüsse, aus Flüssen werden Killerströme. Ungeziefer, Schimmelpilze, Fäulnis, Feuchtigkeit und Krankheiten schnellen sprunghaft in die Höhe.

Ich persönlich wandere gern im Monsun. Aber ich nehme einen kleinen Regenschirm und ein paar Stulpenstiefel mit, deren Sohlen ich so tief eingeschnitten habe, daß sie fast an Gummisohlen erinnern, und so hatte ich weniger Probleme mit den schlüpfrigen Wegen als George, der dieses Zubehör für unter seiner Würde hielt und nun die Konsequenzen tragen mußte. Er rutschte die meisten Hügel hinab, und sein Kopf war immer naß; aus Erfahrung weiß ich, daß dies selten der guten Laune zuträglich ist.

Dennoch marschierten wir. Allerdings mußten wir auf die hervorragende Aussicht verzichten, die zu anderen Jahreszeiten immer solch ein Genuß ist. Im Monsun sieht man nur Wolken, Nebel, Regen und was sonst noch in der kleinen Blase des Sichtfelds auszumachen ist, und alles sieht grün und naß und irgendwie überirdisch aus, nun, da man seine Aufmerksamkeit auf seine unmittelbare Umgebung und nicht auf die Ferne konzentriert. Die moosbewachsenen Bäume sehen fremd und unwirklich aus, der Weg ist ein rötlicher Schlammstreifen, der einen durch tropfnasse grüne Kriechpflanzen führt, und eine gelegentliche Gebets- oder Mani-Mauer erhebt sich aus dem Nebel wie etwas aus dem *Bhagavad Gita*, was sie gewissermaßen ja auch ist. Und dann und wann erscheinen durch Risse in den Wolken die Berge, als flögen sie über einen hinweg. Oh, es hat schon seinen ganz eigenen Reiz, im Monsum auf Trekking zu gehen, und wenn man einen Regenschirm dabei hat und die richtigen Stiefel und einen Stock, um die Blutegel zur Seite zu schieben, kann es wirklich Spaß machen.

Wenn man jedoch nicht über dieses Zubehör verfügt, ergeht es einem wie George. Keine seiner Gruppen ist je im Monsun auf Trekking gegangen, und so hatte er natürlich auch keine Erfahrung damit, und nun bezahlte er den Preis dafür, weil er vergessen hatte, wie man es richtig anstellt, falls er das überhaupt jemals gewußt haben sollte. Er rutschte immer wieder auf schlüpfrigen Abschnitten aus und trat in die Bäche, bis er selbst ausgestreckt in der Badewanne nicht nasser hätte sein können. Regen lief ihm in die Augen, und da er annahm, es gäbe sowieso nichts zu sehen und folglich nicht aufpaßte, wurde er immer wieder von Blutegeln angesprungen, was zwar schmerzlos und ohne negative Folgen ist, aber unangenehm, wenn man es nicht mag. Wir marschierten an Büschen oder hohem Gras vorbei, und wenn man aufpaßte, sah man, wie einige der kleinen schwarzen Äste wackelten; die Tierchen spüren die Wärme, die man ausstrahlt, und springen dann an Bord und wühlen sich durch Socken, Hosen oder Stiefel und saugen einem das Blut aus. Wann immer George zu seinen Beinen hinabsah und einen erwischte, heulte er laut auf. »Scheiße! O mein Gott, *Blutegel*!«

»Schütte Insektenpulver auf sie, und sie fallen sofort ab.«

»Das *weiß* ich.« Und er ließ seinen Rucksack in eine Pfütze fallen und beeilte sich, als hätten sich kleine Klapperschlangen auf ihm festgesetzt.

Ich wollte ihn etwas aufmuntern und sagte: »Als ich zum ersten Mal mit meinen Kumpeln hierher kam, hatten wir auch diese Scherereien, und du weißt ja, wenn manche Leute zu Hause am Unterarm von Moskitos gestochen werden, spannen sie den Unterarmmuskel an. Die Moskitos können dann nicht nur den Stachel nicht hinausziehen, sie haben auch kein Überlaufventil, und so saugen sie dein Blut, bis sie platzen, und in der Gegend, aus der ich komme, halten wir das für einen großen Spaß. Also setzt sich ein Blutegel auf dem Unterarm meines Kumpels fest, und mein Kumpel sagt: ›He, dem werd' ich beibringen, einen Burschen aus Arkansas zu beißen, ich laß ihn platzen wie einen Moskito!‹, und er spannt den Unterarm an, und wir sehen zu. Aber das war nicht nur ein Blutegel, das war anscheinend so ein Rinderegel, der zehn Millionen mal soviel Blut saugen kann wie ein Moskito. Am Anfang war er so groß wie ein winziger Zweig, aber er wurde immer größer und größer und größer, bis er wie eine schwarze Massermelone am Arm meines Freundes hing. Der klappte ohnmächtig zusammen, und wir drückten an dem Blutegel herum, um ihn dazu zu bringen, einen Teil des Blutes wieder abzugeben, bevor wir ihn wegbrannten, aber mein Kumpel war danach noch eine Woche lang blaß wie ein Bettuch. Ist das nicht lustig?«

Keine Antwort von George.

Wir marschierten drei Tage lang. Die ganze Zeit über nahmen wir den Weg, den auch die geplante Straße nehmen würde, wenn sie gebaut werden würde. Ich wies George des öfteren darauf hin, doch die Aussicht schien ihn nicht zu stören. Ganz im Gegenteil, schließlich schien er der Meinung zu sein, eine Straße wäre doch keine so schlechte Idee.

Am vierten Morgen sagte er: »Komm schon, Freds, wo ist dieser Ort?«

»Wir sind fast da. Nur noch ein paar Tage. Doch zuerst müssen wir uns querfeldein um Chhule schlagen.«

»Was? Warum?«

»Dort ist der nepalesische Armeeaußenposten. Wie du weißt, dürfen Trekker nicht weiter nördlich wandern. Das ist die Zone, die sie mit den Chinesen vereinbart haben.«

»Ah. Die nehmen die Sache ernst, was?«

»Darauf kannst du wetten. Die haben ein ganzes Bataillon in Chhule stationiert, vielleicht hundert Soldaten, um alle bis auf die Einheimischen daran zu hindern, weiter nördlich zu wandern.«

»Aber was ist mit dieser Straße, über die du dir solche Sorgen machst?«

»Sie wollen sie bis nach Chhule bauen. Das liegt Shambhala so nahe, daß es fatal für das Tal wäre.«

»Gut.«

»Was?«

»Ich meine, gut, daß wir es nicht mehr so weit haben.«

»Ja, wir sind fast da.«

Was beinahe den Tatsachen entsprach. Doch wenn wir den Trail verlassen mußten, um Chhule zu umgehen, mußten wir querfeldein wandern, und es gibt nichts Schwierigeres, als in den Wäldern des Himalaja querfeldein zu wandern. Das Gelände dort ist naß, steil und dicht mit blutegelverseuchtem Buschwerk bewachsen – es ist eine schrecklich harte Arbeit, in einem Land, das normalerweise den Yetis überlassen bleibt, die sich natürlich darüber freuen. Doch es gibt eine Art Gesims hoch über dem Dorf, das man als Weg benutzen kann, wenn man es findet – die Leute aus Shambhala benutzten es seit der Gründung Chhules, doch sie versuchten, keine Spuren zu hinterlassen, so daß man es in den Wolken und dem Nebel nur schwer ausmachen konnte. Am Spätnachmittag hatten wir uns den Weg durch das Unterholz auf dieses Sims gehackt und sogar eine fast ebene Stelle gefunden, auf der wir unser Nachtlager aufschlagen konnten.

George ließ sich jedoch weder überzeugen, daß dies eine brauchbare Lagerstätte war, noch, daß wir wirklich auf dem Weg nach Shambhala waren.

»Was hast du dir vorgestellt?« sagte ich. »Hast du gedacht, es sei leicht, nach Shambhala zu kommen? Es führen keine breiten Autobahnen dorthin. Wir haben soeben das letzte Stück Trail hinter uns gelassen. Der Rest des Weges geht querfeldein.«

Das stimmte, doch nachdem wir Chhule hinter uns gelassen hatten, konnten wir wieder auf den Talgrund hinabsteigen. Dort marschierten wir augenblicklich in den Schutz eines gewaltigen Rhododendron-Waldes, der gute drei Kilometer des Tals ausfüllte. Da der Monsun dieses Jahr so früh gekommen war, stand der ganze Wald noch in Blüte; jeder Baum war eine Explosion üppiger rosa- oder lavendelfarbiger oder weißer Blüten, jede Blüte war groß und hell und schimmerte feucht. Wir schritten unter einem Dach aus Millionen dieser Wunder einher, während der Nebel zwischen den knorrigen schwarzen Ästen wogte, und der

Anblick war so seltsam und beeindruckend, daß sogar George die Klappe hielt und mit aufstehendem Mund marschierte.

Hinter dem Rhododendron-Wald gerieten wir in das seltsame tropisch-arktische Unterholz, das die Täler des Himalaja in einer Höhe zwischen etwa viertausend bis fünftausend Metern bedeckt. Das ist Gottes Land, wenn Sie mich fragen, Bergwiesen, auf denen Heidekraut wächst, dornige Moosarten, Flechten, kleine Sträucher und Hochgebirgs- und Tundrablumen. Das Tal hier war eindeutig U-förmig, ein Gletscherding mit steilen Felswänden, und wir krochen hinauf wie Ameisen auf dem Boden eines leeren Swimming-Pools. Der Talgrund wurde von zahlreichen silbernen Wasserläufen durchzogen, und als wir neben diesen Gletscherbächen wanderten, konnten wir hören, wie Felsen über ihren Grund rumpelten und die Bäche praktisch umleiteten, während wir zusahen. Und auf beiden Seiten des Tals türmten sich die schneebedeckten steilen Gipfel des Himalaja-Massivs auf, obwohl wir sie auf diesem Trek wegen der Wolken so gut wie nie sahen.

Wir näherten uns der Grenze zwischen Nepal und Tibet. Im allgemeinen verlaufen die Gebirgszüge von Osten nach Westen, doch es gibt unzählige Ausläufer, alle dermaßen verzogen und verdreht, wie man es nur erwarten kann, wenn ein Kontinent mit hoher Geschwindigkeit unter einen anderen stößt. Die politische Grenze versucht dem Verlauf des Gipfelkamms zu folgen, doch an einigen Stellen bilden die Gebirgszüge praktisch Knoten, und man kann gar nicht mehr so genau erkennen, was eigentlich der ›Kamm‹ ist. In solchen Gegenden wird der Grenzverlauf immer zweifelhaft, und genau an einer dieser zweifelhaften Stellen, an der sechstausend Meter hohe Bergzüge ineinanderstoßen und einige Gipfel auf über siebentausend Meter hochstoßen, liegt das Hochtal von Shambhala.

Doch noch einige Kilometer südlich davon gerieten George und ich an eine Y-förmige Kluft in unserem Tal, die Wege nach Westen und Norden anbot. Die rechte Gabel stieg langsam zu einem Paß an, der jahrhundertelang als bedeutende Handelsstrecke zwischen Nepal und Tibet gedient hat. Wegen diesem Paß, dem Nangpa La, befand sich der Armeeposten in Chhule – er hatte die Aufgabe, ihn zu schließen.

Die linke Gabelung wurde von einer hohen Felswand blockiert, die wir erkletterten, und darüber lag ein langes schmales Hochtal, dessen Grund noch von einem Gletscher erfüllt wurde. Wir folgten dem Gletscher hinauf zu einem hufeisenförmigen Ring spitzer Gipfel. Diese Hufeisenwand war Shambhalas letzter Schutz vor zufälligen Besuchern, und als wir zum Kopf des Gletschers marschierten und auf das Trümmergestein, die Schmelzteiche und blauen Eisnadeln hinabsahen, und dann hinauf zu der großen gebogenen Wand aus zerschmetterten Gestein, sagte George plötzlich: »Verdammt, Freds, bist du sicher, daß du dich nicht verirrt hast?«

Dummerweise war das genau die Stelle, an der ich mich immer verirre. Ich wußte, welche niedrige Stelle in dem hufeisenförmigen Ring unser Paß war, doch den Gletscher und die Schneebetten zu überqueren, um zu seinem Fuß zu gelangen, war nicht einfach, besonders, wenn Wolken aufzogen und das Tal mit Nebel füllten, der so dick wie Erbsensuppe war. Doch schließlich brachte ich uns dorthin, indem ich vereinzelten Spuren von Yetis folgte. Die Yetis nehmen immer den einfachsten Weg über zerrissenes Land, doch sie springen auch über Schluchten, die Menschen nur erschaudernd anstarren können, und so kann man sich nicht immer darauf verlassen, daß sie einen auch zum Ziel führen.

Am Fuß der Wand mußten wir auf einer felsigen Ebene, die wie der Golfplatz des Teufels aussah, unser Lager aufschlagen. Und am nächsten Morgen schneite es heftig, elende Bedingungen für einen Paß von über sechstausend Metern Höhe, doch es war sinnlos, den Sturm abzuwarten, da es vielleicht zwei Monate lang schneien würde, und so legten wir Steigeisen an und machten uns an den Aufstieg. Bald waren wir so hoch, daß nicht einmal Flechten wuchsen. Dann und wann sahen wir Abdrücke im Schnee, von

Menschen, Yetis und Schneeleoparden, und noch höher sahen wir gelegentlich Vogelkot. Und am Nachmittag wurden zu Georges Überraschung die Wolken fortgeweht. Der Monsun regnet sich an der nepalesischen Seite der Gebirgszüge ab, und man hat jedes Jahr ein paar tausend Millimeter Niederschlag, doch gut dreißig Kilometer nördlich, in Tibet, liegt die Einöde völlig im Regenschatten und bekommt so gut wie keinen Tropfen ab. Also gibt es auf dem Gebirgszug selbst alle möglichen kleinen Nischen, in denen der Niederschlag zwischen den beiden Extremen liegt und in denen es wesentlich bessere Lebensumstände gibt. Das Tal von Shambhala hat in etwa das bestmögliche Klima, das es in dieser Gegend gibt, und ich bin sicher, daß der Ort nicht zuletzt aus diesem Grund dort errichtet wurde.

Auf jeden Fall hatten wir die Wolken unter uns gelassen und standen nun in strahlendem, kaltem, windigem Sonnenschein über einem Wolkenmeer; hier oben waren die Schatten schwarz wie die Nacht, und jeder Fels stach so deutlich aus dem windgepeitschten Schnee hervor, als sähe man ihn unter einem Mikroskop. Wir waren kaum noch zweihundert Meter unter dem Sattel, und nun ließ sich deutlich eine schwache Linie von Fußabdrücken ausmachen, einzelne Abdrücke, die riesige dicke Zehen enthüllten. »Sieh mal«, sagte ich. »Spuren von Yetis.«

»Komm schon, Freds. Ich glaube nicht an diesen Unsinn.«

»George, du selbst hast in Katmandu einen Yeti gerettet! Du hast ihn angezogen! Du hast ihn Jimmy Carter vorgestellt! Du hast ihm deine Dodgers-Mütze geschenkt!«

»Ja, ja.« Er schien dieser Erinnerung nicht besonders zu trauen. »Aber was hätte ein Yeti hier oben verloren?«

»Was hätte ein Mensch hier oben verloren, der hier barfuß marschiert?«

Keine Antwort von George.

Wir folgten den Fußabdrücken, die einen Zickzackkurs für unter ihrer Würde hielten und zielstrebig dem Paß entgegenstrebten. Die Luft war in der Tat dünn, und wir brauchten eine Weile, um das letzte Stück zu schaffen, doch dann sahen wir in dem Paß Mani-Mauern und Pfosten mit Gebetsflaggen, die schon längst vom unablässigen Wind zerfetzt waren, und dieser Anblick half einem den Paß hinauf; der letzte Abschnitt kam einem vor wie eine Rolltreppe.

Wir konnten es nur ein paar Minuten lang ertragen, im Paß zu bleiben, so kalt war der Wind. Um uns herum liefen alle Gebirgszüge zusammen, nahmen uns die Sicht nach Tibet im Norden und eigentlich auch in jede andere Richtung. Hoch über dem Wind erklang ein kurzes, schriller Schrei, und ich zeigte mit dem Finger auf etwas, das wie ein sich bewegender Schneefleck aussah. Ein Schneeleopard, der half, das heilige Tal zu bewachen. Doch George schenkte diesem Anblick nicht mehr Glauben als seinem Gedächtnis.

Dann begannen wir den Abstieg in ein schmales Tal, ein ziemlich hoch gelegenes, obwohl es in diesem Augenblick nicht so hoch schien, da wir ja schon höher gewesen waren. Auf dem Talgrund lag das übliche Geröll der mäandernden Bäche verstreut, die sich durch winzige, grün und gelb bewachsene Terrassen schnitten. Darüber lagen verlassene Hütten von Yakhirten, ein paar kahle braune Kartoffelfelder, einige von Steinmauern umsäumte Weiden und Mauern mit Gebetsmühlen. Weiter talwärts hockten auf einer uralten Endmoräne ein paar Steingebäude, deren Schindeldächer in der Mittagssonne dampften. Die Gebäude waren von Nomadenzelten umgeben. Kurz gesagt war es ein völlig normales Himalaja-Gebirgsdorf, das sich vielleicht nur durch die Ruinen eines alten Klosters, das im *Dzong*-Festungsstil auf einem Felsvorsprung der Seitenwand des Tals erbaut worden war, von jedem anderen unterschied.

Ich fühlte, wie mein Herz im Einklang mit den Gebetsflaggen hinter uns glücklich schlug, und streckte eine Hand aus. »Da ist es«, sagte ich zu George. »Da ist Shambhala, da ist der Palast von Kalapa, da ist das Lotus-Königreich!«

Er sah mich lange, lange an.

Tja, ich vermute, er hatte ein Disneyland-Schloß oder ein paar Kristallhäuser erwartet, die drei Meter über dem Boden schwebten, doch so ist es nun mal nicht. Ich mußte ihm Zeit geben, sich daran zu gewöhnen, und so marschierte ich den Weg hinab, und er folgte mir.

Kurz über lang sprang Colonel John hinter einem Felsen hervor und brüllte »Halt!«, was seine Lungen hergaben. George erschreckte sich so sehr, daß er beinahe einen Herzschlag bekommen hätte.

Vor uns stand ein kleiner, drahtiger Abendländer mit einem runzligen, schiefen Gesicht. Er trug einen Tarnanzug und hielt ein großes altes Maschinengewehr genau auf uns gerichtet.

»Schon in Ordnung!« sagte ich zu beiden. »Ich bin's, Colonel. Ich und ein guter Freund.«

Er musterte uns mit einem vogelähnlich starren Blick. Sein Gesicht war seltsam, runzlig wie das eines alten Mönchs, der zu viele Jahre in großer Höhe in der Sonne verbracht hat – oder, um den Kampfanzug zu berücksichtigen, als fechte er seit zwanzig oder dreißig Jahren einen Gebirgskrieg aus. Ein großer, narbiger Riß auf der linken Seite seines Kopfes verstärkte den letzteren Eindruck, wie auch der militärisch kurze Stoppelhaarschnitt der fünfziger Jahre. Doch die Halsbänder mit Türkisen und Korallen und die Amulette auf seinem Tarnanzug sprachen eher für das Mönchsbild, wie auch seine Augen, in denen etwas Asiatisches lag. Alles in allem hatte es den Anschein, als seien ein alter tibetanischer Mönch und ein im Ruhestand lebender Ausbildungsunteroffizier des Marine Corps zu einem Körper verschmolzen. Was mehr oder weniger ja auch der Fall war.

»George«, sagte ich vorsichtig, »das ist Colonel John Harris, ehemals bei der CIA und dem U.S. Marine Corps. Er kümmert sich heutzutage um die Sicherheit des Tales.«

»Ich *bin* die Sicherheit des Tales«, schnappte der Colonel in einem mittelwestlichen Akzent.

»Na schön. Colonel, das ist George Fergusson. Er ist hier,

um uns bei dem Problem der Straße, die nach Chhule geführt werden soll, zu helfen.«

»Beweisen Sie's«, schnappte der Colonel.

»Na ja«, sagte ich hilflos. Dann wechselte ich ins Tibetanische und sprach langsam und deutlich, da der Colonel einer der wenigen Menschen auf Erden ist, die das Tibetanische noch schlechter sprechen als ich. Ich intonierte ein kurzes Gebet an die Köngchog Sum, die Drei Edlen. »*Sannggyela kyabsu chio*«, sagte ich, was soviel hieß wie ›Ich suche Zuflucht in Buddha!‹.

»Ah!« sagte der Colonel und hängte sich das Gewehr um die Schulter. Er legte die Hände zusammen und verbeugte sich nach Art der Novizen. »Geehrt durch Ihre Anwesenheit«, sagte er auf Tibetanisch. »*Gendunla kyabsu chio*«, was soviel heißt wie ›Ich nehme Zuflucht im Mönchtum!‹ Was für John allerdings zutraf.

»Wir sind zum Tal unterwegs«, sagte ich, im Tibetanischen bleibend. »Kommen Sie heute abend hinab?«

»Ich habe Wache«, sagte er. Er runzelte die Stirn und fuhr auf Englisch fort: »Bin morgen um null achthundert unten!«

»Dann sehen wir Sie beim Frühstück«, sagte ich und eilte den Weg hinab; George blieb mir dicht auf den Fersen.

»Wer, zum Teufel, war *das*?« fragte George, als wir außer Hörweite waren.

»Tja, weißt du, in Shambhala leben Menschen aus der ganzen Welt. Wenn sie über das Tal stolpern und die richtige Gesinnung dafür haben, bleiben sie. Wenn sie nicht die richtige Gesinnung haben, erkennen sie es nicht einmal. Du wärest überrascht, wie viele Trekker zufällig über den Paß kommen, einfach glauben, sie wären in einem x-beliebigen, entlegenen Dorf, und wieder verschwinden.«

Keine Antwort von George.

»Und wann ist dieser Colonel John eingetroffen?« sagt er schließlich.

»Er war beim CIA, als sie in den sechziger Jahren den Tibetanern halfen, den Widerstand gegen China zu organisieren. Du weißt darüber Bescheid?«

»Nein.«

»Sie halten es echt geheim. John verbrachte ein paar Jahre mit einer Guerilla-Gruppe in Mustang. Also muß er irgendwann Anfang der Siebziger hierher gekommen sein. Jetzt ist er ein Mönch, und gewissermaßen auch Shambhalas Verteidigungsministerium.«

»Verteidigungsministerium«, sagte George.

Wir preschten wie eine Lawine zu Tal und trafen kurz nach Sonnenuntergang mit pochenden Knien dort ein. Ich führte George direkt zum Haus von Kunga Norbus Familie, und als ich zwischen den vertrauten dreistöckigen Gebäuden die schmalen Steinstraßen entlangschritt, atmete ich die Gerüche von Milchtee und Rauch und nasser Yakwolle ein, und sie drangen wie ein Messer direkt ins Herz meiner Erinnerungen, und ich lachte und begrüßte die Menschen, denen wir begegneten. Es hatte leicht zu schneien begonnen; die Flocken schimmerten wie Katzensilber in der Luft, und ich ertappte mich, wie ich über die Straßen tanzte, trunken vor Freude, nach Hause gekommen zu sein.

Kunga Norbus älteste Schwester Lhamo begrüßte uns an der Tür mit einem breiten Lächeln, brachte uns hinauf in die Küche, ließ uns auf einer breiten Bank vor einer getäfelten Wand Platz nehmen und schickte sich an, uns zu bewirten. Der größte Teil der Familie kam herein, um George zu betrachten und mit mir zu sprechen – Kunga Norbus uralte Mutter, seine jüngeren Schwestern und deren Familien, ein paar entferntere Verwandte, die sie aufgenommen hatten, und die Verwandten dieser Verwandten, bis wir dicht gedrängt saßen. Ich wärmte mir am Feuer die Füße und versuchte, mir mein Tibetanisch in Erinnerung zurückzurufen, um mich mit ihnen zu unterhalten. Lhamo tischte ein Festmahl auf, Tsampa und Buttertee natürlich, aber auch Yakkäse, Margambutter, eine trockne Creme namens *Pumar* und eine Art Käsekuchen, den sie *Thud* nennen, vielleicht wegen des Geräuschs, mit dem er unten im Magen aufschlägt. All die vertrauten Geschmackserfahrungen und Gesichter und der Geruch des Yakdungfeuers ließen mich vor Zufriedenheit schnurren, und ich versuchte, ihnen von unserer Reise zu erzählen.

George schwieg natürlich während der Mahlzeit, und er trank keinen Buttertee und aß so wenig, wie es ihm möglich war, ohne seine Gastgeber zu beleidigen. Doch selbst mit den paar Bissen war seine prophylaktische Diät hinfällig, und ich hatte den Eindruck, als mache ihm das schwer zu schaffen; er lauschte seiner Verdauungstätigkeit und schien im Geiste zu überlegen, wieviel Antibiotika er mitgenommen hatte. Er sah sich im Zimmer um, musterte die Teppiche und Schärpen und die Schüsseln und Töpfe aus hellem verbeultem Kupfer und den schwarzen gußeisernen Topf und die Vorhänge und die flache Kohlenpfanne und die großen Butterfässer und die *Nyindrog*-Truhen und den Webstuhl in der Ecke, und er sah müde und geknickt aus, als habe er mit etwas völlig anderem gerechnet. Ich schätze, er sah einen überfüllten, rauchigen kleinen Holz- und Ziegelraum, und war deshalb so niedergeschlagen.

Nun ja, ich vermute, das Leben in einem buddhistischen Dorf im Himalaja enthüllt seine Schönheit nicht auf den ersten Blick, besonders im Monsun nicht, obwohl, wie ich schon sagte, das Tal, in dem Shambhala liegt, vor dem schlimmsten Wetter geschützt ist. Trotzdem regnete oder schneite es fast jeden Tag eine oder zwei Stunden. Und seit die Chinesen Tibet eingenommen haben, leidet Shambhala unter Überbevölkerung, da es gewissermaßen als geheimes Flüchtlingslager dient. Deshalb umgeben die großen Zelte aus Yakwolle der Bergnomaden das Dorf, und deshalb waren die alten Steinhäuser und das Kloster Kalapa so überfüllt. So viele Menschen schaffen natürlich Probleme, und der Zustand des Ortes war nicht angeten, George zu beeindrucken. Lhamo versuchte es, indem sie uns das beste Schlafzimmer im Haus gab, direkt über der Küche, wo es am wärmsten war, doch George hatte immer wieder Alpträume, daß das Haus abbrannte, da der Rauch vom Küchenofen in unser Zimmer quoll und es riechen ließ, als brenne das Haus ab. Also stolperte er jeden Morgen sprachlos und erschöpft hinaus, und vor ihm lag dann ein seltsam überfülltes Gebirgsdorf, als sei Markttag, was natürlich nicht der Fall war, und kranke Kinder weinten, weil sie Grippe hatten, und Dr. Choendrak, der Arzt des Klosters, wanderte händeringend durch den Regen, weil all die hervorragenden Planzen- und Mineralmedizinen von Mendzekhang, dem Klosterkrankenhaus in Lhasa, schon längst verbraucht waren.

Georges Eindruck von den Dingen wurde auch nicht besser, als Kunga Norbu hinabkam, um uns zu begrüßen, und auf seine übliche Art durch George hindurchsah und uns dann beauftragte, mit ein paar Leuten Terrassenwände zu erneuern, was eine Sträflingsarbeit ist, da man die Felsen wie Figuren in einem Zeichentrickfilm mit einem Vorschlaghammer aufbrechen muß. Einen oder zwei Tage solche Arbeit, und George war unzufrieden. »Gottverdammt, Freds, ich könnte in Thamel in der Sonne liegen, und hier *kloppe ich Steine.* Das ist nicht Shambhala, und du weißt es auch.«

Ich versicherte ihm, daß es Shambhala sei.

»Weshalb ist es denn hier so überfüllt? In jedem Haus leben zwei- oder dreimal soviel Menschen, wie es eigentlich der Fall sein sollte, und dann sind da noch die Zelte. Die Sherpas würden niemals so leben.«

Ich erzählte ihm von dem Flüchtlingsproblem. Von Menschen, die unüberquerbare Pässe überquerten, um den Chinesen zu entkommen, oder die unbegehbare Schlucht hinaufkrochen, die von dem Tal zum tibetanischen Plateau abfiel, und für die Hoffnung auf Flucht den Tod in Kauf nahmen und ihn oftmals auch fanden.

»Also leben sie hier behelfsmäßig«, sagte George überrascht.

»Wenn man es nach vierzig Jahren noch so nennen kann.«

An diesem Abend sah sich George etwas aufmerksamer um. Und zum erstenmal bemerkte er, daß bei uns im Haus Kranke lebten. Eine Kusine Lhamos namens Sindu hatte einen kleinen Jungen, der vor Durchfall ganz geschwächt war. Und diese Kusine Sindu war eine junge Frau, fast noch ein Mädchen, mit einer Menge nepalesischem Blut in ihren Adern, so daß ihr Gesicht schärfer geschnitten war als das der Tibetanerinnen, eins jener Trans-Himalaja-Gesichter, die so schön sind, daß man es fast nicht glauben kann. Und kein Ehemann in der Nähe. Also saß George da und beobachtete sie, als sie sich in der Küche um ihr krankes Baby kümmerte, und ich sah, wie er im Geiste seine Pillen zusammenrechnete.

Am nächsten Tag zwangsverpflichtete uns Colonel John zu einem Feuerholz-Trieb, was bedeutete, daß wir den ganzen Morgen eine Herde Yaks zusammen- und ins Tal hinabtreiben mußten, zum oberen Ende der Schlucht, die sich nach Tibet erstreckte. Yaks sind große, haarige Zeitgenossen, verdrossen, unkooperativ und jederzeit zu einer plötzlichen Auflehnung fähig, doch der Colonel trieb sie hinab, als seien sie Kadetten in einem Ausbildungslager, schlug sie heftig mit seinem Spazierstock und wurde dafür nur mit Blicken ihrer großen, runden, verdrossenen Augen bedacht.

Am Mittag ließen wir die Yaks auf der Wiese zurück und erkletterten den steilen Südhang des Tals, bis wir ein Kiefernwäldchen erreichen. Colonel John holte drei kleine Äxte aus seinem Rucksack, Eisenzeit-Werkzeuge ohne jedes Gewicht, und wir schickten uns an, die Bäume zu fällen, auf die er zeigte. »Mann«, sagte George unglücklich, während er drauflosschlug, »das ist schrecklich! Sowas nennt man doch Abforstung, oder?«

Der Colonel und ich hielten inne und sahen ihn an.

»Keine Wahl«, sagte der Colonel. »Yakdung brennt nicht ohne etwas Holz im Feuer.«

»Aber die Erosion ...«

»Ich weiß über die Erosion Bescheid!« schrie der Colonel und hätte beinahe seine Axt gegen George geschwungen. »Wir lassen den Stumpf und die Wurzeln zurück, damit sie soviel Erde wie möglich halten, und pflanzen neue Sämlinge an.« Er schlug wütend auf den Baum ein, an dem er arbeitete. »Dreitausend Jahre hat dieses Tal eine stabile Bevölkerung gehabt, doch was kann der Dalai Lama bei einem versklavten Tibet schon machen? Das ist eine der wenigen Fluchtmöglichkeiten.«

George fragte zögernd, ob man nicht einige Flüchtlinge in tibetanische Dörfer und indische Siedlungen umsiedeln könne.

»Wen wollen Sie denn aussuchen?« fragte der Colonel. »Wollen Sie sie vom letzten freien Fleck Erde fortschicken? Auf irgendeine Landwirtschaft in Madras, wo sie an der Tiefenkrankheit sterben? Ich habe sie da unten gesehen und sie zu einem Berg geführt, wie damals, als wir den Widerstand nach Colorado brachten, und sie liefen los und sprangen in den Schnee! Wir hatten dort einen Yak aus einem Zoo, und sie liefen zu ihm und umarmten ihn!« Mit einem wütenden Schlag fällte er den Baum. »Ich würde nicht bestimmen wollen, wer von hier verschwinden muß.«

»Erzählen Sie George von Ihren Khampa-Guerillas«, schlug ich vor.

John seufzte. »Ich brachte diese Burschen zu der Zeit nach Colorado, als man doch darauf zählen konnte, daß die amerikanische Regierung gegen die Kommunisten kämpft, und ich fragte ein Zimmer voll von ihnen: Wer von euch will aus einem Flugzeug springen und gegen die Chinesen kämpfen, und sie hatten nicht die geringste Ahnung von Fallschirmen und so, doch alle hoben die Hand. Und ich sagte, das sind Jungs nach meinem Geschmack. Genauso war das Marine Corps, bevor es verweichlicht wurde! Wir kamen her und heizten diesen Mördern ein! Bis Birendra uns dann verriet!«

Damit ging er einen weiteren Baum an und hackte drauflos, als habe er die Knie des Königs von Nepal vor sich. Er murmelte zusammenhanglose Phrasen, mit denen George, wie ich sah, nur wenig anfangen konnte. »Suppe und Kaffee aus Blechdosen und gelaufen, bis ihre Herzen hämmerten!« *Hack hack hack.* »Hans auf einer Seite und Gurkhas auf der anderen! In alle zwölf Winde verstreut!« Hack hack hack. »Dalai Lama sagt aufhören, aber wer kann sich Birendra ergeben! Pachen schnitt ihm statt dessen die Kehle durch, und ich kann es ihm nicht verdenken! Hätte es selbst tun sollen!« Und er fällte den Baum mit einem wilden Schlag.

In der Hoffnung, ihn ablenken zu können, erwähnte ich auf Tibetanisch, daß wir schon soviel Holz gehackt hatten, wie die Yaks tragen konnten.

»Wir tragen ebenfalls!« schnaubte er mich auf Englisch an und arbeitete weiter wie eine Kettensäge.

Also war es schon später Nachmittag, bevor wir uns in einem kalten Regen wieder talaufwärts schleppten, beladen mit kleinen Kiefern. Ich ließ den Colonel vorausgehen, damit ich die Fragen beantworten konnte, mit denen George mich dann auch bombardierte. Der Colonel und ein paar Khampas, so erklärte ich ihm, hatten den Kampf fortgesetzt, nachdem sich König Birendra Mao unterworfen und der nepalesischen Armee befohlen hatte, den Chinesen zu helfen, die tibetanischen Guerillas in Mustang zu vernichten. Nach diesem Unglück hatten der Colonel und einige Khampas sich in die Berge Tibets zurückgezogen, bis sie in einen Hinterhalt oder so gerieten – der Colonel erinnerte sich nur noch ungenau daran, da er dabei am Kopf verletzt wurde. Er wanderte eine Weile ziellos durch die tibetanische Wildnis, bis er dann über den Paß nach Shambhala kam. Dort hatte Dr. Choendrak ihn geheilt und sein Gedächtnis bis zu einem gewissen Ausmaß wiederhergestellt. »Aber er ist immer noch etwas durcheinander«, sagte ich.

»Das habe ich gemerkt.«

»Je nachdem, in welcher Sprache man mit ihm spricht, benimmt er sich völlig anders.«

George betrachtete die kleine, baumbeladene Gestalt, die vor uns die Yaks trieb. »Ich wette, sein Sprachzentrum wurde beschädigt, und wenn er den größten Teil seines Tibetanisch nach der Verletzung gelernt hat, muß er es auf der anderen Seite seines Gehirns ablegen. Je nachdem, in welcher Sprache man sich mit ihm unterhält, ist eine andere Hälfte seines Gehirns dominant.«

»Hier glaubt man, es sei vielleicht eine Frage der Inkarnation.«

»Er glaubt, er sei ein tibetanischer Mönch, der in einem Marine-Corps-Soldaten wiedergeboren wurde?«

»Manchmal.«

Wir stiegen die alte Endmoräne hinauf und erhaschten einen Blick auf das Dorf über uns. Eine Lanze aus Sonnenlicht schnitt durch die Wolken und erhellte die Steinmauern und die Grasnarbe, die Gebäude mit ihren dampfenden Schindeldächern, die Yaks, die hier und da in den braunen Karfoffelfeldern wie zottelige schwarze Felsbrocken standen, und es sah aus wie das Mittelalter auf einem kälteren Planeten. Wir hatten den ganzen Tag damit verbracht, Holz zu sammeln, das das Dorf kaum durch die Nacht bringen würde, und Tag für Tag mußten die Leute losziehen und ebenfalls sammeln, wobei sie sich immer weiter vom Dorf entfernen mußten. »Mann«, sagte George und ließ seine Bäume auf den steingepflasterten Stallhof von Lhamos Haus fallen. Er wußte nicht, was er sonst sagen sollte.

Lhamo hatte eine richtig große Mahlzeit für uns vorbereitet, und wir waren kaputt und am Verhungern, und auch George kam nicht umhin, das Essen in sich hineinzuschaufeln. Er mußte sich nicht mit Dhal Baat abgeben, doch in der Suppe schwamm ein Gemüse, das man in den tieferen Tälern zieht, ein Gemüse, dessen Namen ich nie erfahren habe, doch das an den Pflanzen aussieht wie ein fußballgroßer Eibisch, mit langen, biegsamen Zacken, die überall aus ihr hervorwuchsen. Zerhackt und in der Suppe treibend, war es nicht gerade ein erfreulicher Anblick, wenn gleich seine Beschaffenheit in Ordnung war und es kaum Eigengeschmack hatte. Als Beilage gab es ein so scharfes Curry, daß es einem den Gaumen verbrannte, und nach ein paar Versuchen widmete sich George wieder schwitzend seiner Suppe und nippte sogar an seinem Buttertee, der einen ganz eigentümlichen Geschmack hat und ihm Probleme zu bereiten schien. Dieses Getränk war für George, was Scylla und Charybdis für Odysseus gewesen waren, doch er riß sich tapfer zusammen und beendete die Mahlzeit.

Und so gab er aus Notwendigkeit seine prophylaktische

Ernährung auf. Gleichzeitig beobachtete er, wie Kusine Sindu an diesem Abend mit geringem Erfolg versuchte, ihr Baby zu füttern. Und am Morgen grub er in seinem Rucksack und holte seine Antibiotika hervor, einer Fünf-Liter-Ziploc-Tasche voller Pillen. »Freds, wir müssen diesen Leuten helfen«, sagt er. »Ich habe wirklich nicht genug dabei, um allen zu helfen, doch für ein paar wird es schon reichen.«

»Wir müssen Dr. Choendrak davon erzählen«, sagte ich zu ihm. Also brachten wir die Antibiotika ins Kloster, und George erzählte Dr. Choendrak von ihnen, und er untersuchte die Pillen und beriet sich mit dem Manjushri Rimpoche, dem Führer von Shambhala, und der Rimpoche entschied, daß jedes kranke Kind gleichviel Pillen bekommen würde, womit, nachdem sie es ausgerechnet hatten, vier Pillen pro Kind kamen. Als George das hörte, rief er: »Nein! Das ist zu wenig, um etwas zu nutzen! Damit helfen Sie keinem von ihnen!«

Dr. Choendrak erklärte ihm, daß ihnen die Wirkungsweise von Antibiotika durchaus bekannt sei, sie jedoch annahmen, daß sie im Zusammenhang mit den Heilpflanzen, die hier wuchsen, doch etwas helfen würden und wichtig sei, dafür zu sorgen, daß jeder Kranke etwas von der abendländischen Medizin bekäme.

George war furchtbar wütend, doch ich versuchte, ihn zu beruhigen. »Sie versuchen's mit der Plazebo-Theorie, George, und du kannst dir gar nicht so sicher sein, daß das so falsch ist. Diese Antibiotika sind doch sowieso hauptsächlich Plazebos.«

Er bedachte mich nur mit diesem blinzelnden Blick.

Also hatte er all seine Antibiotika unter die Leute gebracht, und er aß das Essen, das es hier im Tal gab, was zwar in Ordnung war, aber mit Sicherheit andere Bakterien enthielt als die, die er gewöhnt war. Und so wurde er krank. Die üblichen Beschwerden – Durchfall, Fieber, Appetitlosigkeit, ein allgemeines Unwohlsein. Und er war gelangweilt, reizbar und bedrückt. Drei oder vier Tage, und er würde im Haus glatt verrückt werden, und so schlug ich vor, er solle mit Lhamo und Sindu zum Bach gehen, um Kleider zu waschen.

Nun habe ich mich hauptsächlich auf die Probleme konzentriert, die Shambhala hatte, und sie waren beträchtlich, doch Shambhala war immer noch Shambhala, mystische Hauptstadt der Welt, und abgesehen vom Kloster Kalapa, den Lamas und der Geschichte des Ortes gab es hier noch einige andere Besonderheiten. Oben im Hof des Klosters zum Beispiel schoß eine ewige heilige Flamme aus der Bergflanke hinaus, in der Dämmerung oder Dunkelheit ein seltsamer und beeindruckender Anblick, und besonders bei einer Feier. Und auf der Talsohle, in der Nähe der Schlucht, bestand ein ganzes Bachufer aus reinem Türkis; es stach aus dem Berg hervor wie ein Hügel aus versteinertem Himmel und ergoß sich mit blauen Kieseln und Felsbrocken flußabwärts.

Und am wichtigsten für das tägliche Leben dort ist, daß der Bach mit einer heißen Quelle beginnt, die wie die ewige Quelle festem Felsgestein entspringt. Das Loch, aus dem das Wasser herauskommt, war völlig kreisrund, und das Wasser dampft vor Wärme und hält die ganze Gegend feucht, so daß überall hellgrüne Farne und Moose wachsen. Mauern mit Gebetsmühlen und Mani-Steine und Gebetsflaggen stehen überall um die Quelle, und Gebetsräder drehen sich im Bach, Holz- und Blechzylinder, mit hellen Mandalas bemalt, die knirschend die Gebete mahlen. Moos hatte die geschwungenen Sanskrit-Buchstaben bedeckt, die man in die Mani-Steine und Felsen gemeißelt hatte, so daß ich fast den Eindruck hatte, als würde das Moos selbst *Om mani padme hum* buchstabieren. Alles in allem ein toller Ort.

Sie benutzten den Bach auch für ihre Wäsche, indem sie einen Teil des Wassers in einen geschwungenen Kanal umleiteten, der zu einem flachen Teich mit steinernem Grund und glattgeschlagenen Seiten führte. Hier wuschen die Leute an sonnigen Morgenden ihre Kleidung, hauptsächlich Frauen, wenngleich sich auch oft Mönche und andere Männer zu ihnen gesellten. Die Frauen kamen in ihren langen schwarzen Wickelkleidern mit bunten Schürzen; die Kinder hatten sie sich auf den Rücken gebunden, oder sie ließen sie frei herumlaufen. Die Luft dampfte, und die Sonne war warm auf der Haut, doch in den Schatten war es kalt, so daß das warme Wasser ein Segen war. Die Frauen trugen ihr Haar glatt und flach zurückgekämmt. Sie hatten zumeist die flachen Gesichter der Tibetaner, aber bei Frauen wie Sindu ließen sich auch Spuren aus Indien und anderen Orten finden; schließlich handelte es sich hier um einen Treffpunkt, auch wenn er versteckt in den Bergen lag. Nackte braune Füße im Wasser, die Kleider hoch um die Schenkel gezogen, braune Waden enthüllend, die härter als Baseball-Schläger waren, der Geruch von Milchtee und Rauch und Kräuterseife, der sich von den dampfenden, nassen Kleidern erhob, als sie sie auswrangen und auf dem flachen, glatten, schwarzen Steinboden auf beiden Seiten des Teiches schlugen – ja, der Wäscheteich war ein schöner Ort.

Und George schien es hier zu gefallen. Zumindest war er etwas besser gelaunt, wenn er des Morgens von dort zurückkam. Er ging mit Kusine Sindu und ihrem kleinen Jungen dorthin und paßte auf das Kind auf, während sie wusch, keine schwierige Aufgabe, da das Kind noch krank war. Und sie sprach auf Tibetanisch mit dem Kind, und George nickte, sagte »Ah so, ja, genau meine Meinung!«, worauf die Kusine und die anderen Frauen dann immer lachten.

Ich hatte mich bei Lhamo über Sindu erkundigt und erfahren, daß ihr Mann lebte; er war auf einer Handelsexpedition im Westen Nepals unterwegs. So etwas kommt in den Trans-Himalaja-Dörfern häufig vor, und als Ergebnis werden die Ehen dort oben ziemlich lasch gehandhabt. Junge, Junge, dachte ich also, als ich sah, wie George mit dem Kind spielte und Sindu ihn anlachte. Sieh dir das an!

Es war seltsam, sie zusammen zu beobachten. Manchmal schienen sie einander perfekt zu verstehen und gut zueinander zu passen – ein attraktives Paar, das über etwas lachte, was es gesehen hatte, und ich dachte, sieh an,

George hat sich eine Sherpani-Freundin angelacht. Vielleicht seine *Dakini*, eine der weiblichen Gottheiten, die einen zur Weisheit führen. Nur ein paar Sekunden später schien sich dann, ohne jeden ersichtlichen Grund, ein Abgrund zwischen ihnen zu öffnen, der einem noch breiter vorkam, als es sich durch die unterschiedlichen Sprachen erklären ließ. Plötzlich wirkten sie dann wie Geschöpfe von verschiedenen Planeten, wie Fremde, die Gesten ausprobierten, um zu versuchen, ob sie verständlich waren. Doch selbst in jenen Augenblicken wirkten sie nicht unbeholfen – sollte sich eine Kluft zwischen ihnen befinden, schien sich keiner von ihnen besondere Sorgen zu machen, ob sie sich auch überbrücken ließ. Sie schienen zufrieden, auf der jeweils anderen Seite zu stehen und einander zuzuwinken.

Das war also hübsch anzusehen, und Lhamo und ich und die anderen Mädchen am Teich lachten ziemlich oft darüber. Doch mittlerweile war George immer noch krank, und die Kinder ebenfalls. Er hätte seine Pillen gleich in den Bach schmeißen können, soviel schienen sie geholfen zu haben. Er selbst wurde immer dünner, und ich bekam mit, daß er in den meisten Nächten hinausstürmen und im Dunkeln zu der Toilette vor dem Haus stolpern mußte, wo er sich dann über dem kleinen Loch im Boden niederkauerte, äußerlich frierend und innerlich verbrennend. Es ist erstaunlich, woran man sich gewöhnen kann; ich hatte so etwas auch schon mitgemacht und wußte, daß man sich so daran gewöhnen konnte, daß man – manchmal – den ganzen Akt fast im Schlaf bewältigte und um mittelalterliche Gebäude und Türen und Schlösser navigierte, ohne wirklich aufzuwachen, während es einem in anderen Nächten so schlecht und seltsam geht, daß sie sich einem in den Verstand ätzen und man dort draußen in der bitterkalten Dunkelheit hängt und fühlt, daß es sich um eine Art negatives *Bodhi* handelt und daß man fern der Heimat ist. Ich bin sicher, daß George in mehr als nur einer Nacht darunter litt.

Und die Kinder brüllten und lagen in ihren Betten und sahen trockenhäutig und fiebrig und matt aus und schissen wäßrigen Durchfall. »Verdammt«, sagte George, »Diarrhöe ist gefährlich für so kleine Spunde, sie trocknen so stark aus, daß sie sterben.«

In der Tat sah Sindus Junge nicht gut aus, und einer Menge Kinder im Dorf erging es genauso. Solch ein vor Menschen wimmelnder Ort! Mehrmals kamen Leute vorbei, um George zu fragen, ob er keine Antibiotika mehr übrig habe, und er konnte nur hilflos die Hände heben. »Alle weg! Alle weg! Freds, sag ihnen, daß es mir leid tut, ich habe nur noch Lomotil, aber da kriegt man Verstopfung von. Ich sollte es ihnen lieber nicht geben, oder?«

Der Meinung war ich auch.

Dann hatte er eine Idee. »Freds, was ist mit dieser Formel, die man Kindern mit Diarrhöe geben soll, mit der, die die UNO in der ganzen Dritten Welt verbreiten will, sie besteht aus irgendeinem einfachen Zeug, das jeder hat, und verhindert das Austrocknen. Komm schon, Mann, was war das noch gleich?«

»Hab nie davon gehört«, sagte ich.

Das trieb ihn in den Wahnsinn. »Es ist etwas ganz einfaches.« Aber es fiel ihm nicht ein.

Als er dann eines Morgens ein Glas Milchtee schwenkte, sagte er: »War es nicht einfach Salzwasser? Salzwasser mit vielleicht etwas Zucker darin?«

»Ich dachte, man soll kein Salzwasser trinken?«

»Normalerweise nicht, aber wenn man Durchfall hat, hilft es, das Wasser in die Körperzellen zu bringen.«

»Ich dachte, genau das verhindert es.«

»Normalerweise ja, aber in diesem Fall nicht.«

»Bist du dir sicher genug, um es auszuprobieren?«

Ein langes Schweigen. »Verdammt«, sagte er schließlich, »ich wünschte, ich hätte mehr Tetracyclin.«

Aber in den folgenden Tagen wurde Sindus Sohn schwächer und schwächer, und eine Menge der anderen Kinder ebenfalls. George kam zum Schluß, daß es die richtige Formel sei, und brachte mich dazu, ihn zum Kloster und zu Dr. Choendrak zu bringen.

In Kalapas großem Hof blieb George stehen und starrte

mit weit geöffnetem Mund die ewige Flamme an. »Was zum Teufel ist denn das?« sagt er.

»Das ist die heilige ewige Kalacakra-Flamme«, erklärte ich ihm. »Seit den frühesten Zeiten hier ein religiöser Schrein.«

»Es ist Gas, Freds. Sie haben ein Naturgasvorkommen direkt hier im Tal!«

»Allerdings.«

»Na ja ...« Er griff mit beiden Händen nach seinem Kopf, damit er nicht explodierte. »Warum benutzen sie es nicht? Anstatt den Wald abzuholzen, könnten sie das Gas in Öfen pumpen, und das Problem wäre gelöst!«

»Ich nehme an, da es ein heiliger Schrein ist und ein Zeichen von einer ihrer Gottheiten, ist es ihnen nie in den Sinn gekommen«, sagte ich.

George konnte es nicht glauben. »Sie fällen alle ihre Bäume und sehen zu, wie das Erdreich weggespült wird, und direkt vor ihren Nasen brennt dieses verdammte Feuer! Was *denkt* ihr euch hier nur? Was für ein Paradies ist das überhaupt?«

»Ein religiöses.«

»Mein Gott.«

Dann gesellte sich Dr. Choendrak zu uns, und George brachte mich dazu, als Übersetzer zu fungieren. »Eine Menge Kinder hier haben die Grippe«, sagte er zu dem Arzt.

Ich wiederholte das für Dr. Choendrak, und er nickte. »Ihr Blut hat sich mit ihrer Gallenflüssigkeit vermischt, und wir müssen sie voneinander trennen.«

»Das weiß er«, sagte ich zu George.

»Frag ihn, was er dagegen tut.«

Dr. Choendrak schüttelte den Kopf. Sie machten Medizinen, so schnell sie konnten, Medizinen aus Pflanzen, deren Namen ich George nicht übersetzen konnte.

»Frag ihn, ob in den Medizinen auch Salze sind.«

Der Arzt sagte, sie seien darin enthalten.

Schließlich mußte Dr. Choendrak uns in die Apotheke führen und es ihm zeigen. Es stellte sich heraus, daß in jedem Kanister mit Wasser, das der Arzt den Kindern gab, ein guter gehäufter Eßlöffel reines tibetanisches Steinsalz enthalten war.

»Oh«, sagte George und nickte. »Na ja, sag ihm, er soll auch noch etwas Zucker hinzufügen.«

Ich übersetzte das dem Arzt, und er nickte. Es stellte sich heraus, daß sie auch noch einen guten Eßlöffel Honig hinzufügten.

»Oh!« sagte George verlegen. »Gut! Schön für ihn! Sag ihm, daß die Weltgesundheitsorganisation genau das empfiehlt!«

Dr. Choendrak nickte und sagte, das sei gut.

Plötzlich schien der Arzt für George ein sehr vernünftiger Bursche zu sein. »Vielleicht haben ihre Medikamente tatsächlich eine antibakterielle Wirkung, und das Salz und der Zucker im Wasser verschafft ihrem Immunsystem mehr Zeit, das Problem in den Griff zu kriegen. Die Kinder brauchen das.«

Bevor wir gingen, bat mich George, Dr. Choendrak von seinem Plan mit der ewigen Flamme zu erzählen – er beschrieb Keramikrohre, einen großen zentralen Ofen im Dorf oder im Kloster selbst und ein Röhrenssystem zu den einzelnen Häusern. Und an den darauffolgenden Tagen begleitete er Dr. Choendrak bei seinen Krankenbesuchen, lenkte die Kinder ab, während sie untersucht wurden, oder hielt sie fest, wenn sie wieder bittere Medizin verordnet bekamen. Und er ließ alle von dem Wasser trinken, das großzügig mit Salz und Zucker versetzt war. Zwischen ihm und dem Arzt kam es zu einer gewissen Übereinkunft, und sie freundeten sich an, obwohl sie kein Wort von dem verstanden, was der andere sagte. Wahrscheinlich waren ihnen dabei ihre medizinischen Theorien eine große Hilfe.

Und in den nächsten Wochen fand die Grippe-Epedemie ein Ende – warum, konnte niemand sagen –, doch es war niemand daran gestorben, und so waren alle mit Dr. Choendrak und den verantwortlichen Gottheiten zufrieden, und auch mit George. George war auch sehr zufrieden, obwohl ihm seine eigene Medizin niemals richtig zu helfen schien und er immer wieder in heller Panik zum Scheißhaus rennen mußte.

Doch danach war er freundlicher zu den Mönchen, was wichtig war, da man überall im Tal auf sie stieß. Man kletterte einen Hang hinauf, um Feuerholz zu sammeln, und sah auf das Braun und Grau und Grün der Gersten-Terrassen hinab, und da waren dann überall diese kastanienbraunen Flecke. Mönche.

Auf die gleiche Art und Weise paßten sie sich in die Gesellschaft ein – man sah sie überall, wußte aber niemals genau, was sie taten. Sie waren weder unbedingt Autoritätspersonen noch diese Heiliger-als-du-Typen, die unsere Prediger meistens sind, Männer, die jedes Gespräch auf Erden einfach zum Erliegen bringen können, indem sie sich lediglich unerwartet hinzugesellen – nein, hier waren die Mönche und die kleinere Gruppe der Nonnen ins Leben einbezogen; sie arbeiteten auf den Feldern, stapelten Yakdung, nachdem er zum Trocknen in die Sonne gelegt worden war, und lachten über grobe Witze. Es fiel George oder irgendeinem anderen Abendländer schwer, dies zu verstehen; schließlich kommen wir ja aus einer Welt, in dem die Religion größtenteils ignoriert oder als Tarnung für Diebstahl benutzt wird. Deshalb waren auch so viele Menschen so schnell bereit, die Lügen zu glauben, die die Chinesen über Tibet verbreiteten, das Zeug über eine böse Priesterschaft, die mit ihren Steuern elende Leibeigene in die Armut trieb. So wäre es vielleicht in unserem System vonstatten gegangen; in der Tat ist das, wo ich nun darüber nachdenke, eine ziemlich gute Beschreibung des Fernseh-Evangelismus. Und es paßte den Chinesen natürlich verteufelt gut in den Kram, die nun, da wir in die andere Richtung sahen, die Tibetaner nicht nur foltern, ermorden, versklaven, vergewaltigen, einkerkern und aushungern, sondern auch allen sagen konnten, daß all das nur zum eigenen Nutzen der Tibetaner geschah. Um sie vor sich selbst zu retten.

Und da wir eher den Chinesen als den Tibetanern ähneln, kauften wir es ihnen ab. Schließlich hatten wir vor noch gar nicht so langer Zeit dasselbe mit der älteren religiösen Kultur ›unseres Landes‹ getan, und so wollten wir den Chinesen glauben oder zumindest nicht darüber nachdenken. Auch George, der über die gesamte Südseite des Himalaja latschte und sich an den unglaublichen Bergen erfreute, wollte natürlich nichts über den Völkermord wissen, der auf der Nordseite vonstatten ging. Wer in den vierziger Jahren in den Bayerischen Alpen herumtollte, hat sich schließlich auch nicht über diese Rauchwolken am Horizont gewundert.

Also brauchte er eine Weile, um darauf zu kommen. Zeit, die er damit verbrachte, Kartoffeln zu pflanzen, Terrassenwände zu reparieren und Feuerholz zu sammeln, während ein Mönch oder eine Nonne in der Menge an seiner Last schleppte und Witze riß. Er mußte eine Weile jeden Tag bei Dämmerung die Gesänge hören oder sehen, wie ein Bauer auf seinem Feld meditierte, oder Frauen Mani-Steine schlugen, oder Kinder mit dem Feuerholz, das sie auf dem Rükken trugen, die Gebetsmühlen drehten. Er mußte eine Weile beobachten, wie sich alle in die gemeinsame Arbeit einfügten, ohne darüber zu palavern, wer nun was zu tun hatte. Es dauerte eine Weile, bis er die familiären Verhältnisse durchschaut und herausgefunden hatte, daß es in jeder Familie Mönche oder Nonnen gab; daß die Mönche nicht Mönche wurden, weil ihre Väter ebenfalls welche waren, sondern Generation für Generation aus den Bauern kamen; daß die Klöster hofften, die Besten und Klügsten zu bekommen, aber auch die Schwachen und Behinderten nahmen, und natürlich auch die Spinner bekamen, die religiösen Raumkadetten. All diese kastanienbraunen Punkte im Braun und Grün, die der Szene die letzten Farbtupfer verliehen – als George das sah und verstand, sah er alles mit anderen Augen.

Und so sagte ich zu Kunga Norbu: »Kannst du ihm nicht

ein paar Extras zeigen, etwas Magie aus Shambhala, um ihm den letzten Anstoß zu geben?«

Woraufhin Kunga Norbu sagte: »Freds, wie üblich verstehst du wieder alles falsch. Wir machen die tantrischen Übungen nicht, um andere Leute zu beeindrucken. Doch er darf gern den Manjushri Rimpoche in seinen Kammern besuchen. Und nächste Woche stattet uns die jüngste Schwester des Dalai Lama einen Besuch ab. Er wird dabei sein.«

Schon am nächsten Tag, ganz früh am Morgen, führte ich George zu seiner Audienz bei Sucandram, dem Manjushri Rimpoche und König von Shambhala, Ämter, die im tibetanischen Buddhismus denen der Dalai und Panchen Lamas entsprachen.

Wir wurden aus dem gelben Licht des Morgens durch einen Sandelbaumhain und dann in die tieferen dunklen Kammern des Klosters Kalapa geführt und gingen zwischen dicken Holzbalken einher, die Jahrhunderte des Rauchs aus Holzöfen und Butterlampen schwarz gefärbt hatte. Jeder Balken auf dieser Etage war mit Festmasken geschmückt, jede ein grellbuntes, glotzäugiges, zahnbewehrtes Dämonengesicht, schwer auf Grün und Rot und Gelb, mit blauen, weißen und goldenen Klecksen. Bönpa-Alpträume waren es, die unheimlichsten Gesichter, die ich je gesehen hatte. Als ich sie sah, wunderte ich mich nicht mehr, warum man den Buddha in Tibet so herzlich Willkommen geheißen hatte.

Dann ging es eine Treppenflucht nach der anderen hinauf, denn Kalapa war ein *Dzong*, eine Klosterfestung, erbaut in jenen Tagen, als man noch Invasionen von Dschingis Khan oder Alexander dem Großen befürchten mußte. Also hockte sie auf einem steilen, felsigen Vorsprung der Talwand und sah aus wie ein eckiger Auswuchs des Grats selbst. Jede Ebene war von der darunter zurückgesetzt, und als wir auf steilen, gut ausgetretenen Treppen höherstiegen, kamen wir an immer größeren Räumen vorbei, und in jeden neuen fiel mehr Licht ein als in den darunter. Wir gingen durch die Bibliothek, in der Tausende Bände des *Kalacakra* und des *Tengyur* an den Wänden standen – kleine, breite, dicke, schwarz eingebundene Bände, die ursprünglich aus einzelnen Blättern bestanden hatten, und Schriftrollen in Schachteln, wie Klaviernoten. Dann durch ein Musikzimmer, in dem Trommeln, Becken und lange Hörner aufbewahrt wurden. Dann hinauf in den bislang sonnigsten Raum, in dem die Wände weiß getüncht waren und der glatte Holzboden von einem Sandgemälde mit einer Mandala in der Mitte geschmückt wurde. »Was ist das?« fragte George, der hineinsah, als wir vorbeigingen.

»Das war Essas Zimmer«, erklärte ich ihm.

»Essa?«

»Jesus, du weißt schon.«

Keine Antwort von George.

Schließlich wurden wir in den Raum geführt, bei dem es sich um den höchsten in Kalapa zu handeln schien. Seine Wände waren mit Teppichen behangen, die in hellen Mandala-Mustern die Geschichte des tibetanischen Buddhismus zeigten. Ansonsten war das Zimmer leer. Die südliche Wand bestand aus großen Schiebetüren, und der Mönch, der uns hinaufgeführt hatte, schob sie zurück, um die kühle, scharfe Morgenluft und das Geräusch eines Gesangs aus einem der tieferen Stockwerke einzulassen.

Der Mönch ging, und nach einer Weile trat ein anderer ein. Dann sah ich das Gesicht des neuen Mönchs und begriff, daß es Sucandra war, der Manjushri Rimpoche.

Ich hatte ihn nie zuvor gesehen, doch ich wußte es. Ich wünschte, ich könnte erklären, wieso. Er war eine Reinkarnation, ein Tulku wie Kunga Norbu, nur unendlich mächtiger – er war die Reinkarnation des Padma Sambhava, des indischen Yogi, der im achten Jahrhundert den Buddhismus nach Tibet gebracht hatte, und er war auch der Manjushri Bodhisattva, der Bodhisattva der Weisheit, was bedeutete, daß er sich schon an die Grenze des Nirwana hochgearbeitet, sich dann aber entschlossen hatte, in nachfolgenden Inkarnationen in menschlicher Form zurückzukehren, nur um anderen Menschen auf den Weg zu helfen.

Diesmal sah er wie jeder andere Mönch auch aus. Alt, den Kopf glattrasiert, das Gesicht zu jener Landkarte der Falten zerfurcht, die alte Himalaja-Gesichter schließlich annehmen. Doch der Blick in seinen Augen – dieses ruhige und freundliche Lächeln! Wenn man sich nicht in seiner Gegenwart befand, konnte man nur schwer den Finger darauflegen, doch mit ihm in einem Zimmer bestand kein Zweifel daran – ein Gefühl floß aus ihm hinaus und in uns hinein, sowohl scharf als auch beruhigend. Belebend – als habe sich die kühle, sonnige Morgenluft plötzlich in einen Daseinzustand verwandelt.

Er bat uns, Platz zu nehmen, auf Englisch mit einem starken britischen Akzent. Er klang wie der Großvater unseres Kumpels Trevor. Wir setzten uns, und er kam mit einem Tablett hinüber und goß uns heißen Tee ein, ohne Yakbutter darin.

Wir tranken den Tee und unterhielten uns. Er fragte uns nach unserem Leben in Nepal und in den Staaten und ließ uns erzählen, wie wir mit Kunga Norbu den Chomolungma bestiegen hatten, wobei er oft lachte. »Der Diamantpfad ist schwer«, sagte er. »Die Mutter Göttin bestiegen! Dennoch, das ist besser, als mit einem Schuh auf den Kopf geschlagen zu werden.« Er lachte. »Ich würde ihn gern einmal selbst besteigen.«

Ich sah, wie George überlegte, ob er dem Rimpoche sagen sollte, daß die Mutter Göttin in Wirklichkeit der K2 war – des Rimpoches Gesicht hatte etwas an sich, das einen verleitete, sofort mit der Wahrheit herauszurücken, worüber man auch sprach. Also wechselte ich schnell das Thema. »George hier wird uns helfen, den Bau der Straße nach Chhule zu verhindern«, sagte ich.

Der Rimpoche betrachtete George genauer. Die Aufmerksamkeit, die er einem entgegenbrachte, war intensiv, aber gleichzeitig so mit Freundlichkeit erfüllt, daß man sie unwillkürlich als angenehm empfand. Und seine Stimme war so entspannt. »Das würde uns helfen«, sagte er. »Seit langer Zeit leben wir hier am Ende der Erde, doch die Welt ist gewachsen, bis die Gefahr, entdeckt und überlaufen zu werden, sehr konkret wurde.«

»Das ist gewissermaßen doch schon geschehen, nicht wahr?« sagte George. Er deutete aus dem Fenster, auf das Dorf und die Flüchtlingszelte hinab.

Der Rimpoche nickte. »Gewissermaßen. Aber wir können uns vor unserem Volk nicht verbergen, wenn es in Not ist, in Lebensgefahr. Und wenn die Zeit kommt, werden sie oder ihre Kinder oder die Kinder ihrer Kinder wieder in ihre wahre Heimat zurückkehren. Doch in so großem Maßstab von der Welt entdeckt zu werden – an die Straße nach Katmandu und den Flughafen angeschlossen zu werden ...« Er schüttelte den Kopf und sah George an. »Sie wollen uns helfen?«

»Ich bin nicht sicher, ob ich etwas tun kann.«

»Das habe ich nicht gefragt.«

»Nun ja ...« George rang mit sich und schaute weg. Schließlich erwiderte er den geduldigen Blick des Rimpoche. »Ja. Das will ich.«

»Na also!« rief ich, und beide lachten.

Danach sprachen sie über andere Dinge. Ich ging auf einen schmalen Balkon, um auf das Dorf hinabzusehen, das in der Morgensonne dampfte. Im Zimmer lachten George und der Rimpoche über etwas, das George gesagt hatte. »Die Chinesen sind eine Prüfung«, antwortete der Rimpoche. »Wir müssen auch sie lieben.«

»Freds sagt, daß sie als Blutegel wiedergeboren werden«, sagte George.

Und sie lachten und unterhielten sich. Ich ging wieder hinein und gesellte mich zu ihnen. Einmal beugte der Rimpoche sich vor, um unsere Teetassen neu zu füllen, wobei er sich wie ein Tänzer bewegte, der das Füllen von Teetassen darstellte. Sie hatten wieder über die Straße gesprochen, und er murmelte wie zu sich selbst vor sich hin. »Der Reine ist angesichts des Unreinen machtlos. Nur der Heilige behält die Oberhand.«

Stille Minuten, im Sonnenschein am Tee nippen – so verbringt man Zeit mit einem Bodhisattva, und während man es tut, begreift man auch, wieso.

Danach, auf unserem Weg hinab, schwieg George. Erst, als wir das Kloster verlassen hatten, sagte er: »Weißt du, ich habe ihn gefragt, wie alt er ist.«

»Ach ja?«

»Ja, wärest du nicht neugierig? Er ist hundertundzwanzig, Freds. Hundertundzwanzig Jahre alt.«

»Das ist ziemlich alt.«

»Er sagt, er wird in drei Jahren sterben. Er sagt, wenn er in Tibet wiedergeboren werde, wie es normalerweise der Fall ist, wäre die nächste Inkarnation mit Sicherheit eine sehr seltsame.«

»Er sollte sich einen anderen Ort aussuchen.«

»Das habe ich ihm auch vorgeschlagen, doch er meinte, das sei gar nicht so einfach. Das Bardo ist ein dunkler und gefährlicher Ort. Er sagte mir, damals in den vierziger Jahren habe ein Lama einmal versucht, sich als König von England zu reinkarnieren ...«

»Als Prinz Charles? Das erklärt einiges.«

»Nein, er hat ihn verfehlt. Hat sich verirrt. Der Rimpoche glaubt, er muß als Colonel John wiedergeboren worden sein. Deshalb kam der Colonel nach Tibet, hat im Widerstand gekämpft und weiß jetzt über seine Vergangenheit nicht mehr so recht Bescheid.«

»Das würde es erklären.«

»Allerdings. Obwohl ich immer noch glaube, es liegt daran, daß er nach einer Verletzung des Sprachzentrums im Gehirn versucht, eine neue Sprache zu lernen.«

»Hast du das dem Rimpoche gesagt?«

»Nein. Aber ich wünschte, ich hätte es.«

Und dann tauchte am nächsten Nachmittag Colonel John auf, wie er eine Reihe Ponies über den Paß führte, und das zweite Pony trug die jüngste Schwester des Dalai Lama. Plötzlich liefen alle Dorfbewohner aus ihren Häusern und die Hänge hinab, kamen von talabwärts und talaufwärts zusammengelaufen und scharten sich um die Prozession, bis die Ponys sich nicht mehr bewegen konnten, und alle schrien, die Schwester der Dalai Lama und ihre Begleiter schrien, Colonel John schrie, alle riefen ihren Namen, und Tränen liefen wie Monsunregen ihre Gesichter hinab. George und ich standen ein Stück abseits und kamen uns vor, als seien wir versehentlich in eine Familienfeier geplatzt, ein Wiedersehen, mit dem keiner mehr wirklich gerechnet, auf das aber alle gehofft hatten.

Später wurden wir zu Pema Gyalpo, der Schwester des Dalai Lama, geführt und vorgestellt. Sie sprach ausgezeichnet Englisch und wirkte äußerst glücklich, hier im Tal zu sein. Sie lachte und gab jedem von uns die traditionelle weiße Sichel des Willkommens und ein kleines Bild des Dalai Lama, und wir hatten ein großes Festessen, und alle Einheimischen trugen ihre besten Sonntagsgewänder und all ihren Schmuck, den sie vorher an ihre Verwandten verliehen hatten, so daß jeder etwas trug, und wir tranken Chang und saßen an den Öfen und sangen bis spät in die Nacht. George und ich kannten die Lieder nicht, und so tranken wir Chang und summten zu jeder Note ein tiefes *Auoum*, summten, bis wir praktisch bewußtlos zusammenbrachen. George hielt sein Porträt des Dalai Lama in der Hand, und dann und wann sah er es an und sagte: »Jetzt verstehe ich, warum die Chinesen nicht zulassen, daß die Touristen in Tibet Phil Silvers-T-Shirts tragen. Sieh dir das an!«

Und am nächsten Morgen saßen wir auf den Felsen, von denen man die heiße Quelle überblicken konnte. Wasser floß die steinerne Rinne in den leeren Wäscheteich hinab, und Dampf stieg auf, trieb zu den Farnen und Moosen und überzog sie mit einer feinen Tauschicht. Talabwärts erwachte das Dorf gerade; graubrauner Rauch erhob sich von den Dächern aus dem Schatten des Berges in die Sonne, wo er eine helle, goldene Färbung annahm, und George wandte sich mir zu und sagte: »Mal sehen, was wir wegen dieser Straße unternehmen können.«

Also kehrten wir nach Katmandu zurück, marschierten tagelang und wurden dann von Colonel John gefahren, der bei einer Familie im Dorf am Ende der Straße einen Land Rover untergestellt hatte. Wir gruben ihn aus einem Turm Yakdünger aus, und er fuhr uns schneller, als es mir recht war, die schweizerische Straße entlang, schaltete den Landrover bei jeder Haarnadelkurve auf Allradantrieb um und machte den Eindruck, als hätte er es vorgezogen, die S-Kurven völlig zu ignorieren und schnurstracks den Berg hinabzufahren und die Straße nur als gelegentliche Start- oder Landerampe zu benutzen. Nach einer Stunde erreichten wir die alte unbefestigte Straße, und dann ignorierte er alle Schlaglöcher und Erdrutsche und die traurigen Dörfer am Straßenrand und fuhr wie ein Selbstmörder, bis wir die Ring Road von Katmandu erreicht hatten. Wir hatten die Entfernung, für die wir mit dem Bus achtzehn Stunden gebraucht hatten, in gut vier zurückgelegt, doch wir waren genauso erschöpft, wenn nicht noch erschöpfter.

Nach den Wochen in Shambhala sah Katmandu wie Manhattan aus, nur lauter und übervölkerter. Die Hupen der Taxis und Klingeln der Fahrräder und die Hitze und der Regen und der Schlamm und die vielen Autos und Geschäfte und Gesichter trieben uns umgehend zum Hotel Star, wo wir überwältigt in unseren Zimmern zusammenbrachen. Colonel John erklärte, er wolle am selben Abend noch zurück zum Ende der Straße fahren, und wir konnten ihn nicht überreden, hier zu übernachten. »Ich bin bald zurück«, sagte er, als er die Treppe hinabging. »Und dann weisen Sie besser Ergebnisse vor!«

Also waren wir uns selbst überlassen, und nachdem sich George unter seine Zwergendusche gesetzt und zwei Heißwassertanks verbraucht und ein paar Pfeifchen Haschisch geraucht hatte, fühlte er sich schon in allem viel besser. »Gehen wir ins Old Vienna und fressen wie die Schweine«, schlug er vor. »Ich bin so krank, daß es auch keine Rolle mehr spielt. Wasserbüffel, Milch, ich lasse nichts aus.« Also gingen wir ins Old Vienna Inn und aßen Ungarischen Gulasch und Wiener Schnitzel und Apfelstrudel und tranken Bier. Es war so gut, daß wir fast gestorben wären, was bei George leider wörtlich zu nehmen ist, da er den größten Teil dieser Nacht stöhnend auf der Toilette verbrachte.

Also tauchte er ein wenig kränklich aussehend in den Verwaltungsbehörden von Nepal auf, woran sich aber nichts ändern ließ. Den ersten Tag verbrachte er damit, mit Kontaktleuten zu sprechen; er besuchte den Oriental Carpet Shop, dessen Besitzer Yongten über die tibetanischen Exil-Buschtrommeln verbreiten ließ, daß man uns jede Unterstützung zukommen lassen solle. Dann trieb er einen amerikanischen Freund von uns namens Steve auf, der für das Peace Corps arbeitete. Und schließlich suchte er ein paar seiner Kumpel in der Einwanderungsbehörde auf, die in der Vergangenheit von den Bakschisch, die ihnen Georges Arbeitgeber zukommenließ, ein gutes Leben geführt hatten. Sie alle sagten ihm in etwas dasselbe, nämlich »Viel Glück!« Yongten schlug vor, er solle es mal im Amt für Öffentliche Arbeiten und Transport im Öffentlichen Verwaltungsgebäude am Ram Shah Path versuchen. »Aber du darfst es nicht eilig haben«, sagte Yongten zu ihm.

Hätte er auch nicht, entgegnete George; er habe genug Erfahrungen mit der Einwanderungsbehörde, wenn es darum ging, Trek-Genehmigungen und dergleichen zu bekommen.

»Einwanderung sehr schnell«, sagte Yongten. »Sehr effizient.«

Woraufhin George leicht erbleichte, doch er hatte seinen Entschluß gefaßt, und am nächsten Morgen sprang er auf sein Hero Jet und fädelte sich mit einem enthusiastischen Klingeln in den Verkehr ein.

Er kam am Abend kurz vor Sonnenuntergang völlig erschöpft zurück. »Hunger«, stöhnte er. »Essen.«

Also gingen wir ins K. C., und ich fragte ihn, wie es gelaufen sei.

Er schüttelte den Kopf. »Ich glaube, ich habe das richtige Amt gefunden. Kannst du dir das vorstellen, es gibt ein Amt für Alte Straßen und ein Amt für Neue Straßen! Sie sind beide im Singha Durbar, und das ist ein ziemlich großer Komplex.«

Ich hatte es schon einmal gesehen und nickte; es war ein ehemaliger Palast, der von einem Park und einer kreisrunden Auffahrt vom Ram Shah Path getrennt war und aussah wie das Lincoln Memorial mit einem Hundu-Tempeldach.

»Die ganze Zivilverwaltung befindet sich dort. Ich brauchte eine Weile, um das Amt für Neue Straßen zu finden. Es war leer.«

»Du machst Witze.«

»Nein. Und dann kam ein Beamter vorbei, und als ich ihm erzählte, was ich herausfinden wollte, erklärte er mir, da diese Straße eine Verlängerung einer alten Straße sei, müsse ich mich an die Abteilung Alte Hügelstraßen wenden. ›Da neue Hügelstraßen Verlängerungen alter Hügelstraßen sind, ist die Abteilung für Alte Hügelstraßen und nicht die für Neue Hügelstraßen zuständig.‹ Also schickte er mich dorthin. Wohin, weiß ich nicht mehr genau. Nach einer Weile fand ich die Abteilung, aber da war es schon nach drei, und sie hatten bereits geschlossen. Also fuhr ich nach Hause.«

»He«, sag' ich, »da hast du doch schon gute Fortschritte gemacht.«

Keine Antwort von George.

Am nächsten Morgen machte er sich noch früher auf den Weg, und er kam noch später zurück. Ich fragte ihn, wie es ihm ergangen sei, und lotste ihn zu einem chinesischen Abendessen zu Valentino.

Als er die Frühlingsrolle aufschnitt, schüttelte er den Kopf. »Die Alten Hügelstraßen meinten, da es eine neue Straße sei, müsse ich offensichtlich zu den Neuen Hügelstraßen gehen. Sie taten so, als sei ich vollständig bekloppt. Sie sagten, sie kümmerten sich nur um die Erhaltung der Straßen und wüßten nichts von Erweiterungen.«

»Du machst Witze.«

»Nein. Also ging ich zu den Neuen Straßen zurück und fragte einen anderen, diesmal mit einem Bakschisch. Er sagte, sie wüßten nichts über diese Straße, es sei eine ganz besondere Straße.«

»Sag das noch mal.«

»Du hast richtig verstanden. ›Oh, Sir! Wir wissen nichts über diese Straße, von der Sie sprechen! Es ist eine ganz besondere Straße!‹ Sie empfahlen mir, mich ans Informationsamt im Kommunikationsministerium zu wenden.«

»Ein Fortschritt.«

In dieser Nacht war er wieder in beträchtlichen Nöten – er kam mit dem exotischen Essen von Katmandu nicht klar. Und am nächsten Tag fand er heraus, daß die Beamten des Informationsamtes nichts von unserer Straße wußten, nicht einmal, nachdem er sie mit einem Bakschisch bestochen hatte. Sie empfahlen ihm das Straßenamt. Oder vielleicht das Büro der Nationalen Planungskommission.

Am nächsten Tag schickte die Leute in der Planungskommission ihn zum Ministerium des Panchayat, dem ein Örtliches Entwicklungsamt angeschlossen war. Dort schickte man ihn zum Straßenamt.

»Wir machen Fortschritte«, sagte ich zu ihm. »Jetzt wissen wir, wohin wir uns nicht wenden müssen.«

Er schnaubte.

In der nächsten Woche fing er wieder von vorn an. Doch er war immer noch krank, und es schien ihm ständig schlechter zu gehen, und so fiel es ihm immer schwerer, einen vollen Tag durchzustehen.

Eines Tages sagte ihm jemand im Informationsamt, die Chinesen würden die Straße bezahlen, doch der König wolle nicht, daß die Inder davon erfuhren. Das gab uns neuen Mut, und nur einen oder zwei Tage später sagte ihm jemand im Örtlichen Entwicklungsamt, einer der Minister im Kabinett habe die Verträge für den Bau der Straße seiner Familie zugeschustert und wolle nicht, daß jemand davon erfuhr.

Ein paar Tage später informierte ihn ein dritter Beamter in der Abteilung für Alte Terai-Straßen, die Straße sei ein Geheimnis, weil die Inder sie bezahlten und der König nicht wolle, daß die Chinesen davon erfuhren.

Wieder ein paar Tage später nahm ein Informant im Panchayat ein Bündel Bakschisch entgegen und erzählte ihm, der Finanzminister habe sowohl die Chinesen als auch die Inder dazu gebracht, die Straße zu bezahlen, und sie wollten nicht, daß überhaupt jemand etwas davon erfuhr, damit keine Seite herausfand, was der Minister getan habe.

»Das klingt so wahrscheinlich, daß es wahrscheinlich nicht wahr ist«, meinte unser Freund Steve dazu.

Aber man konnte es nicht genau sagen. Und die ganze Zeit über hing George in diesen Ämtern im Singha Durbar herum und wartete darauf, von dem einen oder anderen Beamten empfangen zu werden, bis er eines Tages nach Hause kam und, als ich ihn fragte, wo er an diesem Tag gewesen sei, sagte: »Weiß nicht.«

»Was soll das heißen, du weißt es nicht? Wo warst du?«

»Weiß nicht.«

Ich fuhr mit der Hand vor seinem Gesicht hin und her. »Wie heißt du, George?«

»Weiß nicht.«

Ich nahm an, daß er allmählich ausgebrannt war, und lud ihn zum Abendessen ein. »He, Mann«, sagte ich, als er sich danach etwas erholt hatte, »ich könnte dich doch begleiten. Dann kannst du dich mit jemandem unterhalten, während du wartest.«

»Freds, du siehst einfach nicht wie eine Amtsperson aus.«

»Aber du auch nicht! Du siehst aus wie ein Trekker, der an der Höhenkrankheit gestorben ist.«

»Hm«, sagte er und betrachtete sein Spiegelbild im Fenster »Vielleicht.«

Also gingen wir zu Yongten, um mehr Bakschisch zu holen und uns die Haare schneiden zu lassen. »Wir müssen aussehen, als wären wir gerade aus dem Flugzeug gestiegen«, sagte George zu ihm.

»Klar.«

»Wir müssen aussehen wie Burschen von einer Hilfsorganisation«, sagte ich, »mit jeder Menge Knete.«

»Das wird etwas länger dauern«, sagte er. Doch er

machte sich mit einem kleinen Satz Nagelscheren bei uns an die Arbeit, bis wir fast aussahen wie *Junge Amerikaner für den Frieden*.

Und so begleitete ich George, und wir kehrten zu einer anderen Abteilung des Straßenamts zurück, beide aufgemacht wie Burschen von einer Hilfsorganisation, die zu sein wir auch behaupteten. Das Büro sah aus wie das der Einwanderungsbehörde, nur größer; die Wände waren mit Regalen voller riesiger schwarzer Aktenordner bedeckt, von denen andere sich auch auf dem Boden und den Schreibtischen im Raum stapelten. Die Aktenordner setzten Staub an, während die Schreibtische mit Hindu-Bürokraten mit eimerförmigen Kappen und in abgetragenen, weiten, weichen, beigefarbenen Anzügen bemannt waren, die, soweit ich es sagen konnten, nichts weiter taten als sich zu unterhalten und uns gelegentlich einen Blick zuzuwerfen. Schließlich gewährte uns einer von ihnen eine Audienz, doch er stritt ab, daß das Straßenamt irgend etwas mit dieser Straße zu tun hatten, die wir erwähnten, ob nun alt oder neu, in den Bergen oder im Terai.

»Fragen wir die Schweizer, was sie wissen«, sagte ich an diesem Abend beim Essen. »Da sie das letzte Straßenstück gebaut haben, müßten sie eigentlich wissen, wer das neue bauen wird.«

»Gute Idee«, sagte George.

Die Tatsache, daß ich derjenige war, der mit neuen Ideen aufwartete, schien mir ein schlechtes Zeichen zu sein. George wirkte entmutigt, und seine Darmprobleme störten auch weiterhin seine Nachtruhe. Und Colonel John war in die Stadt zurückgekehrt, und jeden Abend, wenn wir nach Hause kamen, nahm er uns ins Kreuzverhör, wie der Tag gelaufen sei, und schimpfte uns wegen der geringen Fortschritte aus, die wir machten. George ließ sich das nicht gefallen und fauchte ihn an, und John brüllte dann los, und ich stimmte tibetanische Gesänge an, um ihn zu beruhigen, und manchmal wurde er weich und stimmte mit ein, und an anderen Abenden wurde er einfach nur wütend und schrie uns noch lauter auf Englisch an, und gelegentlich geriet er ganz durcheinander, versuchte beides gleichzeitig und hatte eine Art katatonischen Anfall. Unsere Nachbarn im Hotel waren sauer auf uns, und George wurde immer matter.

Doch wir blieben dran. Am nächsten Tag fuhren wir in südliche Richtung über den Fluß Bagmati nach Patan, der alten heiligen Stadt. Dort hatten die *Schweizerische Freiwillige für Entwicklungshilfe* und die *Schweizerische Vereinigung für technischen Beistand* ihre Büros.

Nach Singha Durbar waren die Schweizer so tüchtig, daß wir es nicht glauben konnten. Es war, als sprächen wir mit Außerirdischen. Zwei von ihnen führten uns sofort in einen hell gestrichenen weißen Raum mit Kunstdrucken an den Wänden, baten uns, auf einem Sofa vor einem Kaffeetisch Platz zu nehmen, schenkten uns Espresso ein und fragten, was sie für uns tun konnten. Es war so erstaunlich, daß George glatt vergaß, weshalb wir dort waren, doch er riß sich zusammen und fragte nach der Straßenverlängerung.

Leider konnten sie uns nicht viel sagen. Sie hatten von dem Vorschlag gehört, die Straße bis nach Chhule zu führen, hielten das betreffende Gebiet allerdings nicht für geologisch geeignet. Sie vermuteten, daß Projekt könne von den Chinesen übernommen worden sein. Sie schlugen vor, wir sollten es im Verwaltungsministerium versuchen, warnten uns jedoch, daß jede Regierung, die Nepal unterstützte, eine halbwegs unabhängige Macht im Lande bildete, so daß die normale nepalesische Regierung vielleicht nicht unbedingt informiert war. Aber sie waren sich nicht ganz sicher – auf die typisch schweizerische Art hielten sie sich von allen anderen Regierungen so fern wie möglich und sprachen die meisten ihrer Hilfsaktionen direkt mit den örtlichen Behörden ab.

Also waren sie uns keine große Hilfe. Und am nächsten Tag fanden wir allen Bakschisch zum Trotz in den Verwaltungsbüros niemanden, der mit uns sprechen wollte.

George warf die Hände in die Luft und wandte sich wieder an unseren Freund Steve. »Nenne mir einen Kontaktmann«, bat er ihn. »Ganz gleich, wer er ist.«

Steve nannte ihm den Namen eines Burschen, der für die *Nepal Gazette* schrieb, der Zeitung, die Bekanntmachungen aller offiziellen Unternehmungen der Regierung veröffentlichte. Anscheinend hatte dieser Bursche B.P. Koirala unterstützt, den Premierminister, den König Birendras Vater in den sechziger Jahren ins Gefängnis geworfen hatte. Das war ein gutes Zeichen, und als wir in das Büro dieses Burschen im Singha Durbar gingen und George fünfhundert Rupien auf seinen Schreibtisch legte und sagte: »Wir möchten Sie zum Essen einladen und Ihnen ein paar Fragen stellen, nichts Geheimes, nur ein paar hilfreiche Informationen!«, da schien der Mann tatsächlich interessiert zu sein. Er sah auf seine Uhr und sagte: »Nun ja, Sir, ich wollte gerade zum Essen gehen. Wenn Sie mich begleiten, will ich mein Bestes geben, Ihre Fragen zu beantworten, falls mir die Antwort bekannt ist.«

Also luden wir ihn zum Mittagessen ein, und er saß da und betrachtete uns leicht amüsiert. Ein kleiner Hindu-Beamter mit einem roten Punkt auf der Stirn und so weiter. Sein Name war Bahadim Shrestha, und er war unten im Terai geboren. Er hatte die Universität Tribhuvan in Katmandu besucht und war dann in die öffentliche Verwaltung gegangen. Das waren alles gute Zeichen, denn die meisten Verwaltungsbeamte im Singha Durbar waren Brahmin oder Chetri, geboren in Katmandu, und hatten ihre Jobs durch Familienbeziehungen bekommen, als leichte Art, Geld zu verdienen, ohne dafür arbeiten zu müssen. Bahadim stand außerhalb dieser Menge, und natürlich hatte er für seine Kollegen nichts übrig. »Die Armut und die schlechte Verwaltung sind die beiden größten Probleme Nepals«, sagte er, »und wir werden das erste niemals lösen, bevor wir nicht das zweite gelöst haben. Alle zwei oder drei Jahre kommen ausländische Verwaltungsexperten zu uns, um ein neues System zu entwerfen – Organisation, Beförderung, alles sehr genau und mit einer Punktbewertung, das endgültige Ende der Korruption, und das Palastsekretariat befiehlt uns, diese Systeme zu benutzen, und noch, bevor jemand sie verstanden hat, sind sie schon wieder in Vergessenheit geraten.« Er schüttelte verdrossen den Kopf. »Wir sind ein lebendiges Museum der Verwaltungssysteme.«

»Allerdings«, sagte George heftig. »Und wenn ich nun herausfinden will, wer im Singha Durbar für den Bau einer gewissen Straße verantwortlich ist?«

»Oh, Sir, da werden Sie im Singha Durbar niemanden finden!« Bahadim wirkte angesichts dieses Gedankens schockiert. »Dafür ist die Regierung zuständig.«

George und ich sahen einander an.

»Sie müssen wissen«, sagte Bahadim und rieb sich mit einem leichenschänderischen Vergnügen die Hände, »daß es in Nepal drei Machtzentren gibt. Singha Durbar und das Panchayat sind ein Zentrum, die ausländischen Hilforganisationen das zweite, und das Palastsekretariat, das direkt für König Birendra arbeitet, das dritte. Offiziell wurde nie geklärt, wer wofür verantwortlich ist, doch in der Praxis geschieht nichts ohne den König und seine Berater.«

»Aber was ist mit der *Regierung*?« sagte George und verzog angesichts der Arbeit, die wir verschwendet hatten, das Gesicht.

Bahadim breitete die Hände aus. »Die Panchayat-Regierung ist für Ihre Interessen nicht wichtig. Wie der König so oft sagt, im Panchayat-System besteht keine Gefahr, sich im Labyrinth der Demokratie zu verirren. Sie müssen sich mit der wirklichen Verwaltung befassen.«

»Aber das haben wir doch versucht!«

»Dann müssen Sie sich ans Palastsekretariat wenden.« Er sah die Verwirrung auf Georges Gesicht und zuckte die Achseln. »Es ist ziemlich verwirrend.«

»Sie machen Witze!« Ziemlich bald würde George seinen Kopf festhalten, damit er nicht explodierte. »Aber warum, Bahadim? Warum ist es so verwirrend?«

»Nun ja.« Bahadim zeichnete mit einem Finger Diagramme. »In der Verwaltung gibt es elf Ministerien und zwölf Ämter, denen Minister oder Direktoren vorstehen.

Alle haben Stellvertretende Direktoren, Amtssekretäre, Stellvertretende Amtssekretäre und Beamte, deren Ernennung im Amtsblatt bekanntgegeben wird. Aber es gibt keine Befehlskette. Jeder erstattet dem Vorgesetzten Bericht, der ihm genehm ist. Die Vorgesetzten geben Untergebenen auf allen Ebenen Anweisungen, ohne Wissen der direkten Vorgesetzten. Das schafft Probleme, und um sich mit denen zu befassen, wurden zahlreiche neue Positionen auf jeder Ebene geschaffen und besetzt, in den meisten Fällen ohne Wissen des Finanzministeriums. Die Zivilverwaltung wuchs daher so sehr, daß sich das Finanzministerium weigerte, den einzelnen Ämtern Geldmittel zukommen zu lassen und nur noch bei persönlich haftenden Beamten dazu bereit ist. Also wurde ein Finanzausschuß für die Zivilverwaltung gebildet, doch der gab nach einiger Zeit ohne greifbares Ergebnis seine Arbeit wieder auf. Ähnlich ist es mit der Hinzuziehung indischer Experten.« Baradim zuckte die Achseln. »Daher ist es schwierig, herauszufinden, wer für welche Entscheidung verantwortlich ist.«

George setzte die Ellbogen auf den Tisch und hielt seinen Kopf fest. »Mein Gott. Wie ist es denn nur dazu gekommen?«

Bahadim lächelte über Georges Unwissenheit. »Das ist eine lange Geschichte«, sagte er.

Und mit demselben ätzenden Vergnügen erklärte er es uns. Er führte George bis zu den Ranas zurück, der Familie, die das Land über ein Jahrhundert beherrscht hatte. Sie hielten das Amt des Premierministers und alle wichtigen Posten besetzt, während sie die königliche Familie an der langen Leine hielten und den Reichtum des Landes auf private Konten in Indien umleiteten. Als Hindus hatten sie im Lauf der Zeit in ihrer eigenen Familie ein Kastensystem errichtet; man konnte also ein Rana A, B oder C sein, je nachdem, ob man innerhalb oder außerhalb der Familie geheiratet hatte, und so weiter. Schließlich waren genug Rana-Cs auf die As so sauer, daß sie bereit waren, sie aus ihren Ämtern zu jagen, und 1951 kam es zu einer erfolgreichen Revolution, die die gesamte Familie stürzte. Der damalige König, Tribhuvan, liebte diese Revolution natürlich von ganzem Herzen, da sie ihn und seine Familie befreite, und arbeitete an einer neuen Verfassung mit, die nach dem Vorbild des indischen Kongreßpartei-Modells eine demokratische Regierung etablierte.

Doch dann starb Tribhuvan, und sein Sohn Mahendra wurde König, und Mahendra wollte alles selbst bestimmen. Er versuchte, die Macht zu übernehmen, und die Kongreßpartei widersetzte sich ihm, bis er 1960 die Armee überredete, ihm bei einem Staatsstreich zu helfen, und er verhaftete Premierminister B. P. Koirala, warf ihn ins Gefängnis und löste das Parlament auf. Damit das nicht so sehr nach dem aussah, was es war, rief er das parteilose Panchayat Raj ins Leben, eine klassische Regierung von Jasagern. Und er setzte die Ranas wieder als Minister ein, um sie besser im Auge behalten zu können, und so schlichen sie sich wieder in ihre Ämter zurück, nur, daß der König nun über ihnen stand. Bald war alles wieder so wie früher, und unter den Ranas wurde das Palastsekretariat die wirkliche Macht im Staate.

Als Mahendra dann 1972 starb, übernahm sein Sohn Birendra. Nun war Birendra in Harvard erzogen worden und hatte dort eine ganze Reihe moderner Tugenden gelernt, und man nahm an, daß er nicht so sehr wie sein Vater an einer absoluten Monarchie interessiert sei, was zwar zutraf, aber auch keine Rolle mehr spielte, da sich seine Rana-Minister alles grapschten, woran er nicht interessiert war. Also fiel alles an die Ranas zurück, unter einem König, der fast überflüssig war. »Und ich bedauere sehr, sagen zu müssen, daß die Krankheit der Korruption verbreiteter ist denn eh und je«, sagte Bahadim grimmig.

George schaute etwas verzweifelt drein. »Und was, zum Teufel, *tun* wir jetzt?« fragte er.

Bahadim zuckte die Achseln. »Was immer Sie tun, müssen Sie im Palast tun. Alle Minister von irgendeiner Bedeutung halten dort jeden Morgen ein Durbar.«

»Was ist das?«

Bahadim erklärte, daß Leute, die die Minister zu irgend

etwas bringen wollten, bei kleinen Empfängen früh am Morgen erscheinen, ein möglichst großes Bakschisch auf den Tisch legen und den Ministern ordentlich schmeicheln mußten. Dann würde vielleicht etwas geschehen.

George dachte nach. »Hören Sie, könnten Sie für uns herausfinden, welches Amt für diese Straße zuständig ist? Sie müssen diese Information doch in der Gazette veröffentlicht haben, oder?«

»Nein, haben sie nicht«, sagte Bahadim. Doch er versprach, Nachforschungen zu betreiben.

Schon am nächsten Tag bestätigte er eine der Geschichten, die George während seiner Zeit im Singha Durbar gehört hatte. Die Inder bauten die Straße. Definitiv. Kein Zweifel daran. Und alles schien vertuscht zu werden.

»Was hast du vor, George?« sagte ich also. »Ich meine, was hast du vor, wenn du den Richtigen zu fassen kriegst?«

Keine Erwiderung von George.

Doch er führte mich zum Human Fit Tailor Shop an der New Road, wo wir zwei perfekt sitzende Jungunternehmer-Anzüge erstanden, in denen wir fast überzeugend wirkten. Und dann gingen wir zum Palastsekretariat, um herauszufinden, was herauszufinden war.

Das Sekretariat war ein großes neues weißes Betongebäude am Rand des Palastgeländes, was gleichzeitig auch das Beste daran war – es lag direkt am Rand von Thamel, so daß wir jeden Tag in unseren Wall-Street-Pseudoanzügen mit unseren gefälschten Papieren die Straße entlanggehen konnten, nur den Kühen ausweichen mußten und schon in zehn Minuten an Ort und Stelle waren.

Doch in dem Gebäude ging es ähnlich zu wie im Singha Durbar, nur alles eine Nummer größer – neue Böros, neue Büromöbel und Schreibmaschinen, arrogante Beamte in sauberen weißen Jacken. Wir wurden von einem Büro zum nächsten abgeschoben und warteten, bis wir jeden Riß in den schlechten Betonwänden gezählt hatten, nur um dann herauszufinden, daß der Funktionär, auf den wir warteten, gern über unser Geld sprechen oder es direkt nehmen wollte, aber nichts wußte und auch nicht wußte, wer etwas wußte.

Und jeden Abend setzte Colonel John uns fürchterlich zu. Und George litt weiter unter Durchfall. Es wurde langsam zuviel für ihn – eines Tages taumelten wir in den Regen hinaus, und George schaute zu den großen Kiefern auf dem Palastgelände hoch und sah die riesigen Fledermäuse, die mit den Köpfen nach unten an den Ästen hingen, und sagte: »Das sind sie! Dahin gehen sie nach Dienstschluß! He!« Er schrie sie an. »Wo, zum Teufel, ist das Büro, das für die Straße verantwortlich ist, ihr Vampire?«

Passanten starrten uns an. Die Fledermäuse rührten sich nicht.

»George«, sagte ich, »du darfst nicht vergessen, daß diese Leute einfach korrupt sein müssen. Sie bekommen kein großes Gehalt, und diese Stadt ist teuer. Und dann sitzen sie in so einem Büro, und jeder nimmt Schmiergeld, und sie bekommen ihren Anteil von den Gesamteinnahmen, und was können sie da schon groß machen? Es gibt kaum eine Möglichkeit, es zu vermeiden.«

»Verschone mich mit diesem buddhistischen Quatsch«, schnaubte George. »Das sind Schurken, und Colonel John hat recht, bei manchen Gelegenheiten muß man sie einfach in den Arsch treten! Wenn sie keine Vampirfledermäuse sind, sind sie Geier. Ich wünschte nur, einer würde mal auf mir landen, damit ich ihm seinen verdammten Hals umdrehen könnte.«

Am nächsten Tag wurde ihm sein Wunsch beinahe erfüllt. Ein Sekretär im Nationalen Entwicklungsrat, Amt für Ausländische Unterstützung, Abteilung Indien, warf einen Blick auf George, und seine Augen strahlten plötzlich. George lächelte und erklärte, wir kämen von der *William T. Sloane Foundation for International Development* in Houston, Texas, legte sein Bakschisch auf den Tisch und erkundigte sich nach dem Straßenprojekt. Oh, natürlich, sagte der Sekretär nickend. Natürlich wollten wir direkt mit dem verantwortlichen Minister sprechen, Mr. A.S.J.B. Rana, der jeden Morgen mit Besuchern und interessierten Gruppen im Südpatio des Palastsekretariats sprach.

»Rana«, sagte ich zu George, als wir gingen. »Weißt du, daß sind *die* Ranas. Alle echten Ranas haben dieselben vier Vornahmen, diesen S.J.B.R.-Quatsch.«

»Das habe ich nicht gewußt. Aber das ist gut, sehr gut. Wir kommen endlich in die oberen Regionen.«

Also schauten wir am nächsten Morgen bei A.S.J.B. Ranas Durbar vorbei. Erneut brachte man uns großes Interesse entgegen, und George fing es auf seine übliche Art an, erklärte, wer wir seien und machte den Eindruck, das Geld hinge wie Mühlsteine an seinen Schulter, die wir unbedingt loswerden wollten. A. Rana, ein glatter Bursche in der üblichen weißen Jacke, ließ sich herab, Interesse zu zeigen, und gewährte uns später am Tag eine Audienz.

Also suchten wir ihn auf, präsentierten ihm ein Zeichen der Wertschätzung, die die Stiftung ihm entgegenbrachte, und George ließ seinen üblichen Spruch los. Finanzielle Unterstützung, Straßenbau in Nepal, Eignungsprüfung derzeitiger Objekte. Fragen, die wir ihm bezüglich der Verlängerung nach Chhule stellen wollten. A. Rana war zuvorkommend, sagte, er würde die Sache überprüfen, und wir sollten später zurückkommen.

Also kamen wir später zurück. Ich begleitete George nicht immer, doch er ging nun täglich hin. Und A.S.J.B. schien von Mal zu Mal interessierter, stellte alle möglichen Fragen über die Stiftung und bat offen um finanzielle Unterstützung für sein Amt, ließ gelegentlich ein winziges Informationsbröckchen fallen, bestätigte, daß die Inder die Straße bauten, nannte uns Zahlen über die Kosten oder schickte uns zu einem seiner Kollegen, der dann ebenfalls Geld verlangte.

Doch als er sah, daß er George am Bändchen hatte, wurde er etwas argwöhnisch und dann anmaßend. Einmal nahmen wir an einem Durbar teil, bei dem die Gruppe die ganze Zeit über Nepalesisch sprach, und A. Rana lachte und sah zu uns oder von uns weg, und es wurde offensichtlich, daß wir der Gegenstand seiner Scherze waren. Und er wollte, daß wir es mitbekamen. Also vermutete ich, daß er wußte, daß wir nicht die waren, für die wir uns ausgaben, und uns nur finanziell melken und sich ein Späßchen mit uns machen wollte. Doch George meinte, wir sollten trotzdem weitermachen.

Ein anderes Mal war George allein dort, und ein anderer Minister kam herein und schrie A. Rana wütend an, und Rana zeigte auf George und sagte laut, daran ist dieser Amerikaner Schuld, er belästigt mich ständig. Oh, sagte der andere Minister. Der ist das also. Und sie starrten George an und gaben ihm das starke Gefühl, im Sekretariat gut bekannt zu sein. »Weißt du, ich glaube, wir sollen als Sündenböcke für irgendeine Sache dienen, die A. Rana nebenbei abzieht«, knurrte George, als er mir davon erzählte.

Aber das war nichts im Vergleich zum nachfolgenden Tag. Anscheinend hatte A. Rana George hinausbegleitet, und dabei hatten sich ihre Beine gestreift, und bevor Rana sich wieder in der Gewalt hatte, schnappte er: »Rühren Sie mich nicht an!« und schaute ganz angeekelt drein. George kapierte es nicht. Ich erklärte ihm, daß wir als Ausländer technisch unberührbar waren. Unsere Berührung war unrein.

»Ach, komm schon«, sagte George, und sein Gesicht lief rot an.

»Das glauben einige Hindus eben.«

George runzelte die Stirn. Und als ich ihn das nächste Mal begleitete, bemerkte ich, daß George zur Tür sah, ob A.S.J.B.R. ihn aus dem Büro beobachtete, und dann in den Schreibtisch des Vorzimmers faßte und Papiere und so weiter einsteckte. Als uns A. Rana einmal allein ließ, füllte er sogar einige Formulare auf der Schreibmaschine aus. »Mal sehen, wer hier wen reinlegt«, murmelte er, als er die Formulare in seine Aktentasche steckte.

Doch mittlerweile nahm A. Rana uns ganz schön aus, verlangte jedesmal ein Bakschisch für seine Zeit und wimmelte uns dann doch nur wieder ab. George mußte immer öfter Yongten besuchen, um sich Bargeld zu beschaffen, und Yongten schüttelte schon den Kopf. »Sinnlos«, sagte er.

Colonel John war wütend. »Die Bulldozer sind schon da, und sie fangen mit dem Bau an, sobald der Monsun aufhört! Wir müssen etwas *unternehmen*!«

In der Tat war es noch schlimmer als im Singha Durbar. A. Rana und seine Kumpel im Sekretariat machten sich einen Spaß daraus, mit Georges Gehirn Fußball zu spielen, Flanke, Paß, Rückgabe, Kopfball, und er litt immer noch an Durchfall und hatte eine Menge Gewicht verloren. Er würde jeden Tag zusammenbrechen.

Und dann ließ uns A. Rana eines Tages in seinem Vorzimmer warten und ignorierte uns ostentativ, telefonierte mit jemandem auf Nepalesisch und lachte eine Menge, und dann legte er auf, kam gähnend aus seinem Allerheiligsten heraus und entließ uns mit einer Handbewegung. »Ich muß jetzt gehen. Kommen Sie später wieder.«

Ich hörte, wie in George die Leitungen durchbrannten. Plötzlich stand er vor A. Rana, verstellte ihm den Weg und sagte mit wirklich eindringlicher Stimme: »Hören Sie zu, Sie kleiner Blechgott, entweder geben Sie mir jetzt die Unterlagen für diese Straßenausweitung, oder ich breche Ihnen Ihr verdammtes Genick.«

Was natürlich genau das war, was man niemals zu einem Beamten in Katmandu sagen darf, wie George selbst es am besten wußte – normalerweise war er bei diesen Burschen Mr. Valium. Aber wie gesagt, bei ihm waren die Leitungen durchgebrannt.

Und A. Rama blähte sich augenblicklich wie eine in die Ecke getriebene Kobra auf, rief »Glauben Sie ja nicht, daß Sie mir drohen können, Sir! Verlassen Sie sofort dieses Büro!«, und George machte einen Schritt auf ihn zu, drohte, ihn mit seinem Zeigefinger zu berühren, und knurrte: »Wer will mich dazu zwingen? Geben Sie mir sofort diese Unterlagen!«

A. Rana griff nach seinem Telefon und rief: »Verschwinden Sie, oder ich werde Sie von der Polizei entfernen lassen!«

»Wieso glauben Sie denn, daß die kommt!« rief George, aufgebracht von der Vorstellung. »Sie müssen sie bestechen, damit sie überhaupt kommen! Und dann müssen Sie die Leute an der Tür bestechen, damit sie hereinkommen, und woher wollen Sie dafür das Geld nehmen? Wollen Sie bei einem anderen ausländischen Hilfsprojekt absahnen? Wollen Sie ein anderes Amt bescheißen, um das Geld zu bekommen, das Sie brauchen, um mich aus Ihrem Büro werfen zu lassen? Sie brauchen zehn Jahre, um mich aus diesem Büro werfen zu lassen!«, und dann hatte ich ihn an den Schultern gepackt und drängte ihn gewissermaßen heraus, während ich A. Rana mit meinem Fuß zurückhielt, während sie einander anschrien und alle anderen Beamten auf den Gang liefen, um zu sehen, was los war.

Wir waren wieder ganz am Anfang.

An diesem Abend war George untröstlich. »Ich hab's verpatzt, Freds, ich hab's verpatzt.«

»Ja, das hast du.«

Wir rauchten ein paar Haschpfeifchen und gingen zum K. C., um darüber hinwegzukommen. Und dort schüttete George gewaltige Mengen Bier in sich hinein.

Ziemlich bald war er sternhagelblau. »Ich weiß einfach nicht mehr, wie's weitergehen soll, Freds. Ich weiß nicht, was ich tun soll.«

Ich nickte. Tja, mein Kumpel war wirklich überfordert. Ich meine, was konnte er schon tun? Die Leute, mit denen er sich eingelassen hatte, fraßen die Hilfsorganisationen aller Herren Länder mit Haut und Haaren, die Weltbank, die IMF, alle riesigen Geldgeber.

Und dann kam Steve und gesellte sich zu uns, und wir saßen da und tranken, und Steve erzählte uns ein paar seiner Horrorstories aus dem Peace Corps, wie der Palast einmal nicht flüssig gewesen war, aber Bestechungsgeld brauchte, damit ihr Kandidat ins Panchayat gewält wurde, und so waren sie kurzerhand ins Terai gezogen, hatten jede Menge Laubbäume gefällt und das Holz nach Indien verkauft, um die Mäuse aufzutreiben, und sich dann an die Weltbank gewandt und gesagt, Oh, Sir, Entwaldung, was für ein schreckliches Problem für uns, kommen Sie, sehen Sie sich das an, und hatten sie dann zu dem Stück Terai geführt, das sie gerade abgeholzt hatten, und natürlich war der Mutterboden schon in Bangladesh, und so gab die Weltbank ihnen Geld, und sie forsteten schnell dreißig Morgen wieder auf, bauten mitten drin einen Flugplatz und steckten den Rest in die eigene Tasche, und danach zeigten sie allen möglichen Leuten das Aufforstungsprojekt, ließen keine Gelegenheit aus, den Leuten das Geld aus der Tasche zu ziehen, angeblich, um die große Aufgabe zu vollenden, während das Geld natürlich sofort für Operettenuniformen für die Armee und andere weniger wichtige Dinge ausgegeben wurde.

Und das waren die Leute, mit denen George es zu tun hatte. Mit begrenzten Geldmitteln und ohne Sprachkenntnisse. Was wollte er gegen solche Burschen schon ausrichten?

Er ließ sich vollaufen und schlug sich mit Bierdosen an den Kopf. Zumindest an diesem Abend. Keine leichte Aufgabe, wenn man bedenkt, daß die Bierdosen aus Indien kamen und noch aus Blech bestanden. »Schon in Ochtnun, bin dran gewöhnt«, sagte George. »Bin jetzt seit 'nem Monat mit dem Kopf gegen 'ne Ziegelmauer gelaufen, hab' da schon dicke Schwieln.« Er zeigte es uns. *Krach.* Ich brachte ihn nach Hause.

Wir wankten durch Thamels enge Straßen, und George trat in alle Pfützen, weil er sich ständig umsah. »Sieh doch, Freds. Sieh dir diese armen Scheißer an, ich mein, sieh sie dir an.«

»He, Mr. Nein!« sagte jemand.

George schüttelte den Kopf und wäre fast umgekippt. »Ich bin Mr. Ja! Mr. Ja! Ja ja ja!«

Ich verscheuchte die neugierigen Kinder und stützte George. Er wankte unsicher weiter. »Wäre es nicht toll, wenn Tibet und Nepal einfach die Plätze tauschen würden,

Freds? Wenn sie einfach auf der anderen Seite der Himmies lägen? Verstehst du, was ich meine?«

»China hätte Nepal erobert.«

»Genau! Dann müßten die sich mit dieser Bürokratie abgeben! Die könnten sie zur Bevölkerungskontrolle benutzen! Man schickt Leute rein und sieht zu, wie sie verschwinden! Bald gäb's in China nur noch ein paar Menschen, die die Ranas könnten Beijing übernehmen. Sie müßten um Gnade winseln.«

»Gute Idee.«

»Und die Tibetaner und der Dalai Lama wären auf der Südseite und könnten still und friedlich mit ihrem Bruder-von-einem-anderen-Planeten-Trip weitermachen, und wäre das nicht wunderbar, Freds? Wäre es das nicht?«

»Ja, das wär's, George. Du bist betrunken. Das sind Alkoholtränen. Bringen wir dich nach Hause, rauchen ein paar Pfeifchen und nüchtern dich aus.«

»Gute Idee.«

Doch im Star wartete Colonel John auf uns, und er war nicht in der besten Laune und billigte unsere offensichtliche Pflichtvernachlässigung nicht. Das hielt uns nicht auf, doch während wir high wurden, schritt er wie ein mumifizierter Ausbildungssergeant auf und ab, drehte eine Gebetsmühle und schnappte: »Was sollen wir jetzt tun? Sie haben zweitausend Rupien ausgegeben, und wir können dafür nichts vorweisen! Wir sind an die verdächtigste Beamtenbande auf Erden geraten! Was sollen wir jetzt tun?«

George nahm einen tiefen Zug und hielt die Luft an, bis er blau anlief. »Keine Ahnung. Ich meine, was können wir schon tun? Wir haben eine indische Straße, mehr wissen wir nicht. Die Schweizer wollen nicht. Warum nicht? Keine Ahnung. Die Inder bauen sie. Den Chinesen wird das nicht grade gefallen, ich meine, die Inder waren auch nicht begeistert, als die Chinesen diese Straße von Lhasa nach Katmandu bauten. Oder? Was New Delhi und Beijing betrifft, sind diese Straßen nur Angriffskorridore, und die beiden benehmen sich ganz schön paranoid. Vielleicht könnten wir versuchen, ihnen solche Angst einzujagen, daß sie die Straße nicht bauen. Einen Überfall vortäuschen, oder sowas in der Art ...«

Der Colonel packte ihn am Hals und hob ihn hoch. »JA!« kreischte er und ließ George aufs Bett zurück fallen. »JA!« Er zitterte, als wäre er mit dem Zeh in eine Steckdose geraten.

»Ja was?« sagte George und massierte seinen Hals.

Colonel John stach mit einem Finger auf ihn ein. »Überfall! Überfall! Überfall!«

»Völlig sinnlos. Die kleinen Mistkerle kriechen doch unter der Tür her.«

Der Colonel ignorierte ihn. »Wir verkleiden ein paar Khampas als Chinesen und überfallen des Nachts die Armeekasernen in Chhule.«

»Wie wollen Sie denn an chinesische Uniformen rankommen?« fragte ich.

»Haben jede Menge davon«, sagte er düster. »Müssen nur die Löcher zunähen.« Er dachte darüber nach. »Wir gehen in derselben Nacht noch nach Tibet rüber und greifen den nächsten chinesischen Heeresposten an. Gehen über den Nangpa La, damit beide Seiten glauben, der Angriff sei von der anderen Seite gekommen. Halten Shambhala heraus. Grenzzwischenfall, Chinesen reichen Protest ein, Birendra macht Rückzieher wie '72, und das Straßenprojekt ist endgültig gestorben. JA!« Er beugte sich vor, um George ins Gesicht zu brüllen: *»Hervorragender Plan, Soldat!«*

Doch George war auf dem Bett ohnmächtig geworden.

Am nächsten Morgen konnte er sich nicht einmal daran erinnern, wie der Plan aussah, und als wir ihn ihm erklärten, konnte er nicht glauben, daß es seine Idee war. »O nein, nicht mit mir, Freds. Du versuchst es schon wieder, und ich will nichts damit zu tun haben!«

Colonel John packte schon.

»Denk ans Singha Durbar«, sagte ich zu George. »Denk

an Birendra und die Ranas. Denk an A. Shumsher Jung Bahadur Rana.«

Das hatte seine Wirkung. Er hätte vielleicht noch etwas gemeckert, wenn er nicht so verkatert gewesen wäre. Er kroch zu seinem Fenster und sah auf die Dächer Thamels hinaus.

»Na schön«, sagte er nach einer Weile. »Ich mache es. Es ist ein dummer Plan, aber er ist besser als *das* ...« Er deutete mit der Hand auf ganz Katmandu.

Also machten wir uns wieder reisefertig, was für Colonel John bedeutete, daß er in den Landrover sprang, und für mich, daß ich meinen Rucksack packte; doch George hatte noch *einiges* zu erledigen. Zuerst kaufte er ein paar große Kanister Benzin. Dann kaufte er fast alle Antibiotika in Katmandu auf, eine Suche, die ihn nicht nur in die kleinen Apotheken um Thamel führte, sondern auch zu vielen Straßenhändlern, die neben anderen Händlern, die kandierte Früchte oder Weihrauch verkauften, ihre Decken auf den Bürgersteigen ausgebreitet hatten und alle möglichen Medikamente verkauften; sie versorgten sich bei zurückkehrenden Bergsteigerexpeditionen. Er trieb unter anderem auch eine Packung Tinnidazol auf, ein Medikament gegen Giardia, das in den Staaten verboten war – eine richtige Ochsenkur, man nimmt vier große Pillen, und am nächsten Tag ist die Giardia in einem tot, zweifellos gemeinsam mit dem größten Teil der Gedärme. George schluckte dieses Gift auf die bloße Möglichkeit hin, daß er unter Giardia litt, und nahm seine weiteren Aufgaben in Angriff.

Eine davon bestand darin, bei unserem Freund Bahadim vorbeizuschauen und sich mit ihm zu beraten; er gab ihm eine Bekanntmachung, die er für die *Nepal Gazette* geschrieben hatte, und einige Briefe, die anscheinend auf A.S.J.B. Ranas Briefpapier geschrieben waren.

Nach schnellen Besuchen im Schweizerischen Konsulat und dem Palastsekretariat war er dann reisefertig. Colonel John fuhr uns zu dem Bauernhof am Ende der Straße, und wir versteckten seinen Landrover und marschierten praktisch drei Tage lang ununterbrochen, um Chhule herum, durch den Rhododendron-Wald, dessen Blüten alle abgefallen waren und nun auf dem Boden lagen, und das Hochtal hinauf, in dem nun das Monsun-Wasser mit lautem Getöse abfloß. Dann über den Gletscher und den Grat hinauf in den Schnee, über den Paß und hinab nach Shambhala.

Wir hatten das heilige Tal kaum erreicht, da erzählte der Colonel schon allen von Georges Plan. Die Khampas waren allesamt begeistert, doch der Manjushri Rimpoche zeigte sich nicht so enthusiastisch. »Auf keinen Fall darf dabei jemand zu Schaden kommen. Das wäre ein so großes Unrecht, daß es alles Gute, was dabei herauskommen könnte, zunichte machen würde.«

Colonel John hörte das nicht gern, doch er stimmte zu, wobei er genau wie Eddie Haskell klang – »*Natürlich* nicht, heiliger Rimpoche, wir werden niemand töten. Wir werden nur Sachschäden anrichten.«

»Wir wollen ihnen nur Angst einjagen«, erklärte ich.

»Ja!« sagte Colonel John und machte sich meine Argumentation zu eigen. »Wir wollen ihnen nur *Angst einjagen*«, und schon sprudelten Pläne aus ihm hervor, wie man den Grenzposten auf beiden Seiten so schreckliche Angst einjagen konnte, daß ein paar Soldaten vielleicht vor Furcht starben, was sehr bedauerlich wäre, aber nicht direkt unsere Schuld. Nicht so direkt wie Kugeln zumindest.

Mit der Organisation des Überfalls fiel er wieder völlig in seine Marine Corps-Angewohnheiten zurück, stellte zwei Einheiten auf, bildete sie aus, zeichnete Karten und Diagramme und schmiedete Schlachtpläne. Sein Plan sah vor, daß die beiden Einheiten ihre Angriffe auf die Grenzposten in Nepal und Tibet zeitlich so durchführen sollten, daß sie sich aus beiden Richtungen in den Nangpa La zurückziehen, sich dort vereinigen und entkommen würden, während die sie vielleicht verfolgenden Chinesen und Nepali aufeinandertreffen würden. Er hielt das für eine geniale Idee. Tag für Tag kam er mit einem neuen Einfall an, der den Plan noch wirksamer machen sollte. »Okay«, sagte er nach einem dieser Brainstorms, »wir überfallen Chhule in den Uniformen der chinesischen Armee, aber jeder fünfte

Soldat wird eine dieser Dämonenmasken des Klosters tragen, wodurch die Nepali einen unterbewußten Schock bekommen. Bewußt werden sie denken, es wären die Chinesen, doch im Unterbewußtsein werden sie glauben, alle Dämonen von Yamantaka würden über sie herfallen.«

George runzelte bei diesen Ideen immer nachdrücklich die Stirn. »Glauben Sie nicht, das wäre etwas übertrieben?« pflegte er dann zu fragen. »Ich meine, es ist ja wirklich wichtig, daß die Soldaten in Chhule glauben, die Chinesen würden sie überfallen. Ich bin mir nicht sicher, ob diese Dämonenmasken dazu beitragen werden.«

»Natürlich werden sie das«, sagte Colonel John und tat den Einwand ab. »Wir spielen hier mit ihrem Unterbewußtsein. Psychologische Kriegsführung. Wissen Sie, ich habe nicht umsonst zehn Jahre bei der CIA verbracht. Überlassen Sie diesen Teil einfach mir.«

»Wenn dort Gurkhas stationiert sind, wird es ihnen völlig gleichgültig sein, wie wir aussehen«, warnte George. »Sie werden das Feuer erwidern.«

»Da oben sind keine Gurkhas!« schnappte Colonel John. »Da oben ist nur die Nepalesische Militärpolizei, die schlechteste Truppe auf Erden.« Und er erzählte George einfach nichts mehr von seinen Plänen.

Schließlich war alles vorbereitet. Die beiden Gruppen, die die Überfälle durchführen sollten, sollten am selben Abend aufbrechen; die eine würde Colonel John nach Nepal, die andere Kunga Norbu nach Tibet führen. Der Manjushri Rimpoche hatte uns die Erlaubnis gegeben, einige der Tunnels von Shambhalas uraltem Tunnelsystem zu benutzen, damit wir das Tal unbemerkt verlassen konnten – allerdings nur den Grat hinauf, auf den Sattel des Nangpa La.

Nun war der Nangpa La, wie ich schon sagte, der Paß der alten Salz- und Wollhändler zwischen Tibet und Nepal und damit genau der Paß, den die Chinesen oder Nepali nehmen würden, wenn sie die anderen Seite überfallen wollten. Nicht, daß die Nepali jemals so dumm sein würden, China anzugreifen, doch die Chinesen waren davon überzeugt, daß die Inder die Strecke benutzen und die Existenz Nepals einfach ignorieren würden. Also war er für unsere Zwecke perfekt geeignet – er paßte zu unserer Tarngeschichte, und nichts würde etwaige Verfolger ins Gebiet von Shambhala führen. Also konnten wir die Überfälle vornehmen und bei Anbruch der Dämmerung wieder auf dem Nangpa La sein, und wenn wir erst einmal verschwunden waren, konnten etwaige Verfolger die Sache mit ihrer gegenseitigen extremen Paranoia selbst klären.

»Ich weiß nicht«, sagte George immer wieder. »Vielleicht sollten wir uns auf die nepalesische Seite beschränken. Ich meine, was werden sie glauben, wenn sie beide angegriffen werden?«

»Beide werden glauben, daß die andere Seite lügt«, sagte der Colonel, »und beide haben schon seit Jahren gute Gründe für diese Annahme.«

Die einzige Frage, die den Colonel wirklich beschäftigte, bestand darin, ob er die richtige Gruppe führte. Sein tiefster Haß galt den Chinesen, und ihr Armeeposten würde sich im Fall eines Angriffs wahrscheinlich besser seiner Haut zu wehren wissen. Doch genau das war der beste Grund, auf der nepalesischen Seite zu bleiben, denn wenn er und die Khampas sich von einem chinesischen Zug in ein Feuergefecht verwickeln ließen, würden sie wahrscheinlich durchdrehen und sie alle umbringen. Sogar der Colonel sah das ein. Andererseits war die Chance, den furchtsamen Nepali einen höllischen Schreck einzujagen, sowohl zufriedenstellend als auch sicher – und war die beste Möglichkeit, die der Manjushri Rimpoche gewähren würde, sich für Birendras Verrat am tibetanischen Widerstand 1972 zu rächen.

Also versammelten wir uns drei Tage nach unserer Rückkehr mittags auf dem Klosterhof. Dämonenmasken wurden verteilt und Gewehre und Mörser, die den Eindruck machten, als kämen sie aus einem Museum der Kaschmir-Kriege. Ich mußte einen Mörser tragen, und George bekam einen Rucksack mit Munition dafür, in dem sich, dem Gewicht nach zu urteilen, Felsbrocken zu befinden schienen. Der Colonel erklärte uns, wie sich das Ding bedienen ließ. Es stellte sich heraus, daß die Mörser in der Tat Antiquitäten waren, und den Khampas war schon vor langer Zeit die Munition für sie ausgegangen, so daß sie sich Sprengladungen zusammengebastelt hatten, indem sie gestohlene chinesische Patronen ausschlachteten. Sobald sich diese Sprengladungen in den Mörsern befanden, stopfte man sie mit Füllmaterial aus Yakwolle und dann mit Kanonenkugeln oder Vogeldunst oder Felsbrocken, was immer zur Hand war, und feuerte sie ab.

Der Manjushri Rimpoche kam heraus und gab uns seinen Segen, und Colonel John hielt eine aufmunternde Rede. Dann gesellte sich der *Kuden* Kalapas in seiner goldenen Zeremonienrobe zu uns, der wie üblich so benommen aussahen, als würde er es nicht mehr lange machen, und fiel plötzlich in eine Trance und machte pompöse Bewegungen, und sie bemühten sich, ihm seinen Helm aufzusetzen, der um die hundert Pfund wog und aussah, als würde er ihn zu Boden zwingen, und sie zogen ihm den Riemen um das Kinn fest, bis er bald erstickte, und dann übernahm ihn der Geist des Dorje Drakden vollends, und er schritt plötzlich mit hervorquellenden Augen auf dem Hof auf und ab und zischte in ersticktem Tibetanisch vor sich hin, das ich nicht verstehen konnte, und schwang ein riesiges Holzschwert und wirbelte herum, so daß wir ihm Platz machen mußten. Es war klar wie Kloßbrühe, daß Dorje Drakden Besitz von ihm ergriffen hatte und uns anschnaubte – eine zornige Gottheit, die unter dem dunklen Himmel und dem seltsamen Licht der ewigen Flamme zwischen uns wandelte, und ich will verdammt sein, wenn sich nicht ein Teil ihres Geistes in jeden von uns ergoß. Als Dorje also mit seinem riesigen Schwert auf den Eingang des Klosters deutete, stürmten wir alle hinein.

Immer weiter liefen wir, bis die Wände von Kalapa von einem schmalen, steinernen Gang ersetzt wurden, und wir liefen weiter durch einen Tunnel, der von Butterlampen erhellt wurde, bis wir dann dunkle Stufen in eine große unterirdische Höhle hinabpolterten, deren Wände mit

Gold beschlagen waren. Anscheinend handelte es sich dabei um den Hauptbahnhof des gewaltigen Tunnelsystems von Shambhala. »Mann«, sagt George. »Davon hast du mir ja gar nichts erzählt.«

»Ich habe selbst nichts davon gewußt«, sagte ich. Die wenigen Lichtflecke der Butterlampen zeigten uns nicht gerade viel, doch ich schätzte, daß sich etwa zwanzig Tunneleingänge in diese goldene Höhle öffneten. »Hoffentlich müssen wir den Rückweg nicht allein finden.«

»Sag sowas nicht.«

Wir marschierten durch einen der Tunnels los und folgten Kunga Norbu und ein paar Khampas mit Fackeln, die in der Dunkelheit vorausliefen und die Butterlampen füllten und anzündeten. Die Lampen waren in Nischen angebracht, die Statuen von Bönpa-Dämonen oder Bodhisattvas bargen, so daß wir entweder erschrocken zusammenfuhren oder aufgemuntert wurden, wenn wir an ihnen vorbeigingen. Gelegentlich gelangten wir an Abzweigungen, und normalerweise wandten wir uns nach rechts, aber nicht immer. Wir bewegten uns im Laufschritt, größtenteils bergaufwärts, an manchen Stellen sogar Treppen hinauf, und schließlich wurde es ziemlich beschwerlich. Abgesehen von Pfützen und kleinen Stalagtiten und den Nischen für die Lampen ähnelte ein Tunnel dem nächsten wie ein Ei dem anderen, so daß wir unmöglich sagen konnten, wie weit wir schon gegangen waren. Doch es müssen mehrere Kilometer und über zwölfhundert Meter Höhenunterschied gewesen sein, denn soweit liegt der Nangpa La entfernt.

Dann blieben wir stehen und drängten uns zusammen, während die Führer eine Steintür öffneten, und wir traten unter nächtlichen, wogenden Monsunwolken hinaus auf einen steilen Grat etwas dreihundert Meter über dem Nangpa La. Unten im Paß konnten wir eine Reihe klappriger Gebetsmühlen und große schlanke Pfosten ausmachen, an denen einmal Gebetsflaggen gehangen hatten. Als ich sie beobachtete, erhaschte ich eine Bewegung, und ein schwaches, hohes Pfeifen trieb an uns vorbei und erzeugte auf meinen Unterarmen eine Gänsehaut. »Oh, ja«, sagte ich, und George zischte »Ein Hinterhalt!«, aber der Colonel schüttelte nur den Kopf.

»Yetis«, sagte er. »Der Manjushri Rimpoche hat sich ihrer Unterstützung versichert.«

»Scheiße«, sagte George. Aber im Augenblick wußte er nichts weiter darauf zu entgegnen. Unten im Paß bewegten sich Gestalten und verschwanden, und mehr sahen wir sowieso nicht von ihnen, und wir stiegen schnell zum Paß hinab, wobei wir nur auf freiliegende Steine traten, so daß keine Spuren verraten konnten, woher wir gekommen waren.

Bei den Gebetsmühlen trennten wir uns in zwei Gruppen und gingen auf beiden Seiten den Paß hinab. Danach kam es nur darauf an, mit dem Colonel mitzuhalten, der vorgab, in seinem Landrover zu sein und lief, wo immer es ihm möglich war, und uns anschrie und auf dem Arsch über steile Hänge und durch kalte Gletscherbäche rutschte und der uralten Handelsstraße folgte.

Ein paar Stunden später erreichen wir den Rhododendron-Wald über Chhule. Der Regen hatte alle Blüten abgeschlagen, und sie lagen wie geplatzte Luftballons einer Geburtstagsfeier auf dem Waldboden, so daß die Erde rosa war und der Himmel ein wogendes, bewölktes Weiß, seltsam von einem Vollmond indirekt erhellt. Zwischen dem rosafarbenen Boden und dem weißen Himmel bogen sich Hunderte schwarze, knorrige Rhododendronzweige zu einem leichten, nassen Schnee hoch, der zu fallen begonnen hatte. Es war ein unheimlicher Ort, und als der Mond wie eine Straßenlampe durch das Unterholz leuchtete, sah er nur noch unheimlicher aus – rosafarbener Boden, knorrige schwarze Äste, fallender Schnee, Wolken, die am Mond vorbeirasten, und dann und wann in den Augenwinkeln sich bewegende Gestalten.

Am unteren Waldrand lagen die Ausläufer von Chhule, und die Kasernen, in denen die nepalesischen Soldaten untergebracht waren, befanden sich auf unserer Seite des Dorfes, nur durch eine schmale Lichtung von uns getrennt – drei lange, zweistöckige Steingebäude mit Wellblechdächern und Fenstern mit Holzrahmen, alle friedlich schlafend in den Tiefen einer normalen Dorfnacht. Irgendwo im Dorf bellte eine Bulldogge, doch in jeder Nacht bellten in jedem Dorf in Nepal Hunde, so daß man sich darüber keine Sorgen machen mußte.

Schweigend folgten wir den Anweisungen des Colonels und schwärmten am Waldrand aus. Er ordnete die Mörser-Teams in einem Halbkreis um die Kasernen an und plazierte mich und George hinter einem kleinen, fetten, alten Rhododendron an das eine Ende des Halbkreises. Er sah zu den Kasernendächern hinüber und kicherte grimmig. »Es wird sich anhören, als würden wir ihnen Abfalleimerdeckel um die Ohren knallen. Hier, nehmt die Masken – ihr seid am Rand ihres Sichtfelds.«

Er gab uns Dämonenmasken und Taschenlampen, und wir setzten die Masken auf, und zum Glück hatten unsere Dämonen so große Glotzaugen, daß die eingeschnittenen Pupillenlöcher groß genug waren, um hindurchzusehen. George verwandelte sich in einen grünen, roten, blauen und goldenen Schrecken und grinste mit drei- oder viermal soviel Zähnen, wie er eigentlich haben sollte. Und ich sah wahrscheinlich ganz ähnlich aus. Sobald das Spektakel begann, sollten wir zwei Mörsersalven abfeuern, dann um die Bäume hervorkommen, die Taschenlampen auf unsere Gesichter richten, um etwas unterbewußte negative Werbung zu betreiben, und uns wieder hinter die Bäume zurückziehen, damit wir nicht von etwaigen Schüssen getroffen wurden.

Ein toller Plan. Obwohl George nicht viel davon hielt. Und als er die Felsbrocken aus seinem Rucksack nahm, um unseren Mörser zu laden, war er noch weniger beeindruckt. »Freds, was ist das? Siehst du das? Diese Steine, sie sind blau! Sind sie nicht blau?« Er richtete eine Sekunde lang seine Taschenlampe auf sie. »Freds, das sind Türkise!«

Er lief zwischen den Bäumen her, holte den Colonel ein und zerrte ihn zurück. »Colonel, wieso zum Teufel bombardieren wir diese Burschen mit *Türkisen*?«

Der Colonel hatte schon eine besonders groteske Dämonenmaske aufgesetzt, doch irgendwie wurde offensichtlich, daß das wilde Grinsen der Maske dem auf dem Gesicht darunter entsprach. »Wunderschön, nicht wahr?« sagte der Colonel. »Sie kommen aus ihren Kasernen gelaufen und sehen überall dieses Zeug liegen und werden denken, *daß der Himmel einstürzt*. Sie werden vor Furcht glatt durchdrehen.«

Keine Antwort von George.

Schließlich schüttelte er heftig den Kopf, wobei die Maske verrutschte, und sagte mit gedämpfter Stimme: »Colonel, ist Ihnen nicht in den Sinn gekommen, daß Sie, wenn Sie diese Burschen mit Türkisen bombardieren, dann machen Sie es ihnen bestimmt *schwer*, morgen früh daran zu *glauben*, daß sie von den *Chinesen* angegriffen worden sind ...«

Doch bevor er seine Frage zu Ende bringen und seine Maske zurecht schieben konnte, war der Colonel schon wieder weg und hatte den Pfiff gegeben, der das Signal für den Angriff war. Einer der Khampas, der eine Maske trug, die besonders häßlich war, hatte sich zu einem der Fenster geschlichen, das Gesicht vor das Fenster gehoben, mit der Taschenlampe in das Zimmer und dann auf seine Maske geleuchtet und laut losgekreischt, und das war das Zeichen für uns alle, unsere Mörser abzufeuern, in einer aufeinanderfolgenden Salve, die etwa eine halbe Minute dauerte. Der Khampa am Fenster schleppte seinen Arsch wieder in die Deckung der Bäume, und die Schützen eröffneten das Feuer und ballerten aus allen Barackenfenstern heraus, und dann pfiffen ein Dutzend Mörserladungen Türkise aus dem Himmel, und zumindest ein paar davon knallten auf die Metalldächer, die unter den Aufschlägen fürchterlich zu dröhnen anfingen. Und die ganze Zeit über tanzten wir Dämonen zwischen den Bäumen und ließen das Licht unserer Taschenlampen auf die Masken blitzen, und aus dem Inneren der Baracke erklangen Schreie der sinnlosen Panik, die das Herz des Colonels noch mehrere zukünftige Inkarnationen lang wärmen würden.

Also lief alles zumindest ein paar Minuten lang hervorragend, doch leider ließ sich einer der Dämonen von seiner Begeisterung überwältigen und lief zu der nächsten Baracke, um in ein zerbrochenes Fenster zu starren; wahrscheinlich verspürte er eine dämonische Unbesiegbarkeit, die jedoch leider fehl am Platze war, denn jemand aus der Kaserne schoß auf ihn. Er fiel zu Boden, und da George und ich ihm am nächsten waren, liefen wir auf die Lichtung und hoben ihn hoch. Sein rechter Arm war blutverschmiert, und ich hatte den Eindruck, daß er starke Schmerzen hatte, bis mir wieder seine Maske einfiel. Schwarze Wolken waren am Himmel aufgezogen, und es war pechschwarz geworden, schwärzer konnte es nicht mehr werden, und es schneite heftig, und überall erklangen Schüsse, und unser dämonischer Gefährte deutete gerade an, daß er allein gehen könne, als *bumm*!, überall um uns herum Steine zu Boden fielen. Wir wurden von unseren eigenen Leuten unter Beschuß genommen. Ich bekam einen schweren Treffer auf die Schulter und den Rücken ab, und der Khampa auf die Seite, doch George hatte es am schwersten erwischt. Zum Glück neigten die Türkis-Kanonenkugeln unseres Colonels dazu, schon beim Abfeuern in tausend Splitter zu zerbrechen, so daß sie eher wie Schrot denn wie Bowlingkugeln herunterkamen. Dennoch landeten genug davon auf George, daß er zusammenbrach, gefällt von dem Rohmaterial für mehrere Dutzend Türkis-Ohrringe.

Das Zeug schnitt ihm die Haut an Hinterkopf und Schultern auf, und er konnte von Glück sprechen, die Maske zu tragen, denn die fing die meisten Treffer ab. Auch ihn erwischte es schwer. Nun mußte unser verwundeter Khampa uns helfen, und er zerrte George mit dem unverletzten Arm weiter, und ich nahm ihn an der anderen Seite, und wir zogen ihn schnell in den Rhododendron-Wald zu unserer Rechten.

Danach gerieten die Dinge etwas außer Kontrolle. Über den nepalesischen Kasernen gingen Zeremonienfeuerwerke lautstark in die Luft, und die Dächer dröhnten noch immer fürchterlich, doch allmählich drängte sich die

Schlußfolgerung auf, daß tatsächlich ein paar Gurkhas in Chhule stationiert waren, denn aus einer Kaserne stürmten Soldaten hervor, völlig unbeeindruckt von unserem Feuer und nicht darauf achtend, daß der Himmel herunterfiel, und sie schossen mit sehr lauten *Brrrp Brrrps* auf uns, die auf sehr schweres Geschütz hinwiesen, und zu unserer Linken und Rechten regneten Rhododendron-Zweige hinab.

Da der Manjushri Rimpoche uns befohlen hatten, keinen nepalesischen Soldaten zu töten, blieb uns nun nur noch ein sehr hastiger Rückzug übrig, bei dem wir das Feuer nach Art der chinesischen Dämonenarmee erwiderten. Zumindest unsere Gefährten erwiderten es, doch der verwundete Dämon und ich hatten genug mit George zu tun, der zwar zu sich gekommen, aber noch unbeholfen und benommen war und unzusammenhängend murmelnd zwischen uns hertaumelte, als hätten die Treffer, die er abbekommen hatte, ihn auf den sehr kurzen Pfad zur Erleuchtung geführt, was ich allerdings bezweifelte. Er war ganz einfach benommen, und wir fielen immer weiter hinter dem Colonel und den Khampas zurück.

Ich prallte gegen einen zurückgelassenen Mörser, der noch im Schnee dampfte. *Brrrp Brrrps* bohrten sich wie Nägel der Furcht in uns, und über uns brachen Äste ab und deuteten an, daß diese Reaktion vielleicht nicht ganz unangemessen war. Ich kam zum Schluß, daß wir noch eine Mörsersalve auf die Nepali abfeuern mußten, obwohl mir heutzutage der Grund dafür nicht mehr ganz klar ist, und ich hatte die Sprengladung und die Yakwolle schon im Lauf, bevor ich feststellte, daß in der Nähe weder Türkise noch andere Felsbrocken lagen.

Also krochen wir hinter einen Baumstamm, ließen George wieder zu Atem kommen und glaubten schon, alles sei vorbei, als plötzlich ohne das geringste Geräusch kleine dunkle Gestalten mit langen Armen und seltsamen Köpfen um uns herum auftauchten. Ich wäre unter meiner Maske vor Angst fast geschmolzen, bis ich sah, daß eine davon eine Baseball-Mütze der L. A. Dodgers trug.

»Buddha!« sagte ich.

»Na-mas-taiii«, sagte er mit seiner hohen, leisen Stimme.

Ich nahm meine Dämonenmaske ab und ergriff seine schmale Hand, zu überwältigt, um überrascht zu sein.

»Was?« sagte George. »Was?«

»Wir haben Hilfe bekommen«, sagte ich zu ihm, und mit beträchtlicher Eile bedeutete ich Buddha, daß er den Mörser mit Steinen füllen solle, wobei ich als Beispiel eine Handvoll abgefallener Rhododendron-Blüten nahm. Er verstand mich falsch und stopfte mit drei oder vier seiner Brüder den Lauf schnell mit zusammengedrückten Blüten voll. »Ach, zum Teufel«, sagte ich und feuerte sie ab, und dann hatten die Yetis uns auch schon gepackt und schleppten uns bergaufwärts durch den Wald. Sollten die Gurkhas hinter uns doch selbst herausfinden, wieso es plötzlich Rhododendron-Brei regnete.

Auf halber Höhe des Gletschertals holten wir den Colonel und die Khampas ein, und unsere Yeti-Freunde ließen uns fallen, plötzlich scheu angesichts der Nähe so vieler Fremder mit Gewehren, ob es sich nun um Freunde aus Shambhala oder nicht handelte. »Danke, Buddha!« rief ich ihnen nach, als sie im Wald verschwanden, und dann schleppten der verletzte Khampa und ich George das Tal hinauf, dem Rest unseres Trupps hinterher. Der Khampa rief ihnen etwas auf Tibetanisch zu, und sie warteten auf uns, und dann waren die Gurkhas wieder in Schußweite, und wir liefen los, dem Nangpa La entgegen, so schnell wir konnten.

Nun begann es sowohl zu schneien als auch zu regnen, und eine Stunde später stellten wir fest, daß sich ein Bach, den wir auf unserem Hinweg problemlos durchwatet hatten, nun nicht mehr passieren ließ. Wir liefen flußaufwärts und fanden an einer schmalen Stelle ein paar Bäume, und die Khampas fällten zwei und ließen sie über das Wasser auf einen vorstehenden Felsbrocken auf der anderen Seite fallen. Der Colonel kroch als erster darüber und sicherte die Baumspitzen, so gut er konnte. Dann schickten wir George über diese Behelfsbrücke, doch dabei schob er die Bäume auseinander, wäre fast zwischen ihnen in den Bach gefallen und hätte dabei die Brücke zum Einsturz gebracht. Er hatte jeweils einen Arm und ein Bein um einen Stamm gelegt und hing fest. »Durchhalten!« schrie der Colonel ihn wütend an. »Nicht bewegen! Lassen Sie ja nicht los!« Und auf Tibetanisch befahl er dem Rest der Khampas, auf das andere Ufer zu kommen. Den meisten gelang das, ohne auf George zu treten, aber bei weitem nicht allen. Als wir alle drüben waren, krochen der Colonel und ich zurück und zogen George über die beiden Bäume in Sicherheit.

Das Erlebnis schien George aus seiner Erstarrung gerissen zu haben – er murmelte nun nicht mehr »Was? Was? Was?«, sondern gab ein deutlich verständliches »Scheiße! Scheiße! Scheiße!« von sich.

»Na ja«, sagte ich im Versuch, ihn aufzuheitern. »Wenigstens haben wir keine Steigeisen getragen.«

Keine Antwort von George.

Nun hatten wir den größten der Flüsse überwunden und konnten uns ohne weitere Probleme zum Nangpa La zurückziehen. In der Tat erreichten wir den Paß so genau nach unserem Zeitplan, daß man glauben mochte, es hätte alles wie am Schnürchen geklappt, und wer weiß, vielleicht war der Colonel auch dieser Meinung, denn als wir, mit den Gurkhas dicht auf den Fersen, den Paß hinaufeilten, kam Kunga Norbus Gruppe von der tibetanischen Seite hinaufgeeilt, mit der Chinesischen Armee dicht auf den Fersen, und wir liefen über den Grat, verschwanden in unserem Tunnel, knallten die Tür zu und überließen es den Gurkhas und Chinesen, die Dinge zu klären, falls sie dazu imstande sein sollten. »Die bringen sich gegenseitig um«, sagte ich zum Colonel.

»Gut«, schnaubte er.

Dann ging es zurück durch die Tunnels, jeden Meter im Laufschritt. Zum Glück für George ging es bergab, denn als wir den Hauptbahnhof und dann den Klosterkeller erreichten, traten wir ins helle Morgenlicht hinaus, was bedeutete, daß wir die ganze Nacht über gelaufen waren. Das war der übliche Guerilla-Stil der Khampas; ich nehme an, wir hatten in den letzten achtzehn Stunden etwa achtzig Kilometer zurückgelegt, zwanzig unter ständigem Beschuß. Ich war erschöpft, und George war völlig fertig. Er sah aus, als hätte er noch seine Dämonenmaske auf, und zwar eine der abscheulicheren, das Gesicht geschwollen und voller blauer Flecken und blutig, den Mund zu einer Grimasse verzerrt und die Augen vor Unglauben hervorquellend, daß er an solch einer Unternehmung wie der unsrigen teilgenommen hatte.

Doch wir waren zurück.

Lhamo und die anderen Dörfler kümmerten sich aufopferungsvoll um George. Mehrere Tage lang wälzte er sich im Lhamos Haus im Fieber, stöhnte und ächzte, und Sindu und ihr Kind halfen Lhamo, ihn zu füttern und ihm das Gesicht abzuwischen, wobei sie sorgsam darauf achteten, nicht die Schnitte und Prellungen zu berühren, um die sich Dr. Choendrak auf die übliche Weise gekümmert hatte: Er hatte sie genäht und so weiter.

Dr. Choendrak hatte sich auch entschlossen, Georges Dysenterie ein für alle Mal zu heilen, und ihm die *Rinchen ribus,* die wertvollen Pillen, verordnet. Diese Pillen setzen sich aus einhundertfünfundsechzig Bestandteilen zusammen, darunter wertvolle, zu Pulver zermahlene Metalle und zahlreiche Heilpflanzen, die dann mit regenbogenfarbigen Fäden in bunte Baumwolle eingenäht und mit Wachs versiegelt werden. Zwanzig Apotheker brauchen bis zu drei Monaten, um sie ein solches Säckchen herzustellen, und das Medikament ist so stark, daß der Patient normalerweise einen ganzen Tag flachliegt, während das Gleichgewicht seiner Gedärme wiederhergestellt wird. George lag fünf Tage völlig flach, und eine Weile war Dr. Choendrak wirklich um ihn besorgt. Doch schließlich erholte er sich und stand auf, ein bloßer Schatten seiner selbst, steifgliedrig und mit einem zottigen Bart, der sein Gesicht aussehen ließ, als wären kleine Axtmörder mit winzigen Äxten hinter ihm hergewesen.

Der Monsun ließ nach, wir hatten mehrere sonnige Tage hintereinander, und George verbrachte die Zeit auf dem Aussichtsfelsen über dem Wäscheteich und beobachtete die Einheimischen bei ihrem Alltagsleben. Er war noch immer ziemlich krank und schwach, aber da oben brauchte er auch keine Kraft. Neuankömmlinge am Teich begrüßten ihn auf Tibetanisch, und er antwortete auf Englisch, und alle waren mit diesem Arrangement zufrieden. Die meiste Zeit über schlief er auf seinem Felsen wie eine Katze.

Mittlerweile war Colonel John nach Katmandu gefahren, und als er zurückkam, ging ich ganz aufgeregt zu George. »Ha«, sag' ich, »willst du hören, was wir getan haben?«

»Ich weiß, was wir getan haben«, sagte er düster.

»Aber willst du nicht darüber in der *International Herald Tribune* lesen?«

»Was?«

Ich hielt ihm die zerfledderten Ausgaben der Zeitungen hin, die der Colonel mitgebracht hatte. »Sieht so aus, als hätte es ein paar Mißverständnisse gegeben«, sagte ich, während George von seinem Felsen glitt und sich die Zeitungen schnappte.

Die erste stammte vom 29. Juli, drei Tage nach unseren Überfällen. Auf einer der hinteren Seiten stand ein kleiner Artikel mit der Überschrift ›Nepal protestiert gegen angebliche Grenzverletzung der Chinesen‹, und die Überschrift gab den Bericht im großen und ganzen treffend wieder.

Schon am nächsten Tag war die Affäre auf die Titelseite befördert worden – »Beijing beschuldigt Indien des Angriffs auf Tibet« stand da über einem ziemlich umfangreichen Artikel, der die gegenseitigen Anklagen und Beschuldigungen der beiden Länder wiedergab. Anscheinend waren die Chinesen der Meinung, der Angriff auf ihren Grenzposten sei von der indischen Spezialgrenztruppe durchgeführt worden, die dabei Nepal durchquert hatte, damit kein Verdacht auf sie fiel. Und die Inder waren der Meinung, der ganze Vorwurf sei eine Lüge, um von einem chinesischen Angriff auf Nepal abzulenken, den sie, da Nepal auf ihrer Seite des Himalaja lag, für eine Bedrohung ihrer ureigenen Sicherheit hielten.

So weit, so gut. Doch bei der *Tribbie* vom 2. August fand sich oben auf der ersten Seite die breite Überschrift: TRUPPENMASSIERUNG AN DER CHINESISCH-INDISCHEN GRENZE.

»Oh, mein Gott«, sagte George, während er den Artikel überflog, und er sagte es immer und immer wieder, mit immer höherer Stimme.

Ein guter Teil der ersten Seite war diesem Artikel und damit zusammenhängenden Begleitartikeln gewidmet; sie beschrieben das Verschwinden des DMZ an der indisch-chinesischen Grenze in Kaschmir, den unerwarteten Aufmarsch indischer Truppen in Sikkim und auch, daß die Pakistani die Inder gewarnt hatten, sich nicht mit ihren Kumpels, den Chinesen, anzulegen, während die Sowjets die Chinesen gewarnt hatten, sich nicht mit ihren Kumpels, den Indern, anzulegen. »Oh, mein Gott«, sagte George immer wieder.

Und die Zeitung des nächsten Tages bestand praktisch *ausschließlich* aus der Grenzkrise, alles mit großen Überschriften, und auch, wenn man die Tatsache berücksichtigte, daß es sich um die in Hongkong erscheinende Ausgabe der *Trib* handelte, die großen Wert auf die Berichterstattung über asiatische Angelegenheiten legte, mußte man eingestehen, daß es sich um eine bedeutende internationale Krise handelte. Es wurden Zusammenstöße zwischen indischen und chinesischen und indischen und pakistanischen Truppen gemeldet, einige davon wirklich ernst. Und amerikanische Satellitenfotos zeigten massive Truppenaufmärsche an der sowjetisch-chinesischen Grenze.

»Oh, mein GOTT«, sagte George. »Wo ist der nächste Tag? Wo ist der nächste Tag?«

»Mehr hat der Colonel nicht mitgebracht.«

»*Was*? Er fuhr mitten in dieser Krise ab? Ohne jemandem zu sagen, daß wir sie angezettelt haben? Wie lange ist das her?« Er sah auf das Datum. »Fünf Tage! Oh, mein Gott.«

Er lief zum Dorf zurück und schimpfte Colonel John

einen ausgemachten Vollidioten. »Verdammt, vielleicht haben wir gerade den Dritten Weltkrieg ausgelöst!« schrie er ihn an.

Es stellte sich heraus, daß dem Colonel das ziemlich egal war. Er war der Auffassung, daß der Dritte Weltkrieg eine der wenigen Möglichkeiten war, wie Tibet das chinesische Joch abschütteln konnte, und wenn dazu eben ein Dritter Weltkrieg nötig war, hatte John nichts dagegen.

George nahm ihn dafür auseinander. »Was würde der Manjushri Rimpoche sagen, wenn Sie ihm das erzählen? Er würde Sie sofort aus diesem Tal werfen!«

Was wahrscheinlich zutraf. Doch der Colonel schob nur trotzig die Unterlippe hervor. Er wußte ganz genau, daß der Rimpoche ihm wegen dieser selbstsüchtigen Einstellung einen Tritt in den Arsch geben würde, aber er würde nicht lügen – und das war eben seine Meinung. Wenn die Welt keinen himmelschreienden Völkermord beenden konnte, dann eben zum Teufel mit ihr. Sollten sie doch Atombomben fressen.

George war so wütend, daß er nichts mehr sagen konnte. Er ging zu einer der grasbewachsenen Steinwände, die die Dorfstraße umsäumten, und trat so heftig dagegen, daß mehrere Steine aus der obersten Reihe herausfielen. Dann drohte er, dem Rimpoche von Johns mörderischen Hoffnungen zu erzählen, falls der Colonel uns nicht *augenblicklich* nach Katmandu zurückfahren würde.

John war damit einverstanden, und noch in dieser Nacht marschierten wir über den Paß und zum Landrover hinab und beeilten uns so sehr, daß ich befürchtete, George würde zusammenbrechen, und am nächsten Nachmittag waren wir wieder in Thamel, wo das Leben ganz normal weiterging, als stünden wir überall sonstwo, nur nicht an der Schwelle zum Dritten Weltkrieg, obwohl das in Katmandu gar nichts zu bedeuten hatte. Letzte Woche hätte das Armageddon über die Erde hereinbrechen können, und Katmandu hätte wahrscheinlich noch nichts davon gewußt. Hier würde man es zuletzt erfahren.

Also stürmte George durch die Second-Hand-Buchläden

und versuchte, die neuesten *Tribbies* aufzutreiben, was ihm allerdings nicht gelang. Das machte ihn geradezu paranoid. »Vielleicht ist das das erste Zeichen«, sagte er immer wieder. »Vielleicht ist das Ende schon da.«

Schließlich fand er eine, wie üblich vier Tage alt – 5. August, und die erste Seite war immer noch voll von der Krise. Der Leitartikel berichtete von einer Sondersitzung des UNO-Sicherheitsrates, einer sehr gespannten Sitzung, wie es den Eindruck hatte. Ein weiterer Artikel beschrieb, wie unser Präsident gesagt hatte, wenn die Russen und die Chinesen wirklich Meinungsverschiedenheiten hätten, na ja, dann sollten sie sie vielleicht von Mann zu Mann beilegen. Er könnte sich Schlimmeres vorstellen. Diese Auffassung hatte anscheinend den Russen nicht gefallen, die augenblicklich erklärten, sie betrachteten die USA als Verbündete Chinas und Beteiligte jedweder Aggression der Chinesen.

So standen die Dinge also. Für kein Geld auf der Welt konnte George in Katmandu spätere *Trebbies* auftreiben, und außerdem war die Situation ja sowieso klar. Die Welt stand am Rand des Abgrunds.

Die einzige Frage war, was wir dagegen tun würden.

»Wir müssen es von jedem möglichen Winkel aus anfangen«, sagte George. »Gott sei Dank habe ich schon einige Vorbereitungen getroffen.«

Er schien zu glauben, daß die Briefe, die er auf A.S.J.B. Ranas Schreibmaschine getippt und herumgereicht hatte, dem derzeitigen Notfall angepaßt werden konnten. »Ich habe gedacht, Rana wollte uns als Sündenböcke für irgendeine Schweinerei benutzen, die er im Sekretariat vorhatte«, sagte er, während er auf den Boden Skizzen entwarf. »Weißt du noch, wie uns jemand gesagt hat, er glaube, der Auftrag, die Straße nach Chhule zu bauen, sei an die Familie eines Ministers vergeben worden? Ich dachte, es könne ganz nützlich sein, den Eindruck zu erwecken, Rana sei dieser Minister. Er ist schließlich wahrscheinlich derjenige, der die Straße gebilligt hat, und er ließ uns immer wieder zurückkommen, als müsse er ein Auge auf uns halten, um zu verhindern, daß wir irgend etwas herausfinden. Also schrieb ich ein paar hausinterne Mitteilungen, die ihn belasteten, und verteilte sie, bevor wir aufbrachen. Wenn wir dieses Zeug jetzt unter die richtigen Leute bringen können ...«

Also zog er am nächsten Tag seinen Stiftungs-Anzug an und begab sich zum Singha Durbar, und mit seinem mitgenommenen Gesicht sah er so bizarr aus, daß niemand ihn aufzuhalten wagte. Er ging zu den Büros der *Nepal Gazette*, trieb Bahadim auf und sagte ihm, er solle unter den wichtigen Ministern die Nachricht verbreiten, der Angriff auf Chhule sei nicht von der chinesischen Armee durchgeführt, sondern von einer Fraktion im Palastsekretariat angeordnet worden, die mit einer anderen Fraktion in Fehde läge, die alle Verträge für die Straße nach Chhule gebaut habe.

Noch am selben Nachmittag ging er zum Büro der Schweizer. Die Briefe, die George dort zurückgelassen hatte, verwickelten A.S.J.B. Rana in eine Verschwörung, die Straße nach Chhule zu sabotieren, Teil der endlosen Ränkezüge der Familie Rana untereinander, um im Palast mehr Macht zu erlangen. George erzählte den Schweizern, die Grenzzwischenfälle seien nur vorgetäuscht worden und beruhten auf den Zwistigkeiten der Familie Rana, und er sagte, die Schweizer sollten diese Information benutzen, um die Dinge in Genf und allgemein auf der internationalen Bühne zu beruhigen. Die Schweizer sagten, sie arbeiteten schon daran.

Zuletzt an diesem Nachmittag wagte er sich ins Palastsekratriat und suchte das Ministerium für Entwicklung, Chinesische Freundschafts-Abteilung, auf. Dieses wurde, wie Bahadim ihm gesagt hatte, von einem Rana geleitet, der persönlich und von seinem Amt her ein Rivale unseres A. Rana war, und George hatte ihm vor unserer Abreise die Information untergeschoben, daß A. Rana ihn des Versuchs beschuldige, die Straße nach Chhule zu sabotieren. Das hatte den anderen Rana natürlich ziemlich paranoid gemacht, und als George zurückkam, um ihm zu sagen, daß A. Rana einige Leute dazu gebracht habe, den Grenzzwischenfall vorzutäuschen und nun ausländischen Hilfsorganisationen gegenüber behaupte, der Überfall sei von diesem Burschen in der Abteilung für Chinesische Freundschaft organisiert worden, setzte sich der dortige Rana sofort ans Telefon und machte sich an die Arbeit.

An diesem Abend war George völlig erschöpft, doch er lag dort auf seinem Bett und spielte die Auswirkungen seines Tagwerks durch – wer wahrscheinlich wem was sagen würde, und was dabei herauskommen würde. Und am nächsten Morgen schaute er mit einem weiteren auf A. Ranas Briefpapier verfaßten Brief bei der Chinesischen Botschaft vorbei. Dieser Brief implizierte, der Einfall in Tibet sei von Tibetanern begangen worden, die verzweifelt einer geheimen Säuberungsaktion der nepalesischen Armee entgehen wollten, die damit gehofft hatte, die Straße nach Chhule für die Benutzung durch die Spezialtruppe der indischen Armee völlig sicher zu machen, indem sie alle tibetanischen Guerillas zwang, in ihre Heimat zurückzukehren.

Danach radelte er zur Amerikanischen Botschaft und behauptete dort, er sei ein Freund und Repräsentant einer Fraktion der verbotenen Nepalesischen Kongreßpartei, der Partei, die bis zum Königlichen Staatsstreich 1960 die legale Regierung gebildet hatte. Sie wollten, daß die Amerikaner wußten, daß beide Grenzzwischenfälle Teil der mörderischen Machtkämpfe im korrupten Palastsekretariat seien, daß eine Gruppe im Palast die Straße nach Chhule verhindern wollte, indem sie Spannungen zwischen China und Nepal schaffe. Nun, da der Plan völlig aus der Hand geraten sei, hätten seine Urheber Angst, sich öffentlich zu bekennen. George erzählte den Amerikanern, die Kongreßpartei habe Spione im Palast, die all das herausgefunden hätten, und sie wollten, daß es die ganze Welt erführe, damit die Spannungen beigelegt werden könnten.

Als der Botschaftsbeamte, mit dem George gesprochen hatte, dann den Botschafter oder irgendein anderes hohes Tier holen wollte, stand George schnell auf, fragte einen

Sekretär, wo das Badezimmer sei, schlich sich dann durch den Vordereingang hinaus und radelte davon. Er traf sich mit mir an der Ecke und fuhr mit hoher Geschwindigkeit voraus. Als er mir erzählt hatte, was er dem Botschafter gesagt hatte, meinte ich: »He, das ist ja fast die Wahrheit.«

»Immer die bestmögliche Lüge«, keuchte er.

Auf dem Weg nach Thamel radelten wir die Naxal Road entlang und kamen am Palast vorbei. Wir blieben stehen, um ein paar Kühe vorbeiziehen zu lassen, und George reckte den Hals und sah zu den Fledermäusen hinauf, die an den Kiefern auf dem Palastgelände hingen. »Sie sind in einer Konferenz«, sagte er und lachte schwach. Er war bleich, und sein Gesicht schweißnaß. »Sie versuchen, die Sache zu klären. Ich habe es ihnen mit ihren eigenen Methoden heimgezahlt. Genau Birendras Technik. Verbreite genug gegensätzliche Informationen, und es kommt zu einer Interferenz. Wie bei Wellentanks im Physikunterricht. Die Wellen kräuseln sich ... alles gerät ...« Er hielt inne, und ich dachte, er überlege sich seine nächsten Worte. Doch dann kippte er um, prallte gegen eine Kuh und fiel dann auf die Straße. War einfach ohnmächtig geworden.

Ich hielt ein Taxi an, stopfte ihn hinein und fuhr mit ihm zur Kanadischen Klinik, direkt hinter der Amerikanischen Botschaft. Das war ein Krankenhaus im westlichen Stil, und wenn man krank war, konnte man angesichts der weißen Wände und Pasteldrucke und alten Zeitschriften und dem Geruch der Desinfektionsmittel glattweg in Tränen ausbrechen.

Sie nahmen George auf und ernährten ihn intravenös – er hatte den ganzen Tag noch nichts gegessen und litt trotz der wertvollen Pillen noch an Dysenterie. Also war er ziemlich ausgetrocknet, und ein paar seiner Schnittverletzungen hatten sich entzündet – offensichtlich war sein Immunsystem durch Jahre des Antibiotika-Mißbrauchs vor die Hunde gegangen. Kurz gesagt, er war übel dran.

Sie quartierten ihn in ihrem kleinen Zweibett-Hospital

ein, um ihn wieder auf die Beine zu bringen. Es dauerte eine Weile, und ich brachte ihm jeden Tag die neue Tribbie.

Und langsam konnten wir, mit unserer Vier-Tage-Verzögerung an Echtzeit, beobachten, wie sich die Krise abschwächte und beigelegt wurde. Alle kamen zum Schluß, es sei ein falscher Alarm gewesen. Gerüchte über geheime diplomatische Bemühungen der Amerikaner und Schweizer blühten auf, besonders in Georges Zimmer in der Klinik. Zweifellos eine Intervention in einem kritischen Stadium. Und so beendete George seine Tageslektüre, erschauderte leicht und schlief dann wieder ein.

Eines Tages marschierte ich mit den Schweizern durch einen Wolkenbruch zum K. C., und bei ein paar Bieren erzählten sie mir, die Straße nach Chhule sei toter als Mussolini. Die Inder würden sie auf keinen Fall bauen, und Birendra und seine Bande würden sie auch auf gar keinen Fall bauen. Zu gefährlich.

Am nächsten Tag entließen die Kanadier George, und ich holte ihn ab. »Du hast es geschafft, George. Sie werden die Straße nicht mehr bauen. Bist du nicht froh, daß du dich entschlossen hast, uns zu helfen?«

Keine Antwort von George.

Wir fuhren mit einem Taxi nach Thamel und gingen über die Hauptstraße zum Star. George war so sehr ein Geist seiner selbst, daß die Straßenhändler ihn nicht mal erkannten, und sie bequatschten ihn, als sei er ein Fremder und nicht ihr geliebter Mr. Nein. »Geld wechseln? Haschisch? Teppich? Pfeife? Geld wechseln?« Und er starrte sie an, als ziehe er ihr Angebot in Betracht oder versuche zumindest, es zu verstehen. Das mit dem Geldwechsel habe ich selbst oft genug zu verstehen versucht. Ich meine, die Leute auf der Straße zahlen einem bei Reise-Schecks mehr als den offiziellen Wechselkurs. Dann verkaufen sie die Reiseschecks für mehr, als sie sie gekauft haben. An wen auch immer sie sie verkaufen, der muß sie wohl doch ebenfalls für mehr verkaufen, als er bezahlt hat, und so weiter, und so fort, und ich frage mich, wo endet das? Steckt da nicht jemand am Ende der Reihe ganz schön in der Klemme, wenn er sie für den offiziellen Wechselkurs verkaufen muß und jede Menge Geld verliert?

Auf jeden Fall stand George auf der Straße und starrte die Leute an, als habe er Schwierigkeiten, sich zu konzentrieren, bis sie es aufgaben und weiterzogen.

»Schau mal«, sagte er immer wieder. »Schau mal, Freds. Da liegt ein Abfallhaufen. Direkt auf der Straße.«

»Richtig, George. An dem gehen wir jeden Tag vorbei.«

»Kühe fressen den Abfall. Ratten. Hunde. Kinder.«

»Richtig.«

Wir gingen weiter.

»Gehen wir zum Old Vienna«, sagte er plötzlich.

»Bist du sicher, daß deine Gesundheit das verkraftet?« fragte ich.

»Ist mir egal.«

Aber in Wahrheit war es ihm nicht egal. Er hatte so sehr gelitten, daß er vorsichtig wurde, als das Essen auf den Tisch kam, und zum Schluß kam, er solle wirklich kein Fleisch essen, da wir niemals genau herausgefunden hatten, woher Eva das Fleisch bekam. Er löffelte etwas Gulaschsoße und ließ mir die Wasserbüffelstückchen übrig, und schnüffelte dann zweifelnd an unserem Essen und sah mir traurig zu, wie ich mein Pariser Schnitzel und den Apfelstrudel mit Schlagsahne aß.

Als wir schließlich träge hinaustrotteten, fühlte sich George also etwas niedergeschlagen, obwohl der letzten *Trebbie* zufolge, die wir in einem Second-Hand-Geschäft hatten auftreiben können, die Grenzkrise ziemlich beigelegt war. Doch als ich die Zeitung zusammenfaltete, sah ich auf einer der hinteren Seiten einen kleinen Füllartikel mit der Überschrift: »Der Everest ist immer noch der höchste«.

»He, sieh dir das mal an«, sagte ich zu George und las ihm den Artikel vor. »›Anfang dieses Jahres haben Wissenschaftler der University of Washington die Bergsteigerwelt verblüfft, indem sie berechneten, der K2 sei 8858 Meter hoch. Nun hat ein italienisches Team den Everest wieder dorthin gesetzt, wohin er gehört, nämlich mit der neuen Höhe von 8872 Metern an die erste Stelle. Das Team berechnete auch den K2 neu und stellte fest, daß er 8616 Meter über dem Meeresspiegel liegt. Die Amerikanischen Bergsteiger sind bereit, die italienischen Messungen zu akzeptieren.‹ Was sagt man dazu! Tolle Neuigkeiten was? Jetzt mußt du wenigstens nicht mehr mit Kunga Norbu und mir den K2 besteigen.«

»Gut«, sagte George.

»Und du hast Shambhala gerettet«, fuhr ich fort. »Du hast das heiligste, wichtigste verborgene Tal der ganzen Welt gerettet.«

»Gut«, sagte er. »Aber wir brauchen da oben trotzdem noch ein paar Benzinöfen.«

»Nicht unbedingt. Hast du nicht gehört? Der Rimpoche will deine Idee ausprobieren – sie fertigen ein Keramikrohr an, um die ewige Flamme in eine Gemeinschaftsküche zu leiten, vielleicht sogar in mehrere. Dr. Choendrak und einige andere Mönche haben schon die ersten Entwürfe gemacht.«

»Gut.«

Aber er war noch immer niedergeschlagen und sah sich noch immer um, als wir durch Thamel zum Hotel Star gingen. »Freds, da wächst *Gras* auf dem *Dach*.«

»Mir gefällt Gras auf dem Dach.«

»Freds, das ist eine der größten Straßen der Hauptstadt dieser Nation, und das ist *Schlamm*.«

»Richtig.«

»Und das ist die *Hauptstadt* dieses Landes.«

»Richtig. Aber den findest du auch in Teilen von Washington, D. C., wenn ich mich recht entsinne.«

Er seufzte. »Ja, aber trotzdem ...«

Dann liefen wir dem Bettler und seiner Tochter über den Weg. Sie standen da Hand in Hand und streckten uns beide freie Hände entgegen. Sie sahen aus wie immer, nur daß sie wegen des Monsuns nasser waren, der Bettler mit seinem Lächeln, bei dem er einige Zahnlücken entblößte, und das kleine Mädchen, das in ihrem Kleid wie ein UNICEF-Poster aussah und gar nicht so viel anders als Sindus kleiner Junge oben im Tal, und George sagte: »Oh, Mann«, und wühlte in seiner Brieftasche, holte eine Handvoll Rupien hervor und gab sie dem Bettler. Der Bettler nahm sie und trat zurück; er wirkte schockiert.

George ging ihm nach und sah zu mir zurück. »Freds, wir müssen etwas tun, meinst du nicht auch?«

»Du hast gerade etwas getan, George.«

»Ja, aber das reicht nicht! Ich meine, könnten wir sie nicht anstellen, unsere Zimmer zu säubern oder die Hotelhalle zu fegen, damit sie einen Job haben?«

»Die Portiers haben diesem Mädchen mit dem Baby auf dem Rücken den Job gegeben. Das war wohl ein ähnlicher Fall.« Und in der Tat lief das Geschäft des Bettlers gut; sein kleines Mädchen war in dieser Gegend eine Menge Rupien wert. Anderen Bettlern ging es im Vergleich zu ihm wirklich schlecht. Aber das sagte ich nicht.

»Aber könnten wir nicht ... könnten wir ihnen nicht sagen, daß sie einfach unsere Zimmer machen sollen?«

»Sie würden dich nicht verstehen.«

Der Bettler und das Mädchen zogen sich vorsichtig von uns zurück und marschierten dann davon. George ließ die Schultern hängen.

»Wir können nichts tun, was?«

»Nein. Nur das, was du gerade getan hast, George.«

Wir erreichten das Star, gingen auf unsere Zimmer, lasen den Rest der *Trib*, rauchten ein Pfeifchen zur Nacht und lachten über das tolle Abenteuer, wie wir Shambhala gerettet hatten, ganz zu schweigen vom Weltfrieden. Und wir riefen uns unsere Besteigung des Everest in Erinnerung zurück, und die Befreiung und Freilassung Buddhas, und ich erzählte George zum ersten Mal, wie Buddha und ein paar seiner Brüder bei der Schlacht um Chhule aufgetaucht waren, um uns zu helfen. »Nein«, sagte er. »Du willst mich verarschen.« Und er wollte mir einfach nicht glauben. »DU WILLST MICH VERARSCHEN!«

Das ließ mich kichern. »Ist das nicht meine Dialogzeile?«

Und er lachte, und wir unterhielten uns noch etwas, über Nathan und Sarah, Jimmy und Rosalynn und alle die anderen und hatten jede Menge Spaß.

Doch George nahm die Dinge nicht leicht, wirklich nicht. Er war rastlos. Als ich gerade im Begriff stand, endgültig zusammenzubrechen, sagte er, er wolle zum K. C. gehen und sich ein Bier trinken. Ich erwiderte, er solle es nach seiner Genesung nicht übertreiben, da er immer noch wie der Sensenmann aussah, mit frischen Narben und schwarzen Ringen unter den Augen, das Vorbild eines jeden Magersüchtigen auf der Welt, doch er versicherte mir, er sei in Ordnung, und tigerte los.

Ein paar Stunden später weckten mich jedoch die Flöhe in meiner Matratze, und ich sah in Georges Zimmer nach und stellte fest, daß er noch nicht zurück war. Es war spät für das K. C. Besorgt, daß er sich besoffen hatte und zusammengebrochen war, machte ich mich auf, nach ihm zu suchen.

Thamel war dunkel, es war spät, und die schmalen Straßen waren fast leer. Kein Geräusch bis auf die Hunde, die in der Nachbarschaft bellten. Das K. C. war geschlossen, und das ganze Viertel lag in pechschwarzer Dunkelheit da.

Und so stolperte ich fast über ihn. Er hatte den Bettler und seine Tochter gefunden, die an der Wand der German Pumpernickel Bakery schliefen, unter einer breiten Dachrinne, wo sie Schutz vor dem Regen fanden und etwas Wärme von den Öfen auf der anderen Mauerseite bekamen. George und der Bettler saßen mit dem Rücken an der Wand, und das kleine Mädchen lag ausgestreckt zwischen ihnen. Alle drei schliefen fest. Georges Kopf ruhte an einem Ziegelstein, und er schnarchte wie eine Säge, und sein Gesicht war ganz eingefallen, als läge er seit vierzig Jahren tot in einer Wüste. Ich trat leicht gegen seine Stiefelsohlen, und er zuckte zusammen, öffnete die Lider und starrte mit glasigen Augen hoch, ohne wirklich etwas zu sehen. »Wach auf, Bruder«, sagte ich leise. »Komm nach Hause.«

Keine Antwort von George.

Vierter Teil
Das unterirdische Königreich

1

Es ist erstaunlich, wie kurz die Unschuld der Jugend nur währt.

In meinem Fall währte sie eigentlich fast vierzig Jahre, doch ich bemerkte sie erst, nachdem sie verschwunden war, und so hatte ich natürlich nicht das Gefühl, als hätte sie lange gewährt. Höchstens ein paar Sekunden. Und danach war ich erfahren. Ich wußte es. Ich ging über die Straßen Katmandus, auf denen sich die Menschen drängten, was mir immer große Freude bereitete, und sah nun nur noch Verwahrlosung, Armut und falsche Stadtplanung.

Und Sie wissen, wessen Schuld das war.

Und so lag ich eines Abends in meinem Zimmer im Hotel Star mit der *Tribbie* auf dem Bett und fragte mich, ob eine Zeitung wirklich die Wahrheit über die Welt schreiben konnte, und wußte nun, daß das wohl doch der Fall war. Und jemand klopfte an meine Tür. Ich öffnete sie, und da stand Freds Fredericks, der aussah, als sei er gerade aus dem Himalaja zurückgekehrt.

Ich schlug schnell die Tür zu und schloß sie ab. »Verschwinde hier, Freds!« sagte ich laut. »Ich will nie wieder dein Gesicht sehen!«

Gedämpfte Proteste von draußen. Ich ignorierte sie, kehrte auf mein Bett zurück, griff mir die Zeitung und steckte die Nase hinein. »Verschwinde!« rief ich zur Tür. *Bang bang bang.* »Verschwinde, verdammt noch mal!«

Meine Tür teilt sich die Vorderwand des Zimmers mit einem Fenster, und das Fenster bestand aus drei Scheiben – eine große, flankiert von zwei schmalen, die auf Drehzapfen montiert sind. Diese schmalen Fenster kann man wie kleine Drehtüren öffnen, um eine frische Brise hinein- oder Rauch hinauszulassen. Als ich nun zu lesen versuchte, sah ich, wie Freds' Hand die schmale Scheibe neben der Tür drehte, dann hineingriff und nach dem Türknopf tastete. Mit einer Drehung hatte er die Tür geöffnet.

Soviel zu den Sicherheitsvorkehrungen im Hotel Star.

Es war sowieso hoffnungslos; zweifellos hatte Freds bereits ein Zimmer gemietet, wahrscheinlich das nebenan, in dem er normalerweise wohnte. Ich würde ihm nicht ausweichen können. »Was willst du?« sagte ich und warf die Zeitung zu Boden.

»Nichts, George. Weißt du, ich komme gerade aus dem heiligen Tal zurück und dachte, ich schaue mal vorbei und sehe, wie es dir geht.«

»Mir geht's gut«, sagte ich. »Ich wiege fast schon wieder soviel wie in der achten Klasse.«

»Das ist gut, George, echt gut. Du siehst auch gut aus. Man kann die Narben kaum noch sehen.«

»Wunderbar.«

Freds setzte sich auf den einzigen Stuhl des Zimmers. »Hör zu, George, ich muß dich um einen kleinen Gefallen bitten – Ahhh! – He! – Nein! – *He*! Einen wirklich kleinen, George! Einen *wirklich* kleinen!«

Mittlerweile waren wir auf dem Gang, und ich hatte ihn an der Kehle gepackt. Ich wußte nicht mehr genau, wie wir dorthin gekommen waren. Diese Eigenschaft, die ich in letzter Zeit entwickelt hatte, erfüllte mich mit Besorgnis. Erinnerungslücken. Phasen der Amnesie oder übertriebene Gefühlsreaktionen. Wahnsinn – ja, darüber sprechen wir hier.

Ich lockerte meinen Griff um seine Kehle und sagte vorsichtig: »Muß ich irgend etwas tun?«

»Nein! Gar nichts!«

»Gut.« Ich kehrte in mein Zimmer zurück und ließ mich schwer auf das Bett fallen. Seit meiner letzten Begegnung mit Freds ermüde ich immer so schnell.

In Wahrheit hatte ich genug von Freds Fredericks. Er war die Schlange in meinem Garten; er hatte den verfaulten Apfel des Wissens genommen und ihn mir in die Kehle gestopft, und ich war daran erstickt. Und nun machte mir nichts mehr in Nepal Spaß.

»Was ist es diesmal?« sagte ich und verspürte unwillkürlich das Gefühl, ich würde gleich hören, wie ein Urteil über mich gefällt wurde.

»Nichts, George, wirklich. Nichts. Entspanne dich. Es ist nur, daß meine Freunde Gaubahal und Daubahal unten in Chitwan ein neues Dschungelcamp eröffnet haben und Kunden brauchen, um die Sache ans Laufen zu kriegen. Du weißt schon, ein Ort wie Tiger View, nur billiger. Wenn wir dort eine Woche Urlaub machen, geben sie uns achtzig Prozent Rabatt.«

»Nein«, sagte ich. »Ich hasse den Dschungel.«

»Ich auch«, sagte Freds, »aber Gaub und Daub haben da ein wirklich schönes Plätzchen direkt an der Grenze zum Chitwan-Nationalpark, ein paar neue Bungalows und Hochsitze und so weiter. Wir müssen nur essen und trinken und herumhängen und Vögel und Tiere und so weiter beobachten.«

Allmählich erfüllte mich Grauen. »Auf keinen Fall.« Natürlich wußte ich, daß er etwas ausließ. Ich war mir nur nicht sicher, was oder warum, aber ich wußte es. Als Freds mich die letzten Male um einen Gefallen gebeten hatte, war es darauf hinausgelaufen, daß ich danach meinen ganzen Körper durch einen Ärmel meines Hemdes schieben konnte. Ich wußte, daß ich mit dem, was er diesmal vorhatte, nichts zu tun haben wollte.

»Komm schon, George. Du siehst aus, als könntest du die Erholung echt gebrauchen. Ich mache es auf jeden Fall, und es wäre doch toll, wenn du mitkommst. Wir können auf Elefanten reiten und so weiter.«

»Auf keinen Fall. Keine Chance.«

2

Also machte ich Urlaub in Chitwan. Wir wurden in aller Herrgottsfrühe von einem Landrover abgeholt, der schon mit Deutschen vollgestopft war, die darauf beharrten, keine Deutschen, sondern *Bayern* zu sein, und die Fahrer brachten uns in südwestliche Richtung ins Terai hinab, das Tiefland im südlichen Nepal, das zur Ganges-Ebene gehört. Früher hatte ich Fahrten in diese Richtung immer genossen, nach Pokhara und dem Wilden Westen Nepals; doch nun sah ich an der Straße nur verfallene Dörfer mit hungrigen Gesichtern, die in unsere Fenster starrten.

Wir erreichten das Ende der Straße, tief in den Boonies, und wurden von unserem Campverwalter Daubahal begrüßt, der besorgt aussah. Anscheinend hatte der Jeep des Camps seinen Geist aufgegeben. Das Camp befand sich auf der anderen Seite eines breiten, aber flachen Flusses, und ohne den Jeep konnten wir es nicht erreichen, und wir wußten auch nicht, wo wir die Nacht verbringen sollten. Es kam nicht in Frage, den Fluß mit dem Landrover zu durchqueren; er wäre abgesoffen. Daubahal, ein kleiner, eifriger Hindu, führte über ein Walkie-talkie ein eindringliches Gespräch, und nach vielleicht einer Stunde erschien am anderen Ufer ein Zug Elefanten, deren Führer hinter ihren Köpfen saßen. Sie durchwateten den Fluß langsam; an manchen Stellen reichte den Tieren das Wasser bis zu den Schultern. »Klasse«, sagte Freds. »Wir setzen auf Elefanten über.«

So war es dann auch. Die Elefanten knieten nieder, und wir stiegen die elastische Haut ihrer gebogenen Beine auf riesige Holzsättel hinauf, die man ihnen auf den Rücken geschnallt hatte. Diese Sättel waren eigentlich viereckige Plattformen mit Holzgeländern, die an den vier Ecken von hölzernen Pfosten gehalten wurden. Wir setzten uns, schlangen die Beine um die Pfosten und ließen die Arme über die Geländer baumeln, jeweils vier Personen pro Elefant, die Führer nicht eingerechnet, die den Tieren ein paar Schläge versetzten, nachdem wir aufgestiegen waren, damit sie sich erhoben, und dann ihre Rüssel hinaufkletterten und ihre Positionen hinter den Köpfen einnahmen. Und wir schwankten in den Fluß.

Ich saß zum ersten Mal auf dem Rücken eines Elefanten und war beeindruckt, wie groß sie waren und wie unregelmäßig wir uns bewegten. Die Plattform hatte kein Gelenk, und der Trott unseres Elefanten warf sie unberechenbar hin und her. Ich erfuhr, daß Elefanten beim Gehen ein Bein vorsetzen und es so steif wie einen Pfosten halten; wenn das Bein dann irgendwann hinter der Vertikalen ist, setzen sie es auf, und es gibt abrupt am Knie nach. Die Ecken der Plattform, die auf den vier höchsten Punkten des Geschöpfes sitzen, erheben sich langsam und fallen dann in einem Rhythmus, den ich nicht entschlüsseln konnte, mit dem aufsetzenden Bein ab. Es war eine zufällige Bewegung, als säßen wir auf einem kleinen Floß, und Wellen rollten aus jeder Richtung unter uns hinweg. Wenn man für die Seekrankheit anfällig war, konnte es einem Probleme bereiten, und nach einer Stunde oder so hatte jeder Passagier für den Rest des Tages Rückenschmerzen.

So zogen wir also in den Dschungel von Chitwan. Wir bewegten uns unter großen Bäumen einher; Daubahal erklärte uns, es seien Saal-Bäume. Sie wurden etwa zwölf oder fünfzehn Meter hoch und standen ziemlich weit auseinander. Unter ihnen war das Gebüsch ziemlich spärlich. Ich hatte mir den Dschungel anders vorgestellt, ein dichtes, üppiges Grün wie im Amazonas.

Wir stampften bei Sonnenuntergang in das Lager, das sich als angenehmer Kreis aus neuen Holzbungalows erwies, komplett mit Kieswegen, blühenden Büschen, einer Elefantenaufsitz-Plattform und einem Speisesaal mit einer großen Bar, die jeder augenblicklich aufsuchte. Es war die erste Bar im African Queen-Stil, die mir untergekommen war und die nicht unglaublich kitschig aussah, und wir kippten Mai-Tais und Fruchtpunsch-Kamikazes, bis es wirklich eine hervorragende Idee gewesen zu sein schien, hierher zu kommen, und gingen bei Laternenlicht zu Bett. Freds und ich teilten uns einen Bungalow.

Und eine Zeitlang schienen die Dinge zu sein, was zu sein sie vorgaben. Wir machten Urlaub im Dschungel. Als Kollege im nepalesischen Tourismus-Gewerbe tat mir Daubahal, der das Camp leitete, etwas leid. Oben im Himalaja hat man eine Menge zu tun, wenn man nur von einem Ort zum nächsten wandert; hier hockten wir einfach da und konnten nirgendwo hin. Man konnte nicht allein loswandern, da man sich im Dschungel zu leicht verirren konnte, und irgend etwas dort draußen mochte einen vielleicht niedertrampeln oder fressen. Der Jeep war außer Betrieb, so daß wir auch nicht auf den schmalen, unbefestigten Pfaden herumfahren konnte, die irgendwann einmal jemand ins Unterholz geschlagen hatte. Und der Hochsitz des Camps war aus irgendeinem Grund ein gutes Stück außerhalb des Bungalowkreises errichtet worden, so daß es riskant war, nachts zu ihm zu gehen; und er verfügte sowieso über kein Licht, so daß man sowieso keine nächtlichen Aktivitäten hätte beobachten können, wenn man sich dorthin gewagt hätte. Und da man tagsüber von ihm aus nichts sehen konnte, stand er unbenutzt herum.

Damit blieben Elefantenritte übrig. Jeden Morgen wurden wir bei Anbruch der Dämmerung geweckt und durften vor dem Frühstück auf einem Elefanten durch den Dschungel schaukeln. Es war, als hätte man ein paar Stunden auf einem nicht ganz funktionierenden bunten Metallpferd vor einem Supermarkt verbracht, auf einem, das hart und unregelmäßig schaukelte. Niemand, der älter als fünf Jahre ist, will noch auf so einem Ding reiten, und oft fragen sich sogar die kleinen Kinder mitten während ihres Ritts, ob die Sache nun wirklich Spaß macht oder nicht. Eine Stunde davon, und sie wissen es.

Angeblich ritten wir herum, um nach Tieren Ausschau zu halten, doch in Wirklichkeit sind die meisten Tiere ziemlich scheu und laufen davon, wenn sie einen kommen hören. Und so ein Elefantenritt ist nicht die beste Möglichkeit, sich an sie anzuschleichen. Und in der Tat sahen wir niemals ein Tier. Das heißt, abgesehen von einem Nashorn dann und wann. Anscheinend haben Nashörner schlechte Augen und Ohren, und nach ihrem Gesichtsausdruck zu urteilen, ist es um ihren IQ auch nicht besonders bestellt; man sieht ein Nashorn an und weiß sofort, warum die Dinosaurier ausgestorben sind. Es war gar kein Komet nötig, um die Burschen auszurotten.

Die Nashörner, auf die wir stießen, mochten unsere Elefanten nicht, und die Elefanten mochten die Nashörner nicht. Wann immer wir eins sahen, blieben die Elefanten stehen, und die Nashörner arbeiteten sich aus ihrem Schlammbad, standen dann da und blinzelten uns an. Wir wurden alle sehr still, und die Führer drängten ihre Tiere sanft in die Richtung des Nashorns, und dann waren wir nur noch zwanzig oder dreißig Meter von einem wirklich bizarren Tier mit dicker Gummihaut entfernt, einer Kreuzung zwischen einem Panzer und Mr. Magoo, mit dem Gesicht eines Dinosaueriers und einem sehr argwöhnischen Ausdruck, das dermaßen fehl am Platze wirkte, als hätte man es vom Boden des Meeres hochgezogen und dort ins Gras fallen lassen. Kein Geräusch bis auf das Klicken der Kameraverschlüsse. So ein seltsamer Anblick war die Elefantenritte fast wert.

Dann trottete das Nashorn davon, und wir schaukelten über Grasmeere zurück zum Lager, wo wir frühstückten und wieder ins Bett gingen. Nach einem üppigen Mittagessen saßen wir dann herum, beobachteten, wie Daubahal sich wand, und er ließ die Schultern hängen und sah auf sein Klemmbrett, und schließlich hob er seinen Kugelschreiber, als habe er gerade eine Idee gehabt, und sagte fröhlich: »Okay! Für heute nachmittag – Elefantenritt!« Und alle stöhnten laut auf und beschwerten sich über Nierenverletzungen oder darüber, daß ihre Versicherungen nicht für chiropraktische Schäden aufkamen, und die meisten weigerten sich und verbrachten den Nachmittag trinkend in der Bar, wie es jeder vernünftige Mensch getan hätte.

Doch Freds hatte natürlich einen Narren an den Elefantenritten gefressen. Und er überredete mich oft genug, ihn zu begleiten. Eigentlich war das gar nicht so schwer, da mir als ebenfalls im Tourismus tätiger Kollege Daubahal wirklich leid tat. Man neigt dazu, es persönlich zu nehmen, wenn die Kunden stöhnen und spotten und die Nase über die geplanten Aktivitäten rümpfen. Also stiegen wir die Stufen der Aufsitzplattform hoch, gingen an Bord und ritten den ganzen Nachmittag auf einem Elefanten durch den Dschungel – ziellos, unbequem und gelangweilt.

Doch ich muß eingestehen, daß die Ritte manchmal auch etwas für sich hatten. Wir erfuhren, daß der Dschungel von Chitwan ausgeprägte Zonen hatte; eine Menge davon bestand als Saalwald, aber es gab auch dichtere Knoten aus kleinerem Unterholz und Bäumen; Bambusdickichte; offene Streifen mit Elefantengras, das seinen Namen zurecht trug, da es aussah wie normales Gras, aber fünf Meter hoch war (Freds sagte: »Wenn ich mir mal in einer Vorstadt ein Haus kaufe, pflanze ich dieses Zeug an, kannst du dir das vorstellen?«); und eine Reihe offener Geröllzonen, die von flachen Flüssen umsäumt wurden. Gelegentlich stießen wir auf ein Nashorn oder sahen, wie ein aufgeschrecktes Reh davonlief. Einmal erhaschten wir einen Blick auf einen Schakal. Bunte Vögel blitzen vorbei, darunter auch ein blaues und bronzefarbenes Ding, das aussah, als bestünde es aus Juwelen. Und an einem Flußufer fanden wir, tief in den Sand eingedrückt, perfekte Spuren eines Tigers. Der Abdruck einer Katzenpfote, so groß wie meine ausgestreckte Hand. »Mein Gott«, sagte Freds und beugte sich über das Geländer, bis er fast runterfiel. »Das ist aber eine große Tatze, was?« Die Bayern machten Fotos von den Spuren; näher würden wir in unserem Lager einem Tiger nicht kommen, und als ich zu den Abdrücken hinabsah, tat es mir nicht leid.

Und dann, als wir eines Nachmittags bei Sonnenuntergang nach Hause stapften, kamen wir zu einer Lichtung an einem Fluß und konnten im Norden einen Hügelzug sehen, einen der ersten Ausläufer des Himalaja, bloße grüne Hügel, aber wahrscheinlich trotzdem dreieinhalbtausend Meter hoch, und während ich hinübersah, kam mir in den Sinn, daß ich mich auf der indischen tektonischen Platte befand, während dieser Hügelzug auf der asiatischen Platte lag, und ich konnte es gewissermaßen sehen, gewissermaßen die Kollision spüren (ein stoßendes und knirschendes Auf und Ab), und die letzten Sonnenstrahlen färbten die Luft mit einem dunklen, rauchigen Rot und das

Elefantengras bronze, und Freds sah mich mit seinem verrückten Grinsen an, und ich verspürte bis in die Knochen ein leises Glühen. Ich hätte in diesem Augenblick in einem Verkehrsstau auf einem Freeway in L. A. stecken können, doch statt dessen war ich mitten in Asien, auf dem Rücken eines Elefanten im Dschungel. Ich konnte nicht anders, ich mußte Freds' Grinsen einfach erwidern.

Abgesehen von den Schäden, die man sich zuzog, wenn man in nur drei Tagen zwölf Stunden auf einem Elefantenrücken verbringt, war unser Urlaub im Royal Chitwan Jungle Camp also wirklich in Ordnung. Verglichen mit dem, was ich durchgemacht hatte, als ich Freds die letzten paar Male begleitete, war es in der Tat die reinste Erholung. Das machte mich natürlich überaus nervös. Als nichts Außergewöhnliches geschah, wuchs in mir Nacht für Nacht der Argwohn und der allgemeine Schrecken. Die winzigsten Zwischenfälle nährten meine Beunruhigung – Freds verschwand zum Beispiel einen Nachmittag lang. Oder als er mit einem der Elefantenführer sprach. »Freds, ich dachte, du hast gesagt, du sprichst kein Nepalesisch.«

»Tu' ich auch nicht, George, ich spreche Tibetanisch.«

»Dann ist dieser Elefantenführer wohl Tibetaner.«

»Richtig.«

Ein tibetanischer Elefantenführer. Grund zum Nachdenken.

Ich tat dies, eines Abends in der Bar, und es machte mich noch nervöser. Um ein namenloses Entsetzen zu unterdrücken, griff ich auf eine Sturznarkose mit den Kamikaze-Drinks zurück und fühlte mich schon bald besser. Dann hatte es jedoch den Anschein, daß ich mich etwas zu gut fühlte, und ich taumelte zu unserem Bungalow und legte mich flach.

Ich weiß nicht, wieviel später Freds mich weckte, indem er mich aus dem Bett zu Boden rollte. Irgendwann mitten in der Nacht; ich war immer noch betrunken, so sehr, daß ich mich nicht erinnerte, wo ich war. Doch als Freds »Na, komm' schon, George, ich brauche deine Hilfe!« sagte, hatte ich noch genug Grips beisammen, um »Nein!« zu rufen und zu versuchen, unter das Bett zu kriechen.

Doch Freds zerrte mich wieder hervor. Leider hatte ich mich mit meinen Kleidern schlafen gelegt, und er rammte meine Füße in die Stiefel. »Komm schon«, sagte er mit einem aufgeregten Flüstern. »Du sollst nur eine Stunde oder so auf Sunyash aufpassen, während Dawa und ich uns in dieser Höhle umsehen, die wir gefunden haben.«

»Sunyash?«

»Du weißt schon, der größte Elefant.«

3

Ich wußte nichts von dem größten Elefanten. Doch als Freds mich zu dem Aufsitz-Podest schleppte, erkannte ich ihn – oder besser sie, denn es war eine Kuh. Ich hatte mehrere Stunden auf ihrem Rücken verbracht und war ziemlich vertraut mit ihr geworden – mit der lockeren, faltigen grauen Haut, die beim Laufen über ihre massiven Schultern vor- und zurückglitt, und mit den rosa Flecken auf ihrem Nacken und dem einen Dutzend Haarbüscheln auf ihrem Kopf. Ein beeindruckendes Tier, und ihr Führer Dawa hatte es gut im Griff. Er saß bereits auf ihrem Hals und hatte die nackten Füße unter den Spitzen ihrer Ohren verhakt. Elefantenführer leiten ihre Schutzbefohlenen mit einem Eisenstab, der wie ein Kaminschürhaken aussieht, nur, daß er an dem Ende, auf das es ankommt, schärfer ist. Viele Führer im Lager setzten ihre Eisen rücksichtlos ein, schlugen die Elefanten auf die rechte oder linke Kopfseite, damit sie die Richtung änderten, und stachen sie mit dem spitzen Ende, damit sie weitergingen, wenn sie zögerten; bei einigen Führern war auf jeder Wanderung Blut zu sehen. Ein paar waren jedoch sanfter, und zu denen gehörte Dawa; er führte Sunyash, indem er mit ihr sprach oder sie im äußersten Fall leicht mit den Fersen trat. Ich hatte nie gesehen, daß er seinen Stab einsetzte.

Nun unterhielten er und Freds sich auf Tibetanisch, und plötzlich konnte ich selbst in der Dunkelheit erkennen, daß er auch wie ein Tibetaner aussah; er sah aus wie die Khampas von Shambhala. Plötzlich kam mir wieder in den Sinn, daß Freds etwas davon gesagt hatte, eine Höhle zu erkunden.

»Freds«, sagte ich, als wir davontrotteten. Obwohl ich schnell nüchtern wurde, mußte ich mich am Geländer der Plattform festhalten; die sattelwunden Beine hatte ich um einen Eckpfosten geschlungen. »Was tust du mir diesmal an?«

»Nichts, George. Nur ein Ritt. Außerdem ... wann habe ich dir jemals etwas angetan?«

Ich wollte ihn schlagen, hatte aber keine Hand frei. »Du hast mich auf der Südseite des Everest eine Nacht lang in eine Schneehöhle gesteckt«, sagte ich wütend. »Du hast mich einen Monat lang durch die Bürokratie von Katmandu kriechen lassen! Du hast mich als *Brücke* benutzt.«

»Nicht absichtlich. Außerdem wird es diese Nacht ganz anders sein.«

»Sag mir, was du vorhast, oder ich springe sofort von Bord.«

»Nun überstürze nichts, ich wollte es dir gerade erzählen, sobald wir ein gutes Stück vom Lager fort sind.«

»Also raus damit. Was hat es mit dieser Höhle auf sich?«

»Nun ja, du erinnerst dich doch noch an das Tunnelsystem, das wir bei unserem Überfall auf Chhule benutzt haben? Das ist *ein* großes Tunnelsystem, größer, als man erwarten könnte, und ein Großteil davon liegt unter Katmandu selbst, doch bei all den Bauvorhaben in letzter Zeit sind die meisten Eingänge zugebaut oder versperrt worden. Das bereitet den Leuten in Shambhala Probleme, weil sie die Tunnels für den Gütertransport benutzen, und um ungesehen nach Katmandu zu kommen ...«

»Augenblick mal«, sagte ich und fühlte, wie die Kamikaze-Drinks in mir hin und her schwappten, was eine gewisse Übelkeit hervorrief. »Willst du damit sagen, daß Tunnels von Shambhala bis nach Katmandu führen?«

»Aber ja! Es gibt überall unter dem Himalaja Tunnels. Und ein großes Netzwerk unter Katmandu.«

Ich versuchte, das zu verkraften.

»Aber jetzt haben sie ein Problem. Alle Gänge nach Katmandu sind unterbrochen«, sagte Freds, »und sie wollen nun eine alte Öffnung hier im Terai benutzen. Die geriet in den letzten paar Jahrhunderten ziemlich in Vergessenheit, und Dawa und ich haben uns ein bißchen nach ihr umgesehen, und wir glauben, wir haben sie gefunden, aber ich will verdammt sein, wenn sie nicht direkt neben dem Tiger View liegt.«

»Direkt neben dem Tiger View.«

»Ja, das ist eins der großen, teuren Camps drüben im Park, wie Tiger Tops. Ein kleiner Felsvorsprung erhebt sich direkt im Süden dieses Tiger View-Camps, und dort liegt eine Höhle, und Dawa ist ziemlich sicher, daß es sich dabei um einen der Eingänge zum Tunnelsystem handelt. Also müssen wir sie des Nachts überprüfen.«

»Sind des Nachts nicht jede Menge Tiger am Tiger View?«

»Ja, aber Sunyash wird sie verscheuchen.«

Ich seufzte. »Freds, warum bin ich hier?«

»Um Gutes auf dieser Erde zu tun, George. Deshalb sind wir alle hier.«

»Ich meine, warum bin ich heute abend hier bei euch? Warum habt ihr mich mitgeschleppt?«

»Dawa und ich wollen diese Höhle überprüfen und uns vergewissern, daß es sich um den Tunneleingang handelt, und es muß jemand bei Sunyash bleiben, damit sie nicht davonspaziert. So einfach ist das.«

Mir war so schlecht, daß ich eine Weile nicht antworten konnte. »Du hast mich belogen«, sagte ich schließlich. »Du hast gesagt, daß sei nur ein Urlaub.«

»Na ja, ich dachte, ich lasse diesen Teil lieber aus, damit du dir keine Sorgen machst. Stell dir doch vor, du wärest auf Schatzsuche.«

»Eine nächtliche Schatzsuche in einem Dschungel mit Tigern. Auf dem Rücken eines gestohlenen Elefanten.«

»Sie ist nicht gestohlen, wir borgen sie nur aus.«

Ich gab es auf.

Sunyash trampelte unter dem Baldachin der Saalbäume weiter durch den Dschungel. Ein Halbmond stand im Himmel, so daß wir etwas Licht hatten – die Formen schwarz auf schwarz, und in einem gelegentlichen Strahl Mondlicht konnten wir unheimliche Bäume und hinabhängende Ranken ausmachen. Sunyash erzeugte zu viel Lärm, als daß wir sonst noch etwas hören könnten, doch als Dawa sie anhalten ließ, um sich umzusehen, umschlangen uns die Geräusche des nächtlichen Dschungels wie ein guter Soundtrack: ein Knistern und Rascheln, das Zirpen von Insekten, das leise Husten eines Tiers. Es war viel dschungelhafter als bei Tageslicht, und das Wissen, daß die Tiger zu ihren nächtlichen Streifzügen aufgebrochen waren, fügte eine Spannung hinzu, die man bei Sonnenschein nicht hatte. Freds hatte wahrscheinlich recht, wenn er behauptete, kein Tiger würde in der Nähe bleiben, wenn ein Elefant kam, doch es machte mich trotzdem nervös.

Wir schaukelten lange weiter, so lange, daß ich fast wieder eingeschlafen wäre. Dann stieß Freds mich an, und ich sah zu unserer Rechten ein Leuchten; »Tiger View«, sagte er. »Das sind die Lichter, die sie anmachen, damit sie die Tiger sehen können.«

»Ah.«

»Wir sind fast da. Es muß irgendwo da oben sein.«

»Schön.«

Wir bewegten uns durch die Dunkelheit. Ich hielt mich an meinem Pfosten und dem Geländer fest.

Schließlich ließ Dawa Sunyash anhalten. Zuerst sah es für mich hier so aus wie überall sonst auch, doch dann bemerkte ich im Mondlicht einen kleinen dunklen Hügel – eine von Sträuchern bedeckte Felskuppe, auf deren Kuppe mehrere kleine Saalbäume wuchsen. Die Scheinwerfer vom Tiger View waren immer noch ganz in der Nähe, aber nun hinter uns – zwischen uns und unserem Lager, schätzte ich.

Freds und Dawa glitten von Sunyash hinab. »He!« sagte ich.

»Wir binden sie an diesen Baum«, sagte Freds zu mir hinauf. »Halte deine Füße auf ihrem Rücken, damit sie weiß, daß du da bist. Wir kommen so schnell wie möglich zurück; länger als eine Stunde werden wir wohl nicht brauchen.«

»He!« protestierte ich. Doch sie waren schon fort. Ich saß allein auf dem Rücken eines Elefanten, des Nachts mitten im Dschungel. Hier lag eine klassische Freds-Operation vor. Doch so nervös ich auch war, sie kam mir, verglichen mit den Situationen, in die er mich zuvor gebracht hatte, eher als harmlos vor. Ich machte es mir bequem, die Stiefel fest auf Sunyash' breiten Rücken gedrückt, und sie machte es sich vor einem Bambusbüschel bequem, um einen kleinen Mitternachtssnack einzulegen, und in meiner Trunkenheit hatte ich den Eindruck, ziemlich unbehelligt aus dieser Sache herauszukommen. Es war nicht einmal so kalt. Ich war daran gewöhnt, des Nachts in Nepal hinauszugehen und augenblicklich zu frieren, doch hier unten im Terai war es nur etwas kühl und feucht, und ich saß überdies direkt auf einer ziemlich wirksamen Heizung. Also legte ich mein Kinn auf das Geländer, versuchte, die nächtlichen Dschungelgeräusche zu ignorieren und ein paar Äste zu sägen.

Ich schien gerade einzuschlafen, als mir auffiel, daß ich eigentlich überhaupt keine Dschungelgeräusche hörte. Das kam mir komisch vor. Und Sunyash hob vor mir ihren großen Kopf, und sie hatte den Rüssel ausgestreckt und schien anscheinend herumzuschnüffeln.

Und plötzlich legte sie den Kopf zurück, daß unsere Stirnen beinahe gegeneinander geprallt wären, und stieß einen Trompetenstoß aus wie von vierzig Waldhornspielern, die man gleichzeitig in den Magen getreten hatte, und dann setzte sie sich in Bewegung. Sie kümmerte sich gar nicht um das, womit Freds und Dawa sie angebunden hatten, und nach allem, was ich wußte, zerrten wir einen Saalbaum in unserem Kielwasser hinter uns her, doch auf jeden Fall donnerten wir durch den Dschungel. Ich klammerte mich aus nackter Angst ums Leben an dem vorderen Geländer der Plattform fest und rief Sunyash so einiges zu, doch nichts davon schien irgendeinen Einfluß auf ihr Toben zu haben. Sie wollte hier weg, und ich glaubte, den Grund dafür zu kennen. Ein Tiger! Würde er uns verfolgen, an Bord springen und mich fressen? Äste schlugen gegen meinen Körper, als Sunyash durch die Bäume preschte, und sie lief schneller, als ich es je für möglich gehalten hätte. Ein Elefant kann ein beträchtliches Tempo erreichen, und wenn er es erst einmal erreicht hat, scheint man auf einem Zug zu sitzen, einem Zug, der entgleist ist und heftig über unebenen Boden poltert. Ein Ast schlug mir gegen die Stirn, und danach nahm ich alles nur noch undeutlich wahr. Mein Leben schien davon abzuhängen, daß ich sie bremste, und ich sah keine andere Alternative, als unter dem vorderen Geländer hindurchzuschlüpfen und auf den Fahrersitz zu gleiten, wobei ich jeweils einen Stiefel unter ihren Ohren gegen ihren Hals drückte. Nachdem mir das gelungen war, stellte ich fest, daß es kein besonders sicherer Sitz war; man konnte sich nirgendwo festhalten. Ich beugte mich vor und packte ihre Ohren, die wild auf und ab schlugen, und zerrte an ihnen, so heftig ich konnte. Sunyash warf den Kopf hin und her und hätte mich beinahe abgeschüttelt, doch mein Rücken knallte gegen das Plattform-Geländer, und ich verlor nur meinen Atem.

Und dann fiel sie in einen schnellen Trott zurück. »Gute Sunyash«, rief ich ihr zu und wünschte, ich würde mehr von der nepalesischen Elefantenführersprache beherrschen. »Sunyash«, sagte ich mit so ruhiger Stimme, wie ich sie aufbringen konnte. Sie würde das Wort erkennen. Ich wiederholte es wie ein Mantra. Sie wurde etwas langsamer, aber nicht viel. Ich wußte nicht, ob sie wußte, wo sie war. Vielleicht lief sie zu den Ställen des Lagers zurück; vielleicht hatte sie sich aber auch verirrt. Ich glaubte, über meine linke Schulter noch einen fernen Schimmer der Scheinwerfer des Tiger View sehen zu können.

Ich verspürte keine Gewissensbisse, Freds und Dawa dort auf ihrem Hügel zurückzulassen, zumindest nicht, bis es hell wurde. Doch falls Sunyash einfach ziellos herumwanderte, würde ich bei Anbruch der Dämmerung genauso wenig wissen, wo ich war, wie jetzt. Also versuchte ich zögernd, ihr die Richtung zu weisen. Das war so ähnlich, als wollte man Autofahren lernen, während der Wagen ohne Kontrolle einen Berg hinabrollt, doch abgesehen von den gelegentlichen tiefhängenden Zweigen bestand keine unmittelbare Gefahr. Wie ich es mir gedacht hatte, brachte ein Tritt unter das linke Ohr sie dazu, etwas nach rechts zu steuern. Weitere Tritte unter beide Ohren bestätigten, daß sie um ein paar Grad abbog, wenn man nur hart genug trat, um sie zu überzeugen, daß man es ernst meinte. Also knuffte ich sie immer wieder unter ihr linkes Schlappohr, bis wir den Weg zurückkehrten, den wir gekommen waren, wobei sie dann allerdings langsamer wurde und schließlich sogar stehenblieb. »Komm schon, Sunyash.« Kein Mucks. »Geh!«

Sie wollte nicht verstehen. Keine Bewegung. Nun würden die gröberen Führer ihre Eisen nehmen und die Tiere buchstäblich in den Kopf stechen und ihnen abwechselnd heftige Tritte direkt hinter beide Ohren versetzen. Ich hatte gesehen, wie ein Elefant, der sich weigerte, eine kleine Brücke zu überqueren, auf diese Weise dazu gebracht wurde, geradewegs in den Kanal zu treten, den die Brücke überspannte, und auf der anderen Seite hinaufzulaufen, wobei beide Bewegungen äußerst unbeholfen gewirkt hatten. Und andere Führer hatten diese Methode auf weiten Ebenen angewandt, um die Elefanten dazu zu bringen, in ihre Version eines Galopps zu fallen, damit die Touristen miterlebten, wie schnell ein Elefant laufen konnte.

Ich nehme an, ich hätte in diesem Augenblick bei Sunyash den Stock eingesetzt, doch ich hatte keinen. Auf meine Faustschläge und Tritte reagierte sie nicht, und wenn ich an ihrem empfindlichen Ohren zog, schüttelte sie nur verwirrt den Kopf.

Schließlich beugte ich mich vor und flüsterte etwas in

diese monströsen Ohren. »Bistarre«, sagte ich, was »langsam« bedeutet. Dieses Wort lernen die meisten Trekker schon an ihrem ersten Tag in Nepal von ihren Trägern. »Bistarre, Sunyash, bistarre.« Dazu drückte ich meine Stiefel gegen ihren Kopf, wie ein Rodeoreiter, der versucht, aus einem lahmen Pferd Zusatzpunkte herauszuholen.

Und sie setzte sich in Bewegung.

Danach kam es nur darauf an, sie langsam zu dirigieren, wobei ich die Scheinwerfer beim Tiger View als Bezugspunkte nahm. Als ich mich dort befand, wo meiner Meinung nach der Hügel sein sollte, war kein Hügel zu sehen. Ich ließ sie in Kreisen herumwandern, bis ich auf den Hügel stieß. Die Scheinwerfer am Tiger View gaben mir sogar eine Vorstellung, auf welcher Seite der Erhebung wir uns befanden, als Sunyash sich entschloß, die Gegend zu verlassen.

Wir trotteten gerade los, als Sunyash plötzlich trompetete. Ich dachte schon, wir würden wieder in einen Galopp fallen, und rief »Nein!«; doch es war nur Dawa, der ihren Rüssel hinaufkletterte. Freds zog sich an den Riemen der Plattform an ihren großen runden Seiten hoch.

»Hallo, Kumpel«, sagte Freds. »Tut mir leid, daß wir so lange gebraucht haben, aber wir haben gefunden, wonach wir suchten. Hoffentlich hast du dich nicht gelangweilt.«

»Nein«, sagte ich.

4

Auf dem Rückweg erklärte Freds dann, er wolle sich den Tiger View mal genauer ansehen. »He, da sind wir ganz in der Nähe, und du bist gar nicht neugierig? Ich meine, vielleicht sehen wir sogar einen der Tiger, die sich da rumtreiben.«

»Sunyash mag keine Tiger in ihrer Nähe.«

»Wir bewahren eine sichere Entfernung. He, das ist doch

direkt da drüben.« Er sprach kurz mit Dawa, und Sunyash bewegte sich durch die Nacht auf den Schimmer des Schweinwerfers zu. Wir blieben stehen, als wir durch eine Lücke zwischen den Bäumen die beleuchtete Lichtung sehen konnten, die sich unter den verschwommenen Formen der Aussichtstürme des großen Lagers erstreckte.

Auf der Lichtung war mitten auf einem niedergetrampelten und blutigen Grasstreifen ein junges Schaf, eigentlich noch ein Lamm, an einen Pfosten gebunden. Die verstümmelte und halbwegs aufgefressene Leiche eines anderen Lamms lag am Rand des Lichtkreises. Das noch lebende Lamm kauerte sich elendig nieder und senkte dann und wann den Kopf, um an dem gebrochenen Gras zu knabbern. Das Seil, mit dem es an den Pfosten gebunden war, war straff gespannt; es hatte sich so weit wie möglich von dem Pfosten entfernt.

»Mein Gott«, sagte ich angewidert. »Ein Köder?«

»Glaube schon«, sagte Freds. »Ich habe gehört, sie garantieren einem, daß man Tiger sieht, wenn man im Tiger View wohnt, und so machen sie es wohl. Sie machen es so ziemlich jede Nacht, und die Tiger wissen das und kommen auf einen kleinen Snack vorbei. Ziemlich ekelhaft, was?« Im schwachen Licht wirkte Freds' Grinsen wütend. »Ich weiß noch, wie einer der Schüler in meinem Internat einen Kaimanfisch in einem großen Aquarium hielt, und er fütterte ihn mit kleinen Elritzen oder Goldfischen oder was weiß ich, und der Kaimanfisch lag ganz ruhig auf dem Boden des Aquariums, und plötzlich wirbelte er hoch, und ein Goldfisch fehlte, du weißt schon, und wir fanden das richtig aufregend und saßen vor dem Aquarium und sahen zu und kamen uns wie Nazis vor. Aber soetwas!«

»Und in den Türmen sehen Leute zu?«

»Klar! Das ist doch der Sinn der Sache! Und Tiger sind schmutzige Killer, sie fangen schon mit dem Fressen an, bevor das kleine Ding ganz tot ist, und so weiter.«

»Verschwinden wir hier, bevor wir zusehen müssen.«

»Ja, gut. Obwohl mir gerade in den Sinn gekommen ist,

daß wir eigentlich ... weißt du, was wir eigentlich tun sollten? Wir sollten eigentlich ...«

»Wir sollten was, Freds?«

Aber er hatte sich schon in ein Gespräch mit Dawa vertieft und beugte sich gleichzeitig weit über die Seite der Plattform. »Freds!« flüsterte ich scharf und zog ihn an seinem Gürtel wieder hinauf. »Was, zum Teufel, tust du da?«

»Ich suche einen Felsbrock oder so.« Dawa unterbrach ihn mit einem schnellen tibetanischen Redeschwall und deutete dabei die ganze Zeit über auf den Scheinwerfer.

»Freds«, sagte ich warnend, »ganz gleich, was du vorhast, mir gefällt es nicht.« Doch Freds hörte Dawa zu und nickte und murmelte »Toll, toll, gute Idee, darauf hätte ich selbst kommen müssen«, und ich glaube nicht, daß er mich überhaupt hörte.

Als Dawa Sunyash auf das große Lager zuführte, ergriff ich Freds mit beiden Händen und schüttelte ihn. »Freds, *was hast du vor*?«

»Wir wollen diesen perversen Arschlöchern nur einen kleinen Schrecken einjagen, George, es wird nur einen Augenblick dauern. Ich wollte mit Steinen gegen die Schweinwerfer schmeißen, aber Dawa meinte, ich sollte auf den Generator zielen, und das ist eine viel bessere Idee. Komm schon runter mit mir, halte dich an den Riemen fest, dann geht's ganz leicht.«

»Nein, Freds!« Doch er zerrte mich mit über die Seite, und ich hatte keine andere Wahl, als mich an den Riemen der Plattform festzuhalten und so sanft wie möglich hinabzulassen. Als ich den Boden berührte, ließ sich Freds schon etwas von Dawa geben. Einen Dolch von der Größe einer Machete. Vielleicht war es auch eine Machete. »Oh, mein Gott«, sagte ich.

»Psst!« sagte Freds. »Komm mit!«

Dawa und Sunyash trotteten davon, und mir blieb keine Wahl. »Freds, sag mir sofort, was du vorhast, oder ich falle über dich her und halte dich fest, bis du es mir sagst.«

»Psst, George, wir müssen jetzt leise sein.« Er flüsterte tatsächlich. »Dawa schlägt einen Kreis um die Lichtung und schaltet ihren Generator aus, und wenn das Licht ausgeht, werden wir das kleine Lamm retten und den reichen Leuten etwas zum Nachdenken geben.«

»Scheiße.«

»Psst.«

»Du hast zuviel Zeit mit Colonel John verbracht, weißt du das, Freds?«

»Psst!«

Wir blieben in der Dunkelheit stehen, knapp außerhalb des erhellten Kreises. Erneut fiel mir auf, daß ich im umgebenden Dschungel kein Geräusch eines Tieres oder Vogels hörte, und ich knuffte Freds gegen den Arm und flüsterte ihm ins Ohr: »Hör doch, Freds! Kein Geräusch! Wahrscheinlich ist ein Tiger irgendwo in der Nähe.«

»Wir beeilen uns lieber«, murmelte er.

Ich hatte den Eindruck, schon seit einigen Jahren dort zu hocken. Das Schaf auf der Lichtung sah sich mit großen Augen um und blökte gelegentlich. Ich konnte mich gut in das Tier hineinversetzen.

Dann erloschen plötzlich die großen Scheinwerfer. Auf den Aussichtstürmen erklangen unwirsche Stimmen. Freds lief auf die Lichtung, und ich folgte ihm. Das Schaf blökte vor Furcht. Freds schnitt das Seil durch und griff sich das Schaf, bevor es sich bewegen konnte. »Hier, George«, flüsterte er schnell. »Halte es mal einen Augenblick, ich will nur eben das tote Tier auf die Treppe eines Turms legen. Wenn noch ein Tiger vorbeikommt, sollen sie ihn wirklich gut sehen können.« Er kicherte wie Colonel John und drückte mir das lebende Lamm an die Brust. Ich hielt es fest und hörte mehr, als ich sah, daß Freds ein paar Teile des gerissenen Schafes aufhob. Mir kam in den Sinn, daß das Schaf und ich ein sehr schönes Sonderangebot – zwei für den Preis von einem – für jeden Tiger abgaben, der zufällig vorbeikam und sich entschloß, die Dunkelheit auszunutzen, und so folgte ich Freds schnell, nur, um in der Nähe seines Dolches zu bleiben oder zumindest zu gewährleisten, daß er auch gefressen wurde, falls es sich so ergeben sollte; doch das Schaf hatte andere Vorstellungen.

Es versuchte heftig, sich zu befreien, und gerade, als ich Freds erreicht hatte, stieß es sich mit allen vier Beinen von mir ab, und wir prallten gegen Freds, und wir alle drei fielen Hals über Kopf zu Boden. Ich landete auf einem klebrigen Etwas, wobei es sich um die Eingeweide des Schafes zu handeln schien, das Freds zu dem Turm trug, und wurde dann von dem lebendigen Schaf wieder davon herausgeholt, dessen Seil sich um meine Hüfte und meinen rechten Arm geschlungen hatte. »Bin gleich fertig«, flüsterte Freds ganz leise, »sei doch nicht so ungeduldig.« Ich hätte gern geschrien, wußte jedoch nicht, ob das nicht unser Risiko vergrößert hätte, und zerrte das Lamm also an meine Seite und wich seinem wütenden Tritt aus; in der Tat trat ich sogar zurück, traf es direkt hinter dem Kopf, hob das arme, blökende Ding hoch und versuchte, ihm die Luft aus den Lungen zu drücken, während ich hinter Freds zu dem Aussichtsturm taumelte.

Über uns erklangen immer noch zahlreiche Stimmen: hohe, aufgeregte, und tiefe, beruhigende. Freds warf das, was er gerettet hatte, die Stufen hoch, und es schlug mit einem *bumm bumm* auf und brachte jedwede Geräusche von oben zum Erliegen. In der Totenstille vernahmen wir nun ferne Dschungelgeräusche und ein Rascheln, von dem ich fieberhaft hoffte, daß es von Sunyash stammte; und über uns im Aussichtsturm ein wütendes Flüstern und ein Klikken und Hämmern, das mir verdächtig nach Schrotflinten oder Gewehren klang, die oben auf das Geländer gelegt wurden. Falls wir im Turm Schutz suchen mußten, würden sie uns zweifellos erschießen. Falls nicht, und wir davonliefen, würden sie uns vielleicht auch erschießen, und falls wir davonkommen sollten, wanderten wir immer noch zu Fuß des Nachts durch einen Dschungel, in dem es Tiger gab, beschmiert mit Schafblut und ein lebendiges Lamm in unseren Armen.

Wir waren in keiner besonders guten Lage, und ich war schon auf und an, zu den Leuten oben im Turm hinaufzurufen und um Schutz zu bitten, doch Freds war schon losgelaufen, und so versetzte ich dem Lamm noch einen

Schlag hinter den Kopf, um es zu betäuben, und folgte Freds. Dabei hatte ich das Gefühl, so laut zu sein wie eine Dampflokomotive, und Freds war auch nicht leiser, und meine Schulterblätter kribbelten in Erwartung, daß sich eine Kugel oder eine Klaue zwischen sie senken würden. Dann erklang im Unterholz zu meiner Rechten ein Geräusch, und ich öffnete den Mund zu meinem letzten Schrei und schwang das Schaf zurück, um es dem Tiger als Opfergabe anzubieten, als die große schwarze Masse des sich nähernden Wesens enthüllte, daß es sich um Sunyash handelte, die direkt auf uns zutrottete. Dawa mußte sie nicht einmal zum Stehen bringen; Freds schien mit einem einzigen Satz auf die Plattform zu springen, und ich warf das Lamm zu ihm hoch und sprang ebenfalls an Bord. Ich landete so hart auf dem Schaf, daß ich überzeugt war, es getötet zu haben, doch es blökte und trat mich, um mir zu zeigen, daß es wohlauf war.

Und wir schwankten mit Höchstgeschwindigkeit durch den Dschungel.

5

»Ha!« sagte Freds, als er wieder zu Atem gekommen war. »War das nicht toll?«

Mir fiel keine Antwort ein.

Er fing an zu kichern. »Falls heute abend noch ein paar Tiger beim Tiger View vorbeischauen, steigen sie hoffentlich die Treppe hoch und kratzen an der Turmtür. Diese perversen Widerlinge dahinter sollen sie ganz genau sehen können. Vielleicht versucht einer sogar, die Tür aufzubrechen, und löst da drin ein paar Herzanfälle aus.«

»Du warst in letzter Zeit zu oft mit Colonel John zusammen.«

»Vielleicht.«

Dann griff Dawa mit einer Hand zurück und bedeutete

uns zu schweigen, und gleichzeitig hielt er Sunyash an. Wir saßen still da. Wir waren unter dem Baldachin der Bäume hervorgekommen und standen im Elefantengras am Rand einer Wiese. »Was ist jetzt los?« hauchte ich, doch Dawa winkte erneut und noch heftiger.

Freds drückte seinen Mund auf mein Ohr. »Siehst du den Jeep da?«

Er deutete auf eine eckige Masse am Rand der Wiese. Ich nickte.

»Wilddiebe« flüsterte Freds. »Sei ganz still – das könnte gefährlich werden.«

Das könnte gefährlich werden? Ich verzog den Mund.

Bevor ich ihn aufhalten konnte, war Freds über das Geländer geklettert. Ich rutschte auf seine Seite der Plattform, doch Dawa legte eine Hand auf meinen Arm und schüttelte den Kopf. Wir saßen drei oder vier Minuten schweigend da. Dann kam Freds zurück. Er hielt einen großen kegelförmigen Gegenstand hoch, und ich ergriff ihn; er war schwer und von seltsamer Beschaffenheit, und ich legte ihn neben dem betäubten Schaf auf die Plattform. »Was, zum Teufel, ist das?« flüsterte ich, als Freds zu mir hinaufkletterte.

»Das Horn eines Rhinozerosses«, erwiderte er leise. »Sie haben es abgeschlagen, siehst du?« Er wechselte ein paar schnelle Sätze mit Dawa, und wir setzten uns wieder in Bewegung, zogen uns so langsam und leise zurück, wie es Sunyash möglich war, und schlugen dann einen Kreis um die Wiese der Wilddiebe.

»Mistkerle«, sagte Freds. »Und es war ein Armee-Jeep. Die nepalesische Armee.«

»Was hast du getan?« fragte ich.

»Ich habe alle Reifen aufgeschlitzt, das Zündkabel durchtrennt und dieses Horn vom Rücksitz geklaut. Und mir ihr Nummernschild gemerkt.«

»Sie bringen die Nashörner nur wegen der Hörner um?«

»Ja. Das sind wieder die verdammten Chinesen – sie glauben, das zermahlene Horn sei ein Aprodisiakum.«

»Ein Aprodisiakum?«

»Ja. Die Chinesen meinen wohl, sie pflanzten sich nicht gut genug fort.«

»Und es war ein Jeep der nepalesischen Armee?«

»Ja, aber das kann alles mögliche bedeuten. Sie können ihn gestohlen oder geborgt haben – oder das da draußen sind Soldaten.«

Plötzlich erklang ein Schrei in den Bäumen zu unserer Rechten, und ein *Päng! Päng! Päng!* Wir wurden beschossen. Eine Kugel sauste wie eine große Bremse über unsere Köpfe, und dann war Sunyash wieder mit Höchstgeschwindigkeit unterwegs. Selbst, als sie vor dem Tiger floh, war sie nicht so schnell gewesen; Dawa beugte sich vor, schrie ihr etwas in die Ohren, und sie stapfte wirklich drauflos, schneller, als irgendein anderes Tier in diesem Terrain hätte laufen können, von einem Nashorn einmal abgesehen. Ich konnte noch immer Schüsse hinter uns hören, doch wir schienen sie hinter uns zu lassen.

Dann bemerkte ich, daß sich unsere Plattform nach links neigte und mit jedem Schritt tiefer an Sunyash' breiter Flanke hinabrutschte. »Die Riemen haben sich gelockert!« rief Freds und hielt sich an dem hinabhängenden Geländer fest. »George, beug' dich vor und halt' den Riemen fest!«

Und so lehnte ich mich unter das Plattform-Geländer, griff hinab und ertastete einen Riemen, der Sunyash anscheinend von vorn nach hinten umfaßte. Ich schlang eine Hand um den Riemen und ein Knie um den Eckpfosten und konnte damit verhindern, daß die Plattform weiter hinabrutschte. Allerdings mußte ich nun in dieser Position bleiben. Und Dawa, der vor den Wilddieben Angst hatte, ließ Sunyash den ganzen Weg bis zu unserem Lager laufen, und ich hing mit dem Kopf nach unten an der rechten Seite des Elefanten hinab, und jeder Ast, an dem wir vorbeikamen, scharrte mir die Haut auf. Über mir blökte das Schaf, und Freds rief: »Gut so, George! Halt durch! Wir sind fast zu Hause!«

Schließlich erreichten wir unser Camp und fielen in einen langsameren Trott. Am Aufsitzturm befreite man mich von der Plattform und den Riemen und fing mich auf, als ich hinabrutschte. Dawa kümmerte sich um Sunyash und das Schaf, während Freds mich zu unserer Hütte brachte. Ich warf mich auf mein Bett und fiel bald in den tiefen Schlaf des Vergessens.

Eine Stunde später kamen die Campbediensteten und klopften an alle Türen, um uns zu wecken. Daubahal steckte den Kopf in unser Zimmer; die aufgehende Sonne leuchtete auf seinem lächelnden Gesicht.

»Elefantenritt!« erklärte er.

An diesem Abend gab es Lamm zum Essen.

6

Am folgenden Tag übergaben wir das Horn den nepalesischen Polizisten, die Daubahal benachrichtigt hatte, und nannten ihnen die Nummer des Jeeps, die Freds sich eingeprägt hatte: 346. Ich fragte mich unwillkürlich, ob das Horn nicht trotzdem in China enden würde, nur über andere Kanäle.

Ich warf einen Blick in den gesprungenen Spiegel in unserer Dusche und stellte fest, daß ich wie ein Märtyrer aussah, der versucht hatte, die Malaien zu bekehren und mit der Bambuspeitsche Prügel bezogen hatte; ich fühlte mich allerdings noch schlimmer. Doch wir kehrten mit einem letzten schmerzhaften Elefantenritt zu dem Landrover auf der anderen Seite des Dschungelflusses zurück und fuhren los. Und an diesem Abend waren wir wieder im Hotel Star in Katmandu, und was mich betraf, war unser Dschungelabenteuer ausgestanden. Finito. Endgültig. Alles in allem war es gar nicht so schlecht gewesen. Im Vergleich zu den anderen Unternehmungen mit Freds, bei denen man mich wirklich durch die Mangel gedreht hatte, war es wirklich harmlos gewesen. Eine Nacht im Dschungel. Toll. Ende der Geschichte. Klasse. Ich Glücklicher. Tut mir leid, daß diese Geschichte nur so kurz ist.

Aber sie waren noch nicht fertig mit mir.

Denn am Tag nach unserer Rückkehr klopfte es an der Tür.

Ich bekomme in meinem Hotelzimmer nur selten Besuch. Und so nahm ich meinen Bluet-Gaskocher, um ihn Freds ins Gesicht zu werfen, falls er es sein sollte, und dann einfach abzuhauen, und ich riß die Tür auf, brülle: »Was willst du!«, und es war Freds, und ich ließ den Kocher fliegen, und er duckte sich, und der Kocher segelte auf den Hof des Star hinab und schepperte dort über das Kopfsteinpflaster.

Aber es standen noch zwei Leute neben Freds, und zwar Nathan Howe und Sarah Hornsby. »Nathan!« sagte ich. »Sarah!«

»George!« sagten sie, entsetzt über meinen Willkommensgruß.

Ansonsten sahen sie noch genauso aus wie damals vor zwei Jahren, als ich sie zuletzt gesehen hatte. Nathan hatte noch immer seinen perfekten Walroßbart und trug nun die Jacke mit den Lederflicken an den Ellbogen, die der Bart verlangte, so daß ich annahm, daß er ein Lehramt bekommen hatte oder eins bekommen würde, sobald ein akademisches Komitee ihn zu Gesicht bekam; so aufrecht, redlich und blauäugig, wie unser Nathan nun mal ist. Außerdem hat er einen tollen Haarschnitt. Und Sarah sah noch immer wie die tollste Bibliothekarin auf Erden aus, und die von Ihnen, die öfter mal eine Bibliothek aufsuchen, wissen, was das heißt; aber bei ihr kam noch dieser eulenhafte Anflug hinzu, der einen richtig wild macht. Ich stehe nicht auf diese New Age-Begrüßungen, entschloß mich jedoch, daran augenblicklich etwas zu ändern, um Sarah umarmen zu können, und es war atemberaubend. Als ich Nathan die Hand schüttelte, sah ich die Ringe an ihren Fingern und sagte: »Was ist das denn? Verheiratet?«

Sie nickten. Ein breites Lächeln von Nathan, dem Glückspilz.

»Phantastisch!« sagte ich. Ich riß mich zusammen und winkte sie in mein Reich. »Kommt schon rein!«

»Was ist mit dir passiert, George?« fragte Sarah, als sie

eintraten. »Du siehst aus, als hättest du einen Unfall gehabt.«

»Hatte ich auch«, sagte ich. »Ich habe zugestimmt, Freds einen Gefallen zu tun.«

»Wir hatten einen Notfall«, sagte Freds, der an seiner üblichen Stelle auf dem Boden saß.

»Komisch«, sagte Nathan, als er und Sarah und ich uns auf das Bett und den Stuhl setzten. »Wir wollten dich bitten, uns auch einen Gefallen zu tun, und erfuhren letzte Woche von Freds, daß du noch hier im Star wohnst – aber wir haben dich hier nicht auftreiben können.«

»Na ja, das liegt daran, daß Freds und ich ...«

Ich bemerkte, wie Freds Wangen kräftig erröteten. Ich musterte ihn, und er ließ den Kopf hängen und versuchte, im Boden zu versinken. »Freds brauchte meine Hilfe. Ein paar seiner Freunde haben ein Dschungelcamp aufgemacht, und wir sollten das Geschäft ankurbeln. Nicht wahr, Freds?«

Freds nickte, das Kinn noch immer auf der Brust. »Äh, ja, richtig«, murmelte er.

Nun ist Freds ein schlechter Lügner. Das soll nicht heißen, daß er nicht hervorragend darin ist, der Wahrheit auszuweichen, sie zu übergehen oder zu seinen Zwecken zu verdrehen; als jemand, der mehr als nur einmal von ihm manipuliert wurde, verrückte Sachen zu tun, habe ich einen gesunden Respekt vor seiner Gerissenheit und Unzuverlässigkeit. Doch er kann einem nicht glattwegs ins Gesicht lügen. Er errötet, sein Gesicht zuckt, er schielt wie Popeye zu einem hinüber, um zu sehen, ob man ihn beobachtet, und fängt zu stottern an. Er erzählt so dumme Lügen, daß ein Fünfjähriger sie ihm nicht glauben würde.

Also musterte ich ihn eindringlich. »Falls Nathan und Sarah dich gefragt haben, wo ich bin, haben sie wahrscheinlich auch erwähnt, daß sie mich um einen Gefallen bitten wollten, nicht wahr?«

»Ich erinnere mich nicht«, murmelte Freds.

»Aber Nathan wird sich wahrscheinlich erinnern«, sagte ich und rutschte ein Stück auf dem Bett vor, um ihn besser im Auge behalten zu können. »Nicht wahr, Nathan? Hast du Freds nicht gesagt, was du von mir willst?«

»Ja, sicher«, sagte Nathan und legte neugierig den Kopf schief. »Ich glaube schon.«

»Und kaum hast du es ihm gesagt, kam Freds angelaufen und schleppte mich in den Dschungel davon. Das läßt doch den Verdacht zu, daß er nicht wollte, daß ich euch helfe« – und ich beugte mich vor und schrie in Freds' Ohr – *»nicht wahr?«*

»Ich hab's vergessen«, sagte Freds. Er hob den Kopf, um uns anzusehen, und es war, als stünde direkt hinter ihm ein großer Lügendetektor, und eine ganze Palette roter Warnleuchten und eine Sirene gingen los. Seine Augen sahen aus, als würden sie gleich in den Höhlen rotieren. »Ich hab's einfach vergessen, das ist alles, und als mich meine Kumpel unten im Chitwan Camp baten, ein paar Freunde mitzubringen, dachte ich natürlich gleich an George.« Ein rot angelaufenes Südstaatengesicht, das lange, blonde Hippiehaar zu einem Pferdeschwanz zusammengebunden: es hätte auf der ganzen Welt keinen schlechteren Lügner geben können. Er blinzelte hundert Mal die Minute, er sah verzweifelt von einem Gesicht zum anderen, um festzustellen, ob wir ihm vielleicht doch glaubten, und sein Mund ging auf. »Außerdem«, schrie er mich an, »wirst du ja gleich hören, was sie von dir wollen, und dann siehst du, daß ich gar nicht nötig hatte, dich irgendwo hinzuschleppen.«

»Nathan«, sagte ich ganz ruhig, »was soll ich für euch tun?«

»Na ja«, sagte Nathan und betrachtete unseren lügnerischen Freund mit betroffener Beunruhigung, »ich arbeite jetzt für die South Asian Development Agency, und wir versuchen, die Lebensumstände der Leute hier zu verbessern.«

Ich nickte. Das klang ganz nach Nathan, und ich billigte seine Arbeit vollkommen. »Schön für dich«, sagte ich. »Und du?« fragte ich Sarah.

»Ich betreibe hier noch einige Tierstudien«, sagte sie. »Es hat sich so ergeben, daß wir beide hier arbeiten können.«

»Das ist toll«, sagte Nathan. »Zur Zeit arbeite ich an einem Hilfsprojekt. Wir planen eine Kanalisation für den nordwestlichen Teil Katmandus. Da gibt es keine Kanalisation, aber sie brauchen dringend eine – du weißt ja, wie sich der Abfall auf den Straßen stapelt, und so weiter.«

»Ich weiß«, sagte ich. »Das ist eine gute Idee.«

»Auf jeden Fall haben wir die Pläne fertig, und alles lief prima, bis wir unsere Vorschläge dem Palastsekretariat vorlegten. Da blieben sie hängen, und wir wissen nicht, warum. Und mir fiel ein, wie gut du das mit der Royal Nepal Airline hinbekommen hast, und wie gut du dich in der Bürokratie von Katmandu auskennst, und ich habe gehofft, wir könnten dich als Berater einstellen. Du sollst dafür sorgen, daß der Vorschlag gebilligt und in die Tat umgesetzt wird.«

Ich verzog keine Miene. »Ich helfe dir gern, Nathan«, sagte ich.

»*Was?*« schrie Freds und sprang auf. »Was meinst du damit, ›Ich helfe dir gern‹? Ich bitte dich, mir bei der Bürokratie von Katmandu zu helfen, und du sagst mir, ich soll mich zum Teufel scheren, und dann bittet Nathan dich, ihm bei der Bürokratie von Katmandu zu helfen, und du sagst, ›Ich helfe dir gern‹?«

»Genau.«

»Das ist nicht fair!«

»Mir egal. Ich möchte etwas für diese Stadt tun, und eine Kanalisation ist das erste, was sie braucht. Sie verändert nicht den Charakter der Stadt, abgesehen davon, daß sie dazu beiträgt, daß die kleinen Kinder gesund bleiben. Wie mein Freund, der Bettler, und sein kleines Mädchen. Warum versuchst du, so etwas zu verhindern, Freds?«

Freds starrte uns der Reihe nach wild an. »George wird euch sowieso keine Hilfe sein«, sagte er zu Nathan. »Er hat schreckliche Erfahrungen mit der Bürokratie gemacht, er hat einen Monat lang versucht, uns zu helfen und dabei nur zweitausend Rupien ausgegeben und eine Menge

Leute gegen sich aufgebracht. Er ist zu nichts zu gebrauchen.«

»Frag mal A.S.J.B. Rana, ob ich zu nichts zu gebrauchen bin«, sagte ich scharf. »Ich habe den Burschen festgenagelt! Und wieso schleppst du mich in den Dschungel, wo sie mich nicht finden, wenn du sowieso nicht glaubst, daß ich ihnen helfen kann?«

»Hab' ich nicht.«

»Hast du doch.«

Sarah stand auf, ging zu Freds und legte ihre Hand auf seinen Arm. »Freds«, sagte sie, »wir sind deine Freunde. Du mußt dir keine Sorgen machen. Du kannst uns sagen, was dich bekümmert.«

Sie drückte seinen Arm. Er atmete tief ein. »Na ja«, sagte er und fuhr sich mit den Händen über das Gesicht. »Ich schätze, ich muß es euch sagen. George habe ich es schon erzählt ...«

»Ach ja?«

»Ja. Das Tunnelsystem, weißt du noch?« Er wandte sich an Nathan. »Nathan, du bist mein ältester Freund, und so werde ich es dir anvertrauen, aber das bringt dich in eine Zwickmühle, denn du mußt schwören, nichts zu verraten, und bei dem Projekt, an dem du arbeitest, könnte das ein Problem geben.«

Nathan runzelte die Stirn.

Freds atmete tief ein und stieß die Luft wieder aus. »Verdammt, ich zeige euch es lieber. Wenn ihr es nicht selbst seht, werdet ihr mir sowieso nicht glauben.«

7

Freds führte uns zu dem Stadtteil zwischen Thamel und dem Durbar Square, einem ziemlich wohlhabenden Geschäftsbezirk, der aus schmalen Straßen bestand, die von zwei- und dreistöckigen Gebäuden umsäumt wurden,

Ziegel- und Holzhäuser, die etwas heruntergekommen wirkten und irgendwie aus dem neunzehnten Jahrhundert zu stammen schienen, aber ganz solide waren. Die Durchgangsstraße hat keinen offiziellen Namen und wird von den Abendländern wegen des Gewimmels und der Farben und der Hasch-Dealer Freak Street genannt. Sie wird von zahlreichen Geschäften mit offenen Fronten umsäumt, in denen geschäftige Händler Nahrungsmittel und Bücher und Teppiche und Wanderausrüstung feilbieten.

Freds bog von der Freak Street in eine schmale Gasse ein, die zum Teppichgeschäft unseres Freundes Yongten führte. Yongten wechselte in seinem Laden auch Geld, und zwischen den Kunden, die sich fragten, welchen Teppich sie kaufen sollten, und denen, die Schlange standen, um Reiseschecks in Rupien umzutauschen, mußten wir eine Weile warten. Doch schließlich nickte Yongten uns zu, sprach kurz mit Freds, führte uns in sein Hinterzimmer und dann durch eine auf Scharnieren ruhende Tür, die Bestandteil der hinteren Mauer des Raums und aus ihr hinausgemeißelt war.

Wir fanden uns in einem schmalen Raum wieder, der wie eine Lücke zwischen Gebäuden aussah, nur, daß er überdacht war. Er wurde vielleicht als Lager benutzt, denn an einer Wand standen alte, dunkle Kisten. Yongten zündete eine Coleman-Lampe an, reichte sie Freds und schloß dann die Tür zum Laden. Im Licht der Lampe schoben er und Freds einen Stapel Kisten zur Seite und enthüllten eine weitere grobe Holzwand mit einer Tür darin, die allerdings nur hüfthoch war. Große schwarze Eisenscharniere und ein dazu passendes Schloß sicherten diese Tür, und Yongten holte einen Schlüssel von der Größe meiner Hand aus seiner Jacke und öffnete das Schloß. Er und Freds zogen die Tür gemeinsam auf.

Aus einem dunklen, eckigen Loch schlug uns kühle, feuchte Luft entgegen. »Folgt mir«, sagte Freds und kroch in das Loch hinein. Wir drei folgten ihm, und Yongten schloß uns ein.

»Paßt auf, die Decke bleibt eine Weile so niedrig.«

Wir schlichen Freds geduckt hinterher und streckten die Hände aus, um uns vor hinabhängenden Teilen der Holzdecke über uns zu schützen. Die uns umgebenden Wände bestanden aus Ziegelsteinen, der Boden aus festgetretener Erde. Dann traten wir auf steinerne Fliesen und gingen eine Treppe hinab, bis wir aufrecht stehen konnten.

Die Lampe enthüllte eine anscheinend niedrigen, runden Gang; ihr Licht reichte jedoch nicht weit, so daß wir nicht genau sagen konnten, in was für einer Art Höhle wir uns befanden. »Das ist das alte Tunnelsystem«, sagte Freds leise, als wir uns um seine Lampe drängten. »Der Gang, den wir hinabgekommen sind, wurde erst vor kurzem gegraben, weil sich der einzige Eingang in Katmandu, der nicht längst zugemauert wurde, auf dem Palastgelände befindet und vor ein paar Jahren von den Grundmauern eines neuen Gebäudes versperrt wurde. Deshalb wollte der Manjushri Rimpoche, daß Dawa und ich den Dschungeleingang suchen. Niemand ist allzu glücklich über den Eingang in Yongtens Laden. Er hat ihn nur gemietet, versteht ihr, und könnte jederzeit die Kündigung bekommen.«

»Wer ist der Manjushri Rimpoche?« wollte Nathan wissen. »Und was hat das alles mit unserem Kanalisationsprojekt zu tun?«

»Das ist eine lange Geschichte«, sagte Freds. »George, willst du sie ihm erzählen?«

»Verdammich, nein.«

Also führte Freds uns tiefer in das Tunnelsystem, und dabei erzählte er Nathan und Sarah alles über unsere kürzlichen Abenteuer in Shambhala. Nathan und Sarah hörten sprachlos zu; ich konnte ihre Gesichter nicht deutlich genug ausmachen, um mitzubekommen, was sie von der Geschichte hielten, glaubte jedoch, heftige Schwingungen des Erstaunens und Unglaubens wahrzunehmen, die von den gelegentlichen Blicken, die sie sich aus weit aufgerissenen Augen zuwarfen, bestätigt wurden.

Wir stiegen weiter hinab, in einen großen, eckigen Tunnel mit steinernen Wänden überall um uns herum. Dann gelangten wir wieder in eine Höhle und konnten keine

Wände mehr ausmachen. Freds führte uns zu einer Treppe, die in einer langen Biegung an der Seite einer gewaltigen Höhle hinabführte. Man konnte sich kaum vorstellen, daß sie durch Menschenhand entstanden war. Vielleicht hatte man lediglich die Wände einer natürlichen Höhle geglättet.

Die Stufen waren an der offenen Seite mit einem dicken Holzgeländer versehen, wofür ich dankbar war. Das Holz des Geländers war vom Schweiß und Fett zahlreicher Hände geglättet. Die Pfosten des Geländers waren geschnitzt und angestrichen. In der Höhlenwand befanden sich zahlreiche Nischen, in denen Statuen des Buddha oder von Bönpa-Dämonen standen; sie erinnerte mich an den Tunnel oben in den Bergen, der sich von Shambhala bis zum Nangpa La erstreckte. Er gehörte zum selben System, wenn man Freds Glauben schenken konnte.

Als wir den Höhlenboden erreichten, mußten wir mehrere hundert Stufen hinabgestiegen sein. Hier fiel das Licht der Coleman-Lampe auf eine lange Galerie; wir folgten diesem Gang und bemerkten kleine, in den Fels geschlagene Kammern; bei einigen waren die Mauern mit Bronze, bei anderen mit Silber überzogen, und bei einer anscheinend sogar mit reinem Gold.

Freds führte uns in diese letzte. Wände, Boden und Decke waren gebogen, so daß wir den Eindruck hatten, uns in einem riesigen Ei zu befinden. Das Licht der Lampe schimmerte auf dem weichen gelben Metall, das uns umgab. Es war mit tibetanischen Buchstaben überzogen, die immer und immer wieder den Satz *Om Mani Padme Hum* bildeten, so daß die Oberfläche der Kammer über und über damit bedeckt waren. Die winzigen eingeschlagenen Buchstaben schienen schwarz oder bronzefarben oder dunkelgelb oder sogar weiß zu sein, je nachdem, wie das Licht auf sie fiel. *Om Mani Padme Hum*, das Juwel im Herzen des Lotus – und dort schienen wir uns tatsächlich zu befinden, im Juwel selbst.

»Eine Einsiedlerklause«, sagte Freds nüchtern. »Padma Sambhava, der Guru, der den Buddhismus nach Tibet brachte, kam einmal hier hinab. Es heißt, die Wände verwandelten sich in Gold, als er wieder ging. Die Schriftzeichen befanden sich schon darauf.«

Nathan und Sarah sahen sich um, und ihre Münder klafften auf wie die von Fischen in der Luft. Zweifellos war es bei mir nicht viel anders.

Das Zentrum des Tunnelsystems, fuhr Freds fort, befand sich in Shambhala, und von dort aus führte es in alle Richtungen. »Es liegt nicht nur unter dem Himalaja«, sagte er, »und es führt nicht nur hierher nach Katmandu. Es ist Tausende von Jahren alt und sehr wichtig für Shambhala – ihr wißt schon, wenn es darum geht, den Lauf der Dinge zu beeinflussen und die Welt vor der Selbstzerstörung zu bewahren.«

Ich sah, wie Nathan und Sarah versuchten, diese Neuigkeiten zu verdauen, was ihnen nur teilweise gelang. Selbst mir, der ich den Vorteil hatte, Shambhala besucht und zahlreiche Kilometer in dem Tunnelsystem zurückgelegt zu haben, fiel es nicht ganz leicht, und für sie war es noch viel schwerer. Ich trat an eine Wand und fuhr mit den Fingerspitzen über die Buchstaben. Das Metall war kalt, die geschwungenen Buchstaben in Basrelief gehalten, die Ränder der Buchstaben mit winzigen Vertiefungen. Als ich die Wand berührte, glaubte ich, eine leichte Schwingung zu spüren. Die Flamme in der Lampe flackerte, die Wände zitterten ganz leicht, und es lag ein kaum wahrnehmbares Summen in der Luft; man konnte gerade eben die vor Menschen wimmelnde Stadt Katmandu mit ihrem pulsierenden Leben über unseren Köpfen erahnen.

8

»Hör zu, Freds«, sagte Nathan, nachdem wir unbehelligt in mein Zimmer im Star zurückgekehrt waren – und nachdem er Gelegenheit gehabt hatte, sich etwas von diesem Erlebnis zu erholen. »Diese Tunnel sind sehr interessant, und ich bin sicher, daß die Archäologen von ihnen fasziniert sein werden. Aber man darf nicht zulassen, daß sich wegen ihnen die Lebensumstände der Menschen, die heute hier wohnen, nicht verbessern. Da muß man strenge Prioritäten setzen. Ich meine, klar, diese vergoldete Höhle ist beeindruckend, aber es spielt wirklich keine Rolle, wo sich dieser Padma-wie-auch-immer vor Tausenden von Jahren versteckt hat. Wichtig ist nur, daß die Menschen, die heute in der Stadt wohnen, ein besseres Leben führen können! Eine vernünftige Kanalisation ist ein winziger Schritt in diese Richtung, ich meine, ohne Abwasserkanäle leben sie in ihrem eigenen Dreck, und unter diesen Umständen ist es unmöglich, Krankheiten zu vermeiden. Die Kanalisation muß gebaut werden!« Er wandte sich an mich. »George, du mußt uns helfen, diese letzte Hürde im Sekretariat zu nehmen.«

»He, nein!« sagte Freds, griff über das Bett und schüttelte mich am Arm. »Du mußt mir helfen, das Projekt endgültig zu Fall zu bringen! Diese Tunnel sind nicht nur uralte Geschichte«, beharrte er. »Sie werden noch immer benutzt und führen direkt nach Shambhala, und wenn die Leute jetzt zu graben anfangen und über sie stolpern, werden sie in sie eindringen und ihnen bis nach Shambhala folgen und auch Shambhala entdecken, und alles, was wir in diesem Sommer getan haben, um das Tal zu retten, war vergebens! Nathan versteht einfach nicht, was das *bedeutet*.«

»Ich verstehe es sehr wohl«, sagte Nathan. »Aber es kommt darauf an, den Menschen in der Stadt zu helfen. Ihr wißt doch, wie es ohne Kanalisation unter den Straßen aussieht – die Straßen selbst sind die Abwasserkanäle.«

»Das stimmt«, sagte ich.

Und Nathan nickte, und Freds schüttelte den Kopf und sagte: »Komm schon, George, vergiß das Tal nicht!«, und Sarah sah mich mit großen Augen hinter ihren Brillengläsern an. Freds und Nathan stritten miteinander, bis sie ziemlich in Rage gerieten. Sarah versuchte, sie zu beruhigen; sie funkelten einander an und hatten die Stimmen gehoben.

Sie brachte die beiden dazu, mit dem Streit aufzuhören, und dann starrten beide mich an, eindringlich, als schlüge ich mich lieber auf ihre Seite. Als sei alles eigentlich in erster Linie meine Schuld.

»He«, sagte ich und hob die Hände. »Seht mich nicht so an.«

»Du hast dem Tal viel gegeben«, sagte Freds hitzig zu mir.

»Du weißt ganz genau, daß sie eine Kanalisation brauchen oder immer unter Krankheiten leiden werden«, sagte Nathan mit ernstem Blick.

»Das stimmt.«

Und ich argumentierte mit ihnen, bis sie beide wütend auf mich waren. Sie konnten meine Wischiwaschi-Einstellung nicht ertragen. Aber ich wollte mich nicht entscheiden. Oder konnte es nicht. Sie waren beide meine Freunde, und beide Ansichten hatten etwas für sich. Ich hatte nicht die geringste Ahnung, was ich tun sollte. Nur die, sie für eine Weile zu bremsen, während ich versuchte, mir etwas einfallen zu lassen. Und so tat ich das, und sie waren beide äußerst sauer auf mich.

9

Endlich brachen sie auf, und ich ging zu Bett und war schon tief in Morpheus' Reich eingedrungen, als Freds mich gegen die Wand rollte und sich neben mir auf das Bett setzte. Er steckte mir eine angezündete Haschpfeife in den Mund und atmete schwer. »Mach dich fertig, Bruder, wir müssen noch eine Reise zum Mittelpunkt der Erde antreten.«

»Was?« Ich stieß ihn zurück, und kleine glimmende Haschklumpen fielen aus seiner Pfeife und ergossen sich über mich und das Bett, glüten wie winzige Briketts und qualmten heftig. Als wir aufgesprungen waran und sie alle ausgeschlagen hatten, war mein einziges Bettuch ruiniert, doch ich war hellwach und einigermaßen stoned, so daß Freds wohl zufrieden war.

»Freds, verdammt! Wie spät ist es?«

»Zeit für den Aufbruch, Bruder. Ich muß dir einige Teile der heiligen Tunnels zeigen, die Nathan und Sarah nicht sehen durften.«

»Jetzt?«

»Ja, komm schon. Ein echtes Abenteuer, dir wird es gefallen.«

»Ich hasse deine Abenteuer, Freds.«

»Dieses nicht. Komm, du wirst schon sehen.«

Also zog ich Hemd und Hosen an und band benommen meine Schnürsenkel zu, und wir waren unterwegs, gingen durch die leeren Straßen Thamels und in die kleine Gasse und zu Yongtens Laden. Er war verrammelt und verriegelt, doch als Freds an die Tür klopfte, öffnete Yongten uns; wie die meisten Einwohner Katmandus schlief er an seiner Arbeitsstätte, auf einer harten Pritsche rechts neben Rollen dicker Teppiche. Er schien nicht überrascht zu sein, uns zu sehen, und redete auf Tibetanisch lange auf Freds ein, bevor er uns in das Hinterzimmer winkte. Dort bekamen wir zwei Taschenlampen statt der Coleman-Lampe und folgten dem schmalen Weg zu der niedrigen Tür und den Tunnels darunter.

Im Licht der Taschenlampen war es da unten unheimlich. Wann immer wir sie von den groben Steinen unter unseren Füßen nahmen, schwankten die Lichtstrahlen in der Dunkelheit hierhin und dorthin und erhellten Dinge, die ich im ruhigeren Schein der Coleman-Lampe nicht gesehen hatte: einen massiven Holzbalken über einer Kreuzung, geschnitzt und mit einem komplizierten roten, grünen und gelben Muster angestrichen; ein schnaubendes blaues Dämonengesicht mit Glotzaugen am Ende einer Sackgasse; einen dicken, spiralenförmigen Silberpfosten; und überall unerwartete Tiefen, in denen der Lichtstrahl der Taschenlampe gar nichts berührte, bevor er in der Dunkelheit verschwand. Große Höhlen, endlose Tunnels – ich blieb dicht hinter Freds und hoffte, daß die Batterien meiner Taschenlampe länger reichen würden als die übliche halbe Stunde, die diesen indischen Exemplaren zueigen waren, denn wenn ich Freds irgendwie verlieren sollte, würde ich nie mehr den Rückweg finden.

Als wir die Treppe zu der Höhle hinabgingen, blieb Freds plötzlich stehen. »George, du trittst mir in die Waden.«

»Oh. Tut mir leid.«

»Hier. Wir müssen den nördlichen Gang nehmen.«

Wir marschierten weiter, anscheinend stundenlang, obwohl es in Wirklichkeit wohl nur zwanzig Minuten gewesen waren. Wir gingen an Räumen und Nischen zu beiden Seiten vorbei, und wenn ich mit der Taschenlampe hineinleuchtete, enthüllten sie die harten Farben von Mandalas oder den Glanz polierten Metalls. Unsere Schritte und unser Atem waren die einzigen Geräusche, die wir hörten; doch irgendwann blieben wir stehen, und weit vor uns erklang ein schwaches Klirren und dann das Scharren flüsternder Stimmen.

»He«, sagte Freds. »Du brichst mir noch den Arm, wenn du ihn so fest drückst.«

»Hör doch!« zischte ich.

»Ich hör's ja. Deshalb sind wir ja hergekommen, schätze ich.« Er pfiff wie das Kommunikationssystem im Raumschiff Enterprise, richtete dann die Taschenlampe in den Tunnel, schaltete sie dreimal ein und aus und ließ sie dann aus. »Richte deine Taschenlampe zu Boden«, sagte er zu mir.

Schritte näherten sich. Wir hörten sie schon in weiter Ferne, und sie schienen eine Ewigkeit zu brauchen, um zu uns zu gelangen, und wurden dabei immer lauter und fester. Ich war drauf und dran, meine Taschenlampe zu heben und zu blenden, wer immer dort kam, doch Freds hielt mich fest, bis sich die Schritte direkt vor uns im Tunnel befanden und wir eine dunkle Gestalt ausmachen konnten, die ebenfalls eine Taschenlampe zu Boden gerichtet hatte.

Freds schaltete seine wieder an und richtete sie auf die

Wand. In ihrem reflektierten Licht konnte die Gestalt uns sehen, und wir konnten sie sehen …

Es war Bahadim Shrestha, unser Freund von der *Nepal Gazette*. »Mr. Freds«, sagte er. »Mr. George! Schön, Sie wiederzusehen.«

»Bahadim!« sagte ich erstaunt. »Was, zum Teufel …«

»In der Tat«, sagte er mit einem leisen Lächeln.

Freds erklärte schnell, weshalb wir hier waren, und Bahadim runzelte die Stirn, als er von der geplanten Kanalisation hörte. »Das wäre äußerst unangenehm, ja, allerdings.«

»He, zeigen Sie George, was Sie am Laufen haben, ja? Ich will, daß er es selbst sieht.«

Bahadim musterte mich genau und dachte darüber nach. Dann nickte er. »Sie müssen versprechen, niemandem davon zu erzählen. Und von nun an müssen wir sehr, sehr leise sein. Wir haben gerade unabsichtlich ein Geräusch gemacht, und es wäre nicht klug, so kurz darauf noch eins zu machen. Die da oben könnten uns hören.«

Also schlichen wir auf Zehenspitzen hinter Bahadim durch den Tunnel und stießen auf ein paar Männer, die beim Licht einer einziger Kerze arbeiteten. Wir schalteten unsere Taschenlampen aus, und nach einer Weile stellte ich überrascht fest, daß diese eine Flamme in der Tat eine ganze Menge erhellte. Wir waren in einem breiten, kreisrunden Raum, dessen niedrige, aus Erde bestehende Decke von einer Reihe hölzerner Kreuzbalken gehalten wurde. Lehmbrocken häuften sich pyramidenförmig unter einigen neuen Löchern in der Decke auf, und lange, dünne Leitern hoben sich in diese dunklen Löcher. Bahadim führte mich zu einer der Leitern, die anscheinend an Ort und Stelle angefertigt worden zu sein schien; die Sprossen waren mit Stricken an zwei lange Pfosten gebunden. Er zog ein einem Stück Seil, das zwischen den Pfosten hinabhing, und kurz darauf kam ein weiterer kleiner Hindu mit leisen, verstohlenen Bewegungen die Leiter hinab. Bahadim zeigte die Leiter hinauf und flüsterte in mein Ohr: »Gehen Sie nach oben und sehen Sie in die Spiegelröhre.«

Also erprobte ich die unterste Sprosse, stellte fest, daß

sie mich trug, und kletterte das Loch in die Dunkelheit hinauf, bis ich mit dem Kopf gegen Erde stieß. Der obere Teil des Tunnels wurde von etwas erhellt, das ich anfangs für eine kleine Taschenlampe hielt, sich dann aber als die Spiegelröhre erwies, die Bahadim erwähnt hatte. Ich drückte mein Auge gegen das Ende dieses Dings und sah in einem winzigen Spiegel einen kleinen Teil eines hell beleuchteten Raums: anscheinend einen Schreibtisch mit einem leeren Sessel dahinter und eine Mauer. Eine verschwommene braune Gestalt bewegte sich vor mir, und dann sah ich wieder den Schreibtisch. Nach einer Weile konnte ich mir zusammenreimen, worum es sich handelte, und stieg die Leiter wieder hinab.

»Haben Sie es gesehen?« flüsterte Bahadim in mein Ohr.

Ich nickte. »Was war das?« flüsterte ich in sein Ohr.

»Das war das Büro des Königs.«

Ich riß den Kopf zurück und starrte ihn an.

Er nickte. »Wirklich«, flüsterte er.

Ich deutete mit der Hand auf die anderen Löcher in der Decke, von denen jedes mit einer Leiter versehen war.

Er nickte erneut, und der rote Punkt auf seiner Stirn leuchtete. »Die Büros des Palastsekretariats«, flüsterte er. »Die Konferenzräume der Minister. Die Privatgemächer des Königs. Wir haben alle wichtigen Zimmer im Palast ausfindig gemacht.«

Ich schaute mich erneut um und sah, daß ein paar Männer, die in einem Kreis auf dem Boden saßen, damit beschäftigt waren, ein weiteres Mini-Periskop zu bauen, das aus zusammengeklebten Pappröhren und den winzigen runden Spiegeln bestand, die die Einheimischen auf ihre Kleider nähen. Weitere Pappröhren, die wie antike Hörtrichter geschnitten und geklebt waren, dienten ihnen als Mikrofone.

Bahadim sah, daß ich ihm einige Fragen stellen wollte, und führte mich den Tunnel zurück, den wir gekommen waren, und dann in einen Seitentunnel und in eine kleine Kammer. Dort standen auf dem Boden eine Laterne mit einer Kerze darin, Teetassen, ein Teetopf und ein winziger

Primuskocher. Er setzte sich mit gekreuzten Beinen vor den Kocher und schickte sich an, uns Tee zu kochen, als befänden wir uns in seinem Büro bei der *Gazette*.

»Ja«, sagte er, als er uns dampfenden Tee in die Tassen gegossen hatte, »wir befinden uns unter dem Palastgelände. Die Tunnels selbst waren schon immer hier, doch in letzter Zeit haben wir die Beobachtungsposten bemannt, um besser mitzubekommen, was im Sekretariat vor sich geht.«

»Sie spionieren sie aus?«

»Ja. Verstehen Sie, wie ich Ihnen schon einmal gesagt habe, kann man von außen unmöglich sagen, wie im Palast Entscheidungen gefällt werden. Doch ohne dieses Wissen können wir uns diesen Entscheidungen nicht erfolgreich widersetzen.«

»Wer seid ihr also?« fragte ich.

»Wir sind ein Flügel der Nepalesischen Kongreßpartei, der größten Oppositionspartei. Verstehen Sie, Nepal hat offiziell kein Parteiensystem. Es gibt den Panchayat Raj. Doch es gibt trotzdem Oppositionsparteien, und die größte davon ist unsere Kongreßpartei. Wir möchten Nepal gern in eine parlamentarische Demokratie verwandeln, mit einer echten Regierung, die neben den Menschen über uns steht. Leider gibt es auch in der Kongreßpartei selbst mehrere starke Fraktionen. Ein Flügel wird von G. P. Koirala geführt, ein anderer von Ganesh Man Singh, ein dritter von K.P. Bhattarai. Alle liegen irgendwie miteinander im Streit, und das und die Tatsache, daß wir offiziell illegal sind, kommt uns bei den Wahlen nicht gerade zugute. Und so ...« Er seufzte hauchend. »Hat die Panchayat-Partei die Wahl gewonnen. Und im Palast herrschen die Ranas, und nichts ändert sich je in Nepal.«

Ich nickte. Ich hatte das aus nächster Nähe und persönlich beobachtet, bei meinem elenden und völlig vergeblichen Versuch, mit diplomatischen Mitteln den Bau der Straße nach Chhule zu verhindern.

Bahadims Gesicht hellte sich auf. »Aber jetzt haben wir Hoffnung! Als einer von uns die Tunnels hier entdeckte, entschloß sich unser Flügel der Partei zu einem direkten Eingreifen, um auf den Tag hinzuarbeiten, da wir in der legalen Regierung eine lautere Stimme haben werden. Wir haben dieses System geschaffen, um die Palastranas bei der Arbeit zu beobachten, und nachdem wir ihre Pläne kennen, tun wir alles, um sie zu unterstützen oder zu verhindern, je nachdem.«

»Eine tolle Idee«, sagte ich.

Bahadim nickte. »Wir haben auch eine Art unterirdische Regierung eingerichtet. Ja, so könnte man sie nennen.« Er zog mit dem Finger Diagramme auf das bunte Tuch, das unter uns ausgebreitet war. »Die meiste ausländische Unterstützung bekommt Nepal von großen internationalen Hilfsorganisationen oder anderen Ländern, und die meisten Mittel fließen dorthin, wohin die Ranas sie dirigieren. Oft in Unternehmen, die ihnen selbst gehören. Großes Geld, große Projekte, große Verzögerungen – wenig Ergebnisse. So war es schon immer in Nepal. Das Volk sieht nie etwas von der Hilfe. Also haben wir selbst Hilfsprojekte eingerichtet, die von ein paar reichen Nepalis finanziert werden, die uns unterstützen. Die Beträge sind gering, und sie fließen nur kleinen Projekten zu – der Bewässerung eines einzelnen Feldes, der Einrichtung eines Korb- oder Teppichladens und so weiter. Der Geheimhaltung wegen befindet sich unser Hauptquartier hier unten in den Tunnels. Und wir hoffen, mit der Zeit die wirkliche Regierung Nepals zu werden – denn wir sind diejenigen, die den Menschen unseres Landes wirklich helfen, verstehen Sie?«

»Worauf Sie wetten können!« sagte ich.

Grinsend legte Freds einen Finger auf die Lippen. »Sprecht nicht so laut, Leute, sonst verratet ihr noch alles.«

Bahadim lächelte. »Tut mir leid – ich rege mich immer so auf. Sie verstehen?«

Ich nickte. »Hören Sie«, flüsterte ich, »da ist ein Bettler in Thamel, ein Bettler mit einem kleinen Mädchen, und die beiden können nirgendwo unterkommen und haben auch keine Arbeit. Könnten Sie denen nicht helfen?«

»Wir können es versuchen«, flüsterte Bahadim zurück. »Sagen Sie mir ihre Namen – ah, Sie kennen sie nicht. Nun gut – ich werde Sie besuchen, und Sie können mich vielleicht zu ihnen bringen.« Ich nickte. »Wir werden sehen, was wir tun können.«

Beeindruckt sah ich Freds an. Er grinste und sagte: »Verstehst du, was ich meine?«

10

Ich verstand, was er meinte. Und als wir durch die dunklen Tunnels zum Eingang hinter Yongtens Laden zurückkehrten, machte das gewaltige Tunnelsystem auf einmal einen ganz anderen Eindruck auf mich. Sicher, es handelte sich dabei noch immer um die Ruinen eines uralten und lange vergessenen Königreichs; aber es war anscheinend auch das rudimentäre Netzwerk einer neuen Regierung von Nepal – einer unterirdischen Regierung, die es sich zur Aufgabe gemacht hatte, gegen die korrupte Herrschaft von König Birendra und der Ranas im Palast zu arbeiten. Es freute mich überaus, daß es so etwas gab.

Und als Nathan mich früh am nächsten Nachmittag weckte, indem er gegen meine Tür klopfte, war ich einigermaßen verlegen und versuchte mein Bestes, ihn abzuwimmeln. Doch Nathan gehört nicht zu jenen Menschen, die man leicht abwimmeln kann, und er wollte mir zeigen, was sein Kanalisationsprojekt zu bewirken hoffte.

Also wanderten wir durch die nordwestlichen Teile Katmandus, nicht nur durch Thamel, sondern auch durch die nicht so gut besuchten Viertel außerhalb, an den Ufern des Vishnumati. Hier gab es kaum Ausländer; hier waren die Einheimischen zu Hause. Viele dieser Leute arbeiteten in der Tourismusbranche in Thamel, doch es wurde ersichtlich, daß sie nicht allzu viel verdienten; das Viertel war überfüllt, die Gebäude alt und klein, die Ziegel handgefertigt und unregelmäßig, so daß sich die Häuser wie verrückt neigten. Die Straßen zwischen ihnen waren Schlammkanäle, und alles in allem sah das Viertel so aus, wie ich mir das elizabethanische London vorstellte, abgesehen von den heiligen Kühen und den kleinen Toyotas, die unentwegt hupend vorbeizischten. Das war die Heimat der Armen Katmandus, eine schmutzige, überfüllte, verwahrloste Gegend, ganz anders als die schmucke und malerische Innenstadt. In diesem Viertel war jeder Abendländer reich wie ein König. Früher hatte ich dieses Gefühl auch einmal genossen.

Hier und da hatten sich in Ecken oder auf breiten Stellen der Straßen seit Jahren Abfallhaufen angesammelt, die dann vom Regen und vorbeikommenden Kühen, Ziegen, Hunden, Ratten, Kindern und Bettlern wieder abgetragen wurden. Während wir beobachteten, wie die Menschen um diese Müllkippen schwirrten, erzählte mir Nathan mehr über das Projekt. Anscheinend war die South Asian Development Agency, der Sponsor des Projekts, eine der am schlechtesten geführten Hilfsorganisationen in Nepal gewesen. Lasche Buchführungspraktiken hatten sie zu einem dieser Geldkanäle werden lassen, über die es so viele Gerüchte gibt und bei denen das Geld, das den Menschen des Landes helfen soll, schließlich in den Taschen der Beamten landet, die es verwalten.

Nathan hatte die Stelle, die die Organisation ihm angeboten hatte, mit der Absicht angetreten, diesen Mißbrauch zu beenden, und sein erster Schritt war gewesen, ein ständig besetztes Büro in Katmandu einzurichten, das er selbst betreute. Zuvor waren die Geschäfte der Organisation mittels kurzer Besuche von der Hauptverwaltung in Manila geführt worden, was natürlich bedeutete, daß niemand wirklich wußte, was in Nepal vor sich ging. Das hatte zu einigen schrecklich ungeeigneten Hilfsprogrammen geführt, und bei einigen davon hatten sogar die Geldgeber der Organisation ihr Veto eingelegt, was kaum einmal vorkam. »Aber von diesem Kanalisationsprojekt sind alle begeistert«, sagte Nathan, »und du siehst ja auch, warum.«

»Ja.«

Wir hatten das Ufer des Vishnumati erreicht, und dort, unter der hellen Sonne und den verstreuten Kumuluswolken konnten wir die ganze Geschichte sehen: Frauen wuschen in den Untiefen Kleider; Abfall wurde von einem Karren auf einen großen Haufen am Ufer gekippt, der vom Fluß unterhöhlt wurde; Behelfshütten erhoben sich direkt am Ufer; spindeldürre Kinder spielten an freien Stellen oder dem steinigen Ufer. Dieser Fluß vereinigte sich ein Stück weiter mit dem Bagmati, der an der Universität und ein paar Krankenhäusern der Stadt vorbeifloß. Verseucht, wie er war, war es unvorstellbar, daß die Stadtbewohner jemals gesund werden sollten.

Und auf dem Rückweg gingen wir über die vor Menschen wimmelnden Schlammstraßen bis in den Bienenschwarm von Thamel, und überall um uns herum wurde es ersichtlich, daß die Einheimischen ihr Bestes gaben, um von dem unerschöpflichen Vermögen zu leben, das die abendländischen Besucher mit sich zu bringen schienen, und einigen gelang es und anderen nur zum Teil, und wieder andere scheiterten einfach, aus welchen Gründen auch immer, und lebten auf den Straßen und bettelten, um nicht zu verhungern. Ich hatte getan, was ich konnte, um zweien dieser Menschen zu helfen, einem Mann und seinem kleinen Mädchen, bis Freds mich eines Nachts, als er besoffen gewesen war, gescholten und mir gesagt hatte, daß es diesen beiden noch relativ gutging, da Menschen wie ich sich auf das niedliche und pathetische kleine Mädchen konzentrierten; daß es alte Männer und alte Frauen gab, die allein waren, keine Beachtung fanden und noch ein paar Stufen unter diesem Mann und seiner Tochter lebten; und danach hatte ich im Prinzip aufgegeben. Ich wußte nicht, was ich tun, ich wußte nicht, wie ich helfen sollte. Katmandu war nicht mehr dieselbe Stadt wie früher. Und nun deutete Nathan mit der Hand auf den Abfallhaufen auf der Straße ein Stück über dem Hotel Star und dem Kathmandu Guest House und sagte: »Siehst du, was ich meine?«

Und ich konnte nur sagen: »Ja, ich sehe, was du meinst.«

11

So standen die Dinge, als Nathan und Sarah bei mir vorbeikamen, um zu sehen, ob ich zu einem Entschluß gekommen sei, und Freds und ich saßen da und rauchten ein Haschpfeifchen, und Nathan nahm natürlich an, daß wir uns gegen ihn verschworen hatten, und zog seine Oberlippe mit einem deutlichen Ausdruck von Abscheu hoch. »Ich weiß nicht, wie ich überhaupt auf den Gedanken gekommen bin, du würdest den Armen von Nepal helfen wollen«, sagte er verbittert. »Du bist nur ein Trek-Führer, der das Land nach Strich und Faden ausbeutet. Ich wünschte, ich hätte dich nie kennengelernt.«

»Weißt du was?« sagte ich wütend. »Ich wünschte auch, ich hätte dich nie kennengelernt. Ich wünschte mir sogar, ich hätte deinen Brief an Freds nicht gestohlen und gelesen, denn dann hätte ich nie was mit euch zu tun bekommen und hätte noch meinen Spaß, und ich würde mehr als nur hundertdreißig Pfund wiegen!« Es fiel mir schwer, ihn nicht anzuschreien. »Aber du!« schrie ich. »*Du* hättest Freds nie gefunden oder deinen gehirngeschädigten Yeti gerettet oder wärst mit deiner Sarah zusammengekommen!«

»Du hast diesen Brief gestohlen?« sagte Nathan und ignorierte alles andere, was ich gesagt hatte.

»Na ja. Ja, hab' ich. Er sah interessant aus.«

Nathan warf die Hände hoch. »Kein Wunder, daß du uns nicht helfen willst! Ich meine, was für Prinzipien ... ich meine, wer würde schon einen *Brief* stehlen?«

»Ich.«

Freds atmete laut aus. »Er bringt bei der Bürokratie hier sowieso nichts zustande. Ohne ihn seid ihr besser dran. Wir haben versucht, ihn dazu zu bringen, uns zu helfen, und was kam dabei heraus? Sie haben mit seinem Gehirn Fußball gespielt. Wertlos. Paßt auf. *Singha Durbar*!« fauchte er mich an. »Seht ihr? Er zuckt zusammen, wenn er nur den Namen hört.«

»Undankbarer Mistkerl«, sagte ich zu ihm. »Frag lieber mal deinen Manjushri Rimpoche, ob ich wertlos war. Frag Colonel John, ob ich wertlos war.«

»Wenn wir ohne ihn besser dran wären«, machte Sarah Freds klar, »würdest du nicht versuchen, uns zu überzeugen, auf seine Hilfe zu verzichten.«

»Genau«, sagte ich. Sarah schien die einzige zu sein, die darauf geachtet hatte, was ich darüber gesagt hatte, wie sie und Nathan zusammengekommen waren, und sie beobachtete mich während des Streits mit einem leisen Lächeln, das mich zusätzlich aufbrachte. »Du zeigst lieber etwas Dankbarkeit«, knurrte ich Nathan an, »oder ich helfe vielleicht doch Freds, und dann hast du wirklich Probleme. Hier, setz dich und rauch die Friedenspfeife mit uns.«

»Nichts da«, sagte er und verschränkte die Arme vor der Brust. »Ich versuche, ein ernstes Gespräch zu führen.«

»Spielverderber.«

»Degenerierter Affe.«

»Brückenzerstörer. Lügner. Verräter. Tierdieb.«

Die Haut auf Nathans Wangen färbte sich bis auf eine schmale Linie über seinem Bart hellrot. Ich fand dieses Phänomen interessant und versuchte, mir noch ein paar Schimpfworte einfallen zu lassen, als Sarah eingriff und uns befahl, endlich aufzuhören, uns so kindisch zu benehmen. »Wir verschwenden nur unsere Zeit, und soviel Zeit haben wir nicht.«

»Das stimmt«, sagte Nathan, in dem Besorgnis und Empörung miteinander rangen. »Dieser Rana wird unseren Vorschlag ablehnen ...«

»Rana?« sagte ich. »Welcher Rana?«

»Kann dir doch egal sein«, begann Freds, doch ich brachte ihn mit einer Handbewegung zum Schweigen.

»Doch nicht zufällig A.S.J.B. Rana?«

»Wieso? Ja, ich glaube schon. Kennst du ihn?«

»Ich dachte, ich hätte seine Karriere beendet.«

»Aber nein – man hat ihn gerade zum Leiter des Amts für Ausländische Hilfsmaßnahmen im Palast gemacht.«

»Befördert! Dann kann es nicht derselbe sein.«

»Kann dir doch egal sein«, sagte Freds zu mir.
»Scheiße, es ist mir nicht egal!« rief ich hitzig.
»Leise!« sagte Sarah laut. »Hört doch mit diesem Zank auf!«
Wir alle sahen sie an.
»Das ist doch völlig überflüssig«, sagte sie und lachte uns an. »Ich sehe am Ausdruck von Georges Gesicht, daß er einen Plan hat.« Sie setzte sich neben mir aufs Bett, legte einen Arm um meine Schultern und drückte mich kräftig. »Ich weiß es einfach. Du hast doch einen Plan, nicht wahr, George?«
Das Seltsame daran war, daß tatsächlich gewissermaßen ein Plan in meinem Hinterstübchen entstand. Es war wie eine Inspiration. »Richtig«, sagte ich und fühlte mich sehr zufrieden. »Ich habe einen Plan.«
Nathan und Freds musterten mich zweifelnd.
»Der erste Teil des Plans«, sagte ich, darüber nachdenkend, »besteht darin, daß ihr beide mir Karten besorgt – Nathan von dem geplanten Kanalisationssystem, und Freds von den alten Tunnels. Könnt ihr das für mich tun?« Sie nickten. »Gut. Der zweite Teil des Plans besteht darin, daß wir im Old Vienna zu Abend essen und uns dabei die Karten ansehen.«
»Das ist kein Plan«, beschwerte sich Nathan.
»Ist es doch. Ich habe einen Plan.« Und in der Tat stellte er sich noch beim Sprechen bei mir ein. Ich legte meinen Arm um Sarah und drückte sie ebenfalls, und alles fiel an Ort und Stelle wie eine lange Kette Dominosteine. »Ich weiß nur nicht, ob er auch funktioniert.«

12

Und so saßen wir an diesem Abend nach einer von Evas herrlichen Mahlzeiten in einer der großen Nischen hinten im Old Vienna Inn, kauten am letzten Rest Apfelstrudel und nippten Cognac und/oder Cappucino. Ich holte eine meiner gelben Lufthansa-Karten von Katmandu und einen Bleistift hervor und übertrug sorgfältig Nathans und Freds Karten darauf. »Hier, seht«, sagte ich. »Sie berühren sich nur an drei Stellen, und keine dieser Stellen ist ein wirklich wichtiger Teil des Tunnelsystems.«

»Ja, aber sie verbinden die großen Höhlen miteinander«, sagte Freds. »Außerdem ist das völlig egal – wenn man auf einen Tunnel stößt, hat man das ganze System entdeckt.«

»Das weiß ich. Aber angenommen, ihr füllt eure Tunnels an diesen drei Stellen auf.« Ich verdeutlichte es, indem ich diese Teile von Freds System ausradierte. »Wenn sie dann die Kanalisation bauen, finden sie etwas seltsam lockere Erde, aber das ist keine große Sache – unter einer Stadt sieht es immer irgendwo seltsam aus. Also legen sie die Rohre und bemerken überhaupt nichts!«

»Aber die verschiedenen Teile des Tunnelsystems wären voneinander abgeschnitten!« wandte Freds ein.

»Sicher, klar doch, aber ihr könntet doch tiefer gehen. Schau, nachdem sie die Rohre gelegt haben, grabt ihr euch unter ihnen her, baut noch so eine schöne Treppe, und schließlich haben wir eine Kanalisation, und euer Tunnelsystem funktioniert wieder, und niemand hat etwas davon erfahren.«

»Das ist eine Menge Arbeit«, stellte Sarah fest. »Woher will Freds die Leute für solch eine Aktion nehmen?«

»Freds hat Freunde oben im Norden«, sagte ich. »Dieselben Leute, die dieses Tunnelsystem benutzen. Wenn sie gemeinsam anpacken, ist es eine Sache von ein paar Tagen. Beauftrage Colonel John damit, und es ist eine Sache von Stunden.«

Freds nickte. Nathan nickte. Sarah beugte sich vor, um mir einen Kuß auf die Wange zu geben. Wir toasteten dem Plan zu, und ich willigte ein, herauszubekommen, wie genau der alte A. Shumsher Jung Bahadur Rana dieses Kanalisationsprojekt benutzte, um sich zu bereichern.

13

Meine bisherige Begegnung mit A.S.J.B.R. hatte kein gutes Ende genommen, und als ich eines Morgens kurz nach unserem Abendessen also sein Büro betrat, hatte ich einen ganzen Stapel Bakschisch von der South Asian Development Agency dabei, den ich ihm mit einer beredsamen Entschuldigung für den kleinen Zwischenfall überreichen wollte, mit dem unsere letzte Begegnung ausgeklungen war; ich wollte ihm erklären, daß ich als Folge einer ernsten Krankheit und eines Falls von Wahnsinn in meiner unmittelbaren Umgebung unter Streß gestanden hatte. Meines Erachtens ist es am besten, wann immer möglich die Wahrheit zu sagen.

Doch als ich mich A. Rana näherte, wandte er sich in meine Richtung, nickte kurz und wartete dann, um zu erfahren, wer ich sei und was ich wolle. *Er erkannte mich nicht.*

Ich hatte fünf Milliarden Stunden in seinem Büro verbracht; und als wir uns das letzte Mal gesehen hatten, hatten wir uns gegenseitig angeschrien; doch er erinnerte sich nicht an mich. So weit außerhalb seines Systems stand ich.

Das war ein so großer Schock, daß ich eine Weile brauchte, um mich zu sammeln. Wenn man bedachte, wie unsere letzte Begegnung verlaufen war, konnte ich natürlich von Glück sprechen, daß er mich nicht erkannte; aber dennoch kam ich mir ganz schön angepinkelt vor. Daß er mich nach all diesen *Qualen* einfach *vergessen* würde … Ich schluckte meine Verwirrung runter und fand mich damit ab. Ich stellte mich als Repräsentant der South Asian Development Agency vor, was augenblicklich sein Interesse erregte, zweifellos, weil die Organisation für ihre schludrige Buchhaltung bekannt war. Ich erzählte ihm von dem Kanalisationsprojekt, und er nickte und sagte mir, ich solle am Nachmittag in sein Büro kommen.

Ich hatte diesen Film schon einmal gesehen und wollte ihn nicht noch einmal sehen.

Dennoch versuchte ich es erneut und machte mich wieder an die übliche Runde der Besuche und Schmiergeldzahlungen. Es kam nichts dabei heraus, wenngleich ich immerhin einige Dinge über seine neue Position im Sekretariat bestätigen konnte. Es stimmte; irgendwie hatte er sich aus dem Schlamassel geschlichen, den ich ihm mit dem Grenzzwischenfall eingebrockt hatte, und mehr noch – er war daraufhin sogar befördert worden. Ich konnte mir nicht vorstellen, wieso. »Oh, Sir! Anscheinend bin ich verantwortlich für eine Krise, wegen der die Inder und Chinesen beinahe über uns hergefallen wären. Die vielleicht sogar den Dritten Weltkrieg ausgelöst hätte!« – »Gut. Sie werdem zum Leiter des Amtes befördert, das die gesamten ausländischen Hilfsmaßnahmen kontrolliert.« Na schön. Noch ein großes Geheimnis Nepals.

Es verstärkte meinen schon gesunden Respekt für A.S.J.B.R.s machiavellische Fähigkeiten, die Leiter hinaufzufallen, und ich ging mit ihm so vorsichtig wie möglich um. Doch schon nach einer Woche des üblichen Spiels der Verzögerungen und das Handaufhaltens stellte ich fest, daß meine Geduld, in seinem Büro herumzusitzen, *völlig* verschwunden war. Ich konnte es nicht ertragen. Ich wünschte ihm vom letzten Mal noch immer alles Schlechte – haßte ihn sogar geradezu –, und obwohl es ganz nützlich war, daß er sich nicht an mich erinnerte, wurmte mich das ganz schön. Ich konnte es ganz einfach nicht mehr ertragen, herumzusitzen und auf ihn zu warten.

Also arrangierte ich ein Treffen mit Bahadim und fragte ihn, ob sein Spionagesystem auch die Überwachung von A. Ranas Büros einschloß.

Bahadim nickte. »Sie wissen, wie es in Nepal ist – die ausländischen Hilfsorganisationen sind eins der größten Machtzentren hier. A. Rana ist nicht die wichtigste Person auf diesem Gebiet, doch er scheint schnell aufzusteigen, und wir haben einen Tunnel unter sein Büro gezogen. Möchten Sie ihn gern beobachten?«

»Oh, Mann!« Ich legte eine Hand auf mein Herz. »Ich

kann Ihnen gar nicht *sagen*, wie toll das klingt. Das ist die beste Nachricht, die ich seit *Jahren* gehört habe!«

Bahadim musterte mich seltsam, und ich nahm Abstand davon, ihn zu küssen. Doch diese Neuigkeit freute mich wahnsinnig, und ich hätte nicht glücklicher sein können, als mich Bahadim und einer seiner Gefährten am nächsten Tag durch Yongtens Laden und in die Tunnels hinab begleiteten. Ich folgte ihnen unter den Palast und stieg hinter Bahadim eine der Leitern hinauf. Dort oben war kaum Platz genug für uns beide; es handelte sich um eine kleine, niedrige Erdhöhle. Ein Teil der Decke war höher als der Rest und bestand aus Holz; das war die Ecke des Bodens in A. Ranas Büro. Ein kleines Spiegelteleskop und ein Hörtrichter waren dort, wo der Boden gegen die Wand stieß, in kleine Risse eingelassen. Ich sah in das Periskop und machte nach einer Weile die Ecke eines Schreibtisches und eine Wand aus. Kein Mensch zu sehen. Doch als Bahadim den Stöpsel aus dem Hörtrichter zog, konnten wir Stimmen über uns hören, die sich laut und schnell auf Nepalesisch unterhielten.

Ich hatte dafür gesorgt, daß Nathan gleichzeitig A. Rana aufsuchte, in der Hoffnung, ein geheimes Gespräch über unseren Fall anzuregen. Nachdem Bahadim und ich eine Weile dort herumgesessen hatten, hörte ich, wie mitten in einem nepalesischen Wortschwall sein Name fiel: »Mr. Nathan Howe.« Alle Stimmen zogen sich daraufhin in das Vorzimmer zurück, wo ich nur den Klang von Nathans Stimme vernehmen konnte, der mit A. Rana sprach – was sie sagten, konnte ich nicht verstehen.

Schließlich kehrte A. Rana in sein Büro zurück und griff zum Telefon. Bahadim rutschte herum, damit er den Mund auf mein Ohr drücken und mir das Gespräch im Flüsterton teilweise übersetzen konnte. »Er spricht mit einem Freund im Amt für Öffentliche Arbeiten ... über die Kanalisation, ja. Er hat vor, den Vertrag für diese Arbeiten seinem Freund zu geben.« Plötzlich verstummte Bahadim und lauschte lange angestrengt. Ich betrachtete im Halbdunkeln sein Gesicht. A. Rana legte auf, und Bahadim flüsterte in mein

Ohr: »In Wirklichkeit ist er für den Vertrag schon honoriert worden, und die Arbeiten werden bald beginnen. Sie verzögern die Sache nur noch, um über Mr. Howe mehr Geld aus der Organisation herauszuholen.«

»Hat er gesagt, wann sie anfangen wollen?«

»Nein.«

Ich stieg die Leiter in die Höhle hinab, und wir zogen uns in Bahadims kleines unterirdisches Büro zurück. Während er eine Kanne Tee kochte, schlug ich mir nervös mit der Faust in die Handfläche. »Was hat das zu bedeuten?«

»Es bedeutet nur, daß das Projekt gebilligt wurde und A. Rana die Organisation noch nicht darüber informiert hat. Das ist eine allgemein übliche Taktik bei solchen Organisationen, um mehr Bakschisch zu bekommen. Die South Asian Development Agency ist für ihre nachlässige Buchhaltung bekannt.«

»Verdammt«, sagte ich. »Dieser A. Rana ist solch ein *Schurke*.«

»Wahrscheinlich ist es nicht allein seine Schuld.«

»Wessen dann? Wer trifft die Entscheidungen dort oben?«

Bahadim schenkte uns achzelzuckend Tee ein. »Das kann niemand genau sagen. Jeder, der behauptet, zu wissen, wie das Palastsekretariat seine Entscheidungen trifft, lügt. Der Palast ist das, was Sie einen Abgrund ohne Boden nennen. Menschen gehen hinein – Informationen, Geld, Gesuche gehen hinein, und Entscheidungen kommen heraus. Was darin geschieht, ist geheim. Verstehen Sie, sie wollen nicht, daß man es erfährt. Niemand, der außerhalb steht, darf es wissen. Das ist ein Brauch, den wir in Nepal pflegen, der Drang, einige Geheimnisse für uns zu behalten. Die Welt ist groß, und wir sind klein, und so verspüren wir das Bedürfnis, etwas zu haben, was uns allein gehört. Einige Geheimnisse, wenn schon sonst nichts.«

»Aber die Korruption, die dadurch entsteht!«

»Ich weiß.«

»Sie brauchen Gesetze, Bahadim. Sie brauchen irgendein

legales System. Eine konstitutionelle Monarchie, oder was auch immer.«

Bahadim nippte an seinem Tee, richtete aber trotzdem wütend einen Finger auf mich. »Glauben Sie mir, das sind sehr böse Worte im Palast. Konstitutionelle Monarchie, herrje! Es hat schon großen Ärger verursacht, als andere Regierungen diesen Begriff ganz unschuldig benutzten, denn für uns ist er ein Kode, verstehen Sie? Der königlichen Familie jagt er einen großen Schrecken ein, denn er erinnert sie an die Tage, als sie von den Ranas beherrscht wurde und völlig machtlos war. Und den Ranas jagt er einen großen Schrecken ein, weil er ein offenes System andeutet, das ihrer Macht ein Ende bereiten würde.«

»Aber ich dachte, die Ranas wären in den fünfziger Jahren gestürzt worden! Haben Sie mir das nicht gesagt?«

Er drehte die Hand mehrdeutig. »Es entsprach fast der Wahrheit. Doch in den darauffolgenden Jahren sind sie wieder an die Macht gekommen. Weil die Shahs immer Ranas heiraten. Die Königin ist eine Rana, verstehen Sie? Und die beiden jüngeren Brüder des Königs, sie sind mit zwei jüngeren Schwestern der Königin verheiratet. Und die Köpfe der Armee sind Ranas. Und alle über uns ...« Er deutete mit der Hand nach oben, um zu zeigen, daß er den Palast meinte. »Ranas. Diese Familie beherrscht unser Land. Wir brauchen dringend die konstitutionelle Monarchie, von der Sie sprechen, doch die Ranas werden sie verhindern, wenn sie es können.«

Ich schüttelte den Kopf. »Das kann nicht gut sein für das Land.«

»Nein, natürlich ist es nicht gut.« Bahadim verzog den Mund. »1951, zur Zeit unserer Revolution, hatte Nepal, wirtschaftlich gesprochen, dieselbe Größe wie Südkorea. Und Südkorea hat unter einem Krieg gelitten, und trotzdem ist das Land nur siebenunddreißig Jahre später das, was es ist – während wir noch den den ärmsten Nationen der Erde gehören. Nun kann man behaupten, daß Südkorea eine Küste hat und wir nicht, aber daran liegt es nicht. Wir kommen ganz einfach wirtschaftlich nicht voran, bis wir politisch vorangekommen sind! Eine konstitutionelle Demokratie, ja. Und dafür arbeiten wir hier unten!«

Seine Augen strahlten im Licht der Lampe, und als er seine Teetasse abstellte, bildete seine Hand eine Faust. Ich sah, daß er es todernst meinte, und wußte, daß ich die Mannschaft gefunden hatte, mit der ich spielen wollte. »Können Sie A. Ranas Büro für mich beobachten?« fragte ich ihn.

»Aber sicher. Wenn es besetzt ist, wird ständig jemand lauschen. Wir möchten gern wissen, was es mit diesem Kanalisationsprojekt auf sich hat. Anscheinend läuft es wie immer: ein Freund der Ranas bekommt den Vertrag. Wahrscheinlich hat er nicht das niedrigste Gebot abgegeben, falls sie überhaupt Gebote eingeholt haben, und man hat es noch nicht bekannt gegeben, um den Geldgeber um möglichst viel Bakschisch zu erleichtern. Ein Großteil des Geldes wird zweifellos in Indien landen, auf den Konten der Ranas und bei Subunternehmen. Und Sie können sich nicht vorstellen, was für eine schreckliche Kanalisation wir dafür bekommen werden.«

Ich nickte. »Wir müssen erfahren, wann sie anfangen wollen.«

»Ich werde Sie wissen lassen, was wir in Erfahrung bringen.«

Als ich nach Hause kam, wartete Nathan schon auf mich. »Herrje, George, du mußt wirklich ein toller Mittelsmann sein. Ich sprach mit diesem Beamten im Ministerium, mit dem du den Termin gemacht hast, und ich will verdammt sein, wenn er mir nicht bestätigt hat, daß das Projekt gebilligt ist!«

»Ich hatte nichts damit zu tun«, sagte ich. »Hat er gesagt, wann sie anfangen werden?«

»Nein, wieso? Es ist noch viel zu tun, es müssen Angebote eingeholt werden und …«

»Das ist alles schon geschehen«, entgegnete ich verdrossen und gab ihm eine Zusammenfassung dessen, was ich in Erfahrung gebracht hatte. Er war schockiert.

Ein paar Tage später rief mich Bahadim an. Seine Lauscher hatten erfahren, daß die Aushubarbeiten für die Kanalisation bald beginnen würden. Die Vertragsfirma hatte einen schweizerischen Techniker eingestellt, was bedeutete, daß alles dreimal so schnell gehen würde wie sonst.

Also wurde es höchste Eisenbahn für uns. Freds brach nach Shambhala auf, und Colonel John und die Khampas für die Änderungen an ihrem Tunnelsystem unter der Stadt zu holen. Es würde eine Weile dauern, bis sie in Katmandu waren und anfangen konnten; mittlerweile gab es für mich kaum etwas zu tun. Ich überprüfte das Tunnelsystem noch einmal, stellte genau fest, wo die Rohre der Kanalisation es schneiden würden, und markierte die Stellen im Tunnelsystem, die aufgefüllt werden mußten; ich lag stundenlang unter A. Ranas Fußboden, belauschte ihn, wie er über mir das Blaue vom Himmel log, und wurde immer wütender auf ihn; ich räumte sogar mein Zimmer auf, was ich seit Monaten nicht mehr getan hatte.

Und während ich dort aufräumte, stieß ich auf eine kleine Tasche mit unnützem Kram von meinem ersten Trek in Nepal. Man hatte mich damals eingestellt, die Trekker zu führen, obwohl ich nicht die geringste Ahnung gehabt hatte, worum es überhaupt ging; unser Sherpa-Sirdar hatte mir alles beigebracht. Unter den Erinnerungsstücken in der Tasche befand sich ein zusammengefalteter, an den Ecken zerfranster Zettel. Ich erinnerte mich nicht mehr, worum es sich dabei handelte, und faltete ihn neugierig auf.

Es war ein Brief, in einer seltsam spitzen Handschrift, die ich kaum lesen konnte.

Datum. 27. 9. 1981

Sehr geehrter Herr,

Namaste.

Heute ich Ihnen einen Brief schreiben und ich hoffen und gesehen Sie wohnen auf Schulhof so ich sehr Glück sein für Sie und Ihre Führer. Ich Ihnen sagen müssen von dieser Grundschule schlechte Bedingungen verzeihen Sie Sir hier nicht sehr ferantwortliche Person und reicher Mann so daß sie nicht geben können viel Geld für Schule. In meiner Schule hier nicht genug Bänke geben daß Schüler sitzen können und ich hoffe Sie helfen dieser Grundschule mit Geld. Wenn Sie haben Geld aber ich sehr betrübt bin diesen Brief zu schreiben an Sie. Sir ich habe zu viel Problem in Schule. Was kann ich tun? weil ich bin auch sehr armer Lehrer in diesem Dorf. Jetzt ich muß schließen.

Ihr vertrauenswürdiger Lehrer
Ramdas Shresta
Schulvorstand

Ich saß mit dem Brief auf dem Knie auf meinem Bett, und allmählich fiel es mir wieder ein. Wir hatten spät am Abend ein Teehaus und eine Schule erreicht, die auf einem steilen Felsvorsprung neben dem Trail kauerten. Ja, genau, Sangbadansda! Es hatte an diesem Tag heftig geregnet, und unsere Gruppe war erschöpft, die Hälfte von ihnen war schon krank, und so hatten wir den nächsten Tag dort verbracht, um wieder trocken zu werden und uns zu erholen. Als ich dort in der Morgensonne saß, war ein junger Bursche von der Schule zu mir gekommen und hatte mir den Zettel mit einem Lächeln in die Hand gedrückt. Nachdem ich den Brief gelesen hatte, hatte ich dem jungen Mann ein paar Rupien gegeben, und sie hatten mich in die Schule eingeladen, um mit dem Schulvorsteher und allen Lehrern zu sprechen. Der Schulvorsteher war ein alter, im Ruhestand lebender Gurkha, der die Schule mit seiner Pension finanzierte. Wie wir an diesem Morgen festgestellt hatten, drillte er die Kinder wie Soldaten in einem Ausbildungslager. Seine Lehrer waren junge Burschen, die allesamt kaum Englisch sprachen, und sie freuten sich, mit mir über Amerika und amerikanische Schulen sprechen zu können, und über ihre eigene Schule. Sie hatten keine Bücher; sie bildeten die Kinder an Tafeln aus. Nach dem Gespräch hatte ich einen meiner Klienten angeschrien, weil er an die Rückwand des Schulgebäudes gepinkelt hatte. Aber hier liegt doch überall Scheiße, hatte er protestiert.

Ich faltete den Zettel langsam zusammen und steckte ihn wieder in die Tasche. Und als ich über die Straßen und durch die Tunnels zu Bahadims unterirdischem Hauptquartier ging, dachte ich immer noch über diesen Schulvorsteher und seine Schule nach.

Bahadim gesellte sich im Lauschposten unter A. Ranas Büro zu mir, und wir lagen dort in der Dunkelheit, während A.S.J.B.R. nur Zentimeter über unseren Köpfen arbeitete. Während einer seiner unvermeidbaren Telefongespräche ergriff Bahadim meine Hand und drückte sie. »Er spricht mit einem Freund in der Armee«, flüsterte Bahadim in mein Ohr. »Sie verkaufen die Hörner von Nashörnern an Mitglieder einer chinesischen Handelsgruppe. Sie wildern bestimmt in Chitwan!«

Ich lag da und hielt mich zurück, gegen A. Ranas Fußboden zu treten. Dieser schleimige Hurensohn, der in einem Land ohne Schulbücher Schmiergelder einstrich, der in einem Land wilderte, in dem kaum noch Nashörner übriggeblieben waren – der mich nicht einmal erkannt hatte! Ich wollte schreien, ich wollte ihn umbringen; dann würde er sich an mich erinnern! Ich mußte einfach so fest gegen den Fußboden treten, daß er vor Schreck sterben würde! Ich konnte mich kaum davon abhalten. Das war das erste offensichtliche Zeichen, daß ich den Verstand verlor.

14

Nach diesem Warnzeichen hatte ich häufiger mit dem Problem zu kämpfen. In der Tat verschwimmen die folgenden Wochen in meiner Erinnerung. Ich lief durch die Straßen der Stadt und die Tunnels unter ihr, versuchte mit unzureichenden Mitteln und oftmals im Geheimen die Stellen der Tunnels zu ermitteln, die aufgefüllt werden mußten, und entwarf dabei immer neue Pläne, Szenarios, die ich bis ins letzte Detail ausarbeitete (abgesehen von gewissen kritischen Augenblicken). Ich brütete ständig über diesem Pläne und fuhr nervös zusammen, wenn mich jemand fragte, worüber ich denn so angestrengt nachdachte. »Nichts! Nichts! Geht wieder an die Arbeit!« schrie ich dann immer, und wir machten weiter. Die Khampas trafen ein, geführt von Colonel John, und machten genug Lärm, daß man sie oben auf den Straßen hören könnte, liefe das Leben da oben nicht ständig mit hundert Dezibel ab. Sie brachten eine ganze Reihe von kleinen Loren mit, von einer Größe, die den Sieben Zwergen genau recht gewesen wären; sie gehörten in den Fernreise-Tunnels, durch die sie nach Katmandu gekommen waren, anscheinend zur Standardausrüstung. Diese Loren fuhren, wie Freds mir sagte, auf den Fernreisetunnels auf fest angebrachten Eisenschienen, und es sei kein Problem, im Bedarfsfall auch unter der Stadt solche Schienen zu verlegen.

Also liefen wir alle in den Tunnels hin und her, gruben mit Hacken, schaufelten Erde in die Loren und torkelten durch die Dunkelheit, während wir sie auf den neuen Gleisen hin und her schoben. Über uns hatten die Aushubarbeiten für die Kanalisation bereits begonnen, und sie würden in ein paar Tagen auf den ersten der alten Tunnels stoßen. Sie sperrten Nebenstraßen ab und buddelten sie mit indischen Maschinen auf, und da der schweizerische Ingenieur jeden Tag auf der Szene erschien, in die Löcher kletterte, das Arbeitsgerät überprüfte und die Arbeiter auf schlechtem Nepalesisch antrieb, machten sie bemerkenswert gute Fortschritte. Darunter hatten wir immer mehr zu tun und immer weniger Leute und Gerät, um die Arbeit zu bewältigen, obwohl Tag für Tag weitere Khampas aus den dunklen, nach Westen führenden Tunnels eintrafen. Aber Colonel John war dem Schweizer über uns mehr als nur gewachsen; er hatte sich wieder in seine vollständige Marine Corps-Kluft geworfen und schrie uns alle so laut an, daß ich überzeugt war, sie würden uns auf den Straßen hören. Und sie hätten uns bestimmt auch gehört, hätte nicht zufällig das ausgesprochen laute Dasain-Fest begonnen. Aber so hörten sie uns nicht, und wir machten weiter, wie die Sklaven angetrieben von der Peitsche des Colonels Zunge. »John Wayne trifft Ben-Hur«, murmelte Freds einmal, nachdem der Colonel explodiert war. »Nimm es nicht persönlich, er meint wirklich nicht, daß das alles deine Schuld ist.«

»Warum hat er denn 'Das ist alles Ihre Schuld!' gesagt?« murrte ich. Es war nicht fair. Ich schüttelte den Kopf, schien ihn aber einfach nicht klar zu bekommen. Ich hatte jetzt den größten Teil mehrerer Tage unter der Erde verbracht, und jedesmal, wenn ich Yongtens Laden verließ, war draußen Nacht, und die Dasain-Feiern waren in vollem Gange, und Feuerwerke gingen am Himmel und über dem Boden hoch, und maskierte Alptraumgestalten wankten blindlings durch die Straßen, trinkend und im wechselnden Licht schreiend. Als ich ihnen und den Feuerwerken auswich, stellte sich bei mir der Eindruck ein, daß das Leben unter der Erde normaler war als auf der Oberfläche, und ich entschloß mich, während der Dauer des Festes einfach unten zu bleiben. Sarah und Nathan brachten uns die Mahlzeiten hinab, und wir aßen in der goldbeschlagenen Kammer, die nur ein kurzes Stück von einem unserer Einsatzorte entfernt war. Eine einzige Kerze konnte diese Kammer wie eine nackte 150-Watt-Birne erhellen. Wir schliefen in einer der bronzenen Kammern daneben, gönnten uns aber immer nur ein paar Stunden Ruhe.

Das Auffüllen ging voran, obwohl es sich als schwierig erwies, die Erde bis zur Decke aufzuhäufen. Colonel John löste dieses Problem, indem er an einem Ende eine Mauer errichtete und dann die Erde daran hochschaufelte. Er war Feuer und Flamme und hatte sich in den Kopf gesetzt, den Hohlraum so zu füllen, wie er sich den Boden unter einer alten Stadt wie Katmandu vorstellte – mit Scherben alter Töpfe, morschen Holzbalken, einem verlorenen Silberlöffel, eine komplette archäologische Phantasie falscher Erdschichten und alter Funde, bis es so schlimm wurde, daß wir ihn dort hinauszerren mußten, damit die Khampas und Bahadims Kongreßpartei den Raum bis zur Decke auffüllen und dann an der anderen Seite zumauern konnten.

Sie hatten kaum die Mauer hochgezogen, als wir ein leises Dröhnen vernahmen und die Tunnels um uns herum zu zittern begangen. Die erste Bewährungsprobe stand bevor: sie hatten unsere Neuauffüllung erreicht und gruben sich hindurch. Nathan lief immer wieder zur Straße hoch, um sich zu überzeugen, daß sie nicht von ihrem planmäßigen Kurs abwichen, doch ich war da ganz zuversichtlich; wären sie abgewichen, hätten sie sich unter Gebäuden durchgraben müssen. Die einzige Frage war, ob ich den Tunnel richtig vermessen hatte und wir auch wirklich das Stück unter der Straße aufgefüllt hatten. Ich befürchtete, daß sie geradewegs eine der neuen Mauern durchstoßen und so den gesamten Plan durchkreuzen würden. Was Colonel John dann zu mir sagen würde! Aber das taten sie nicht, zumindest nicht bei dieser Kreuzung.

Die nächste war nur ein paar Blocks entfernt, und so konnten wir uns keine Ruhe gönnen. Und das war nicht nur ein Tunnel: es war eine der großen runden Kammern, und um ganz sicher zu gehen, mußten wir sie völlig auffüllen und gleichzeitig einen neuen Gang tief darunter graben, denn sonst wären wir von einer ganzen Sektion abgeschnitten gewesen. Und so liefen wir schmale, nach Westen führende Tunnels entlang und hackten wir verrückt auf die Wände ein, während wir uns gleichzeitig vergewissern mußten, daß die Decke nicht einstürzte; dann schafften wir die Erde zurück in diese Kammer, die uns wie ein bodenloser Abgrund vorkam. Bahadims Leute feierten dabei gleichzeitig Dasain; sie hatten sich mit Papierschlangen behangen, Konfetti klebte auf ihnen, und ihre Stirnen und Teile ihres Haars waren mit roten Strähnen überzogen und mit gefärbten Reiskörnern geschmückt, und sie waren die meiste Zeit über betrunken. Freds hielt das für eine gute Idee und machte mit. Mittlerweile kamen die Bauarbeiter über uns ungewohnt schnell voran und verlegten ihre Betonrohre, als veranstalteten sie ein Wettrennen. Sie würden die Kammer bald erreichen, und so legten wir noch einen Zahn zu, und alle arbeiteten rund um die Uhr, um die Kammer zu füllen. Colonol John war stinksauer. Freds war begeistert. »Ist das nicht toll?« sagte er während unserer Pausen immer wieder. Ich schlang die Butterbrote herunter, die Sarah und Nathan gebracht hatten, und enthielt mich einer Antwort. In Wirklichkeit fühlte ich mich schrecklich; ich hatte mich noch nicht von dem Gewichtsverlust des Sommers erholt, und außerdem stellte sich mein Shambhala-Durchfall wieder ein und ließ mich schwindlig und manchmal etwas deliriös zurück.

Als wir einmal gerade gegessen hatten, öffnete Freds eine Flasche Chang und zündete seine Pfeife an. »Hier«, nuschelte er, an der Pfeife ziehend, »nimm du auch mal, das Graben macht viel mehr Spaß, wenn man etwas angeduselt ist.« Unglücklicherweise griff ich auf das Angebot zurück und atmete gerade eine Lunge voll ein, als er hinzufügte: »Das Zeug hab' ich mir gerade von einem Burschen auf der Freak Street besorgt, es ist angeblich mit Opium verschnitten«, woraufhin ich hustete, bis ich mir bald ein paar Rippen brach. Nachdem ich dann die Kammer verlassen hatte, stieß ich mit dem Kopf gegen einen tiefhängenden Balken im Tunnel, und danach und nach Freds opiumverschnittenem Hasch fand ich mich tief in der Traumzeit wieder. Zum Beispiel fragte ich mich, ob die Grubenarbeiter, die diese mit Erde übervollen Loren schoben, nicht ziemlich klein und haarig waren und lange Arme und eigentümliche Hände hatten. Und trug einer von ihnen nicht eine Dodgers-Mütze? Zischten in Wirklichkeit nicht eine ganze *Menge* von ihnen wie Zwerge durch die Dunkelheit und retteten unsere Haut, zumindest, was das Auffüllen der großen Kammer betraf? Ich kann es Ihnen wirklich nicht genau sagen. Ich weiß nur, daß ich mich überaus seltsam fühlte, und daß wir wie die Tiere schufteten, ständig das Poltern der Bulldozer über uns, und selbst, wenn es uns gelingen sollte, diese Kammer rechtzeitig zu füllen, mußten wir immer noch einen Tunnel noch weiter westlich auffüllen, und ich taumelte herum und machte mir über all das Gedanken, als Bahadim vorbeikam und sagte: »Wir haben gerade Ihren Freund Mister A. Rana belauscht, wie er der South Asian Development Agency mitteilte, daß das Kanalisationsprojekt hinter den Zeitplan zurückgefallen ist und er sie um eine weitere Million Dollar gebeten hat, um das zu ändern. Und dann hat er mit diesen chinesischen Händlern telefoniert, um Vorkehrungen zu treffen, sie aus einer – wie er es nannte – dauerhaften Quelle in Chitwan zu beliefern, damit sie ihre Fabrik zuverlässig führen können. Zweifellos eine chinesische Aphrodisiakum-Fabrik! Ist das nicht komisch!«

Und mich überkaum die Wut, und ich ließ die Hacke aus meinen schwieligen Händen fallen, und ich rannte durch die Tunnels, in nördliche Richtung zum Palast. Ich hatte den Verstand verloren.

15

Das war mein Plan: Ich würde die Leiter in den kleinen Raum hinaufsteigen, den sie sich hinter den Räumen des Königs geschaffen hatten, und die schmale Wand hinter seinem Schrank, durch die wir ihn belauscht hatten, aufbrechen und in den Schrank und vorn dort aus in die Privatgemächer des Königs kriechen. Den König mit irgendeinem Gegenstand bedrohend (womit, wußte ich noch nicht genau), würde ich ihn zwingen, in die Tunnels hinabzusteigen, und ihn Bahadim und den anderen Mitgliedern der Kongreßparteifraktion übergeben. Wenn sie den König in der Hand hatten, konnten sie die Macht mit einem ziemlich unblutigen Staatsstreich übernehmen, einem ähnlichen Staatsstreich, wie König Mahendra ihn 1960 angezettelt hatte. Die Kongreßpartei würde übernehmen und die Ranas mit kräftigen Arschtritten von ihren Ämtern befördern, und alles würde besser werden.

Es funktionierte wie am Schnürchen. Mit einem Brecheisen, das ich von einer der Baustellen mitgenommen hatte, stemmte ich die Wand zum Schrank des Königs auf. Unter mir flüsterten einige von Bahadims Beobachtern scharf »Was tun Sie da?«, doch ich ignorierte sie und arbeitete mich durch die Wand in einen schwarzen Schrank, in dem auf beiden Seiten eindrucksvolle königliche oder militärische Uniformjacken hingen. Es war nicht gerade ein Schrank der Marke Imelda Marcos – Sie verstehen schon –, aber er war immerhin groß genug, daß man darin aufrecht gehen konnte, was ich auch tat, und zwar zu einer Tür, die ich einen spaltbreit öffnete.

Und dort stand er, mir den Rücken zugewandt. Ich warf die Tür auf, packte ihn um den Hals und hielt ihm die Brechstange vors Gesicht, damit er sehen konnte, womit er eins übergezogen bekam, falls er Widerstand leistete. Er leistete keinen, und ich zerrte ihn zurück in den Schrank, wirbelte ihn herum und knurrte mit leiser, mordlüsterner Stimme: »Machen Sie ja kein Geräusch! Na los – durch dieses Loch – gehen Sie schon!« Und ich stieß ihn durch den Durchbruch in der Wand. »Eine Leiter runter«, fügte ich schnell hinzu, aber anscheinend nicht schnell genug, denn mit einem lauten *Rums rums rums* polterte er unser kleines Schlupfloch hinab.

Ich folgte ihm hinab – wobei ich die Leiter nahm – und kam hinzu, als sich der König gerade wieder aufrappelte. Er zog seine Jacke glatt und sah sich im Kreis von Bahadims Vertrauten um, die uns nun umringten. Ich sah zum ersten Mal sein Gesicht, und eine Sekunde lang wurde mir schwindlig, und ich dachte: Wie zum Teufel haben sie Jerry Lewis in den Palast bekommen? Aber nein – er sah nur aus wie Jerry Lewis, oder Jerry Lewis zumindest so ähnlich, wie der Dalai Lama Phil Silvers ähnlich sah; also nicht sehr, aber doch genug, daß man einen Schrecken bekommt, wenn man ihm tief unten in einer schlecht beleuchteten Höhle begegnet.

Da waren wir also. Wir hatten ihn: Seine Majestät König Birendra Bir Bikram Shah Dav stand direkt vor uns und blinzelte uns an. Die Burschen von der Kongreßpartei, die zumeist zerlumpt und verdreckt waren, weil sie in den Tunnels gegraben hatten, standen sprachlos da. Der König war sprachlos. Ich war sprachlos.

Bahadim drängte sich durch den Kreis. »Was ist hier los, was geht hier vor ...« Er hatte den König gesehen und blieb stehen, erstarrte wie Lots Frau. Sein Mund bildete ein perfektes O.

Dann kam wieder Leben in ihn, und er stürmte an meine Seite. »Was haben Sie getan?« schnatterte er. »Was soll das?«

»Das ist der König«, sagte ich und deutete mit meiner Brechstange auf ihn.

»Ja, das weiß ich, aber was *macht* er hier unten, was haben Sie *getan*?«

»Ein Staatsstreich«, sagte ich. »Das ist ein Staatsstreich. Wir übernehmen.«

»*Arrgh*!« sagte er laut und schnitt eine Grimasse. Er hopste an Ort und Stelle auf und ab, er schlug mir heftig auf den Oberarm, er rang seine Hände, bis ich schon glaubte, er würde sich die Finger brachen. Er atmete tief ein und schlurfte dann zum König hinüber, der die ganze Vorstellung benommen beobachtet hatte. Seine gefärbten Brillengläser konnten ihm in der Dunkelheit hier unten kaum von Nutzen sein.

»Eure Majestät«, sagte Bahadim, »es tut uns überaus leid, dieser Mann hat bei dem Versuch, uns zu helfen, einen überaus schrecklichen Fehler begangen, Ihr müßt ihm verzeihen, er ist Amerikaner.«

»Ah«, sagte der König.

»Bitte«, sagte Bahadim. Er streckte eine Hand nach dem König aus, zog sie wieder zurück, streckte sie erneut aus und ergriff den König vorsichtig am Unterarm. Er fiel ins Nepalesische, und sie unterhielten sich emsig, während er den König zum Fuß der Leiter zurückführte und ihn hinaufschob.

Geräusche von oben. Schreie. Bahadim schnappte wieder nach Luft und erklärte dem König etwas so schnell, wie ich noch nie jemanden hatte sprechen hören. Der König nickte und kletterte weiter.

Dann kamen die Schreie die Leiter hinab, und Bahadim fuhr herum und sagte etwas zu seinen Genossen, die augenblicklich in der Dunkelheit verschwanden, und dann lief er zu mir und schlug mich heftig auf den Arm. »Narr! Narr! Argh! Fliehen, kommen Sie – wir müssen fliehen …«

Und plötzlich erschienen große schwarze Stiefel im Loch, stiegen die Leitersprossen hinab und traten dem König auf den Kopf, und Bahadim zerrte mich am Arm, und wir verschwanden in die Dunkelheit.

16

Als wir den Rest unserer Gefährten gefunden hatten, die sich immer noch wie Derwische bei einem verrückten Tanz aufführten, verschaffte sich Bahadim lautstark ihre Aufmerksamkeit und berichtete ihnen schnell auf Englisch und Nepalesisch, was passiert war. Alle hielten inne und sahen mich ungläubig an. Dann traten Freds und Colonel John vor, und nach einer schnellen Beratung liefen alle durcheinander; einige versuchten anscheinend, die Tunnels zu blokkieren, um das Ausmaß des Systems vor den Soldaten des Königs zu verbergen, und andere, darunter auch die Schwadron Yetis, bemühten sich einfach, ihnen nicht im Weg zu stehen. Freds führte uns zum Eingang eines obskuren Seitentunnels, den ich noch nie betreten hatte. »Bleibt hier«, sagte er zu mir und Bahadim, und dann waren er und der Colonel schon wieder fort.

Wir standen in der Dunkelheit und lauschten. In den Tunnels herrschte eine unheimliche Stille, die von gelegentlichen Rufen aus der Richtung des Palasts durchbrochen wurde – zweifellos die Leibwächter des Königs. Dann und wann schlug Bahadim mir auf den Arm und murmelte leise etwas vor sich hin. Schließlich kam Freds schwer atmend zurück. Er legte die Hände um den Mund und rief in die Richtung zurück, aus der er gekommen war. »Oh! Nein! Da kommen sie! Lauft!« Wir hörten Schreie und liefen den schmalen Seitentunnel entlang.

»Was tun wir?« fragte ich Freds, während wir neben ihm trabten.

»Wir sind die Lockvögel«, sagte er. »Das ist der Tunnel,

der nach Chitwan führt, du weißt, der, den wir gefunden haben. Der Colonel hat die Leibwächter, die aus dem Königspalast hinabkamen, dazu gebracht, uns zu folgen, und er hofft, währenddessen einen Großteil des Tunnelsystems blockieren und so verbergen zu können, was es alles hier unten gibt.« Wir kamen an eine Gabelung, und Freds führte uns nach links. Wir liefen ein paar Minuten diesen Tunnel entlang, und dann drehte er sich um und rief: »Oh! Nein! Da kommen sie!«

»Das wird nicht nötig sein, wenn ich nur Gelegenheit bekommen, mit diesen Leuten zu sprechen«, sagte Bahadim. »Ich muß mich nur kurz mit ihnen unterhalten.«

»Kann schon sein«, sagte Freds, »doch sie scheinen ihre Pistolen gezogen zu haben, und ich glaube nicht, daß Sie ausgerechnet jetzt mit ihnen sprechen sollten.«

»Nein«, stimmte Bahadim ihm zu und schlug mir wieder auf den Arm.

»Freds«, sagte ich, »sind es nicht etwa hundertfünfzig Kilometer bis nach Chitwan?«

»Ich glaube schon.«

»Und wollen wir bis dahin laufen?«

»Nein, es gibt hier irgendwo diese kleinen Loren. Ah! Da sind sie.«

Im Licht unserer Taschenlampen sahen wir sie; wir befanden uns in einer runden Erweiterung des Tunnels, und an einer Wand standen ein paar kleine hölzerne Loren, deren eiserne Räder leuchteten. Freds lief zu der ganz vorn und stieß sie an; sie rumpelte über die in den Boden des Tunnels eingelassenen Gleise. »Komm schon, steig' auf, schnell!« sagte er, und so sprangen wir auf und rollten in die Dunkelheit. Freds pumpte etwas auf und ab, das wie der Handantrieb einer alte Draisine aussah, und wir rollten immer schneller. »Zieh diesen Hebel hoch, wenn wir in eine Kurve kommen«, sagte er. »Das ist die Bremse.«

Ich richtete meine Taschenlampe in die vorbeirauschende Dunkelheit, doch sie ergab nur einen schlechten Scheinwerfer. »Woher soll ich wissen, daß wir in eine Kurve kommen?«

»Du wirst es merken.«

»Willst du den ganzen Weg bis nach Chitwan pumpen?«

»Wir fahren bergab. Chitwan liegt etwa tausend Meter tiefer, und so kommt es eher auf das Bremsen an. Die Fahrt hinauf muß ziemlich beschwerlich sein. He, brems nicht so stark, wir fahren auf Schienen, und die Soldaten sind uns auf den Fersen.«

»Glaubst du?«

»Sieh doch.«

Hinter uns leuchtete kurz ein Licht auf. Die Räder unserer Lore kreischten zu laut, als daß wir etwas außer unseren eigenen Stimmen hätten hören können, und die auch nur, wenn wir uns in die Gesichter schrien; doch offensichtlich folgte uns ein anderer Wagen. Freds schob mich beiseite und übernahm die Bremse.

»Mal sehen, wie schnell wir diese alte Karre ans Laufen kriegen.«

Dem Kreischen der Räder zufolge und der Luft, die über uns hinwegrauschte, und den Wänden, die im Lichtkegel der Taschenlampe an uns vorbeiflogen, waren wir wohl ziemlich schnell. Gelegentlich rasten wir an Statuen des Buddha vorbei oder langen Wandgemälden mit Bönpa-Dämonen, die wie lebendig gewordene Alpträume aussahen. Manchmal fiel der Tunnel steiler ab, und wir mußten eine Geschwindigkeit von hundertzwanzig oder hundertdreißig Stundenkilometern erreicht haben. Freds gewöhnte sich an dieses Tempo, und wenn der Tunnel wieder flacher verlief, pumpte er, damit wir die Geschwindigkeit hielten. Er kommandierte Bahadim an die Bremse ab, da ihm nicht gefiel, daß ich sie zu oft einsetzte.

Ich weiß nicht, wie lange wir auf diese Art den Tunnel entlang schossen; manchmal glaubte ich, wir seien schon seit Tagen unterwegs, und manchmal schienen nur ein paar Minuten verstrichen zu sein, seit der König und ich im Kreis aus Bahadims Leuten gestanden hatten. Ein Problem, mit dem ich nie gerechnet hätte, war die Kälte. Die Luft hier unten war vielleicht fünf oder zehn Grad warm – das ließ sich durchaus ertragen –, doch bei der Geschwindigkeit, mit der wir uns bewegten, schien ein Wind von neunzig oder hundert Stundenkilometern über uns hinwegzupfeifen, und ich glaube, man muß für jeden Stundenkilometer ein halbes Grad abziehen, wenn man die Kälte des Windes berechnen will, und das hieß, daß es für uns etwa dreißig Grad unter dem Gefrierpunkt war. Und wir fühlten jedes Grad davon. Selbst Freds erklärte, es sei etwas unbehaglich, und ich ertappte ihn dabei, wie er sich eine Hand wärmen wollte, indem er sie direkt über eine Bremsbacke über die Seite hielt. »Soviel hilft das nun auch nicht«, gestand er mit klappernden Zähnen ein. Schließlich hockten wir uns alle auf den Boden der Lore und versteckten uns hinter der Vorderwand, fuhren blind und froren uns buchstäblich den Arsch ab.

Schließlich stieß sich Freds hoch, um in die Dunkelheit zu sehen, sprang dann zur Bremse und zog daran, was zu einem ohrenbetäubenden Kreischen der Räder führte. Als wir angehalten hatten und mit den Taschenlampen leuchteten, fanden wir uns in einer anderen kreisrunden, mit Loren gefüllten Kammer wieder. Wir sprangen steif wie tiefgefrorene Schweinskotelettes hinaus und folgten Freds durch einen Tunnel auf der anderen Seite. »Ich kann meine Hände nicht spüren«, sagte Bahadim. Ich spürte weder Hände noch Füße.

»Es sind nur noch ein paar hundert Meter«, sagte Freds, dessen Zähne in einem Schüttelfrostanfall aufeinander schlugen. »Mein Gott, war das nich *toll*? Wie eine Riesenachterbahn – das will ich *noch mal* machen.«

Hinter uns im Tunnel hörten wie das schwache, tiefe Knirschen von eisernen Rädern auf eisernen Schienen. »He, die Burschen haben ja richtig gut mitgehalten. Kommt, wir müssen uns beeilen.«

Wir taumelten weiter und schlugen uns mit den Armen an die Seiten, um uns aufzuwärmen. Bahadim wärmte sich auf, indem er mich schlug. Bald erreichten wir eine lange Treppe aus groben Steinstufen; da unsere Knie noch nicht vollständig aufgetaut waren, mußten wir uns wie Frankenstein hinaufschwingen. Doch die Luft wurde wärmer, und dann prallten wir zusammen, da Freds stehengeblieben war und seine Taschenlampe ausgeschaltet hatte.

»Na also«, sagte er. »Da ist der Eingang.«

»Wo?«

»Direkt vor uns.«

»Wo?«

»Es ist noch dunkel, George.« Er schaltete seine Taschenlampe ein und aus, und ich erhaschte einen kurzen Blick auf Saalbäume.

»Oh, nein«, sagte ich. Ich wollte nicht des Nachts zu Fuß in den Dschungel gehen; das lehnte ich absolut ab. Doch hinter uns, im Tunnel, erklang ein fernes *Kreisch*, einige schwache Rufe und dann ein kurzes Poltern. Die Leibwache des Königs war da.

»Kommt schon«, sagte Freds und lief los.

17

So schlimm es auch sein mag, des Nachts auf dem Rücken eines verrückt gewordenen Elefanten durch den Dschungel zu preschen, es ist noch viel schlimmer, ihn zu Fuß zu durchstreifen. Wir schlichen uns zwischen Bäumen hindurch und durch Büsche und versuchten, so leise wie möglich zu sein, und je leiser wir waren, desto besser konnten wir hören: ein Knistern, ein Rascheln, schnelle, scharrende Geräusche; der gelegentliche Schrei eines Vogels, kurz und auf den Punkt gebracht. Und dann knackte irgendwo ein Ast, und jedes andere Geräusch dort draußen in der Dunkelheit verstummte und hinterließ ein schweres Schweigen, von dem man wußte, daß sich jede Menge Lebewesen darin niederkauerten und darauf warteten, daß etwas Großes weiterzog, und mit Nasen schnüffelten und mit Ohren lauschten, die viel schärfer als die unseren waren. Es wäre viel sinnvoller gewesen, zu singen, was die Lungen hergaben, oder fernöstliche Kampfsportgeräusche auszustoßen, doch mit den Soldaten des Königs auf unseren Fersen, die den Tunnel verlassen hatten, ausgeschwärmt waren, mit ihren Taschenlampen ins Unterholz leuchteten und manchmal Stellen ganz in unserer Nähe erhellten, war das einfach unmöglich. Wie alle anderen Gejagten mußten wir ruhig bleiben und so leise wie möglich weiterschleichen.

Zum Glück ist es Menschen unmöglich, des Nachts im Dschungel irgend jemand oder irgend etwas zu verfolgen, und die Leibwächter schienen von den Scheinwerfern des Tiger View abgelenkt worden zu sein. Sie bewegten sich zumindest in diese Richtung, als Freds mehrmals in einen Busch sprang und laut »Ah!« rief.

Ihre Taschenlampen wandten sich in unsere Richtung, und wir liefen los, wobei Freds soviel Lärm machte, wie er konnte.

»Verdammt, Freds«, keuchte ich, während ich ihm folgte. »Warum hast du das *getan*?«

»Bleibt einfach hinter mir«, rief er zurück. »Ich habe einen Plan.«

Wir führten die Soldaten etwa eine halbe Stunde lang durch den Wald. Dann blieb Freds plötzlich stehen und kauerte sich nieder. »Na schön«, flüsterte er. »Seid still. Wir sind da.«

»Wo?«

»Das ist die Wiese der Wilddiebe. Seht ihr? Der Jeep ist wieder da. Wäre doch toll, wenn wir die Soldaten auf die Wilderer hetzen könnten, oder? Hier, sucht etwas, womit ihr werfen könnt. Da liegen ein paar Steine. Werft sie auf den Jeep.«

Er warf, und nach einer Weile erklang ein *Päng*! und dann noch eins. Hinter uns ertönten Stimmen, und dann auch auf einer Seite. Die Soldaten bahnten sich nun schnell den Weg durch den Dschungel, und der Strahl einer Taschenlampe erfaßte den Jeep und verharrte auf ihm. Mehr Stimmen, diesmal im Dschungel hinter uns.

»Verschwinden wir von hier«, flüsterte Freds und ließ sich auf Hände und Knie fallen. Bahadim und ich krochen durch Schlamm und Gebüsch und folgten ihm. Hinter uns erklangen undefinierbare Geräusche und dann Schüsse. Dann ganze Kugelsalven. Wir krochen schneller.

Schließlich erhob sich Freds.

»Ich glaube, die Luft ist rein, Jungs!« rief er.

»So rein scheint sie mir gar nicht zu sein«, wandte Bahadim ein. »Das ist ein Dschungel.«

»Allerdings. Aber es verfolgt uns niemand mehr.« Und er setzte sich gemächlichen Schrittes in Bewegung.

Erneut folgten wir ihm. Doch nach einer Weile sagte ich, ziemlich unglücklich: »Du meinst, daß uns keine Menschen mehr verfolgen.«

»Wieso? Ja. He, glaubst du ...« Er blieb stehen, um zu lauschen.

»Es ist schrecklich still«, verdeutlichte ich.

Wir gingen weiter, so leise wie möglich.

»*Unheimlich* still«, flüsterte ich.

Und vor uns, hinter irgendeinem Baum, knackte ein Zweig. Anscheinend war da noch ein Geräusch, ein Atmen: ein leises, dumpfes, raspelndes Atmen. Die Art von schabendem Atmen, die auch hätte knurren oder brüllen oder schnurren können.

»Vielleicht sollten wir Schutz suchen«, flüsterte Freds mit besorgt klingender Stimme.

»Irgendwelche Vorschläge?«

»Wie wäre es mit einem Baum?«

»Ich glaube, Tiger können auf Bäume klettern«, sagte ich.

»Nee.«

»Katzen können auf Bäume klettern. Warum nicht auch Tiger? Sie haben die Klauen und die Stärke dafür. Leoparden klettern auf jeden Fall auf Bäume.«

»Ich glaube trotzdem, daß wir auf einem Baum besser dran sind als hier unten.«

Und in der Tat umkreisten wir während dieses Gespräch einen großen, doppelstämmigen Baum und versuchten, einen Weg hinauf zu finden, so daß wir hier offensichtlich gegensätzlicher Meinung waren. Bahadim erklärte, einige Tiger könnten klettern, andere wieder nicht. Freds beklagte sich, Saalbäume eigneten sich nicht gut zum Erklettern, was auch stimmte: ihre Stämme erhoben sich zehn Meter oder höher, bevor die ersten Äste hinauswuchsen. Der doppelstämmige Baum, um den wir herumgingen, schien noch unsere beste Möglichkeit zu sein, aber ich war mir trotzdem nicht sicher, ob wir mit ihm nicht sozusagen eine Einbahnstraße hinaufkletterten. Wir standen also ein paar Minuten da und stritten uns mit scharfen Untertönen darüber, ob Tiger nun klettern konnten oder nicht.

Schließlich brach Freds das Patt, indem er sagte: »Verdammt, wie dem auch sei, ich versuch's. Wollen wir es dem verdammten Tiger doch nicht allzu leicht machen, selbst, wenn er klettern kann.«

»Und wie willst du da hinaufkommen?« fragte ich ihn.

»Wie eine Felswand«, murmelte er. »Das kann doch höchstens Schwierigkeitsstufe fünf Komma acht oder neun sein.« Und er versuchte es.

Er versuchte es ziemlich oft, und er rutschte jedesmal wieder hinab. «Na schön, na schön. Fünf elf, fünf zwölf. Vielleicht eine Sechs.» Schließlich kam er an dem entscheidenden Punkt vorbei und zog sich zu der Spalte zwischen den Stämmen hoch. Ich ließ Bahadim auf meinen Rücken steigen und kletterte ihnen dann hinterher. Freds führte uns über den rauher aussehenden der beiden Stämme hinauf, über abgeblätterte Rinde und etwas, was sich wie große Kletterameisen anfühlte.

Sobald wir die Stelle erreicht hatten, an der die Äste zu wachsen anfingen, gab es eine ganze Menge davon, und wir konnten uns etwas verteilen, während wir höher kletterten. Wir brauchten jedoch ziemlich lange dafür, und die ganze Zeit über stritten Freds und ich mich darüber, ob Tiger nun klettern konnten oder nicht. Der Dschungel war noch immer totenstill, abgesehen von den schrecklich lauten Geräuschen, die wir von Zeit zu Zeit zu verursachen schienen; also war es für uns ein ernstes Thema. »Scheiße, du hast doch wirklich keine Ahnung!« sagte Freds. »Hast du nie *Ein Platz für Tiere* gesehen?«

»Natürlich!« erwiderte ich. »Und ich bin sicher, daß ich

mich an Tiger in Bäumen erinnere, die ein ganzes Reh da hinaufgeschleppt haben! Sie schlafen sogar auf Bäumen!«

»Das waren Leoparden, George. Die gefleckten sind Leoparden, die gestreiften sind Tiger. Und Tiger kratzen sich an Bäumen nur die Krallen ab. Sie sind viel zu groß, um hinaufzuklettern. Ich glaube, die Äste würden durchbrechen, aus demselben Grund kann es niemals diese Riesenameisen nach Atomexplosionen aus diesen alten Science Fiction-Schinken geben, wenn sich die Größe verdoppelt, vervierfacht sich das Gewicht, oder wie auch immer.«

Ich sah nicht ein, wie das mit unserem Problem zusammenhing. »Sie haben die Muskelkraft dafür, und sie haben die Krallen.«

»Krallen helfen einem nicht, wenn man einen verdammten Baum runter muß! Deshalb werden die Katzen auch immer von der Feuerwehr aus Bäumen gerettet. Hier gibt es keine Feuerwehrmänner, die die Tiger runterholen könnten, und das wissen sie ganz genau! Sie sind nicht so dumm wie Katzen. Ihre Gehirne müssen zehnmal so groß sein.«

»Die Gehirngröße hat nichts mit der Intelligenz zu tun.«

»Erklär das mal einem Wurm.«

Wir kletterten noch ein Stück weiter. Bahadim erwähnte, daß es seiner Meinung zufolge im Dschungel von Chitwan nicht nur Tiger, sondern auch Leoparden gäbe.

»Schöne Scheiße!« sagte Freds. »Hast du einen besseren Vorschlag?«

»Nein, nein«, sagte Bahadim. Außerdem, so gestand er ein, seien Bäume der empfohlene Zufluchtsort vor Tigern. Zumindest war man da oben vor Nashörnern sicher. Und es hieß, wenn man hoch genug hinaufstieg, würde man schließlich Äste erreichen, die zu dünn waren, um einen Leoparden oder Tiger zu tragen, falls es sie überhaupt gab.

Also kletterten wir so weit wie möglich hinauf.

Schließlich fand ich mich in einer schmalen Astgabel eingeklemmt, hielt mich an kleinen Zweigen auf beiden Seiten fest und schwankte ganz beachtlich. Der Boden war nicht mehr zu sehen. Über mir sah ich zwischen den Blättern die

Sterne. Freds und Bahadim kletterten rechts und links neben mir und waren hinter dazwischen befindlichen Ästen nur teilweise auszumachen. »Höher hinauf kann ich nicht«, sagte ich und versuchte, es mir bequem zu machen. Das Schwanken war wirklich ganz beachtlich. »Mein Gott, Freds«, sagte ich. »Da hast du mich ja wieder schön in die Klemme gebracht!«

»Nicht Freds hat uns in diese schreckliche Lage gebracht!« platzte Bahadim heraus. »Sie haben uns das angetan, George Fergusson! Sie haben Seine Majestät König Birendra angegriffen!«

Anscheinend hatte Bahadim bei unserer überstürzten Flucht keine Gelegenheit gefunden, mir sein Mißgefallen über diese Sache zum Ausdruck zu bringen. Während der Lorenfahrt war es zu laut gewesen, um sich zu unterhalten, und danach waren wir zu beschäftigt gewesen. Er schimpfte mich jede Art von Narr, die ihm nur einfiel. Oft mußte er ins Nepalesische wechseln, um den richtigen Begriff zu finden.

»Mischt sich in die Angelegenheiten Nepals ein! Baut Mist, wo er keine Ahnung hat, was vor sich geht! Dummkopf! Narr! Idiot! Sie sind nur so ein arroganter dummer Amerikaner, der seine Finger im Spiel hat, wo er unerwünscht ist, und zu terroristischen Handlungen greift. Da könnten Sie doch gleich Bomben werfen wie die Ram Raja Prasad Singh, *argh*! Und was für eine Berechtigung haben Sie für diese Dummheit? Stehen die Dinge in Ihrem Land so ausgezeichnet, daß Sie zu uns kommen müssen, um unsere Probleme zu lösen? Nein! Nein! Nein! Sie schwärmen über die ganze Welt aus und geben vor, alle Probleme zu lösen, und mittlerweile schaffen Sie die Hälfte dieser Probleme selbst, schicken Soldaten aus und betreiben Zinswucher und zwingen uns Ihre chemischen Fabriken auf! Und gibt es in Ihrem Land keine armen Menschen, denen Sie helfen müßten? Gibt es dort keine politischen Probleme? Gibt es keine Korruption in Ihrem Militär? Mit Sicherheit gibt es die! Warum kümmern Sie sich nicht um die Angelegenheiten Ihres eigenen Landes und lassen den armen Rest der Welt in Ruhe? Entführen Sie doch Ihren eigenen König, wenn Sie glauben, so etwas tun zu müssen! Den König von Nepal zu entführen! Dumm! Dumm! DUMM!« Und dann ein langer Redeschwall auf Nepalesisch.

»He«, sagte Freds. »Jetzt lassen Sie ihn gefälligst in Ruhe, ja! Das war doch nur eine Idee!«

»Nur eine Idee! Nur eine Idee, den König zu entführen und die Regierung zu stürzen!«

»Na klar«, sagte Freds. »Warum nicht?«

Bahadim konnte es nicht glauben.

»Nein, wirklich«, sagte Freds. »Das haben Sie doch sowieso vor, oder? Sie führen dort unter der Stadt eine Schattenregierung, oder? Warum sollten Sie da nicht die Macht übernehmen? Der Vater des Königs hat dasselbe getan. Wenn Sie dazu bereit gewesen wären, hätten Sie sich verdammt glücklich schätzen müssen, daß George Ihnen den König einfach so ausliefert. Das hätte Ihnen in den Kram passen müssen!«

»Nein!« sagte Bahadim. »Niemals. Sie verstehen das nicht.«

»Das glaube ich auch«, sagte Freds.

Bahadim atmete tief ein. Er war so aufgeregt, daß sein Ast zitterte.

Er riß sich zusammen und beruhigte sich. Nach einer Weile versuchte er, es Freds zu erklären. »Wir in Nepal, wir sind unserem König treu ergeben. Wir lieben unseren König. Er ist unser König, der König eines unabhängigen Nepals, das niemals von einem anderen Land beherrscht wurde.«

»Ja, aber er ist ein Schurke.«

»*Nein*! Das stimmt nicht. König Birendra ist kein Schurke. Die Leute sagen das vielleicht, weil er König ist, oder weil sein jüngerer Bruder ein Tunichtgut ist. Und die Ranas, sie umgeben ihn – die Königin, die Armee, seine Berater –, sie sind überall um ihn herum und machen es ihm unmöglich, so zu handeln, wie er vielleicht gern handeln würde. Er ist kein starker König wie sein Vater, das gestehe ich ein.

Aber er ist ein kluger Mann, und er weiß, woher die Probleme Nepals rühren. Er *will* die Dinge verändern.«

»Ach ja?« sagten Freds und ich gleichzeitig.

»Ja. König Birendra möchte politische Reformen, um die wirtschaftlichen Reformen zu unterstützen. Diese Hilfsprogramme sind ihm ein Dorn im Auge, die Bürokratie und die Korruption und die Ranas. Er will ein konstitutionelles Land, verstehen Sie? Aber es liegt nicht in seiner Macht, das zu bewerkstelligen. Viele, viele Leute möchten, daß der Palast das Sagen hat. Der König ist ein Gefangener des Kastensystems, der Macht der Ranas. Sie sind reicher als er, sie beherrschen die Armee, verstehen Sie? Also muß er mit uns zusammenarbeiten.«

»Mit euch!« rief ich.

»Ja. Erinnern Sie sich, daß ich Ihnen gesagt habe, wir arbeiteten unter der Stadt, um den Menschen zu helfen, mit Geldmitteln, die reiche Nepalis zur Verfügung stellen, die mit unserer Sache sympathisieren?«

»Birendra?« Ich war erstaunt.

»Ja«, sagte Bahadim. »Wir haben Kontakt mit ihm, und er weiß, was wir tun. Er hilft uns. Das ist eine Möglichkeit, mit der er etwas verändern kann, ohne daß die Ranas davon erfahren. Er ist unser Schutzherr. Wir beraten uns durch diesen Riß in seinem Schrank mit ihm. Er ist unser König, wir lieben ihn. Er hat seine Schwächen, doch er gibt sein Bestes, und es liegt nicht an ihm, daß in Nepal so einiges nicht in Ordnung ist, jedenfalls nicht völlig. Er tut, was er kann, genau wie wir.«

»Warum haben Sie mir das nicht gesagt?« fragte ich schockiert.

»Das geht Sie nichts an! Ich habe Ihnen doch gesagt, daß wir in Nepal einiges geheimhalten, einige Dinge, die allein Nepal gehören. Natürlich können wir nicht verbreiten, daß der König durch eine unterirdische Regierung arbeitet! Wenn das bekannt würde, würden die Ranas es verhindern. Also habe ich es vor Ihnen geheimgehalten.«

»Dann ist das alles Ihre Schuld, nicht wahr?« stellte Freds klar. »Wenn Sie es George erzählt hätten, hätte er nicht versucht, euch auf diese Art zu helfen.«

Bahadims einzige Erwiderung darauf war ein verdrossen klingender nepalesischer Wortschwall.

Ich saß schwankend da oben und dachte darüber nach. »Wenn der König also über Sie Bescheid weiß«, sagte ich zu Bahadim, »müßten Sie imstande sein, die Sache mit den Tunnels und so weiter wieder hinzubiegen.«

»Ja«, sagte er kurzangebunden. »Einige seiner Leibwächter stehen in seinem Vertrauen und wissen von uns. Sie nahmen wahrscheinlich an, daß wir von der Ram Raja Prasad Singh oder einer anderen terroristischen Gruppe unterwandert waren. Wenn sie sich beruhigt haben und wir ihnen alles erklären können, bekommen wir die Sache wieder hin, und dann wird auch die Existenz der Tunnels nicht offenbart werden.«

»Gut«, sagte ich. Ich seufzte. »Es tut mir leid, Bahadim. Ich bin da wohl kurz ausgeflippt, schätze ich. Dieser gottverdammte A. Rana treibt mich noch in den Wahnsinn. Und als Sie mir das mit diesen Wilddieben erzählten ...«

»Sie müssen sich darüber keine Sorgen machen«, sagte Bahadim kurzangebunden. »Wir haben den Jeep, den Freds uns gemeldet hat, zu einer militärischen Fahrbereitschaft in Chitwan zurückverfolgt, die von A. Ranas Neffen benutzt wird. Nachdem Freds nun die Leibwache des Königs in ein Gefecht mit den Wilddieben geführt hat, wird sich der König sehr dafür interessieren. Wir werden A. Rana aufhalten und ihm wahrscheinlich sehr große Probleme bereiten. Obwohl es wegen der Verwirrung, die Sie durch Ihre Entführung gestiftet haben, vielleicht einige Zeit dauern wird.«

»Es tut mir leid«, sagte ich. »Ich habe es verpatzt.«

Er seufzte. »Es ist schon gut«, sagte er zögernd. »Sie haben nur versucht, uns zu helfen.« Eine Pause. »Obwohl ich Ihnen sagen muß, daß wir Ihre Hilfe in dieser Angelegenheit nicht wollen, vielen Dank. Und ich habe immer noch den Eindruck, als gäbe es auch in Ihrem Land noch vieles zu verbessern.«

Wieder zögerte er; dann fuhr er fort: »Wissen Sie, wir bilden nicht die einzige unterirdische Regierung auf der Welt.

Wir haben Kontakte, einige tatsächlich durch Tunnels, andere nur durch Informanten, und sie dehnen sich auf viele Länder aus. Einschließlich des Ihren. Unter Washington, D. C., London, Moskau ...«

»Tunnelsysteme?« sagte ich.

»U-Bahnen«, warf Freds ein. »Ist doch klar, George.«

»Nein, nein, nein«, sagte Bahadim. »Sie liegen unter den U-Bahnen und so weiter.«

»Das habe ich dir doch gesagt, George«, sagte Freds. »Das Tunnelsystem von Shambhala ist älter und größer, als du es dir je vorstellen kannst. Es war einmal eine wirklich große Zivilisation. Tausende von Jahren, Tausende von Kilometern.«

»Ja, wirklich sehr verzweigt«, sagte Bahadim. »Und nun wird es wieder benutzt, um die Ranas zu umgehen, verstehen Sie. Oder ihre Äquivalente in anderen Ländern.«

»Na ja«, sagte ich. »Ich muß sie mir mal genauer ansehen. Falls ich jemals zurückkomme.«

»Das würde ich Ihnen empfehlen«, sagte Bahadim, und ich wußte nicht, ob er damit meinte, ich sollte mir sie ansehen oder zurückkehren.

Ich ließ es dabei bewenden und kam mir etwas überwältigt vor. Außerdem war mein Hintern eingeschlafen. Ich mußte meine Sitzhaltung ändern. Während wir durch den Dschungel gekrochen waren, hatten wir uns ganz schön aufgewärmt und von der durch die Fahrt durch die Tunnels hervorgerufenen Unterkühlung erholt, doch nun kühlte der Schweiß uns wieder ab, und mir wurde wieder kalt.

Der Horizont, der im Osten liegen mußte, färbte sich ein wenig grau, doch es würde noch eine beträchtliche Weile bis zum Tageslicht dauern, und wir konnten nichts weiter tun, als dort oben zu sitzen, in einer leichten Brise zu schwanken und zu zittern. Von seinem Hochsitz aus erzählte Freds die unendliche Geschichte seines Lebens; seine Stimme war ein vertrautes Stakkatomuster, das in mein Bewußtsein eindrang und wieder verblich. »Scheiße, hier oben friert man sich ja den *Arsch* ab. Aber diese Achterbahnfahrt war doch wirklich toll! Meine Augäpfel erfroren, so kalt war's. Das erinnert mich daran, wie ich unter Kunga Norbu im geheimen Rongbok meine Novizenausbildung absolvierte, und wir kamen zu dem Test, mit dem sie feststellen wollen, wie stark deine Tumo-Kräfte sind. Bei dem bringen sie einen des Nachts zu einem dieser Gletscherbäche auf etwa fünftausend Meter Höhe und ziehen einen nackt aus und gießen ein paar Eimer Wasser über einen und weichen etwa zwanzig weiße Laken im Bach ein und lassen einen dann da oben zurück, und man muß sich nicht nur warmhalten, man muß sich sogar *so* warm halten, daß man die weißen Laken trocknen kann, so viele wie möglich, und je mehr man im Lauf der Nacht trocknet, desto besser ist es für die Prüfung, daß ist ein strenger numerischer Test, wie jede Aufnahmeprüfung an der Uni und sehr genau, wenn es darum geht, herauszufinden, wer der beste Lama sein wird. Na ja, ich wollte euch ja erzählen, als sie dieses Eiswasser über mich gossen, war der Schock so stark, daß ich meine Tumo-Ausbildung völlig vergaß, ich meine, ich *vergaß* sie einfach, und da stand ich splitternackt auf fünftausend Meter Höhe um acht Uhr Abends im November und wußte einfach nicht, *was* ich tun sollte …«

Und er quasselte endlos weiter. Ich glaube, ich schlief ein paar Mal ein, obwohl mich jede Bewegung meiner Astgabel hochfahren ließ, wenn mir wieder einfiel, wo ich war.

Der Himmel wurde immer heller. Meine Hände waren schrecklich wund, und ich merkte, daß ich mich die ganze Zeit da oben an den Ästen festgehalten hatte.

»… und als sie schließlich kamen, hatte ich die Laken alle zusammengefaltet, und sie sahen praktisch aus wie gebügelt und waren trockner als Toast, aber Kunga Norbu traute dem Braten nicht, und als er die Asche fand, hat er mit einem Stock die Scheiße aus mir rausgeprügelt …«

»Freds?«

»Was? He, George! Guten Morgen! Die Sonne müßte jeden Augenblick aufgehen, oder? Was für ein Tag! Mann, wird doch toll sein, von diesem Baum hier runterzukommen, oder? Wir schlagen uns zu Daubahals Lager durch und fahren dann nach Katmandu, Mann, und dann gehen wir ins Old Vienna, ich bin schon halb verhungert, du nicht auch? Ich werde Wiener Schnitzel, Gulasch und Apfelstrudel essen, vielleicht sogar zwei Portionen Apfelstrudel, klar, und das Dasain ist noch voll im Gange, und Katmandu ist ganz toll während des Daisan, und wir können auf die Straßen gehen und feiern, bis wir nicht mehr wissen, wo uns der Kopf steht.«

»Was genau sollen wir feiern?« krächzte Bahadim müde.

»Hmm ... na ja, tja, zum Beispiel, daß wir von diesem Baum runtergekommen sind. Ich weiß nicht, wie es bei euch ist, aber mir fallen die Beine ab. Ich glaube, ich hab' mir während der Fahrt Erfrierungen geholt. Das erinnert mich daran, wie wir vorhatten, mit dem Rad nach Makalu zu fahren ...«

»Freds!« sagte ich.

»Was?«

»Halt die Klappe.«

»Na klar, Bruder. Ich will mir nicht nachsagen lassen, daß ich jemandem auf den Wecker gefallen bin, aber damit ihr da oben nicht einschlaft oder so, *sollte* ich euch wohl lieber auf den Wecker fallen ...«

Ich ließ seine Stimme in die Geräuschkulisse des erwachenden Dschungels treiben. Ich war müde – sehr, sehr, sehr müde.

Aber irgend etwas daran, wie Freds von Katmandu gesprochen hatte, ließ das Bild der Stadt deutlich vor meinem inneren Auge erstehen. Es kroch geradezu über die Innenseiten meiner Augäpfel. Und als die rote Sonne den Horizont aufbrach und sich die dicke, feuchte Luft mit Licht füllte und wir uns anschickten, den Baum hinabzusteigen (›Wo sind die Feuerwehrleute? Vielleicht sind Katzen doch gar nicht so dumm!‹), mußte ich unwillkürlich an die Stadt denken, an die überfüllten Straßen und die Läden mit offener Front und die Tempel überall und die Bettler auf den Straßen, und ich wußte, daß sie sich niemals verändern würde – wenn wir zurückkamen, würden die Kühe noch den verrückten Verkehr behindern, und die riesigen Fledermäuse würden mit den Köpfen nach unten an den

Kiefern auf dem Palastgelände hängen, und die Menschenschlangen würden sich hunderte Meter weit aus dem Postamt und dem Telegraphenamt erstrecken, und die Straßenhändler würden auf den Bürgersteigen sitzen und Zuckerwaren und Weihrauch und Antibiotika und unbestimmbare Früchte und Ballen mit leuchtendem Tuch verkaufen, und Krähen und Wolken und Regenbogen würden über uns gen Norden zum Himalaja fliegen, und Fahrradschellen würden klingeln, und die heruntergekommenen alten Straßen der Stadt würden vor Leben nur so wimmeln, und ich stellte fest, daß ich es gar nicht abwarten konnte, wieder nach Hause zu kommen.

19

Ach ja, noch etwas; wegen dieser unterirdischen Regierungen: halten Sie die Augen offen. Und sagen Sie allen, daß Sie an sie glauben, ja?

ENDE

Danksagungen

Ein Trek zum Everest ist gewissermaßen eine Pilgerreise, und ich würde gern einigen unserer Mitpilger danken, die soviel zum Geist dieses Buches beigetragen haben: Lahure Tenzing, Bahadim Bahadur und Dol Bahadur, Tenzing Sherpa und Pemba Sherpa, Larry, Chet, Kathy und Roger, Bob und Karla, Tron und Thor-Erik, Kim und Lisa, Ernest und Christiane, Mishka und Melka, Barb und Sarah, Trevor und Tom und Tom und John, Ivan, Thomas, Kitty und Joe, Ray und Anna und Kya, Len, Gilbert und der französischen Crew, Pasang Kami, Bob und Lorraine, Brent und Sue und all den Leuten im Hotel Star.

Beim Schreiben dieses Buches wurde ich von meinen Freunden Patrick Delahunt, Gardner Dozois, Pat Murphy, Beth Meacham, Lisa Nowell, Paul Park und Ian Watson unterstützt. Meinen Dank.

Ein besonderes Dankschön an den Mann, der mir auf 524 Arten half; und an Kabir Saxena, der uns eines Abends in der Blue Moon Lodge in Junbesi von Shambhala erzählte.

Dieses Buch ist für euch alle.

WOLFGANG HOHLBEIN
CHARITY
Die beste Frau der Space Force
Dunkel ist die Zukunft
Die Königin der Rebellen
In den Ruinen von Paris
Die schlafende Armee
Hölle aus Feuer und Eis
BASTEI LÜBBE
Taschenbücher
Die rasanteste Frau des Universums
und ihr unerbittlicher Kampf
um das Schicksal der Erde.
WOLFGANG HOHLBEIN –
niemand schreibt spannender!

Band 24 116

Kim Stanley Robinson

Goldküste

Deutsche Erstveröffentlichung

Orange County, Kalifornien, 2067: eine Metropolis der flüchtigen Begegnungen und schnellen Geschäfte, der harten Drogen und falschen Träume. Wie ein verirrter Nachtfalter schwirrt Jim McPherson durch eine bunte Neonwelt, von einer Party zur anderen, von einem Mädchen zum nächsten. Mit seinen 27 Jahren ist er nichts als ein Möchtegern-Dichter, der sich als Aushilfslehrer durchs Leben schlägt. Das laute, hektische Treiben an der Goldküste scheint ihm ohne Sinn, ohne Aussicht auf Glück. Bis er Arthur kennenlernt.

Arthur gehört einer revolutionären Gruppe an, die durch Sabotage die Rüstungsindustrie Amerikas zerstören will. Begeistert macht Jim bei den Aktionen mit, obwohl – oder gerade weil – sein Vater Ingenieur in dem größten Rüstungskonzern von Orange County ist.